MICHELLE WAN

In tödlicher Absicht

Buch

Winter im beschaulichen Écoute-la-Pluie: Innenarchitektin Mara Dunn und Orchideenliebhaber Julian Wood testen seit einiger Zeit das Zusammenleben in Maras vier Wänden, was mal mehr, mal weniger gut gelingt. Bald ist es Maras Putzfrau, die Streit hervorruft, als sie zum wiederholten Mal Julians ungelesene Sonntagsausgaben des *Independent* in den Müll wirft. Bald ist es Julians Zerstreutheit, wenn er nur die Suche nach *Cypripedium incognitum,* einer überaus seltenen Orchideenart, im Kopf hat und Mara damit zur Weißglut treibt. Und als hätten die beiden in diesem Winter nicht genug mit sich selbst zu tun, verunglückt Maras Nachbarin Amélie Gaillard tödlich, weshalb Mara sich fortan um Amélies Mann Joseph kümmert. Auch Julian wird um Hilfe gebeten: Kazim, der erwachsene Sohn der türkischen Familie Ismet, ist spurlos verschwunden, und Julian verspricht, nach ihm zu suchen.

Doch dann überstürzen sich die Ereignisse: Eines Nachts dringt ein Unbekannter in Josephs Haus ein und will ihn im Schlaf ersticken. Das glaubt dem alten Mann zunächst nur Mara, da er an Parkinson leidet. Und kurz darauf wird ein junger Mann mit einer Überdosis Heroin tot aufgefunden, bei dem es sich aller Wahrscheinlichkeit nach um Kazim handelt …

Autorin

Michelle Wan wurde in China geboren, wuchs aber in den USA auf. Zusammen mit ihrem Ehemann, einem Experten für tropische Gartenbauweise, besucht sie jährlich die Dordogne, um wilde Orchideen zu fotografieren und zu katalogisieren. Michelle Wan lebt in Kanada. »In tödlicher Absicht« ist nach »Wer Lügen sät« und »Die Orchideensammlerin« der dritte Band ihrer Dordogne-Krimis um Mara Dunn und Julian Wood.

Von Michelle Wan außerdem lieferbar

Die Orchideensammlerin. Roman (45936)
Wer Lügen sät. Ein Krimi aus der Dordogne (46034)

Michelle Wan

In tödlicher Absicht

Ein Krimi
aus der Dordogne

Deutsch
von Jutta Schiborr

GOLDMANN

Originalausgabe erschien 2008
unter dem Titel »A Twist of Orchids« bei Doubleday Canada,
a division of Random House of Canada

FSC
Mix
Produktgruppe aus vorbildlich bewirtschafteten Wäldern und anderen kontrollierten Herkünften
Zert.-Nr. SGS-COC-1940
www.fsc.org
© 1996 Forest Stewardship Council

Verlagsgruppe Random House FSC-DEU-0100
Das für dieses Buch verwendete FSC-zertifizierte Papier
München Super liefert Mochenwangen.

1. Auflage
Deutsche Erstveröffentlichung Januar 2009

Umschlaggestaltung: Design Team München
Umschlagmotiv: Plainpicture / goZooma
Redaktion: Martina Kayser
IK · Herstellung: Str.
Satz: Buch-Werkstatt GmbH, Bad Aibling
Druck und Bindung: GGP Media GmbH, Pößneck
Printed in Germany
ISBN: 978-3-442-46778-5

www.goldmann-verlag.de

Für meine lieben Freunde
Michel, Marie-Sylvie, Garry,
Marie-Pierre und Bob.
Für Tim, in Liebe.
Und vor allem zum Gedenken an
Mary Woodman.

Vorbemerkung der Autorin

Dieser Roman ist in der Dordogne angesiedelt, einem Departement im Südwesten Frankreichs. Die Figuren in diesem Buch sind frei erfunden, und die Landschaft ist ein Mix aus realen und fiktiven Orten. Bis auf eine Ausnahme gibt es die beschriebenen Orchideen tatsächlich. Mögen sie weiterhin blühen und zur Freude aller beitragen.

Prolog

Im Morgengrauen ragte die Ruine des Vesunna-Tempels riesig und dunkel in die Höhe. Als Relikt aus einer Zeit, in der Frankreich ein Vorposten des Römischen Reiches gewesen war, stand sie mitten in einer Grünanlage im Herzen von Périgueux, der Hauptstadt des Departements Dordogne. Am Fuße des Tempels trieb der Wind eine leere Limodose vor sich her. Die Büchse hüpfte scheppernd einen Abhang hinunter und landete auf einem Fußweg. Von dort schlitterte sie weiter und sang ihr hohl klingendes, blechernes Lied. Sie wurde wild hin und her gewirbelt, bis sie schließlich an einem Paar Schuhe hängen blieb.

Die arg abgetragenen Boots wiesen mit der Spitze nach unten. Nackte Knöchel oberhalb der Boots deuteten darauf hin, dass der Träger keine Socken anhatte. Vielleicht besaß er keine, oder er hatte sich hastig angezogen. Der Mann war mit einem Jeansanzug bekleidet und lag auf dem Bauch, die Beine etwas höher gelagert als der Kopf. Die Arme waren angewinkelt, und die Hände hatte er wie zum Schutz um den Kopf gelegt. Ein aufmerksamer Betrachter hätte festgestellt, dass die Kleidung des Mannes gefroren und Wasser aus seinem Mund getropft war, während er so dalag, und dass sich eine kleine vereiste Pfütze in einer Mulde unter seinem Kinn gebildet hatte. Ein noch aufmerksamerer Betrachter hätte bemerkt, dass die Nasenlöcher mit einer schwarzen pflanzlichen Substanz, die wie Erde aussah, verstopft waren, als hätte der Boden sich erhoben, um dem Mann den Atem zu nehmen.

Zu dieser frühen Stunde war es im Park, der den Tempel umgab, noch ruhig. Tauben hatten sich hoch oben auf dem verfallenen Gemäuer niedergelassen und schliefen. Die Dose stieß immer wieder sanft gegen das Hindernis, an dem sie hängen geblieben war. Bis die nächste heftige Windböe sie weiter den Weg entlangtänzeln ließ.

I

Der junge Mann stach grell und fremdartig aus der Menge hervor, die sich an diesem Märztag über den Straßenmarkt eines kleinen Städtchens im Südwesten Frankreichs schob. Er war mit einer kunstvoll bestickten, safrangelben Weste bekleidet, die er offen über einem langen, weißen Baumwollgewand trug. Um seine Hüften war eine breite, bunt gestreifte Schärpe drapiert, und seine Füße steckten in hellroten Schuhen mit Bommeln an den Spitzen. Um seinen Hals war ein Stück grüner Seidenstoff geschlungen, das vorne fantasievoll geknotet war. Eine rote Kappe thronte wie ein umgestülpter Blumentopf auf seinem schwarzen, gelockten Haar.

Als wäre nicht schon seine Aufmachung auffällig genug, war der junge Mann auch noch an einen großen Kessel aus getriebenem Messing und Silber gebunden. Oder genauer gesagt, Letzterer war, wie es sich für einen traditionellen türkischen Salepverkäufer gehörte, an ihm festgeschnallt. Das Metallgefäß hing ihm im Rücken und wurde von einem Riemen gehalten, der quer über seiner rechten Schulter bis hin zur linken Achselhöhle verlief. Der Kessel verengte sich auf der Höhe des Halses, bevor er sich zu einer orientalischen Kuppel wölbte, die sich hinter dem jungen Mann wie ein zweiter Kopf erhob. Das lange, gebogene Ausgussröhrchen schaute unter seinem rechten Arm hervor. Leichter Dampf stieg aus der verzierten Tülle auf. Ein ringförmiges Metalltablett, das der Mann sich um den Bauch gebunden hatte, wartete mit Styroporbechern auf.

»*Hadi oğlum daha canlī bağir, Kazīm. Orda korkuluk gibi duruy-orsun* …«, drängte ein großer, kräftiger Mann mittleren Alters mit Schnurrbart auf Türkisch. Er stand ganz in der Nähe vor einem Bollwerk aus anatolischen Gewürzen und Nahrungsmitteln, selbst gemachten Baklavas und glänzenden Dolmades zu zwei Euro fünfzig das Stück. Dank seines Angebots unterschied sich der Stand deutlich von den übrigen, die mit den üblichen Produkten bestückt waren: Wurzelgemüse, Brot, Körbe mit Eiern, Wurstringe, Walnüsse, geräucherter Schinken vom Bauernhof, Käse, Fisch, Töpfe mit Honig und Flaschen mit dunklem Obstwein. Entenkarkassen teilten sich die Auslage mit gerupften Hühnern, deren Köpfe nach unten baumelten und die mit überkreuzten Beinen dalagen. Der Mann namens Osman Ismet hatte gesagt: »Hauch der Sache Leben ein, Kazim. Du stehst da wie eine Vogelscheuche. Wie willst du so ihre Aufmerksamkeit auf dich ziehen? Rühr die Werbetrommel! Lass deinen Spruch los! Ein echter *salepar* muss eine gute Masche beherrschen«, und so weiter. Der Schnauzbart des Türken wallte auf der Oberlippe wie die prachtvolle Mähne eines Hengstes. Kazim warf Osman, seinem Vater, einen bitterbösen Blick zu und murmelte ebenfalls etwas auf Türkisch, das so viel bedeutete wie: »Das war deine Schwachsinnsidee! Du schwafelst, und ich frier mir hier den Arsch ab.«

Das stimmte. Kazim sah schon ganz verfroren aus, und das, obwohl er unter seiner Aufmachung noch eine zweite Schicht Kleider trug. Der Rock und die Ärmel seines Gewandes flatterten wild im Wind und ermöglichten so flüchtige Blicke auf ganz herkömmliche, ausgefranste Pulloverbündchen, ausgeblichene Jeans und graue Wollsocken.

»Pass auf, was du sagst!«, rügte der Vater ihn und stieß ihn mitten hinein in den Käuferstrom, der den zentralen Platz des Städtchens füllte. »Ein bisschen mehr Respekt könnte nicht schaden.«

Es ging bereits auf zwölf Uhr zu, und das Markttreiben ließ allmählich nach. Die Menschen zogen schwer beladen von dannen. Einige Verkäufer bauten bereits ihre Stände ab. Das Geschäft war für die beiden Türken den ganzen Vormittag über schleppend gelaufen. Auch für sie würde es bald Zeit sein, die Sachen zusammenzupacken.

Missmutig und in ironischem Ton begann Kazim auf Französisch auszurufen: »In Ordnung, Leute. Hier ist es! Von weit her aus Istanbul stammend: das Aphrodisiakum des Sultans!« Er betonte dabei jede einzelne Silbe: »Aaaa-phrooo-diii-siii-aaa-kuuum des Suuul-taaans!« Seine dunklen Augen blickten verdrießlich auf die sich langsam dahinschiebenden Menschen, ruhten dann für kurze Zeit auf den Häusern, die sich gegenüber dem Verkaufsstand der Familie am Rande des Platzes befanden, und erfassten die steile Treppe, die zur Terrasse des Restaurants *Two Sisters* führte. Dann wanderte sein Blick weiter.

»Gut, gut«, ermunterte Osman Ismet ihn. »Aphrodisiakum. Das zieht immer!«

Und tatsächlich blieben einige Interessenten stehen, die von dem Geschrei des jungen Mannes angelockt worden waren und denen der Sinn nach Unterhaltung stand. Die Straßenmärkte in der Dordogne, wie in Frankreich überhaupt, dienen nicht allein kommerziellen Zwecken, sondern sind auch zum Zeitvertreib gedacht. Kazim ließ weiter seine Blicke schweifen, während er die Ware in gewünschter *salepar*-Manier anpries:

»Läuft bei euch nicht mehr viel? Einen Schluck Elan, und ihr werdet wieder munter. Wirkt auch bei euren Frauen Wunder. Nach einem jahrhundertealten Geheimrezept hergestellt. Ihr glaubt doch nicht etwa, der Alte von Scheherazade hätte ihn tausendundeine Nacht lang hochkriegen können, ohne ein bisschen nachzuhelfen? Hier ist er, Leute! Elan, der Trank der Tränke. Drei Euro der Becher! Oder ihr nehmt den Pulvermix zu zwölf Euro und bereitet es euch zu Hause zu, das Viagra des Sultans …«

Vier weibliche Teenager scharten sich kichernd um ihn. Ein Paar mittleren Alters, ein mit Gemüse, Baguettes und gebratenem Huhn beladenes Einkaufswägelchen aus Draht hinter sich her ziehend, hielt ebenfalls an. Ein großer Mann in einem grünbraun karierten Mantel bewegte sich wie eine Galeone mit vollen Segeln durch die sich lichtende Menschenmenge auf Kazim zu. Er wurde von einem dünnen, in Schwarz gekleideten Mann begleitet. Das Gesicht des Dünnen war schmal und glänzte wie eine Messerklinge. Zwei Polizisten kamen aus entgegengesetzter Richtung angeschlendert. Kazim registrierte sowohl den Mann im Mantel samt Begleiter als auch die näher kommenden Ordnungshüter. Er beugte sich rasch vor und förderte aus dem Ausgussröhrchen seines Kessels eine heiße, cremige Flüssigkeit zutage, die er ein wenig ungelenk in einem Styroporbecher auffing.

»*Voilà, Monsieur.*« Er drückte den Becher einem dicken Typen mit schwarzer Baskenmütze und unförmigem Reißverschlusspullover in die Hand, der zufällig vorbeikam. »Gratis für Sie. Ein ganz spezielles Werbeangebot.«

Der Mann, ein Schweinezüchter aus Saint-Avit-Sénieur, schnupperte misstrauisch daran. »Was ist das?«

»Etwas, wofür Sie mir noch dankbar sein werden. Alte Knacker wie Sie können ein Mittel gut gebrauchen, das ihn wieder zum Stehen bringt«, sagte Kazim, der *salepar*, betont laut. Einige Zuschauer lachten. Höhnisch wandte er sich an die Menge: »Ihr Franzosen seid doch alle gleich. Ihr wisst nich', was ihr in der Hose habt.«

»Was zum Teufel –«, protestierte der alte Knacker, während der Vater auf Türkisch zischte (sein Schnurrbart hüpfte dabei): »Bist du verrückt? So kann man doch nicht mit Kunden umgehen. Was ist bloß in dich gefahren?«

»Pass auf, was du sagst, Scheiß-Araber!«, brüllte ein brutal aussehender Jugendlicher mit Aknegesicht.

»Ja genau!«, riefen zwei Freunde von ihm.

Kazims dunkle Augen schauten direkt in das pickelige Gesicht. »Du wagst es, mich Scheißkerl zu nennen? Komm her und sprich mit mir. Oder fehlt dir dazu etwa der Mumm?«

»Ich schick' dich dahin zurück, wo du herkommst! Aber vorher machen wir dich noch einen Kopf kürzer, *sale bougne!*«, drohte das Pickelgesicht und preschte vor. Die Menge, die lebhaftes Interesse an der Auseinandersetzung zeigte, folgte ihm. Noch mehr Menschen liefen herbei, um nur ja nichts von dem Vorfall zu verpassen. Verkäufer ließen ihre Stände allein.

Kazim, eben noch ganz der *salepar*, schlüpfte schnell aus seiner Kostümierung. Der schwere Kessel fiel scheppernd zu Boden, rollte weiter, zog eine Spur schaumigen Elans hinter sich her und blieb vor einem der Holzbeine des Tisches liegen, auf dem die Familie ihre Ware ausgebreitet hatte.

»Terroristenschwein!«, kreischte eine andere Stimme.

Die beiden Polizisten, von dem Tumult alarmiert, schoben sich durch die immer dichter werdende Menschenmenge.

»Bitte! Bitte!«, rief der Vater nun mit starkem Akzent auf Französisch. Er stand mit gespreizten Beinen vor seinem kleinen, internationalen Stand und hatte die Arme in die Seiten gestemmt. »Aufhör'n! Ich Sie bitten! So man nich' reden. Wir sind friedliche Leute –«

Genau in diesem Moment prallte Kazim gegen ihn, getrieben von dem Pickelgesicht und seinen beiden Kameraden. Der Türke wurde rückwärts gegen seinen eigenen Stand geschleudert, der unter dem Gewicht der fünf Männer zusammenbrach. Es regnete Gewürze, Oliven, Baklavas, Dolmades, gefüllte Paprikaschoten und Papiertüten, die das Aphrodisiakum des Sultans enthielten.

»Auseinander!«, schrien die Polizisten, die dazwischengingen, um das Handgemenge zu beenden.

Über seinem Vater auf dem Rücken liegend, rammte Kazim dem ersten Gendarmen einen seiner Bommelschuhe in den Bauch. Da er als Einziger aufschaute, bemerkte bloß Kazim die von der Terrasse des Restaurants fallende Frau. Sie stürzte diagonal die Treppe hinunter, mit ausgestreckten Armen und weit aufgerissenem Mund wie ein Rachedschinn.

2

Madame Chapoulie eilte aus ihrem Blumenladen herbei, um zu schauen, was es mit dem Lärm auf sich hatte. Sie wäre dabei fast über die alte, am Fuße der *Two Sisters*-Treppe liegende Frau gestolpert.

»*Mon Dieu!*«, schrie die Floristin. Sie war entsetzt über den kümmerlichen Laut, der dem aufgesperrten Mund der Frau entfuhr, und über ihren starren und bereits erschreckend leeren Blick. »*Au secours!*«

Ihre Schreie lenkten die Leute von der Prügelei ab. Zu diesem Zeitpunkt hatten die beiden Polizisten die Situation ohnehin mehr oder weniger unter Kontrolle. Die Menge bewegte sich vom Platz weg herüber zu der hysterischen Floristin. Der Gendarm, der den Tritt abbekommen hatte, schleifte Kazim mit sich; der andere kam mit dem pickelgesichtigen Jungen im Schlepptau hinterher. Dessen Freunde hatten die Gelegenheit ergriffen und das Weite gesucht. Der erste Gendarm ließ Kazim los, um den Puls der Frau zu fühlen. Kazim blieb neben ihm stehen und bewegte sich nicht von der Stelle. Der andere Gendarm ließ den Festgesetzten nicht los. Er begutachtete die Lage des Körpers, die steile, sich vor ihm erhebende Treppenflucht aus achtzehn Steinstufen und bemerkte: »Sie hat wohl den Halt verloren und ist gestürzt.«

Das war die einhellige Meinung aller. Das Restaurant erstreckte sich über das gesamte obere Stockwerk zweier Häuser, die früher einmal zwei englischen Schwestern gehört hatten, weshalb der Name des Lokals eher auf Englisch als auf Französisch verwendet wurde. Die Gebäude waren durch eine schmale Gasse voneinander getrennt. Im oberen Stockwerk wurde die Kluft durch eine Hochterrasse überbrückt. Im Sommer war die Veranda ein angenehmes Plätzchen, um einen Happen zu essen oder etwas zu trinken. Im Winter hingegen war sie verwaist, sah man einmal von den Kellnern ab, die zwischen den beiden Häusern, sprich, von einem Restaurantbereich in den anderen, hin und her eilten, oder von Gästen, die die im rechten Trakt gelegene Toilette aufsuchen wollten.

»Daran sind diese verdammten Stufen schuld«, brummte ein Mann, und es gab zustimmendes Gemurmel. »Sie ist sicher durch den Tumult am türkischen Stand abgelenkt worden und gestolpert.«

»Sie hätte den Lift bentzen sollen«, ließ ein anderer vernehmen und spielte damit auf den altmodischen Fahrstuhl an, der auf der Hinterseite des Restaurants hoch- und runterkroch. Er diente sowohl als Lastenaufzug als auch zur Beförderung derjenigen Gäste, die nicht die Treppe nehmen wollten. Sie waren in der Überzahl, denn der Parkplatz befand sich ebenfalls auf der Rückseite.

Kazims Gendarm erhob sich. Er sah ernst aus. »Ich fürchte, sie ist tot.« Er zog sein Handy hervor und tippte eine Nummer ein.

Die abendlichen Acht-Uhr-Nachrichten berichteten über das Todesopfer: Amélie Gaillard, fünfundachtzig Jahre alt, Ehefrau von Joseph Gaillard, Einwohnerin der kleinen Ortschaft Écoute-la-Pluie. Todesursache: eine schwere Hirnblutung, verursacht durch den unglücklichen Sturz. Es gab eine Diskussion über den Zustand der *Two Sisters*-Treppe, die in Wahrheit einwandfrei und mit einem stabilen Geländer versehen war. Der Eigentümer des Restaurants wurde interviewt. »Wir empfehlen unseren Gästen wärmstens, den Aufzug zu benutzen«, erklärte er.

Amélies Tod wurde jedoch von der Hauptnachricht des Abends überschattet. In den frühen Morgenstunden hatten städtische Arbeiter in Périgueux eine unbekannte männliche Leiche in der Nähe des Vesunna-Tempels entdeckt. Der Tote wurde beschrieben als europäischer Typ mit braunen Haaren, blauen Augen, ein Meter achtzig groß, achtundsiebzig Kilo schwer und zwischen fünfunddreißig und vierzig Jahre alt. Einstichlöcher am Arm wiesen ihn als Drogensüchtigen und womöglich als kleinen Dealer aus. Deshalb wurde angenommen, dass er dem organisierten Verbrechen zum Opfer gefallen war.

3

Nach dem Gottesdienst begaben sich alle zum Friedhof, der in kurzer Entfernung hinter der Kirche lag. Amélies Sarg wurde von zwei Neffen (die einzigen beiden, die nicht aus der Region abgewandert waren), drei Nachbarn – Louis Boyer, Jean-Marie Roche und Olivier Rafaillac – und einem Mann aus einem anderen Gemeindebezirk getragen. Amélies zehn Jahre jüngerer, an Parkinson leidender Ehemann schlurfte hintendrein, von Francine Boyer und Maître Joffre gestützt. Der Notar war klein und grauhaarig, hatte die Sechzig bereits überschritten und kümmerte sich seit mittlerweile fast dreißig Jahren um die Angelegenheiten der Gaillards. Hinter ihnen schlossen sich die Ehefrauen der Neffen an, gefolgt von den übrigen Einwohnern von Écoute-la-Pluie, wo die Gaillards seit mehr als einem halben Jahrhundert lebten. Unter ihnen befand sich auch Mara Dunn, *la canadienne,* die direkte Nachbarin des Ehepaars. Mara schritt an der Seite von Jacqueline Godet, der Krankenschwester, die die häusliche Pflege für Joseph übernommen hatte. Das Schlusslicht bildeten Leute aus allen Gegenden der Gemeinde.

Wegen des kranken Joseph ging es nur quälend langsam voran. Die Distanz zwischen Sarg und Trauergemeinde wurde größer. Einmal erstarrte Joseph mitten in der Bewegung und zwang die Prozession so zum Anhalten. Die Sargträger aber, die davon nichts mitbekommen hatten, schritten weiter den Pfad hinunter. Der Abstand war nun schon fast ungebührlich groß, als hätte Amélies Bestimmungsort überhaupt nichts mit der Schar von Menschen zu tun, die geduldig darauf warteten, dass Josephs Gehirn wieder funktionieren würde, damit seine Füße das mühsame Schlurfen fortsetzen konnten.

Der von Mauern umgebene Friedhof bestand aus einer Ansammlung trostloser Marmorgrabmäler. Der triste Anblick wurde noch dadurch verstärkt, dass diese mit verblichenen Plastikblumen übersät waren. Dank der Hanglage blickte man auf sumpfige Felder und bewaldete Täler, zu dieser Jahreszeit allerdings entblättert und kahl. Nieselregen hatte eingesetzt, und ein rauer, böiger Wind blies unerbittlich vom Himmel. Der Sarg wurde in die Erde gelassen. Die Trauergemeinde stand dicht gedrängt beieinander, vielleicht um es ein wenig wärmer zu haben. Mara nahm verstohlene Blicke wahr. Der Artischockenbauer war der Erste, der sich umschaute. Weitere Köpfe wendeten sich, und Blicke begegneten sich. In ihren Gesichtern war zu lesen: Sie ist nicht gekommen. Und würde es wohl so spät auch nicht mehr tun. Aber ob ihr Gesichtsausdruck Missbilligung, Empörung oder Erleichterung verhieß, konnte Mara nicht ausmachen.

Als Zugereiste, die erst seit neun Jahren in dem kleinen Dorf wohnte, war Mara der Tochter der Gaillards noch nie begegnet. Mara wusste bloß, dass sie bereits vor vielen Jahren von zu Hause ausgezogen war und dass nie ihr Name fiel. Es war so, als hätte Christine Gaillard aufgehört zu existieren. Mara hatte aber nie nach dem Grund gefragt. Das stand ihr, wie sie fand, nicht zu.

Der Pfarrer hatte die Beerdigungszeremonie schon fast beendet, als das Metalltor des Friedhofs quietschte. Ein Mann und eine Frau unter einem großen Golfschirm kamen herbeigeeilt. Der grünweiße Schirm war der einzige Farbtupfer an dem ansonsten düsteren Ort. Ihr Auftauchen ging mit leisen, überraschten Ausrufen einher.

»*Ils sont venus!*«

»*Que c'est gentil.*«

»*Joseph sera touché …*«

Sie sind gekommen! Wie nett von ihnen. Joseph wird gerührt sein …

Die O'Connors waren gekommen. Monsieur und Madame O'Connor hatten den ganzen weiten Weg aus Florida auf sich genommen, um Abschied zu nehmen, wohingegen die herzlose Tochter … Es gab hektisches Kopfnicken, leise Begrüßungen und schnelles Händereichen. Mara kannte das Paar nicht sehr gut, aber da sie Frankokanadierin aus Montreal war, umarmte sie ihre nordamerikanischen Landsleute dennoch kurz. Von Daisy wurden ihr Luftküsse zuteil. Mara gewann einen flüchtigen Eindruck, wie dürr sie war und wie süß ihr Parfum roch. Von Donny blieb die seidige Berührung mit seiner teuren Wildlederjacke im Gedächtnis, die zweifellos wetterfest war, sowie ein Hauch seines Aftershaves. Daisy trug einen dunkelblauen Trenchcoat und über ihrem aschblonden Haar eine durchsichtige Kopfbedeckung aus Plastik, die mit weißen Punkten besetzt war. Die O'Connors kamen schon seit Jahren in die Dordogne. Sie besaßen ein Haus in Grives, einem kleinen Ort in der Nähe.

Mit betonter Lässigkeit boten Donny und Daisy an, ihren Schirm zu teilen, und schlüpften zwischen Mara und die dralle Suzanne Portier, deren Walnussgarten an das Grundstück der Gaillards angrenzte.

»Schreckliches Wetter heute!«, sagte Daisy affektiert auf Englisch zu Mara. Ihre roten Lippen verzogen sich dabei angewidert. Die Bohnenstange mit den intensiven blauen Augen erinnerte Mara an eine Barbiepuppe in mittleren Jahren. »Der Flug hierher war schrecklich. Wie nimmt Joseph es auf?«

»Nicht gut«, antwortete Mara wahrheitsgemäß. Joseph stand zitternd am Kopfende des Grabes und wurde nach wie vor von Francine Boyer und Maître Joffre gestützt. Er hatte die Amerikaner noch nicht bemerkt. Francine war es schließlich, die Joseph die einzelne rote Rose abnahm und sie ins offene Grab fallen ließ. Andere sagten Lebewohl, indem sie eine Hand voll feuchter Erde hinunterwarfen, die dumpf auf dem Sarg aufschlug.

»Es ist so traurig«, murmelte Daisy. »Ehrlich gesagt, waren sie wie eine Familie für mich. Ich musste einfach kommen. Joseph zuliebe. Amélie hätte das so gewollt.«

Kurz darauf verließ die Barbiepuppe den schützenden Schirm, um Francine Boyers Platz einzunehmen und den Witwer in die Arme zu schließen. Mara erhaschte einen flüchtigen Blick auf Josephs Gesicht, das verwirrt über der Trenchcoat-Schulter auftauchte. Es zerriss ihr das Herz. Sie selbst hatte sich gescheut, während des Gottesdienstes und der Beisetzung zu ihm zu gehen. Dies war den Angehörigen und guten Freunden der Familie vorbehalten. Sie fühlte einen Anflug von Entrüstung, dass diese Barbiepuppe sich so mir nichts dir nichts vorgedrängelt hatte.

Dann war die Beerdigung zu Ende. Alle hatten ihre Anteilnahme bekundet, und es regnete jetzt stärker. Die Trauergemeinde eilte so schnell, wie die Etikette es zuließ, zu dem überdachten Kirchenportal und dem kleinen Platz zurück, auf dem die Autos geparkt waren. Mara ging jetzt alleine. Sie war eine kleine, schlanke Person in den Vierzigern mit ovalem Gesicht und spitz zulaufendem, energischem Kinn. Regen perlte von ihrer schwarzen Baskenmütze ab, die sie tief ins Gesicht über die dunklen, kurzen Haare gezogen hatte. Das Wasser tropfte vom Pony und blieb an den Wimpern hängen. Sie blinzelte, und ihr ging auf, dass sie mit dem Regen auch Tränen wegblinzelte. Sie suchte in ihrer Tasche nach einem Taschentuch und putzte sich die Nase.

Jacqueline Godet, die kleine, dicke Krankenschwester, schloss zu ihr auf und watschelte neben ihr her.

»Grausam ist das … Dass sie als Erste gehen musste«, stieß sie atemlos hervor.

»Ja.« Mara hatte angenommen – alle hatten das –, dass Amélie Joseph überleben würde. Achtzehn Stufen hatten alles verändert. »Wird er so allein zurechtkommen?«

»Ach, das wird er. Die häusliche Pflege … kann noch ausgeweitet werden. Bis dahin … werde ich täglich bei ihm vorbeischauen. Wir nehmen es einfach, wie es kommt.«

»Aber« – Maras dunkle Augen blickten besorgt – »er hat immer häufiger Bewegungsblockaden. Sie haben es ja eben selbst gesehen. Was, wenn er fällt?«

»Es geht ihm besser, als es den Anschein hat«, versicherte die Krankenpflegerin. »Er hat nur einen schlechten Tag. Sie können sich ja denken, warum.«

Donny O'Connor gesellte sich zu ihnen. »Sprechen Sie über Joseph?« Galant hielt er den Golfschirm über sie. Er war ein großer Mann, der die fünfzig überschritten hatte. Sein eisengraues Haar war jungenhaft kurz geschnitten, er trug keinen Hut. »Daisy meint, er ist in ziemlich schlechter Verfassung. Sie macht sich auch Sorgen um sein Herz. Parkinson mag ja in erster Linie eine neurologische Erkrankung sein, aber sie greift auch die Muskeln an. Und das Herz ist ja bekanntlich ein Muskel. Außerdem haben wir gerade gehört, dass er anfängt, unter Wahnvorstellungen zu leiden. Sieht Dinge in seiner Umgebung und Ungeziefer im Essen.«

»Das kommt von den Medikamenten«, sagte Jacqueline. »Das ist nicht weiter bedenklich. Sie gewöhnen sich daran.«

Mara warf einen Blick hinter sich. Joseph befand sich ganz am Ende der ungeordneten Prozession, zwischen Maître Joffre und Daisy. Die Amerikanerin stakste unsicher auf hohen, sich in den weichen Untergrund grabenden Absätzen daher. Sie schien sich eher an Joseph festzuhalten als ihm vorwärtszuhelfen. Der Notar, der am liebsten alle gleichzeitig unter seinen Schirm genommen hätte, mühte sich ab, beide zu stützen.

Die Krankenschwester schüttelte den Kopf. »Es ist der alltägliche Kram, der mir am meisten Sorge macht. Amélie … hat sich immer um alles gekümmert. Er war völlig abhängig von ihr. Er wird lernen müssen … nun allein klarzukommen. Das Hauptproblem sind … seine Tabletten. Er muss sie immer pünktlich nehmen, das ist ganz entscheidend.«

Donnys stets gebräuntes Gesicht – er spielte das ganze Jahr über Golf, wie Mara wusste, und hatte sogar schon an Profiwettkämpfen teilgenommen – sah besorgt aus. »Nun, wenn Sie mich fragen, ist es schlimmer um ihn bestellt als vergangenen Herbst, wo wir ihn zuletzt gesehen haben.« Die Vokale und das kehlige *R* bereiteten dem Amerikaner ein wenig Mühe, aber alles in allem war sein Französisch ganz passabel.

Jacqueline zuckte mit den Achseln. »Parkinson schreitet fort. Deshalb wird sein Zittern ... seine Bewegungsunfähigkeit immer schlimmer sein als vorher. Er lebt jetzt schon seit zehn Jahren mit der Krankheit. Aber er ist zäh, der alte Knabe. Er wird es noch ... eine ganze Weile machen. Ich kenne Parkinsonpatienten ... die fünfzehn, zwanzig Jahre allein klargekommen sind.«

Sie erreichten den Platz. Fröstelnd drängten sich alle in kleinen Grüppchen unter dem triefenden Kirchenportal zusammen. Inzwischen war Donnys Bürstenschnitt über und über mit feinen Tropfen durchsetzt. Als Letzter tauchte Joseph auf, vom Notar geführt und mit Daisy an der Seite, die immer noch so tat, als stütze sie ihn. Daisy machte sich los und gesellte sich zu ihrem Mann, Mara und Jacqueline.

»Er macht ja einen schlimmen Eindruck«, sagte sie vorwurfsvoll zu der Krankenschwester. Anders als bei ihrem Mann waren ihre *R*'s schön geformt und ihr Französisch fließend. »Er kommt unmöglich ohne Amélie klar.«

»Er macht im Moment eine schwere Zeit durch«, entgegnete Jacqueline. Ihr ganzer Körper spannte sich. »Aber mit unserer Hilfe wird es schon irgendwie gehen.«

Daisy schüttelte energisch den Kopf. Ihre Plastikkopfbedeckung rieb sich hörbar am Kragen ihres Mantels, und Wasser spritzte in alle Richtungen. »Es geht nicht darum, ihn irgendwie durchzubringen. Auf dem Weg hierher habe ich schon zu Donny gesagt, wie gut es ihm doch ging, als Amélie noch am Leben war. Die Frau war ein Engel. Jetzt aber braucht er professionelle Betreuung rund um die Uhr. Er gehört in ein geeignetes Pflegeheim.«

»Wir machen uns große Sorgen«, sagte Donny.

Mit versteinerter Miene antwortete Jacqueline: »Er will aber nicht ins Heim. Er möchte bis zum Schluss im eigenen Haus bleiben, auf seinem Grund und Boden. Das ist sein gutes Recht …« Sie brach ab und rang nach Atem.

»Ganz richtig!«, murmelte Mara und erntete dafür einen kühlen Blick von Daisy.

»Und es wird gut für ihn gesorgt werden, falls Sie sich deswegen Sorgen machen sollten«, setzte Jacqueline barsch hinzu.

»Oh, *so* war das nicht gemeint«, antwortete Daisy.

»Ganz und gar nicht«, kam Donny ihr zu Hilfe, sichtlich darum bemüht zu schlichten. »Wie auch immer, Daze, die Krankenschwester kann die Lage sicher am besten beurteilen.« Er kannte Jacqueline, nannte sie aber trotzdem immer »die Krankenschwester«, als hätte sie außerhalb ihres Berufes keine Existenz.

Mara überließ es den Amerikanern, mit Jacqueline Frieden zu schließen, und näherte sich Joseph, der sich mit Maître Joffres Hilfe langsam auf das Auto des Notars zubewegte.

»Sie ist tot«, sagte Joseph, als Mara sich zu ihm gesellte und seinen freien Arm ergriff. Das hatte er während des Gottesdienstes und am Grab zu jedem gesagt, als könne ihm die Wiederholung irgendwie helfen, das Geschehene zu begreifen. Sein starres, von der Krankheit gezeichnetes Gesicht war nicht in der Lage, Gefühle auszudrücken, aber aus seinem Blick sprach der Schmerz ungeweinter Tränen. Die schlaffen unteren Lider waren rot und trocken. Mara musste an etwas Ausgedörrtes und gleichzeitig frisch Enthäutetes denken.

»Ja, sie ist tot, und wir werden sie alle sehr vermissen«,

versuchte sie ihn zu trösten. »Aber du bist nicht allein, Joseph! In deiner Umgebung gibt es ganz viele Menschen, die sich um dich kümmern werden und dir beistehen wollen.« Nachbarn, die zwar selbst älter wurden, aber die ihn aus Solidarität unterstützen würden. Und sie selbst. Sie war der Neuankömmling, die jüngste Einwohnerin von Écoute-la-Pluie. Jetzt konnte sie all die Freundschaft zurückgeben, die Amélie und Joseph ihr geschenkt hatten. Sie wandte sich an den Notar.

»Kommen Sie noch mit?« Es würde einen einfachen Leichenschmaus bei den Boyers geben.

»*Oui*«, seufzte Maître Joffre. Er öffnete die Wagentür. »Was für ein trauriger Tag!«

Mit vereinten Kräften bugsierten sie Joseph auf den Beifahrersitz. Er war einst ein stattlicher Mann gewesen, und war es immer noch, obwohl es Mara heute so vorkam, als bestünde er nur noch aus Haut und Knochen. Er sah dem Notar hinterher, der sich zur Fahrerseite begab. Joseph zog heftig an Maras Ärmel.

»Du musst es herausfinden.« Sein Unterkiefer zitterte, und seine Stimme war kaum vernehmbar. Mara musste sich vorbeugen, um ihn zu verstehen. »Mir werden sie es nicht sagen. Aber dir vielleicht.«

»Was werden sie dir nicht sagen, Joseph?«, fragte sie sanft.

»Warum?« Joseph sah sie flehentlich an. »Warum war sie dort oben?«

4

»Gibt es sie, oder gibt es sie nicht?«, fragte der Orchideenfan und tippte auf die aufgeschlagene Seite des Buches, das sie zwischen sich hielten.

»Wie ich bereits gesagt habe, handelt es sich um einen unbestätigten Fund. Leider nicht mein eigener«, sagte Julian Wood.

Der Orchideenfan war eine imposante Frau, deren üppige Brüste ihm fast ins Gesicht geschlagen wären, als sie sich vorbeugte, um ihre Argumente vorzubringen. Außer diesen beiden Körperteilen nahm er ebenfalls die klugen blauen Augen und das runde, von unnatürlich rotem Haar umgebene Gesicht wahr. Neben dieser Frau kam er sich klein und verzagt vor. Allerdings saß er, und sie stand, was ihr ungerechterweise einen Vorteil verschaffte. Er war gebürtiger Engländer mittleren Alters mit melancholischen Gesichtszügen und einem ungepflegten Vollbart und von großer, schlanker Statur. Deshalb empfand er den kleinen Tisch, an dem er hockte, auch als äußerst unbequem. Dieser stand unmittelbar im Eingangsbereich der Librairie Mazeau, der neuesten Buchhandlung in Bergerac. Es ging darum, die Kunden auf sein jüngstes Werk *Les orchidées sauvages de la Dordogne/Wilde Orchideen der Dordogne* aufmerksam zu machen und sie dazu zu animieren, eines der sich neben ihm auf dem Boden stapelnden, signierten Exemplare zu kaufen. Grundsätzlich war der Zeitpunkt, ein Buch über Blumen herauszubringen, gut gewählt, da der Frühling vor der Tür stand. Aber der Winter hatte das Land noch fest im Griff; die Leute waren ermattet und griesgrämig nach den langen, verdrießlichen Monaten und noch weit davon entfernt, auf den Frühling zu bauen. Bisher hatte er nur diese Frau und die kalte Luft angezogen, die hereinströmte, wenn die Tür aufging.

»Ach, und warum ist sie dann in Ihrem Buch abgebildet?« Ihr Englisch war hölzern, aber korrekt. Deutsche, dachte er. Oder Schweizerin, korrigierte er sich, da er einen singenden Tonfall herausgehört hatte.

»Weil ich mir fast hundertprozentig sicher bin, dass sie einst in diesen Breiten vorgekommen ist und hoffentlich immer noch hier gedeiht.« Worüber Julian so andächtig sprach, war eine Frauenschuhorchidee, auf deren Existenz bisher bloß zwei Abbildungen verwiesen. Sein Buch, ein liebevoll kommentierter, reich illustrierter, zweisprachiger Botanikführer zu sämtlichen in der Dordogne vorkommenden Erdorchideenarten, enthielt auch ein unscharfes Foto und eine von einer Künstlerin angefertigte Zeichnung eines Exemplars. Er hatte sie zunächst einmal Cypripedium incognitum genannt – denn sie war völlig unbekannt. Die Orchidee war von geheimnisvoller und fast erschreckender Schönheit. Ihre untere hellrosa Petale, Lippe oder Labellum genannt, wies die typische Pantoffelform auf, die der Gattung ihren Namen gegeben hatte. Sie wurde von zwei erstaunlich langen, spiraligen, dunkelvioletten Petalen flankiert, die effektvoll zur Seite standen.

Vielleicht lag es daran, dass sie unbekannt war. Jedenfalls zog Cypripedium incognitum Julian so magisch an wie Sirenengesang. Finde mich, schien die Orchidee ihm zuzuflüstern. Und von dem Augenblick an, in dem sie vor einigen Jahren in sein Leben getreten war, war er besessen gewesen, genau dies zu tun: Hügel, Wiesen und Wälder nach ihr abzusuchen. Er glaubte fest daran, dass diese Blume, die so verlockend wie die Erscheinung einer Braut war, eines Tages seine Suche belohnen und sich ihm zeigen würde. Irgendwo da draußen, auf einem sonnendurchfluteten Bergrücken oder hinter der nächsten Biegung, wartete sie auf ihn, nur auf ihn.

Die Frau war immer noch skeptisch und sagte: »Sie wissen ja sicher, dass in Westeuropa nur eine Frauenschuhart beheimatet ist, nämlich Cypripedium calceolus. Falls sich diese hier« – sie tippte wieder auf die Stelle – »als einheimisch entpuppt, wird es zwei Arten geben. Das wäre eine botanische Sensation!«

Großer Gott, das musste sie ihm doch nicht extra sagen! Diese fantastische Möglichkeit trieb ihn schon seit einiger Zeit um.

»Aber ich halte es für wahrscheinlicher«, fuhr sie fort, »dass es sich um eine Importorchidee handelt, die irgendwie den Weg in die Natur gefunden hat.«

»Selbst dann wäre es noch außergewöhnlich«, konterte Julian. Die Chance, dass ein umgepflanztes Exemplar überlebte, war gering, was nicht nur den Reiz seines Cypripedium erhöhte, sondern es auch verwundbar und gleichzeitig kühn erscheinen ließ.

»Hm. Was die seitlichen Sepalen angeht, sind Sie sich da sicher?« Sie spielte auf zwei schwarzviolette Blütenblätter an, die zu beiden Seiten des Labellums herunterhingen; ein drittes oberes Blatt im selben Farbton neigte sich nach vorne wie eine Kapuze. »Auch da habe ich so meine Zweifel. Wie Sie wissen, sind bei allen Frauenschuhorchideen, mit Ausnahme des Widderfrauenschuhs und Cypripedium plectrochilum, die beiden seitlichen Sepalen zusammengewachsen.

In Ihrem Buch werden sie aber eindeutig voneinander getrennt dargestellt.«

»Das ist es ja gerade, was diese Orchidee so besonders macht.«

»Aber woher nehmen Sie Ihre Gewissheit? Etwa von dieser schlechten In-situ-Aufnahme und von dieser Zeichnung, die nur auf einer Stickerei beruht?« Das Foto, auf das sie sich bezog, hatte Maras Zwillingsschwester Bedie im Mai 1984 gemacht; die Zeichnung hatte eine befreundete Künstlerin anhand einer alten Stickerei aus dem Jahr 1869 angefertigt, auf der ein Cypripedium incognitum abgebildet war. Bedie konnte zu der Orchidee leider nicht mehr befragt werden. Sie hatte all ihr Wissen mit ins Grab genommen. Die Handarbeit hingegen erzählte eine Geschichte. Sie war wirklich bemerkenswert. Die Person, die sie angefertigt hatte, hatte ein Auge fürs Detail gehabt. Die Stickerei war die detailgetreuste Darstellung der Blume, die Julian besaß. Auf die unscharfe, fleckige Aufnahme war kein Verlass. Für sich genommen, konnte sie auch nur eine vereinzelte Laune der Natur zeigen. Die Stickerei jedoch war botanisch genau und verlieh der Blume einen zweiten, viel früheren Bezugspunkt. Beides zusammen gab Julian die Gewissheit, dass die Orchidee, sei sie nun einheimisch oder importiert, nicht einmalig gewesen war.

»Außerdem«, fuhr die Schweizerin fort, »geben Sie in Ihrem Buch keinerlei Hinweise, wie Sie zu dem Foto gekommen sind oder woher die Stickerei stammt.«

»Nein«, sagte Julian bestimmt. »Das tue ich nicht.« Das hätte nämlich bedeutet, die Gebiete preiszugeben, auf die sich seine Suche konzentrierte. Die Welt war voller Orchideenjäger. Und die meisten waren in seinen Augen völlig skrupellos.

»Hm«, erwiderte sie und versuchte wohl, seine Motive zu ergründen. »So eine Orchidee ist mir noch nie untergekommen, und das ich würde ich sehr gerne ändern. Ich bin nämlich speziell an Frauenschuhorchideen interessiert. Und diese hier« – ihre klugen, hellen Augen richteten sich direkt auf ihn – »hätte ich besonders gern, das gebe ich ganz offen zu.« Sie hielt inne und warf ihm einen prüfenden Blick zu. »Ich bin auch bereit, Ihnen eine hohe Summe zu zahlen, wenn Sie sie für mich finden.«

»Wie bitte?« Er starrte sie mit offenem Mund an und konnte nicht glauben, was er da hörte. Sie gedachte ihn also zu engagieren, wie in vergangenen Jahrhunderten Orchideensammler Pflanzenjäger angeheuert hatten, die ihnen aus allen Teilen der Erde exotische Arten mitbringen sollten. Er verstand schon, was diese Sammler antrieb – in gewisser Hinsicht war er ja ähnlich verrückt wie sie –, aber diese Alpenwalküre war wirklich dreist. Wenn die Orchidee überhaupt jemandem zustand, dann doch wohl ihm. Er hatte nicht vor, etwas auszuhändigen, das sich unter Umständen als größter Orchideenfund des 21. Jahrhunderts in der botanischen Fachwelt herausstellen könnte – einer Welt, die er eines Tages in Aufruhr zu versetzen gedachte. Er versuchte, ein Mindestmaß an Höflichkeit zu zeigen.

»Ähm – es war nett, mit Ihnen zu plaudern.«

»Vielleicht habe ich mich nicht klar genug ausgedrückt. Ich will diese Orchidee.«

Doch, das hatte sie, und er wollte, dass sie ging. Sie versperrte den Eingang und hielt damit auch, was noch entscheidender war, potenzielle Käufer ab. Die Tür öffnete sich – wieder strömte eiskalte Luft herein –, und ein Mann quetschte sich vorbei.

Julian machte einen Rückzieher. »Wie gesagt, es handelt sich um einen unbestätigten Fund. Es gibt also keine hundertprozentige Sicherheit.«

Ihre Augen formten sich zu schmalen Schlitzen. »Wollen Sie etwa sagen, Sie wissen nicht, ob es dieses Ding wirklich gibt?«

»Nein. Hm, ja. So etwas in der Art meinte ich wohl.«

»Ha!« Aus ihrem breiten roten Mund war ein räuberisches Lachen zu vernehmen, und sie klopfte ihm ausgelassen auf die Schulter. Der Schlag ließ ihn rückwärts taumeln. »Sie wollen sich nur drücken.« Sie sprach es wie »trücken« aus. »Sie haben Angst, ich nehme Ihnen Ihr Kleinod weg. Also gut! Dann beweisen Sie mir bloß, dass Cypripedium incognitum wirklich existiert. Auch dafür zahle ich.«

Julian hievte sich hoch. Er war größer als sie, aber nicht viel. »Aber das ist doch genau der Punkt, nicht wahr?«, sagte er forsch. »Um ihre Existenz zu beweisen, muss ich sie erst mal finden. Wie Sie sehen, befinde ich mich also in der Zwickmühle. Und falls ich sie finde – wenn ich sie finde – dann brauche ich kein Geld mehr.«

Er grinste hämisch. Das sollte sie sich mal schön durch den Kopf gehen lassen.

Die Frau schob die »Zwickmühle« einfach beiseite. »Ich bin nicht bloß irgendeine gewöhnliche Sammlerin, Monsieur Wood. Ich bin ebenfalls Botanikerin und Züchterin. Ich habe mich auf Frauenschuhorchideen spezialisiert. Mein Gewächshaus ist voller seltener Arten, die Leute von überall her sehen möchten. Ich heiße Adelheid Besser. Sagt Ihnen der Name etwas?«

»Oh.« Das tat er durchaus, und Julian war ganz flau zumute. Sie hatte den Ruf, extrem raffgierig zu sein, und war genau die Sorte Mensch, vor der er seine Orchidee schützen musste.

Großspurig fuhr sie fort: »Aber mein Interesse beschränkt sich nicht allein auf das Sammeln und Züchten von Orchideen. Ich untersuche außerdem, inwieweit sie in der Nahrungsmittelindustrie und in der Medizin von Nutzen sein können. Wussten Sie zum Beispiel, dass der europäische Frauenschuh eine äußerst interessante phytochemische Zusammensetzung hat? Er enthält Cypripedin, ein allergenes Chinon, das bei manchen Menschen einen schlimmen Hautausschlag hervorrufen kann.«

Ich bekomme Ihretwegen Hautausschlag, dachte er.

»Die Pflanze produziert diese Substanz, um sich gegen Pilzattacken zu schützen. Haben Sie jemals daran gedacht, dass Cypripedin vielleicht antimykotische Eigenschaften besitzen könnte, aus denen sich kommerzieller Nutzen ziehen ließe?«

Um Himmels willen. Julian dachte voller Sorge an seine Orchidee, und ihm drehte sich der Magen um. Sie würde sie zu Pulver verarbeiten. Oder kochen. Um daraus ein Mittel gegen Fußpilz herzustellen. Er starrte sie entsetzt an, so wie er auch einen Kannibalen angestarrt hätte, der ihn zu fressen beabsichtigte.

»Also«, sprach sie unbeirrt weiter, ohne sich um seine Gemütsverfassung zu scheren, »um wieder auf Cypripedium incognitum zurückzukommen: wenn Sie mir den Beweis erbringen, dass es diese Orchidee tatsächlich gibt, bin ich, wie gesagt, bereit, Sie gut zu entlohnen. Lassen Sie sich mein Angebot durch den Kopf gehen, und rufen Sie mich an.« Sie gab ihm ihre Visitenkarte.

»Hören Sie, ich habe wirklich kein Interesse –« Er wich

zurück, als er Adelheid Bessers üppigen Körper wieder auf sich zukommen sah.

»Ich an Ihrer Stelle«, sagte sie in drohendem Ton, »würde nicht allzu lange warten.«

5

Am späten Nachmittag fuhr Julian nach Écoute-la-Pluie zurück. Seit der Begegnung mit Adelheid Besser fühlte er sich verfolgt und hilflos. Verfolgt, weil er seine Orchidee vor Leuten wie ihr unbedingt schützen wollte; hilflos, weil er die Blume, um sie schützen zu können, erst einmal finden musste. Sie würde nicht vor Anfang Mai in Blüte stehen – wenn sie überhaupt blühte; Orchideen konnten verdammt launisch sein. Bis dahin konnte er wenig tun. Ohne Blüte würde Cypripedium incognitum nur schwer auszumachen sein.

Als er nach Hause kam, war Mara in der Küche und bereitete ein *gratin dauphinois* zu. Sie wechselten sich abends mit dem Kochen ab. Heute war Mara an der Reihe, und wie immer, wenn sie kochte, war sie mit ihren Gedanken ganz woanders, wenn nicht gar ausgesprochen griesgrämig. Julian gab ihr einen flüchtigen Kuss und zwängte sich zwischen ihren beiden Hunden hindurch, um sich ein Bier aus dem Kühlschrank zu holen.

»Wie kommt Joseph damit klar?« Er kannte die Gaillards nicht gut, aber er hatte Amélie gemocht, und es tat ihm leid, dass er ihr wegen der Signierstunde nicht die letzte Ehre hatte erweisen können.

»Nicht gut. Ich habe ihm gesagt, dass du es sehr bedauerst,

nicht dabei sein zu können. Im Augenblick sind ein Neffe und dessen Frau bei ihm.« Sie schielte durch die Gleitsichtbrille auf ein aufgeschlagenes Kochbuch. Sie hatte sich nie ganz an die Brille gewöhnt und konnte weder nah noch fern gut sehen. »Aber sie können nur noch ein paar Tage bleiben. Danach werden Jacqueline und eine andere Krankenschwester sich ablösen und täglich bei ihm vorbeischauen, bis sich eine feste Pflegekraft gefunden hat. Und Francine Boyer, Huguette Roche, Suzanne Portier und ich werden abwechselnd zu ihm gehen, um einzukaufen und für das Abendessen zu sorgen. Ich bringe ihm später eine Portion hiervon rüber.«

»Armer alter Kerl. Wer hätte gedacht, dass sie mal als Erste gehen würde?« Julian sprach aus, was alle dachten. Er umrundete Mara, nahm sich ein Glas und kramte in den Schubladen. Ihre Bilderbuchküche wartete mit farblich aufeinander abgestimmten Geräten, flexiblen Lichtleisten und einem großen Tisch in der Mitte mit dazu passenden Stühlen auf, die für Julian allerdings zu niedrig waren. Mara war von Beruf Innenarchitektin und hatte ihr Büro erfolgreich von Montreal in die Dordogne verlegt, wo ihre Dienste sehr gefragt waren. Trotzdem hatte Julian immer noch nicht herausgefunden, wo Dinge wie etwa der Flaschenöffner aufbewahrt wurden.

»Hier.« Sie hatte den Öffner in der Spülmaschine entdeckt. »Und jetzt hör auf, die ganze Zeit um mich herumzuschleichen!«

Er trat einen Schritt zurück und beobachtete sie, während er an seinem Bier nippte und nichts so recht mit sich anzufangen wusste.

Aus Julians Sicht bestand das Problem darin, dass das übrige Haus wie ihre Küche war: allein zum Vorzeigen gedacht.

»Mein Haus ist mein Aushängeschild, mein Schaufenster«, hatte sie ihm erklärt, als er sie das erste Mal besucht hatte.

»Ja, aber die Auslage wechselt ständig.«

Der Grund dafür war, dass sie nebenher auch noch mit ausgesuchten Möbeln und Wohnaccessoires handelte. Sie durchstöberte permanent Trödelläden und *vide-greniers* und förderte einen alten Bauernschrank, eine Kamineinfassung oder eine antike Standuhr zutage, die alle einen Platz bei ihr im Esszimmer, im Salon oder in der Diele fanden, bis sie schließlich verkauft wurden. Andere Gegenstände würden dann an ihre Stelle treten. Das machte es Julian sehr schwer, sich wohlzufühlen.

Aber sein Frust wegen der Möbel war noch gar nichts im Vergleich zu dem Kleinkrieg, den er mit Madame Audebert, Maras Putzfrau, führte. Sie war eine hagere, niederträchtige Person, die ihn von Anfang an nicht hatte leiden können. Jedes Mal, wenn sie da war, funkelten ihn ihre Augen, so schwarz wie Oliven, zornig an. Bei der Arbeit verzog sie die ganze Zeit missbilligend den Mund.

»Sie lassen überall Ihre Sachen liegen«, beschwerte die Audebert sich oft bei ihm. »Und dann sind da noch Ihre Pflanzen.«

Julian mochte alles, was wuchs. Er hatte ein ganzes Heer Topfpflanzen mitgebracht, die Blätter fallen ließen und jedes Mal verschoben werden mussten, wenn die Putzfrau die Möbel polieren wollte.

»Und dann Ihr Hund. Seine Haare sind überall!«

Anfangs hatte er sich noch große Mühe gegeben, das Herz der eisernen *femme de ménage* zu erobern. Er hatte sich rasch hin und her bewegt und stupide gelächelt, wenn sie ihn mit dem ihn wie ein wütender Dinosaurier anbrüllenden Staubsauger unerbittlich von einem Zimmer ins nächste trieb. Er hatte es auch mit Konversation versucht. Aber Madame Audebert wollte nichts mit ihm zu tun haben. Von den entrüsteten Oliven-Blicken über den Schmollmund hatte sich ihre Feindseligkeit bis hin zum offenen Krieg gesteigert. Schon bald stellte Julian jegliche Bemühungen ein. Er wusste, dass gute Reinemachefrauen schwer zu finden und sogar noch schwerer zu halten waren. Manchmal fragte er sich, für wen Mara sich wohl entscheiden würde, wenn es hart auf hart käme.

Das war wahrscheinlich auch der Grund, warum er des Öfteren das Bedürfnis verspürte, für ein paar Tage in sein winziges Häuschen außerhalb von Grissac zurückzukehren. Er gab vor, nach dem Rechten zu sehen. In Wahrheit wollte er sich aber einfach entspannen und sich vergewissern, dass es, sollte sich die Situation in Écoute-la-Pluie zu sehr verschlechtern, immer noch einen Ort gab, an den er gehen konnte. Es war eine Art inoffizielle Auszeit, die er nutzte, um sich wieder mit seinen Büchern (er besaß unglaublich viele), seinem alten Ledersessel (der sich im Laufe der Jahre seinem Körper perfekt angepasst hatte) und seinem rauchenden Kamin anzufreunden. Er wusch seine Wäsche, werkelte herum, sinnierte über den Zustand des Daches und überprüfte, ob der Winter im Garten Schaden angerichtet hatte. Mara schien diese Unterbrechungen in Kauf zu nehmen; vielleicht begrüßte sie sie sogar. Das war es, was seine Situation so besonders machte: er war weder hier noch dort. Ich komme mir vor wie ein Camper, dachte er betrübt.

In Maras Augen war die *ménage à deux* ein unerlässliches

Experiment. Sie hatten beide eine unglückliche Ehe hinter sich; und beide hatten sich an das Alleinsein gewöhnt. Nach monatelangen Verabredungen war Zusammenleben auf engerem Raum für sie der nächste logische Schritt gewesen.

»Eine Beziehung ist wie ein Haifisch«, sagte sie oft. »Sie muss vorankommen, oder sie säuft ab.«

Aber es gab Zeiten, in denen sie sich tatsächlich fragte, was sie und Julian eigentlich verband.

»Unsere Vorstellungen vom Leben sind so unterschiedlich«, hatte sie sich mehr als einmal bei ihm beklagt.

»Ja«, hatte er ihr beigepflichtet. »Du magst es, Dinge in Bewegung zu bringen und einen Raum zu gestalten, sogar den zwischen Menschen.«

»Es gefällt mir, aus einer schlechten Anordnung das Beste herauszuholen. Das ist mein Metier. Daran ist doch nichts auszusetzen. Du aber scheinst dich gerne einfach nur treiben zu lassen.«

»Und ich schätze, aus der Sicht des Hais kommt das dem Absaufen gleich, oder?«

»Na ja, manchmal ist es wichtig, die Initiative zu ergreifen. Nehmen wir doch mal Madame Audebert.«

»Meinetwegen kannst du sie haben.«

»Julian, bitte! Ich meine es ernst. Ich räume immerhin auf, bevor sie kommt. Ich will, dass es hier ordentlich aussieht.« Es erstaunte sie, mit welcher Lässigkeit Julian einfach seine Barthaare im Waschbecken, seine Kleider auf der Heizung und seine Lektüre im ganzen Haus herumliegen ließ und sich jedes Mal aufs Neue zu wundern schien, dass das mit Konsequenzen verbunden war.

»Oder das Thema Kommunikation. Ich halte es zufällig für

wichtig, über Dinge zu sprechen, zum wahren Kern in uns vorzudringen. Wohingegen du immer alles, selbst das, was von mir kommt, gleich für bare Münze nimmst.«

»Himmel, steh mir bei!«, war sein einziger Kommentar.

Außerdem hatte er die unerfreuliche Angewohnheit, in der Gegend herumzustehen, so wie jetzt gerade, und groß, zerzaust und ein wenig deplatziert zu wirken. Und dann war da noch seine Leidenschaft für Pflanzen.

Normalerweise hätte Mara alles mit einer E-Mail bei ihrer besten Freundin und wichtigsten Ratgeberin Patsy Reicher abladen können. Diese hatte vor einiger Zeit ebenfalls in der Dordogne gewohnt, war inzwischen aber wieder nach New York zurückgekehrt. *Patsy,* hätte sie geschrieben, *was mache ich bloß mit einem Mann, den eine Blume stärker in Wallung bringt als ich?* Und Patsy hätte ihren klugen, hennarot gefärbten, krausen Lockenkopf geschüttelt und zurückgeschrieben, wie sie es zuvor schon getan hatte: *Du bist mit ihm zusammen, weil er trotz allem ein Schatz ist. Und Deine innere Stimme sagt Dir doch auch, dass er letzten Endes auf Dich aufpasst. Bleib bei ihm, Süße!*

Der Haken an der Sache aber war, dass Patsy gar nicht in New York war. Die ständig kaugummikauende Psychoanalytikerin, die sich zeitweilig auch mal an der Bildhauerei versucht hatte, konnte auf einen ganzen Flickenteppich an Beziehungen zurückblicken. Gerade war sie mit dem neuen Mann an ihrer Seite, einem ausgebrannten Psychiaterkollegen namens Stanley, auf einem Seelentrip in Nepal. Was in gewisser Hinsicht gut war, da Mara so ohne ihren Rat zu dem Schluss gekommen war, dass sie ein Leben mit Julian wirklich wollte. Nur der Weg dahin war schwer.

So kam es, dass die Hunde die Einzigen waren, die mit der

momentanen Situation rundum zufrieden schienen. Bismut, Julians knochige Promenadenmischung mit dem traurigen Hundeblick, wusste es zu schätzen, dass es jetzt mehr Auslauf gab; Jazz, Maras sandfarbener Pitbull (der noch dazu Bismuts Vater war), freute sich über Gesellschaft.

Mara brachte gerade einen Liter gesalzene Milch zum Kochen und fügte frisch geriebenen Muskat hinzu. Anschließend musste sie etwas mit fünfzig Zentilitern Sahne und achtzig Gramm Butter anstellen. Doch das kam später. Sie hatte bereits Kartoffeln geschält und in Scheiben geschnitten, die auf dem Küchenbrett bereitlagen. Kartoffeln und Milch, dachte sie. Da kann doch nicht allzu viel schiefgehen. Das war das Hauptproblem, wenn man einen Mitbewohner hatte: sie, die eine lausige Köchin war, fühlte sich verpflichtet, einen gewissen Mindeststandard zu erreichen, was die Mahlzeiten anging.

»Wie war die Signierstunde?«, fragte sie.

»Oh, gut.«

»Hast du viele Bücher verkauft?«

»Ähm – nein. Aber dafür habe ich die furchtbarste Frau aller Zeiten kennengelernt. Adelheid Besser. Eine große Orchideensammlerin und -züchterin. Nebenbei beschäftigt sie sich auch noch damit, inwieweit Orchideen für die Nahrungsmittelindustrie und für medizinische Zwecke einsetzbar sind.«

»Ach, wirklich?« Mara warf einen prüfenden Blick auf das Hochglanzfoto vom fertigen Gericht, das gebräunt, nahrhaft und knusprig aussah, und runzelte die Stirn. »Ich frage mich, ob ich die Kartoffeln dünn genug geschnitten habe.«

»Sie wollte mich doch tatsächlich mit der Suche nach Cypripedium incognitum beauftragen, so eine Frechheit! Kaum zu glauben, was?« Julian warf ebenfalls einen Blick auf das Foto. »Das sieht lecker aus. Ich sterbe vor Hunger.«

»Na ja, da du die Orchidee in deinem Buch anführst, ist sie nun für jedermann verfügbar.«

»Das habe ich doch nur in der Hoffnung gemacht, irgendjemand könne Informationen über sie besitzen.«

»Und selbst wenn, meinst du, dann würde man es dir sagen? Du weißt doch selbst, wie Orchideenfreaks sind: besessen, geheimnistuerisch und paranoid.«

Julian fragte sich kurz, ob sie ihn ebenfalls dazu zählte. Aber er sagte: »Meinst du, wie Géraud?« Géraud Laval war ein jähzorniger Mensch und Julians größter Widersacher, wenn es um botanische Belange ging.

»Und wie diese Adelheid. Du ziehst Verrückte ja regelrecht an.«

»Sie ist nicht bloß verrückt. Sie ist geradezu Furcht einflößend. Meines Erachtens ist sie dazu fähig, die gesamte europäische Orchideenpopulation in eine Tinktur zu verarbeiten.«

»Nun ja –« Mara stieß einen leisen Schrei aus, als ihr etwas Weißes, Aufschäumendes ins Auge sprang. Sie riss den Kochtopf vom Feuer, aber ein Großteil der Milch war bereits übergekocht.

»*Merde!*« Sie versuchte, die Flüssigkeit abzuwischen, bevor sie auf der Herdoberfläche verkrustete. »Oh, verflixt!«, sagte sie dann.

»Was ist?«

»Hier steht, man soll die Kartoffeln in der Milch kochen.«

Julian betrachtete den Berg Kartoffeln auf dem Küchenbrett.

»Dein Topf wirkt sehr klein«, wagte er zu äußern.

»Das weiß ich selbst«, fuhr Mara ihn an und stürzte auf einen Küchenschrank zu, aus dem sie unter lautem Getöse einen größeren Topf zutage förderte, in den sie die Milch und die Kartoffeln schüttete. Einen Moment lang starrte sie auf den Mix, dann knallte sie den Deckel zu, regulierte die Gasflamme und stieß einen lauten Seufzer aus.

»Tut mir leid.« Verlegen drehte sie sich zu ihm um. »Sei so gut und schenk mir ein Gläschen Wein ein, ja? Das hier braucht noch zehn Minuten.«

Sie begaben sich ins Esszimmer und nahmen auf nicht sehr stabil aussehenden Stühlen Platz. Diese gehörten zu einem runden Tisch mit kannelierten Beinen, den Mara erst kürzlich bei einer *brocante* in Villeréal erstanden hatte.

»Himmel, was für ein Tag!«, stöhnte Mara und stieß Bismut mit dem Fuß beiseite. Jazz hatte sich wie üblich auf einem kostbaren Aubusson-Teppich mit Blumenmuster ausgestreckt, der einen Großteil des Wohnzimmerbodens bedeckte. »Zuerst ist Christine, die Tochter, nicht erschienen, dafür dann aber die O'Connors. Den ganzen weiten Weg von Florida haben sie auf sich genommen.«

»Die O'Connors?« Julian hatte sich gerade zurücklehnen wollen, hielt aber mitten in der Bewegung inne; bei den neuen Stühlen war er sich nie sicher, ob sie sein Gewicht auch tragen würden. Er war den Amerikanern insgesamt zweimal begegnet. Donny schien ein anständiger Kerl zu sein, mit dem er aber nichts gemein hatte – der Mann war im »Entwicklungssektor« tätig, was auch immer das heißen mochte, und spielte Golf. Was Daisy anging, wurde er ihren Duft nicht los. Dieser eilte ihr voraus, noch bevor sie den Raum überhaupt betreten hatte, und hielt sich hartnäckig, nachdem sie wieder gegangen war. Seltsamerweise haftete ihm eine bittere Note an, die Julian auf der Zunge zu schmecken glaubte.

Mara nippte am Glas. »Daisy hängt sehr an Joseph, musst du wissen. Beim Leichenschmaus hat sie ihn die ganze Zeit umsorgt. Einschließlich Fütterung«, fügte sie lakonisch hinzu. »Er musste ständig den Mund aufmachen, damit sie ihn mit Essen vollstopfen konnte. Und den ganzen Nachmittag über musste ich mir anhören, wie großartig Amélie doch war, als hätte ich sie nicht selbst gekannt.«

Julian, dem ihr Tonfall nicht entgangen war, sagte: »Du magst Daisy nicht besonders, stimmt's?«

»Nein, ich glaub' nicht.« Bisher hatte Mara immer gedacht, es liege daran, dass Daisy sich über ihr Französisch lustig gemacht hatte. Wie viele *Québécois* war Mara eine bunte Mischung (ihr Vater war Schotte, ihre Mutter Frankokanadierin) und ganz und gar zweisprachig. Ihr Englisch war vom Standard-Anglokanadisch nicht zu unterscheiden. Ihr Französisch hingegen war reines *montréalais:* in diesem Dialekt wurden Wörter wie *même* wie *mime* ausgesprochen, ganze Silben kühn zusammengezogen und Konsonanten vernuschelt. Daisy, deren Französisch nahezu perfekt war, hatte es bei ihrer ersten Begegnung für nötig gehalten, zu Mara, noch dazu auf Englisch, zu sagen: »Woher haben Sie denn dieses nette Näseln?«

Doch jetzt ging Mara auf, dass aus ihrer Abneigung etwas Grundsätzlicheres geworden war: Verlustangst.

»Daisy hat so eine Art, Menschen zu vereinnahmen«, sagte sie, »sie nach ihrer Fasson umzumodeln, so wie sie sie sieht. Ich mag das nicht. Ich möchte Amélie so in Erinnerung behalten, wie sie war – keine Heilige, sondern imposant und rechthaberisch, eine richtige Prinzipienreiterin. Von ihr wollte man nicht gerade bei einer Dummheit ertappt werden. Aber gleichzeitig war sie auch großzügig und warmherzig, und ich mochte sie sehr.« Voller Wehmut erinnerte sie sich: »Als ich hierherzog, Julian, waren zwar alle nett zu mir, aber wirklich unter ihre Fittiche genommen haben mich nur die Gaillards. Amélie hat mich mit ihrem Metzger, den Marktverkäufern und ihrem Käsehändler bekannt gemacht. Am Anfang konnte ich noch nicht einmal einen *cabécou* von einem *brebis* unterscheiden. Und die Zuneigung war gegenseitig. Amélie zeigte sich immer daran interessiert, wie es mir ging, und war erpicht darauf, mir gute Ratschläge zu geben. Und auch Joseph hat mir, bevor sein Zustand sich wegen Parkinson verschlechterte, immer bereitwillig zur Seite gestanden.«

Mara spürte, dass ihr wieder die Tränen kamen. Mitfühlend ergriff Julian ihre Hand.

»Ich habe so viel von ihnen gelernt«, sagte sie traurig. Zum Beispiel den Sinn von Geduld oder den Dorfklatsch wertzuschätzen sowie die diversen Möglichkeiten, auf Verhältnisse zu reagieren, die einen oft in den Wahnsinn trieben. Doch das Beste war: Amélie und Joseph hatten ihr ein ruhiges, aber solides Leben nähergebracht, das sich ums Essen drehte und von den Jahreszeiten beherrscht wurde: die Jagd auf Morcheln nach einem Frühlingsregen; die Abfolge der Gemüsesorten im Sommer; die Ernte- und Jagdzeit im Herbst; die heimliche Suche nach Steinpilzen und Trüffeln; das Abfüllen und Einmachen; und das Knacken von Walnüssen am benachbarten Kamin im Winter. Auf diese Weise hatten sie ihr ein kostbares Geschenk gemacht: mit ihrer Hilfe war sie ein Teil von Écoute-la-Pluie geworden.

Wohingegen – sie schob das Kinn vor – Daisy und Donny

bloß Besucher waren. Sie verbrachten nicht das ganze Jahr hier, sondern kamen und gingen, wie es ihnen gefiel, pickten sich die Rosinen heraus und blendeten den Rest einfach aus. Mara schüttelte den Kopf. Sie wusste, dass sie kleinlich und ungerecht war. Besucher hin oder her, Donny und Daisy kannten die Gaillards schon seit vielen Jahren, viel länger als sie. Sie hatten sich ihren Platz im Leben der Gaillards verdient.

»Manchmal frage ich mich«, sagte sie nachdenklich, »ob ich nicht wie eine Tochter für sie war, mehr als Christine jedenfalls.«

»Wirklich traurig, das Ganze«, entgegnete Julian. »Sie hätte sich wenigstens die Mühe machen können, zur Beerdigung ihrer eigenen Mutter zu kommen. Hat es Joseph sehr verletzt, dass sie nicht aufgetaucht ist?«

Mara überlegte. »Keine Ahnung. Ich glaube ehrlich gesagt, es beschäftigt ihn mehr, was Amélie dort oben auf der Terrasse des *Two Sisters* gesucht hat.«

»Gute Frage. Wirklich ätzende Lage für ein Restaurant, es sei denn, man ist eine Bergziege. Diese Stufen sind wirklich steil.« Julian trank sein Bier aus. »Vielleicht wollte Amélie dort zu Mittag essen?«

»Das *Two Sisters* ist eine ziemlich noble Adresse«, erwiderte Mara skeptisch. »Nichts für die Gaillards, meines Erachtens.«

»Verstehe. Dann war sie dort oben, um jemanden zu treffen.«

»Nein. Sie wollten in Beaumont lediglich ihre Markteinkäufe tätigen. Wie dem auch sei, Joseph hätte von einer Verabredung gewusst.«

Julian strich sich über den Bart. »Soweit ich weiß, hat

Amélie Joseph zur Toilette gebracht und ist dann Gemüse einkaufen gegangen –«

»Es sei denn, es handelte sich um jemanden, von dem Joseph nichts wissen sollte«, grübelte Mara. »Ich frage mich, ob es das war, was er mit seiner Bemerkung, sie werden es mir nicht sagen, gemeint hat?«

Julian sah sie argwöhnisch an. »Du fängst schon wieder damit an!«

»Womit?«

»Ferreting.«

»Herumschnüffeln?«

»Ja, genau das tust du.«

»Tue ich nicht!«

»Doch. Du vermutest Geheimnisse, wo keine sind.«

»Nicht ich habe die Frage gestellt. Das war Joseph.«

Julian rutschte auf seinem Stuhl hin und her. »Trotzdem, ich glaube, du komplizierst die Dinge unnötig.« Er nahm seine Botanikkenntnisse zu Hilfe. »In der Pflanzenklassifikation –«

Mara schloss die Augen und gab einen Laut von sich, der zwischen Brummen und Stöhnen angesiedelt war. Julian hörte ihn, sprach aber unbeirrt weiter.

»In der Pflanzenklassifikation gibt es etwas, das man Prinzip der Sparsamkeit nennt. Es besagt, man solle sich an die einfachste Hypothese halten, die mit den Fakten in Einklang zu bringen ist. Ich würde sagen« – er hielt inne und schnupperte – »die naheliegendste Erklärung ist doch die, dass Amélie Joseph aufs Herrenklo gebracht hat, ihn danach in der Menge verlor und die Treppen hinaufgestiegen ist, um von oben nach ihm Ausschau zu halten.« Er schnupperte erneut. »Da brennt was an!«

»Merde!« Mara sprang auf und warf dabei den Stuhl um, so eilig hatte sie es, in die Küche zu kommen. Als sie den Deckel des Topfes anhob, sah sie, dass die Milch bereits verkocht war. Die unteren Kartoffeln brutzelten verdächtig, wohingegen die obere Schicht immer noch roh und glitschig aussah. Rauch stieg aus dem Topf auf.

»Verflucht und zugenäht!«, schrie sie und drückte den Knopf der Abzugshaube. Wer hatte behauptet, mit Milch und Kartoffeln könne nichts schiefgehen?

6

Der türkische Lebensmittelladen der Ismets lag zwischen einer Eisenwarenhandlung und einem *tabac* in der Hauptstraße des Städtchens Brames. Die Fassade war grün gestrichen, und das türkische Wort *Lokum,* das für die gummiartige Süßigkeit stand, die auf Englisch *Turkish delight* genannt wurde, prangte in geschwungener Schrift auf dem Schaufenster. Da Julian mit Vorliebe Süßes aß, war er ein gern gesehener Kunde bei Lokum. Jedes Mal, wenn ihn sein Weg hier vorbeiführte, kam er auf einen Sprung herein und kaufte Betul Ismets rechteckige Baklavas, die Honig zwischen den Zähnen und verräterische Blätterteigreste auf dem Bart hinterließen. Er gönnte sich kleine Becher mit *mulhallebi,* einem kalten, aromatischen Milchpudding, der mit gemahlenen Pistazien bestreut war, oder die köstlichen mehrschichtigen, mit rotem Paprika oder Auberginen gefüllten *borek.* Letztere waren übersät mit Sesamkörnern, die Julian genüsslich zerbiss. Einige Körner blieben in den Zahnlücken hängen, sodass er noch über einen erfreulichen Vorrat verfügte, den er später knacken konnte. Dies offen zuzugeben, wäre ihm allerdings peinlich gewesen.

An diesem Morgen aber war er aus einem anderen Grund da. Ihm war zu Ohren gekommen, dass die Ismets an ihrem Marktstand ein Getränk verkauften, das sie als »der Gesundheit zuträglich und sexuell stimulierend« anpriesen. Sie nannten es Elan, das Aphrodisiakum des Sultans, und behaupteten, es enthalte eine geheime Zutat. Er hatte den schlimmen Verdacht, dass es sich bei der Zutat um Salep handelte.

Seit Jahrhunderten schon benutzten die Türken Salep, ein stärkehaltiges Pulver, um daraus ein beliebtes Getränk gleichen Namens herzustellen. Es besaß den Ruf, ein wirksamer Liebestrank zu sein. Julian hatte zwar gehört, dass es dafür wissenschaftliche Indizien gab, aber er glaubte nicht daran. Dennoch, bei einem Preis von drei Euro pro Becher des fertigen Getränks beziehungsweise zwölf für ein Päckchen mit dem Pulver war die Ismetsche Kreation um einiges erschwinglicher als Viagra.

Julian ging es nicht darum, ob die Werbesprüche der Wahrheit entsprachen. Er sah vielmehr ein Problem darin, dass Salep aus Orchideen gemacht wurde. Jahrhundertelang gruben die Türken nun schon die Wurzelknollen wilder Orchideen aus, die sie anschließend trockneten, zermahlten und mit heißer Milch, Honig und Zimt vermischten, um das Salepgetränk herzustellen. Darüber hinaus wurde Salep auch noch in anderen Lebensmitteln verwendet wie in türkischer Eiscreme. An dem traditionellen Verfahren hatte sich nichts geändert, aber die Nachfrage war gestiegen. Er hatte gelesen, dass jedes Jahr etwa dreißig bis fünfzig Millionen Orchideen verschiedener Gattungen zur Salepgewinnung geerntet wurden. Julian hatte durchaus Sinn für Traditionen, aber das rücksichtslose Ausgraben von Wurzelknollen in der freien Natur hatte viele der Pflanzen auf die Liste der bedrohten Arten gebracht. Dementsprechend hatte die türkische Regierung die Ausfuhr sämtlicher einheimischer Orchideen verboten – sei es nun als Ganzes oder in Teilen, zerkleinert oder in Pulverform. Im Inland wurden jedoch nach wie vor große Mengen davon konsumiert. Und auch international wurde weiter mit Salep gehandelt. Im Gegensatz zu illegalen Drogen war er auf dem Radarschirm der Zollbeamten bloß ein kleiner leuchtender Punkt, der nicht weiter beachtet wurde.

Kurz und gut: Julian empfand jede Gefahr, die Orchideen drohte, als persönlichen Angriff. Er war Landschaftsarchitekt von Beruf und ging dieser Tätigkeit in der Dordogne mit wechselndem finanziellen Erfolg nach. Seine eigentliche Liebe galt den wilden Erdorchideen, wo immer sie wachsen mochten. Und am allerwenigsten wollte er, dass in seiner Wahlheimat ein Produkt populär wurde, das zu deren Zerstörung beitrug.

Das war es, worüber er an diesem Morgen mit den Ismets sprechen wollte. Schon seit einigen Wochen überlegte er, wie er sein Anliegen am besten vorbringen sollte: ganz direkt (bitte importieren Sie dieses Zeug nicht mehr); oder über Umwege (Ihre Spezialität sind doch türkische Lebensmittel und nicht so genannte »Gesundheitspräparate«. Warum konzentrieren Sie sich nicht einfach auf das, was Sie am besten können?). Er war sich nicht sicher, welche Reaktionen die beiden Vorgehensweisen jeweils mit sich bringen würden. Osman und seine Frau Betul waren hart arbeitende Menschen, die wahrscheinlich noch nie darüber nachgedacht hatten, welche Auswirkungen ihr Geschäft auf die Umwelt haben könnte. Das war überhaupt das Grundproblem der heutigen Zeit: alle waren zu beschäftigt. Zu gleichgültig. Während er parkte und sich dann gegen beißenden Wind zum Laden vorkämpfte, entschied er sich, es mit einer Mischung aus beiden Taktiken zu versuchen – direkt und indirekt. Zu seiner großen Enttäuschung musste er dann aber feststellen, dass die Tür verschlossen war und das *Fermé*-Schild schief im Fenster hing.

Überrascht registrierte er, dass drinnen dennoch Licht brannte und geschäftiges Treiben auszumachen war. Osman schien in eine heftige Unterhaltung mit einem großen blonden Gendarm verwickelt zu sein, in dem Julian den Unteroffizier Laurent Naudet erkannte. Julian war dem schlaksigen jungen Polizisten bereits vergangenen Frühling begegnet. Er klopfte an die Scheibe. Osman machte eine abweisende Handbewegung, aber Betul, die sah, um wen es sich handelte, kam herbei und öffnete ihm die Tür.

»*Mon Dieu, qu'est-il arrivé?* – Mein Gott, was ist denn hier passiert?« Julian blickte sich erstaunt um, als er eintrat. Hatte hier etwa ein Erdbeben stattgefunden? Alles war von den Regalen gefegt worden. Plastikbehälter mit selbst gemachten Spezialitäten waren umgekippt. Ihr Inhalt hatte sich auf dem Boden verteilt und ein glitschiges Durcheinander hinterlassen. Außerdem schien es ungewöhnlich kalt in dem Laden.

»Es ist schrecklich!« Betul schloss die Tür und verriegelte sie wieder. Sie war eine rundliche Person, deren Gesicht in jungen Jahren einmal voll und heiter gewesen sein mochte. Jetzt aber hingen die Hautpartien schlaff herab wie bei einem

Bluthund. Ihre großen, traurigen Augen waren vom Weinen rot und geschwollen. Sie hatte einen Mantel und knöchelhohe Flauschstiefel an. Wie üblich trug sie Kopftuch. Julian hatte sie noch nie ohne Kopfbedeckung gesehen.

»Verbrecher! Rassisten!«, rief Osman aus und machte eine verzweifelte Geste in Julians Richtung. Sein Gesicht mit dem Pferdemähne-Schnurrbart drückte sowohl Wut als auch Verzweiflung aus. Im Gegensatz zu seiner Frau war er lediglich mit einer ausgebeulten Strickjacke bekleidet. Sein dicker Bauch hing wie ein Sandsack über dem Gürtel.

Ein anderer stämmig wirkender Gendarm mit dunklen Haaren und rosigen Wangen tauchte aus dem hinteren Trakt des Ladens auf. Julian erkannte Laurents Kollegen Albert Batailler. Er begrüßte die beiden Männer.

»Was zum Teufel ist denn hier passiert?«

»Sie sind von hinten eingedrungen«, sagte Albert und schob seinen *képi* aus der Stirn.

Osman rief in seinem fehlerhaften Französisch: »Is' alles, was Sie sagen? Ich das wissen. Wer, Sie meinen, Glas wegfegen? Wer Scheibe in Ordnung bringen?«

»Nun, das hätten Sie besser sein lassen sollen«, entgegnete Albert streng. »Unter Umständen haben Sie Spuren verwischt.«

»Spuren? Spuren? Is' überall. Wie lange Sie brauchen, bis Sie kommen? Inzwischen hier großes Loch, wo Wind weht. Meine Frau, sie frieren. Sie glauben, diese Verbrecher so nett und Fingerabdrücke hinterlassen? DNA vielleicht?«

»Nach Ihrem Anruf sind wir sofort gekommen.« Albert ließ sich von dem nahezu hysterischen Ladenbesitzer nicht einschüchtern. »Und der Täter könnte sich gut irgendwo geschnitten haben.«

»Schnitt? Ich ihm Schnitt geben, den er nicht vergessen, *pis haydut!*«

»Ist etwas gestohlen worden?«, fragte Laurent, darum bemüht, die Lage zu entspannen.

»Was ich denn wissen?«, jammerte Osman. »Sie zerstören, nur zerstören. Schlagen Essen kaputt. Alles auf Boden.« Prüfend blickte er sich in seinem verwüsteten Geschäft um.

»Fehlt Geld?«

»Geld? Vielleicht.«

»Wie viel?«

»Weiß nich'.«

Laurent ging zu der altmodischen Kasse auf der Ladentheke und öffnete die Kassenlade. Sie sprang klappernd auf und gab an die hundert Euro in Scheinen und Münzen preis. Kein Raubüberfall also, sondern pure Zerstörungswut.

»Wohnen Sie über dem Laden?«, fragte Laurent.

Betul und Osman nickten.

»Und trotzdem haben Sie nichts gehört?«

»Ich gut schlafen«, verteidigte Osman sich.

»Er schläft wie ein Stein«, sagte Betul leise. »Unser Schlafzimmer liegt zwei Etagen höher, Monsieur. Dazwischen sind Wohnzimmer und Küche. Man kann nichts hören.« Ihr Französisch war viel flüssiger und idiomatisch korrekter als das von Osman. Obwohl sie sich in vielen Dingen ihrem Mann fügte, hatte Julian den Eindruck, dass sie sich besser auf ihre Umgebung eingestellt hatte und die Intelligentere von beiden war.

Julian schaute sich im hinteren Teil des Ladens um. Die Scheibe der Hintertür war eingeschlagen. Man hatte versucht, das Loch mit Pappe abzudichten, aber die Pappe war wieder entfernt worden, sicher von Albert bei der Spurensuche, und hing nun an einem Streifen Klebeband. Durch das gezackte Loch zog es fürchterlich. Kräutersäckchen waren aufgeschlitzt worden. Es roch nach Anis und Pfeffer. Pistazien, Kaffeebohnen und getrocknete Aprikosen lagen überall verstreut. Ein großer Sack mit Mehl war umgestülpt worden, dessen Inhalt der Luftzug wie kleine Schneeverwehungen vor sich her trieb. Julians Fuß steckte in einem öligen Magma aus zerdrückten Tomaten und schwarzen Oliven. Das Ausmaß des Schadens war beträchtlich. Julian konnte die Wut des Türken gut nachvollziehen.

Als er wieder nach vorne kam, fragte Laurent die Ismets gerade, ob sie irgendwelche Feinde hätten, irgendjemanden, der ihnen Böses wünschte oder den sie verärgert haben könnten. Betul, die ein wenig abseits der Männer stand, schluchzte nun hemmungslos. Osman ignorierte sie.

»Rassistenschweine auf'm Markt in Beaumont«, antwortete er bitter. »Drei Mann, einer mit Pickeln. Rufen schlimme Namen. Dann großer Kampf. Stand kaputt. Kazim schlagen ohne Grund.«

Beaumont lag außerhalb von Laurents und Alberts Zuständigkeitsbereich, aber sie hatten dennoch von der Schlägerei gehört. Der Gendarm, der sechs Tage zuvor die volle Wucht von Kazims Bommelschuh zu spüren bekommen hatte, wäre wahrscheinlich mit dieser Beschreibung des Tathergangs nicht einverstanden gewesen. Einem Schweinezüchter aus Saint-Avit-Sénieur zufolge hatte Kazim nicht nur eingesteckt, sondern auch selbst kräftig ausgeteilt und damit vielleicht sogar den Vorfall provoziert. Kazim und einer der Jugendlichen waren in die Gendarmerie des Ortes abgeführt worden, wo sie eine Weile festgehalten worden waren, damit sie sich beruhigen konnten. Später wurden sie dann mit der strengen Auflage entlassen, sich von Aufruhr fernzuhalten.

»Glauben Sie, es waren dieselben, die das hier angerichtet haben?« Laurent zupfte sich an einem seiner Riesenohren. Seine knochigen Handgelenke ragten aus dem Ärmel seiner marineblauen Jacke hervor.

»Natürlich! Is' Hetze. Weil wir Türken sind. Immer wir müssen leiden.«

»In Ordnung. Wir gehen dem nach.« Laurent warf seinem Kollegen einen fragenden Blick zu. »Obwohl es merkwürdig ist, dass sie das Geld nicht angerührt haben.«

Die Polizisten entfernten sich.

»Sehen Sie?«, schäumte Osman vor Wut, nachdem sie weg waren. »Sehen Sie, wie man uns behandelt? Zwanzig Jahre wir schon hier. Gute Bürger. Wir nicht mit Steuer schummeln wie alle andern. Arbeiten hart. Was für Dank? Sie uns verprügeln. Brechen in Geschäft ein. Machen alles kaputt. Wer bezahlt? Wer bezahlt für gute Essen auf Boden?« Betuls Weinen wurde lauter; all die ruinierten Backwaren und Dolmades, die zuckerbestäubten Lokumstücke waren ihr Werk gewesen. »Verbrecher bezahlen? Regierung bezahlen? Nein. Armer Türke bezahlen.« Osman schlug sich auf die breite Brust und fing wie seine Frau an zu weinen.

»Ach, kommen Sie«, erwiderte Julian und schlug das einzig Nützliche vor, das ihm in den Sinn kam: »Ich helfe Ihnen beim Aufräumen.«

Das Chaos war schnell beseitigt. Alles wurde in Plastiksäcke gekippt. Osman klebte die Pappe wieder hinter die zerbrochene Scheibe und schloss die Tür, die zum hinteren Teil des Gebäudes führte. Glücklicherweise hielt sich der Schaden in Grenzen. Boden und Wände mussten bloß einmal gründlich abgeschrubbt werden. Allerdings mussten die Ismets ihr Lager wieder auffüllen. Julian konnte sich gut vorstellen, dass die Verluste – das meiste davon importierte Sachen – für ein kleines Unternehmen wie das Lokum beträchtlich waren. Er fragte sich, ob die Ismets gegen Vandalismus versichert waren.

Nachdem Osman und Julian den letzten Sack in die Mülltonne verfrachtet hatten, die in der Gasse hinter dem Geschäft stand, luden die Ismets Julian auf eine Tasse Kaffee nach oben ein. Es war das erste Mal, dass Julian sich in ihren Privaträumen aufhielt. Die Einrichtung war überwältigend rot. Rote Teppiche schmückten den Boden. Es gab einen mit rotem Plüsch bezogenen Diwan mit den dazu passenden Stühlen und eine geschnitzte Anrichte, auf der ein roter Läufer lag. Und sie saßen an einem Tisch mit rotgefranster Decke. An den Wänden hingen gehämmerte Messingschalen und Fotos aus Anatolien und von der Hagia Sophia. Betul bereitete ihnen einen heißen, starken, süßen Kaffee zu, den sie in kleinen Glastassen mit Metallhenkeln servierte.

»Wir haben immer nur Pech!« Ihr traten erneut die Tränen in die Augen. »Erst Kazim, dann das hier!«

»Meinen Sie die Prügelei?«, fragte Julian.

Osman schüttelte den Kopf. »Nich' Prügelei. Schlimmer als Prügelei. Kazim von zu Hause weglaufen.«

»Nachdem die Polizisten ihn hatten gehen lassen«, stellte Betul klar, »ist Kazim zurück in den Laden gekommen. Ich war allein hier. Osman war noch auf dem Markt und hat das Chaos beseitigt, das diese Raufbolde angerichtet hatten. Kazim hat gesagt: *Anne*, ich muss weg. Ich habe gefragt: Wohin? Aber er hat nur geantwortet: Mach dir um mich keine Sorgen! Mir passiert schon nichts, ich kann nur nicht hierbleiben. Er ist bloß noch mal wegen seines Motorrads gekommen, verstehen Sie. Wir sind seine Eltern, und wir sind ihm weniger wichtig als sein *moto.*« Unglücklich fügte sie hinzu: »Er war schon immer ein Dickkopf, ein schwieriges Kind, hatte immer Ärger, schon als kleiner Junge.«

»Der Grund is', er lässt sich nich' treten«, sagte Osman, der wieder munter wurde. »Er zurückschlagen. Kazim in Schwierigkeiten, weil er Mumm hat. Is' richtig so, verstanden?« Mit geballter Faust versetzte der Vater sich einen Knuff in die Wampe und appellierte an Julians Männlichkeit.

»Wozu soll das gut sein?« Das Bluthundgesicht der Mutter wirkte schlaffer denn je. »Ein Moslem in Frankreich sollte sich ruhig verhalten. Unfrieden zu stiften, zahlt sich nicht aus.«

»Also, ich bin sicher«, tröstete Julian, »dass er bald wieder da ist.«

Betul hielt den Blick starr auf ihren Schoß gerichtet. »Nein. Er fühlt sich nicht wohl hier. Wir bemühen uns, aber Glück lässt sich nicht erzwingen. Die Leute lehnen ihn ab, weil wir anders sind. In der Schule hat er sich immer als Außenseiter gefühlt. Er glaubt, im Laden gibt es keine Zukunft für ihn. Nachdem diese Gauner ihn verprügelt hatten, war er sehr wütend – auf sie, auf uns, auf alle. Vielleicht denkt er ja, dass Weglaufen die Lösung ist. Vielleicht will er vergessen, dass er Türke ist. Aber er ist doch unser Sohn.« Sie blickte zu Julian auf. »Monsieur Wood, was sollen wir nur tun?«

Julian kratzte sich am Kopf. Bislang hatte er die Ismets bloß als Lebensmittellieferanten wahrgenommen. Ihr Privatleben war bis jetzt außen vor geblieben. Doch dass er ihnen geholfen hatte, die Spuren der Vandalen zu beseitigen, und mit nach oben gekommen war, rückte ihn offensichtlich mit einem Schlag in die Nähe eines Vertrauten und Ratgebers. Die Eheleute sahen ihn erwartungsvoll an. Er rutschte unbehaglich auf dem Stuhl hin und her. »Wissen Sie, wo er ist?«

»Bei ihr«, sagte Osman angewidert. »Bei Mädchen mit schlechtem Einfluss.«

Betul war da schon mitteilsamer. »Sie heißt Nadia Beaubois. Sie und Kazim waren auf derselben Schule. Sie sind manchmal zusammen ausgegangen. Osman war dagegen, weil sie keine Türkin ist. Wir glauben, dass Kazim vielleicht bei ihr ist. Aber wovon soll er leben? Er hat kein Geld, keinen Job. Ich habe Angst um ihn. Er ist noch so jung. Sein Platz ist hier bei uns. Da draußen gerät er bestimmt an die falschen Leute. Monsieur Wood« – sie sah ihn unsicher an – »bitte, können Sie uns nicht helfen?«

»Ich?«, fragte Julian entgeistert. »Was kann ich denn schon groß tun?« Er hatte keinerlei Erfahrung mit jungen Leuten. Er kannte den Burschen ja noch nicht einmal. Kazim war immer mit einem Elternteil am Familienstand auf dem Markt, der jeden Tag an einem anderen Ort stattfand. Julian hatte daher immer nur Betul oder Osman im Laden angetroffen.

»Finden Sie ihn, sprechen Sie mit ihm, überreden Sie ihn, nach Hause zu kommen. Vielleicht hört er ja auf Sie.«

»Aber warum sollte Kazim auf mich hören? Er kennt mich ja noch nicht einmal. Da gibt es doch sicher noch jemand anderen, den Sie fragen können, oder? Ein Verwandter? Jemand aus der türkischen Gemeinde, den er respektiert?«

Osman schüttelte den Kopf. »Keine Gemeinde. Nich' hier. In Istanbul viele Onkels und Cousins. Aber Istanbul is' Istanbul. Außerdem Kazim kein Respekt vor türkischen Dingen. Wie Betul sagen, er vergessen, dass er Türke is'. Er wie Franzose sein wollen«, schloss Osman verächtlich.

»Es tut mir leid«, sträubte Julian sich weiterhin. »Ich würde ja gerne helfen, glauben Sie mir, aber ich wüsste nicht, wo ich ansetzen sollte.«

Betul hatte die Antwort schon parat. »Fangen Sie bei Nadia Beaubois an. Sie arbeitet im Intermarché in Périgueux. Für Mädchen ihresgleichen sind wir bloß Immigranten. Türken. Aber mit Ihnen redet sie vielleicht. Und wenn Kazim nicht bei ihr ist, kann sie Ihnen ja eventuell sagen, wo er ist.« Die Bitte der Mutter lastete wie ein härenes Gewand auf Julian.

Julian dachte nach und nahm einen Schluck Kaffee, der bereits abgekühlt war. Er spielte an der Tasse herum. Er mochte die Ismets. Er konnte es ja wenigstens mal versuchen. Und wer weiß … Seine anfängliche Bestürzung wich jetzt einer Idee.

»Also gut«, sagte er. »Ich werde sehen, was ich tun kann. Aber im Gegenzug will ich auch etwas von Ihnen.«

»Alles, alles!«, rief Osman begeistert. »Was?«

»Ihr Aphrodisiakum des Sultans. Elan, oder wie es heißen mag. Ist darin Salep enthalten?«

»Natürlich«, antwortete Osman stolz. »Wissen Sie, was Salep meint? Meint ‚Hoden von Fuchs'. Is' geheime Zutat. Produkt große Klasse.«

»Is' ille –« Julian verstummte; Osmans Sprechweise färbte schon auf ihn ab. »Es ist illegal.« Er kam auf das türkische Exportverbot von Orchideenerzeugnissen und die ökologischen Gründe, die dem zugrunde lagen, zu sprechen.

»Das is' verrückt.« Osman wischte Julians Erklärungen vom Tisch. »Viele Orchideen in Türkei. Salep im Internet kaufen. Hab' Lieferant in Istanbul. Jeden Monat er mir ein, zwei Kilo schicken. Kein Problem.«

»Und als was deklariert er es?«, fragte Julian in herausforderndem Ton. »Als Kichererbsenmehl?«

»Als Arrowroot«, erwiderte Osman mit offenkundiger Naivität. Entweder hatte er noch nicht darüber nachgedacht, was die falsche Kennzeichnung seines Lieferanten bedeutete, oder er war gerissener, als es den Anschein hatte. »Aber is' super Salep. Aus Männerkraut gemacht.« Eine *Orchis-mascula*-Art, nahm Julian an. »Gut für Mann. Ich Elan mischen mit Geheimrezept.« Osman beugte sich vor und klopfte Julian auf die Brust. »Sie trinken. Dann stark werden wie Türke.«

»Trotzdem, ich will, dass Sie es nicht mehr verwenden.«

»Aber ohne Salep« – Osman schaute entrüstet – »is' Elan nich' Elan. Sie wollen, ich Kunden betrügen? Verkauf gut jetzt, außerdem.«

Betul fuhr ihren Mann an. »Ist Elan wichtiger als dein Sohn? Bedeutet illegal denn nichts?« Es folgte ein türkischer Wortschwall, dessen Inhalt Julian unschwer an ihrer erhobenen Stimme ablesen konnte.

Osman schlug mit der Faust auf den Tisch, sprang auf, fasste sich an die Brust und legte ebenfalls auf Türkisch los.

»Hör auf damit!«, schrie Betul außer sich. An Julian gewandt, erklärte sie: »Er sagt: Ich bin Türke. Ich bin anständig und arbeite hart. Ich bin bereit, für die Türkei zu sterben. Das ist der Treueschwur, den wir alle als Schulkinder ablegen mussten. Aber ich frage Sie, was nützt uns die Türkei hier?«

Osman blickte traurig von seiner Frau zu Julian. Er ließ die Schultern hängen. »Is' ja gut«, lenkte er ein. »Aber Problem nicht ich sein. Problem Kazim sein. Elan is' erstes Mal, er an

Geschäft, an was Türkisches interessiert sein. Warum? Weil er schlau wie Vater« – der dicke Mann tippte sich an die Schläfe – »er wissen, dass Produkt gute Zukunft. Er sagen: Okay, baba, ich jetzt mehr Verantwortung übernehmen, Lieferungen und Inventur machen. Und wie ich Ihnen sagen, Elan is' Erfolg. Auf Markt wir Verkaufsaktion machen mit heiß' Getränk. Und mit Pulver, wo Zettel dabei, wie man zu Hause machen kann. Leute probieren und mögen. Sie denken, is' gut für Liebe machen. Sie mögen, dass Kazim wie *salepar* aussieht und mit *güğüm,* Salep-Kessel, auf Rücken rumläuft.«

»Nein«, erwiderte Betul mit schneidender Stimme. »Das war deine Idee. Du hast ihn dazu gezwungen. Er hat es gehasst. Er hat gesagt, er komme sich albern dabei vor. Vielleicht war das auch deshalb, warum er weggelaufen ist.«

»Wie?«, schrie Osman zutiefst gekränkt. »Is' gut Reklame. Was falsch sein an türkisch *salepar?* Figur traditionell sein, fällt auf, zeigt Leuten was von türkisch' Kultur. Aber wenn wir aufhör'n« – betrübt kam Osman wieder auf den Grund zu sprechen, warum er etwas gegen Julians Vorschlag einzuwenden hatte – »wenn Kazim zurück und kein Elan da, was er wird sagen? Er dann noch mehr unzufrieden sein.«

»Egal!«, schnauzte Betul, die allmählich die Geduld verlor. In ihre traurigen Augen war Leben zurückgekehrt. »Machen Sie sich um Elan keine Gedanken, Monsieur Wood. Finden Sie bloß Kazim und bringen Sie ihn her. Wir werden ihm alles erklären. Er wird es verstehen.«

»Und Sie importieren kein Salep mehr?«, drängte Julian.

Osman nickte widerwillig.

»Also abgemacht!«, sagte Julian. »Obwohl, eine Frage hätte ich noch.« Eine ganz wichtige Information. »Wie sieht Ihr Sohn denn überhaupt aus?«

»Wie ich«, antwortete Osman stolz. »Aber jünger. Is' neunzehn.«

»Nicht wie du«, unterbrach Betul ihn unverblümt. »Kazim ist dünn, nicht so dick wie Osman, und ohne Walrossbart.«

»Was für'n Walross?«, protestierte Osman.

»Ein Foto wäre hilfreich.«

Betul erhob sich und verließ das Zimmer. Kurze Zeit später kehrte sie mit einem Schulfoto von Kazim zurück, das ihn etwa im Alter von fünfzehn Jahren zeigte. Ein dunkler Lockenkopf mit rundem Gesicht, der die lange Nase und die großen Augen seiner Mutter geerbt hatte.

»Haben Sie nichts Aktuelleres?«

Sie schüttelte den Kopf.

»Nun gut, was für ein Motorrad fährt er denn?«

»Honda«, antwortete der Vater. »Groß, rot, glänzend.«

»Eine Bol d'Or«, ergänzte die Mutter, die mal wieder die Praktischere von beiden war. »Neu. Er hat sie erst dieses Jahr gekauft.«

»Und was hatte er an, als er das Haus verlassen hat?«

»Ha!« Osman schlug mit der flachen Hand auf den Tisch. »Weißes Gewand – *önluk,* wir sagen – bis zum Boden, gelbe Weste, rote Schuhe und rote Kappe.« Sein natürlicher Elan kam durch, als er einen Witz machen wollte. »Sie nicht verwechseln. Wenn er weg, Kazim wie türkisch' *salepar* aussehen.«

»Sei nicht albern!«, schalt Betul ihn. »Als Kazim sein *moto* holen kam, Monsieur Wood, hat er auch noch ein paar Kleidungsstücke und seine Lederjacke mitgenommen. Das *salepar*-Kostüm hat er hiergelassen. Ich hab's versteckt, damit mein Mann es nicht sieht. Ich wusste, dass er sich bloß aufregen würde.«

Osman machte ein langes Gesicht. »Sie sehen?«, sagte er traurig zu Julian. »Sie sehen, was ich sagen? Unser Sohn will türkisch' Haut abzieh'n. Aber –« Der Vater richtete sich auf und sagte erhobenen Hauptes im Brustton der Überzeugung: »Er kann nich'. Is' man einmal Türke, kann man innendrin nich' ändern.«

7

Das Handelsreich der Brieux' in Grissac erstreckte sich über die gesamte untere Etage eines großen, aus dem honigfarbenen Kalkstein des Périgord gebauten Hauses. Der kleine Laden florierte, nicht zuletzt dank der bunten Mischung: Er bestand aus einer Gemischtwarenhandlung, einem *dépot de pain,* einem *tabac* und einem *marchand de journaux,* sprich, er führte nicht nur Lebensmittel, Mausefallen und Geschirrspülmittel, sondern darüber hinaus auch täglich frisches Brot, Zigaretten und Zeitungen. Außerdem diente er als informelles Zentrum, in dem die Einwohner der umliegenden Dörfer zusammenkamen und den neuesten Klatsch austauschten. Am wichtigsten aber war, dass sich dort auch das Bistro *Chez Nous* befand, eines der besten Restaurants in der Gegend. Julian kannte die Inhaber Paul und Mado Brieux bereits aus seiner Junggesellenzeit, als sein Häuschen, das zwanzig Minuten Fußweg vom *Chez Nous* entfernt lag, noch sein ständiger Wohnsitz gewesen war.

Wie üblich war das Bistro auch an diesem Freitagabend gut gefüllt. Julian, Mara und Loulou La Pouge, ein weiterer Freund und Polizist im Ruhestand, saßen an ihrem gewohnten Tisch im vorderen Trakt des Restaurants. Bismut schlief zu Julians Füßen und Jazz in der Nähe der Bar. Sie trafen sich hier jeden Freitag zum Abendessen. Was Loulou nicht wusste: an diesem Wochentag kam es auch immer häufiger zum Streit zwischen Julian und Mara. Madame Audebert putzte nämlich freitags bei ihnen.

Der Streit hatte sich heute früh an einer Bagatelle entzündet. Wenn es sich auch aus Julians Sicht um keine Kleinigkeit handelte. Er hatte seine englischen Zeitungen überall im Haus verteilt. Sie (la Audebert) hatte sie daraufhin weggeworfen. Als er sie zur Rede stellte, konterte sie, die Zeitungen seien schließlich schon alt. Das Datum könne sie ja immerhin lesen. Und sie hatte recht, abgesehen davon dass es sich dabei um die letzten beiden Sonntagsausgaben des *Independent* und des *Observer* handelte. Obwohl er Französisch sprach und las wie ein Muttersprachler, leistete Julian sich allwöchentlich diese Zeitungen. Und er mochte es, sein Lesevergnügen – Sport, Politik, Neuigkeiten aus der Heimat – über die ganze Woche zu verteilen, und ja, auch über das ganze Haus. Er hatte die zusammengeknüllten Zeitungen aus dem Abfalleimer gefischt, nur um festzustellen, dass sie feucht von Kaffeesatz und Gemüseschalen waren.

Zu Recht verärgert, hatte Julian die Putzfrau darauf hingewiesen, dass man die Zeitungen jetzt nicht mehr lesen könne. Woraufhin sie verlauten ließ: »*Pah! C'est la montagne qui accouche d'une souris*«. Sie verglich seine Beschwerde mit einem Berg, der kreißte und eine Maus gebar. Das war ihre Art, von einem »Sturm im Wasserglas« zu sprechen. Hier hatte er die Beherrschung verloren und sie angewiesen, in Zukunft nichts mehr anzufassen, das ihm gehörte. Sie schnauzte zurück, dann brauche sie ja gleich gar nicht mehr zu kommen, da seine Sachen schließlich überall seien. Dann war sie aus dem Haus gestürmt und hatte die Tür hinter sich zugeknallt. Anstatt für ihn Partei zu ergreifen, hatte Mara ihn ziemlich unwirsch gefragt, ob er nicht, wie sie selbst, ein wenig aufräumen könne, bevor die Frau zum Putzen kam. Beleidigt hatte er erwidert: »Ich dachte eigentlich, das sei Sache der *femme de ménage.*«

Dann hatte er den Fehler gemacht hinzuzufügen, er sei erstaunt, dass Mara sich so leicht von einer Putzfrau einschüchtern ließe, wo sie doch sonst vor nichts Angst habe.

Das war der Funke im Pulverfass gewesen, und die schlechte Stimmung hielt auch noch auf der Fahrt zum Bistro und nun während des Essens an.

»Ich hatte die *Escargots* bestellt«, herrschte Mara Bernard, den Aushilfskellner, an, als er aus Versehen einen Teller mit Schnecken in Knoblauchbutter vor Julian platzierte. Es hörte sich vorwurfsvoll an.

»Hm, ja«, sagte Julian mit einem leichten, bedauernden Schulterzucken in Richtung des jungen Mannes. Während der Gartensaison diente Bernard, wenn er nicht gerade servierte, Julian als Mann fürs Grobe. »Ich bekomme die – ähm – Langusten in Tomatensauce.«

»Nun hör auf zu reden und iss«, drängte Loulou und stieß die Gabel in seine ausgebackenen Auberginen. Mit seinem runden, heiteren Gesicht erinnerte er eher an einen bejahrten Cherub denn an einen ehemaligen *Flic.*

Die Unterhaltung während des Hauptgerichtes verlief schleppend. Loulou versuchte, seinen Teil beizutragen, ging aber schließlich dazu über, Mados üppige Morchelrahmsauce mit Brotstücken aufzutunken. Beim Dessert bemühte sich Julian, Maras schlechte Stimmung aufzuhellen, indem er in scherzhaftem Ton auf ihren Streit anspielte. Im Grunde, klärte er Loulou auf, lief es auf Berge und Mäuse hinaus.

Loulou lachte leise in sich hinein, als er die Kruste der *crème brûlée* mit dem Löffelrücken aufplatzen ließ. »*Eh bien,* wer von euch beiden ist die Maus?«

Mara starrte ihn an. Julian fühlte sich bemüßigt, in den Zähnen zu stochern.

Später verweilten sie bei einer Tasse Kaffee und warteten wie immer darauf, dass Paul und Mado sich zu ihnen gesellten. Bis dahin hatten sie und die Hunde das Restaurant für sich allein.

Als Paul aus der Küche kam, schien er auch nicht gerade bester Stimmung zu sein. Er schüttelte Julian und Loulou flüchtig die Hand, beugte sich zu Mara und deutete einen Kuss auf beide Wangen an. Er zog mit dem Fuß einen Stuhl zu sich herüber und ließ sich darauf fallen. Bismut, der unter dem Stuhl gelegen hatte, schoss davon. Jazz schaute von seinem Platz neben der Bar auf.

»Donnerwetter!«, stieß Paul hervor. »Manche Leute sind einfach nie zufrieden. Eben hat doch tatsächlich irgend so ein Idiot behauptet, unsere Karte bräuchte Abwechslung. Abwechslung?, habe ich gefragt. Die können Sie haben. Wie wäre es mit einer Ladung Pudding ins Gesicht?«

»Was du dann aber nicht getan hast, oder?«, fragte Loulou, der sich köstlich amüsierte.

»Doch, habe ich.«

Der Perlenvorhang, der das Bistro vom Rest des Brieuxschen Geschäfts trennte, teilte sich geräuschvoll. Mado, eine Frau von klassischer Schönheit, betrat den Raum. Sie hatte kurz nach ihrem kleinen Sohn Eddie gesehen, der oben in der Wohnung des Paares schlief. Müde begrüßte sie die Anwesenden, zog einen weiteren Stuhl heran und nahm neben ihrem Mann Platz.

»*C'est trop*«, seufzte sie. Es ist einfach zu viel.

»Alles in Ordnung bei dir?«, fragte Mara und musterte sie besorgt.

Mado sah in der Tat erschöpft aus. Sie hatte vor einem Monat eine Fehlgeburt gehabt. Obwohl das Paar ganz offensichtlich nicht darüber sprechen wollte, hatte der Verlust des Babys der ansonsten energiegeladenen Rothaarigen jeglichen Schwung geraubt. Und Paul ebenfalls.

Das Hinzukommen der Brieux' trug auch nicht gerade zur Stimmungsaufhellung bei. Julian trat, ohne es zu wollen, eine unerfreuliche Diskussion los, als er erwähnte, er habe zufällig Laurent, Loulous Großneffen, getroffen. Zunächst verlief das Gespräch aber noch ganz entspannt.

»Jemand ist Sonntagnacht in das türkische Geschäft in Brames eingebrochen«, bemerkte er. »Laurent und Albert waren da, um zu ermitteln.«

»Sprichst du vom Lokum?«, fragte Mado. Sie kannte die Ismets flüchtig, da sie ja ebenfalls in der Lebensmittelbranche tätig waren. Ihre gelbbraunen Augen weiteten sich, was die dunklen Ringe darunter noch stärker hervorhob. »Ein Raubüberfall?«

»Nein, das Geld hat man nicht angerührt. Eine schlimme Sache: man hat den Laden regelrecht verwüstet. Die Ismets glauben, dass islamfeindliche Motive dahinterstecken. Osman und sein Sohn waren letzten Dienstag in eine Auseinandersetzung auf dem Markt in Beaumont verwickelt. Beschimpfungen, die zu Handgreiflichkeiten führten. Osman denkt, dass es sich um dieselben Rowdys handelt. Und zu allem Übel ist Kazim, der Sohn, auch noch von zu Hause abgehauen. Ich soll ihn zurückholen. Mit vermissten Personen kennst du dich doch aus, Loulou. Das dürfte ganz nach deinem Geschmack sein.«

Das war es. Loulou hatte einen Teil seiner beruflichen Laufbahn in der Vermisstenabteilung der *Police nationale* in Périgueux zugebracht. Im Zusammenhang mit Maras vermisster Schwester Bedie hatten Mara und Julian ihn auch kennengelernt. Loulous Augen leuchteten auf, und er setzte zu einem Vortrag an, der langatmig zu werden drohte. Er erklärte ihnen, dass es in Fällen, in denen die Person aus freien Stücken verschwunden war, darum ging, den Hintergrund beziehungsweise die psychologische Motivation für dieses Verhalten zu verstehen. »Im Falle eines unfreiwilligen Verschwindens jedoch«, erwärmte er sich mehr und mehr für das Thema, »sieht die Sache schon ganz anders aus. Dann hat man es mit Unfall, Entführung, Mord, Menschenhandel und allzu oft« – er beugte sich vor – »mit einer Leiche zu tun.«

»Ich bezweifle, dass es irgendwas in der Art ist«, schaltete Julian sich ein, der dem Redefluss Einhalt gebieten wollte. »Seine Eltern glauben, dass er seine muslimischen Wurzeln abschütteln möchte. Anscheinend hat er es satt, schikaniert zu werden, weil er Türke ist.«

»*Les arabes*«, murmelte Paul vor sich hin. Ob er sich insbesondere auf Türken oder ganz allgemein auf die sechs Millionen Moslems unterschiedlichster Nationalität in Frankreich bezog, blieb unklar. Doch dann fügte er unmissverständlich hinzu: »Diese verdammten Immigranten! Es gibt einfach zu viele in Frankreich! Sie kommen hierher, liegen dem Staat auf der Tasche und sorgen dafür, dass alles den Bach runtergeht.«

»Rechtfertigt das etwa blinde Zerstörungswut?«, reagierte Mara voller Zorn. Sie kannte die Ismets nicht, war aber schon den ganzen Abend über angriffslustig gewesen, und das hier war ein ebenso guter Grund, das Feuer zu eröffnen, wie jeder andere auch.

»Das habe ich nicht gesagt«, protestierte Paul. Er rutschte unruhig auf dem Stuhl herum, der unter seinem Gewicht ächzte.

Mara hielt dagegen. »Doch, das hast du mehr oder weniger. Fakt ist, dass Menschen dunkler Hautfarbe in Frankreich nicht gerade gut behandelt werden. Sie werden in Ghettos gepfercht. Und sie erhalten weder eine gute Ausbildung noch finden sie Arbeit.«

»Verdammt!« Paul reckte das Kinn vor. »Das Problem ist doch, sie wollen nicht arbeiten.«

»Ihr verallgemeinert alle beide –«, setzte Loulou an, aber Paul fiel ihm wütend ins Wort.

»Sie hat gut reden. Kanada ist ein großes Land. Überall Eis und Schnee. Ohne Immigranten würde Kanada nicht überleben. Es braucht sie, um es warm zu haben. Also, von mir aus könnt ihr gerne unsere haben.«

»Ach, komm schon, Paul«, schaltete Julian sich ein. »Man kann doch wirklich nicht behaupten, dass die Ismets dem Staat auf der Tasche liegen. Sie rackern sich ab, um über die Runden zu kommen, und stellen wirklich gute Sachen her. Du solltest mal Betuls Gebäck kosten.« Das brachte ihm von Mara einen nahezu wohlwollenden Blick ein. Sie hatte selbst schon mit Betuls Baklavas Bekanntschaft gemacht.

Paul schnaubte verächtlich. »Pah! Schwer. Zäh. Nicht wie unseres.«

»Hast du es überhaupt schon mal probiert?«, forderte Mara ihn heraus. »Sei bloß nicht so chauvinistisch!«

»Wieso chauvinistisch? Niemand macht besseres Gebäck als die Franzosen. Das ist allseits bekannt.«

»Vergiss das Gebäck«, antwortete Julian. »Du würdest anders reden, wenn du gesehen hättest, was diese Randalierer mit ihrem Geschäft gemacht haben. Du würdest auch nicht wollen, dass dir das passiert.«

»Das sollten sie mal wagen!« Der große Mann schwenkte wild hin und her, als wollte er sämtliche Eindringlinge abschrecken.

»Was den Ismets zugestoßen ist, ist ein Einzelfall«, sagte Mado, eifrig darum bemüht, die Wogen zu glätten. »Ansonsten haben wir solche Probleme in der Dordogne nicht.«

Loulou schüttelte den Glatzkopf. »Oh, da irrst du dich. Das wird kommen. Beziehungsweise es ist schon da. Fanatismus gibt es überall. Und was ist mit diesen Einbrüchen in den letzten Monaten?« Er spielte auf eine Serie unaufgeklärter Wohnungseinbrüche an. Bei den beiden jüngsten hatte man am Tatort Gedichte gefunden, die sich über die Polizei lustig machten.

»Das ist doch genau der Punkt«, sagte Paul ungehalten. »Ausländer kommen in die Dordogne, kaufen Immobilien, treiben so die Preise in die Höhe, und dann sind sie bloß ein paar Monate im Jahr da. Überall gibt es hier Häuser, die die meiste Zeit leerstehen und eine regelrechte Einladung für Diebe sind.«

»Julian und ich sind ebenfalls Ausländer«, fuhr Mara ihn an.

Paul blickte finster drein. »Ihr nicht. Ihr lebt hier. Ihr seid wie wir. Ich meine die anderen.«

»Ach, du meinst Leute wie Prudence?« Prudence, Amerikanerin chinesischer Herkunft und eine gemeinsame Freundin, hatte einst eine Werbeagentur geleitet und war nun im Ruhestand. Ihr gehörte ein Sommerwohnsitz nicht weit von Maras Haus. Dort verbrachte sie den Sommer oder zumindest Teile davon, aber wie die O'Connors kam und ging sie, wie es ihr passte. Außerdem war sie eine gute Kundin von Paul und Mado. Jedes Jahr im Herbst gab sie für ihren großen Freundeskreis ein Acht-Gänge-Galamenü, für das die Brieux' Speisen und Getränke lieferten. Diese Einnahme trug nicht unerheblich zum Jahresumsatz des *Chez Nous* bei, ganz zu schweigen von der kostenlosen Werbung.

»Nein, sie meine ich auch nicht.« Pauls Gesicht lief rot an.

»Nun, wen denn dann?«

Er blickte finster und stand vom Tisch auf. Einen Moment sah es so aus, als wolle er aus dem Zimmer stolzieren, doch stattdessen stapfte er zur Bar und schien sich dort eines Besseren zu besinnen. Schließlich kehrte er mit einer Flasche Zwetschgenwasser und frischen Gläsern zurück.

»Außerdem hat die Drogenkriminalität auf der Straße zugenommen«, fuhr Loulou fort und sah zu, wie Paul den rubinroten Likör einschenkte. »Im letzten Jahr hat der Heroinhandel in der Region eine Rekordmarke erreicht. Ich sage euch das im Vertrauen. Eineinhalb-Tonnen ist möglicherweise zurück im Geschäft. Wenn er überhaupt jemals wirklich draußen war.«

»Tonne wer?«, fragte Mado.

»Rocco Luca.«

»Spaghettifresser«, sagte Paul.

»Franzose. Er stammt hier aus der Gegend, aus Bergerac.«

»Wenn er doch Rocco Luca heißt, warum nennen sie ihn dann Eineinhalb-Tonnen?«, hakte Mado nach.

Der Expolizist nahm einen Schluck Zwetschgenlikör und ließ ihn ausgiebig über die Zunge rollen. »Hm, köstlich. Manche behaupten, das komme daher, dass er ganz schön austeilen konnte. Er war nämlich mal Schwergewichtsboxer. Aber in Wahrheit stammt dieser Spitzname aus den Siebzigerjahren. Damals wurde er bei dem Versuch erwischt, mit eineinhalb Tonnen Marihuana an der Côte d'Azur an Land zu gehen. Er hat seine Strafe abgesessen und gilt heute als seriöser Geschäftsmann, der ein untadeliges Leben in einem großen Haus nördlich von Brames führt.«

»Brames? Aber das ist doch Laurents Revier«, bemerkte Julian.

Loulou nickte. »Und sein Chef ist sich dessen äußerst bewusst, kann ich euch sagen. Seit Luca vor fünf Jahren zurück in die Dordogne gekommen ist, lässt Compagnon ihn nicht aus den Augen. Er glaubt, dass Luca hinter den jüngsten Aktivitäten in der Region steckt. Und er glaubt, dass Luca sein Geld mit Drogen verdient und es dann mithilfe der Firma wäscht.«

»Und, hat er recht?« Mara lehnte sich interessiert vor. Sie und Julian kannten Laurents Brigadier, Adjutant Jacques Compagnon, persönlich. Der große, leicht reizbare Mann stand in dem Ruf, ein hartes Regiment zu führen.

Loulou zuckte mit den Schultern. »Wer weiß? Ist eigentlich nicht Lucas Stil, so ein Kleinkram. Compagnon vertritt jedoch die Theorie, dass sich da ein größerer Coup anbahnt. Aber wenn tatsächlich Luca dahintersteckt, wie schleust er dann das Zeug ein? Greift er auf seine alte Methode zurück und landet damit an der Küste? Das Problem ist nur, die Jungs von der Drogenfahndung nehmen Luca nicht mehr ernst. Er geht auf die siebzig zu, und sie denken, er ist zu alt dafür. Sie jagen Nachwuchsleute wie Reynaud in Marseille und Félix Bidart in Bordeaux, die sie für die Drahtzieher hinter großen Umladungen nach New York halten. Dennoch, Luca steht in Verbindung mit einem gewissen Pascal Goudy in Toulouse, einem Type, der dafür bekannt ist, dass er Kontakt zur Drogenszene hat. Die beiden kennen sich schon lange. Außerdem beschäftigt Luca einen Mann namens Serge Taussat als eine Art Faktotum, und der ist so fies, wie er aussieht. Man soll einen Menschen nach dem von ihm gepflegten Umgang beurteilen, heißt es doch. Darüber hinaus hat Luca noch einige ziemlich einflussreiche Politikerfreunde, die ihm etwas schuldig sind. Das macht ihn praktisch unantastbar. Bislang hat ihn bloß Compagnon im Visier, und der beruft sich auf nichts als sein Gefühl.«

»Drogen!«, griff Paul das Thema auf und schlug mit der Hand, die die Größe eines Schinkens hatte, so fest auf den Tisch, dass die Gläser hüpften. »Das ist auch so eine Sache. Wer schmuggelt das Zeug ins Land? Ausländer. Albaner und Kurden. Türken.«

»Und Holländer«, ergänzte Loulou. »Sicher, das meiste Heroin, das mit Mohnkapseln in Afghanistan seinen Anfang nimmt, wird in der Türkei hergestellt –«

»Sie bringen es mit Schiffen, Lastwagen, Flugzeugen, Zügen, ja sogar in Hundemägen hierher, *parbleu!*«, wetterte Paul weiter.

»In Wahrheit landet aber das meiste zuerst in Holland und kommt dann von dort aus nach Frankreich.«

»Egal. Sie töten unsere Kinder mit diesem Gift. Guckt sie euch doch an. Die meiste Zeit sind sie high, spritzen sich irgendein Zeug in die Venen oder schlucken Ecstasy. Und wir können dann sehen, wie wir mit dem Problem fertigwerden!

Zu meiner Zeit war das noch nicht so, das könnt ihr mir glauben. Alles geht den Bach runter!« Paul war vor kurzem einundvierzig geworden. Was auch immer seine jugendlichen Exzesse in der *France profonde* – der französischen Provinz – gewesen sein mochten, Dinge wie weiche, harte und Designerdrogen waren völlig an ihm vorbeigegangen.

»Wir haben hier doch kein Drogenproblem!«, sagte Mado.

»Wart's ab!«, donnerte ihr Mann.

Julian schüttelte den Kopf. Er hatte seinen Freund noch nie in einer solchen Stimmung erlebt. Vielleicht steckte doch mehr dahinter als Maras aufstachelnde Bemerkungen, Ausländer und Drogen. Vielleicht war es ja der Wandel an sich, der Paul zusetzte. Ihm machte das ebenfalls zu schaffen. Es lag in der Luft, und die Zeichen waren im ganzen Land ablesbar. Ja sogar die Ausdrucksweise der Leute hatte sich geändert. Die alten Umgangsformen, Werte wie Anstand und Etikette kamen immer mehr aus der Mode. Die jungen Leute waren rastlos und unzufrieden. Jedes Jahr gab es mehr Verkehr auf den Straßen. Auf den Feldern, auf denen einst Weizen, Hafer oder Mais angebaut wurden, schossen jetzt Häuser aus dem Boden. Hässliche rote Schandflecken aus grobem Backstein (die darauf warteten, mit Kalkstein verkleidet zu werden; so, wie heutzutage alles war: nur noch Fassade, nichts Richtiges, Solides mehr) ersetzten die leuchtenden Mohnblumen am Hang. Mara hatte schon des Öfteren bemängelt, dass Julian sich immer wieder über die Verletzlichkeit des Wald- und Wiesengeländes ausließ, das an ihr eigenes Grundstück angrenzte. Erst letzten Herbst hatte er dort ein Team von Vermessungsingenieuren gesehen. »Die warten doch bloß darauf, dass jemand anbeißt«, hatte er grimmig vorhergesagt. Und jetzt auch noch ein ortsansässiger Drogenbaron.

»Wenn die Polizei doch weiß, wo dieser Eineinhalb-Tonnen wohnt«, fragte Mado, »warum verhaften sie ihn dann nicht einfach?«

Loulou zog die Schultern bis zu den Ohren hoch. »Und mit welcher Anklage? Er ist gerissen, unser alter Luca, und hat, wie gesagt, sehr gute Beziehungen. Compagnon wird sich seiner Sache ganz sicher sein wollen, bevor er zur Tat schreitet.«

»Hat der *type,* den man in Périgueux gefunden hat, etwas damit zu tun?«, fragte Julian. Sie hatten alle von dem Aufsehen erregenden Mordfall gehört, der die Handschrift der Drogenmafia trug. Man hatte chlorhaltiges Wasser in der Lunge des Toten gefunden, und in den Nasenlöchern Partikel eines Erde-Torf-Gemischs. Es war, als hätte man ihn in einem Swimmingpool ertränkt und anschließend über ein Blumenbeet geschleift, bevor er wie eine Opfergabe am Fuße des Vesunna-Tempels abgelegt worden war.

»Ach, du meinst Yvan«, sagte Loulou. Er trank sein Glas aus und machte eine Kunstpause.

»Yvan – also haben sie ihn identifiziert?« Maras dunkle Augen weiteten sich.

»Ja.« Loulou stellte das Glas ab, beugte sich vor und sah sie der Reihe nach an. »Aber was die Öffentlichkeit angeht, nein. *Alors, mes amis,* das hier bleibt unter uns.«

»Also?«, fragte Paul ungeduldig.

»Sein Name war Yvan Bordas, und er war einer von *uns.*«

Mado, Julian und Mara richteten sich überrascht auf.

Paul kratzte sich an der Brust. »Willst du etwa sagen, es war *un mouchard?*«

Loulou lehnte sich zurück, zufrieden mit der von ihm erzielten Wirkung. »Nein, kein Spitzel. Ein verdeckter Drogenfahnder.«

»Ein Drogenfahnder?« Mado schüttelte ihre rotbraune Mähne. »Sie haben doch gesagt, er war abhängig und hatte den Arm voller Einstichlöcher.«

»Trotzdem war er einer der Besten, die wir hatten. In den letzten drei Jahren war er in Marseille tätig. Kurz vor seinem Tod hat er seinem Kontaktmann erzählt, es gebe Hinweise, dass eine große Drogenlieferung in Vorbereitung sei. Wie kommt es also dann, dass Bordas sechshundert Kilometer entfernt in Périgueux geendet ist? Es gibt nichts, was auf eine Verbindung zwischen ihm und Luca hindeutet, aber man fragt sich dennoch, ob an Jacques Compagnons leisem Verdacht nicht doch etwas dran sein könnte.«

»*Merde*«, erwiderte Paul tief beeindruckt.

8

Mitten in der Nacht. Ein zum Teil verdeckter Mond reitet auf Wolkenrücken daher, die über einen stürmischen Himmel jagen. Der Wind rüttelt heftig am Haus und an den Fensterläden. Der alte Mann ächzt und strampelt in seinem Bett. Er hat einen Albtraum. Die Geräusche nehmen in seinem Traum Gestalt an: etwas Dunkles, Massiges, das gerade die Außenmauer durchbrochen hat, schiebt sich nun durch das Loch und drängt bedrohlich ins Zimmer. Er will wegrollen, aber sein Körper ist starr, schwer und träge.

»Nein!« Joseph Gaillard unternimmt den kläglichen Versuch, dagegen anzukämpfen. »Amélie!«

Als er die Augen öffnet, entdeckt er zu seiner großen Erleichterung seine Frau, die sich über ihn beugt, wie sie es schon oft getan hat. Doch dann sieht er im Mondlicht, dass anstelle des Gesichts ein großes schwarzes Loch klafft, das von wirren weißen, wie abgestorbene Weinreben herabhängenden Haaren umgeben ist.

Mit einem Angstschrei fährt er aus dem Schlaf hoch. Für ihn hört sich der Schrei ohrenbetäubend an. In Wahrheit dringt aber bloß ein dünner, gedehnter Klagelaut aus seinem Mund.

Joseph hat des Öfteren wilde, furchterregende Träume. Irgendetwas greift nach ihm, Monster machen Jagd auf ihn. Er ist von Wassermassen eingeschlossen oder wird von donnernden Lawinen überrollt. Die Träume sind wie seine Halluzinationen Begleiterscheinungen seiner Krankheit und der Medikamente. Als Amélie noch lebte, war sie von seinen Schreien jedes Mal mit aufgewacht. Sie hatte das Licht angemacht und auf die Uhr mit der breiten Digitalanzeige gesehen, ob es schon Zeit für seine Pillen war. Er nahm sie alle vier Stunden, Tag und Nacht. Wenn es soweit war, rüttelte sie ihn wach und sorgte dafür, dass er die Medikamente einnahm. Danach drückte sie die Reset-Taste, um einzustellen, wann die nächste Dosis fällig war. Jeden Abend zur Schlafenszeit pflegte sie seine Medikamente zurechtzulegen und einen Plastikbecher mit Wasser auf seinen Nachttisch zu stellen. Der Becher verfügte über einen Deckel mit Trinkvorrichtung wie für Kleinkinder.

Für gewöhnlich, wenn sie mit ihm aufgewacht war, half Amélie ihm dann auf die Toilette. Er musste häufig dorthin, war aber normalerweise recht wackelig auf den Beinen, wenn er so plötzlich mitten in der Nacht aus dem Bett aufstand. Der Gang den Flur entlang verlief schleppend: Joseph schlurfte und tastete sich nur schrittweise vor, während Amélie seinen Arm stützte. Nach dem nicht minder langsamen Rückweg brachte seine Frau ihn zurück ins Bett und ermahnte ihn ziemlich unwirsch, nun wieder zu schlafen und sie bis zum Morgen nicht mehr zu stören.

In dieser Nacht aber ist er allein. Von jetzt an würde niemand mehr an seiner Seite sein. Er würde alles allein bewältigen müssen, solange er dazu noch in der Lage war. Diese Aussicht lässt ihn verzweifeln, sie verschlingt ihn wie ein dunkler, kalter See. Er liegt auf dem Rücken und lauscht auf den Wind. Dieser treibt Regenböen vor sich her, die gegen die Fenster klatschen und der alten Weißbuche zusetzen, die an einer Ecke des Hauses steht. Die Äste knarren und ächzen. Er und Amélie hatten den Baum vor einundfünfzig Jahren bei der Geburt ihres einzigen Kindes, Christine, gepflanzt. Als fühle es mit ihm in seiner Einsamkeit, stößt das Haus leise Klagelaute aus. Ein tiefer, trauriger Seufzer, gepaart mit Selbstmitleid, entweicht Josephs Brust.

Seine Medikamente. Er dreht den Kopf und starrt angestrengt auf die Uhr. Die Ziffern der Digitalanzeige verschwimmen vor seinen Augen: 2:49. Fast schon Zeit für seine Drei-Uhr-Dosis. Mühsam setzt er sich auf, indem er sich an einem eigens dazu an der Seite seines Bettes angebrachten Haltegriff hochzieht. Dann langt er ungelenk nach dem Elektrokabel, das von der Wandlampe herunterhängt, und tastet sich aufwärts, bis er den Schalter findet. Von der Lampe geht ein schwaches Licht aus. Wie üblich befinden sich Wasserbecher und Pillenbox auf seinem Nachttisch. Diese hilft ihm, bei den Medikamenten den Überblick zu behalten. Zu wissen, dass er nicht vergessen hat, sie dorthin zu stellen, ist schon ein kleines Erfolgserlebnis für ihn.

Aber es ist nicht einfach, die Pillen aus dem Behälter zu bekommen. Seine Hand zittert heftig, und er verschüttet einige, bis es ihm endlich gelingt, drei herauszupicken: zwei gelbe und eine weiße. Die Einnahme ist eine chaotische Angelegenheit. Er hat Probleme beim Schlucken. Wasser rinnt ihm aus den Mundwinkeln und läuft sein Kinn hinab. Parkinson zieht sämtliche Muskeln des Körpers in Mitleidenschaft, inklusive Mund- und Halsmuskeln.

Klack, klack. Etwas schlägt gegen das Schlafzimmerfenster, das nach Norden geht. Zuerst glaubt er, es handele sich um einen Efeuzweig, der die Scheibe streift. Klack, klack, klack. Er lauscht aufmerksamer. Das Geräusch ist rhythmisch, als wenn Geisterfinger – die Finger des Sturms – einen Kode klopften, der für etwas Bestimmtes steht. Einen Augenblick lang gibt er sich der traumhaften Vorstellung hin, dass es Amélie ist, die da draußen weht und um Einlass bittet. Ist es das, was die Klopfzeichen ihm mitteilen sollen? Beinahe hätte er laut nach ihr gerufen.

Tack, tack. Das Geräusch ist jetzt lauter und ertönt in schnellerer Abfolge. Es geht nun von einem anderen Fenster aus, weiter hinten an der Wand, und dann wieder von einem anderen, demjenigen neben der Nussbaumkommode. Es ist, als ob unbekannte Hände eine Art verrücktes Spiel spielten und von Fenster zu Fenster fliegend wie wahnsinnig gegen die Scheiben hämmerten. Tack, Tack. Vor lauter Schreck bekommt er Schluckauf. Mit weit aufgerissenen Augen verfolgt er den Gang des Geräusches. Tack, Tack, Tack. Das Klopfen scheint den ganzen Raum zu füllen, das ganze Haus zu erschüttern.

»Verschwinde!«, bringt er schließlich hervor; aber es hört sich mehr wie ein Krächzen an. »Lass mich in Frieden!« Gelähmt vor Entsetzen wartet er. Er weiß, jeden Moment kann das unbekannte Schreckgespenst in einem Meer aus Scherben über ihn hereinbrechen und den Albtraum zur Realität werden lassen.

Das Piepsen des Weckers, der drei Uhr anzeigt, lässt ihn vor Angst fast würgen. Das Klingeln geht weiter und weiter, bis er endlich unbeholfen den Ausstellknopf ertastet und ihn herunterdrückt. In der darauffolgenden Stille geht ihm auf, dass auch das Klopfen aufgehört hat. Selbst der Wind scheint nachgelassen zu haben. Das Einzige, was er hört, ist das ohrenbetäubende Rauschen seines eigenen Blutes. Verwirrt fragt er sich, ob er bloß wieder einen seiner Albträume gehabt hat. Er ist sich der Normalität der Dinge um ihn herum bewusst: der Lichthof, der von der Wandleuchte ausgeht, das Verrinnen der Minuten auf dem Display der Uhr, die vertrauten Umrisse der Möbel.

Dann fällt der Strom aus. Bei Sturm oder heftigen Regengüssen passiert das häufig auf dem Lande. Strom- und Telefonleitungen stürzen zu Boden und liegen wie schwarze Spaghettiknäuel quer auf der Straße. Joseph sitzt stocksteif im Dunkeln. Als er hört, wie die Hintertür über die Küchenfliesen kratzt, setzt sein Herz aus. Irgendjemand – oder irgendetwas – ist ins Haus gekommen. Schluchzend vor Angst bringt er seine Hände dazu, sich zu bewegen. Sie tasten zitternd über die Oberfläche des Nachttisches, kippen den Wasserbecher um und stoßen gegen die Taschenlampe, die dort immer für Stromausfälle dieser Art deponiert ist. Sie rollt zur Seite und schlägt dumpf auf dem Boden auf. Doch was er sucht, ist das Telefon. Dann findet er es. Dankbar schließt sich seine Hand um die vertraute Form des altmodischen Hörers. Aber auch die Leitung ist tot.

»Wer ist da?«, ruft er in die Dunkelheit. »Was wollen Sie?«

Doch er erhält keine Antwort. Nach einer ganzen Weile zeigt das schwache, verräterische Knarren der Dielen an, dass der Eindringling den Flur vor seinem Schlafzimmer erreicht hat.

9

»Ist er hier?« Das Gesicht der Krankenschwester war regennass und blass vor Sorge. Sie hatte wie verrückt gegen die Haustür gehämmert und trat nun in den Vorraum, wobei sie nasse Fußabdrücke auf dem Kachelboden hinterließ.

Julian, noch im Schlafanzug und mit ungekämmten Haaren, machte einen Schritt zur Seite, um sie vorbeizulassen. »Wer?«

»Joseph natürlich.« Wie üblich war Jacqueline Godet außer Atem und ein wenig ungeduldig.

»Nein. Warum sollte er?«

»Weil er weg ist. Ich kann ihn nicht finden. Es ist zwanzig nach zehn. Er weiß, dass ich immer um zehn komme.« Stirnrunzelnd betrachtete sie Julian und seinen lila-weißgestreiften Pyjama. Ihr Blick besagte, dass er um diese Zeit nicht mehr im Bett liegen, sondern schon längst aufgestanden und angezogen sein sollte.

Julian sah hinaus in den kühlen, regnerischen Tag und schloss die Tür. »Ähm, warten Sie bitte hier, ja.«

Kurz darauf erschien Mara. Sie streifte ihren Morgenmantel über. Ihr Haar war ebenfalls zerzaust.

»Ich habe überall nachgesehen«, erklärte Jacqueline ohne Umschweife. »Drinnen, draußen. Er ist nirgends zu finden.«

»Aber wo könnte er denn sein?«

»Ich dachte, Sie wüssten es. Deshalb bin ich ja hier.«

Mara runzelte angestrengt die Stirn. »Einen Moment bitte, ja?«

Joseph schien tatsächlich verschwunden zu sein. Das Haus der Gaillards war ein rechteckiges, einstöckiges Gebäude aus dem hiesigen Kalkstein. Das Dach bestand aus flachen Ziegeln, die einst rot gewesen waren, sich aber inzwischen verfärbt hatten und mit Flechte und Moos bewachsen waren. Wegen Josephs Gehbehinderung war das Wohnzimmer neben der Küche zum Schlafzimmer umfunktioniert worden, damit er es nicht mehr so weit zur Toilette und zum Badezimmer hatte. Mara und Julian sahen, dass das Bett ungemacht war. Über einer Stuhllehne hing ein karierter Bademantel. Daneben lagen eine Taschenlampe, ein Kissen und ein Filzpantoffel auf dem Boden. Der zweite Pantoffel befand sich unweit des Kleiderschrankes auf der anderen Seite des Raumes.

»Er hat seine Sieben-Uhr-Pillen nicht genommen«, teilte Jacqueline ihnen mit besorgter Stimme mit. Sie zeigte auf Tabletten, die über den Nachttisch verstreut waren. Die Digitalanzeige des Weckers blinkte. Die Krankenschwester nahm ihn, sah auf ihre Armbanduhr und stellte die Zeit neu ein.

Die anderen Räume waren zwar aufgeräumt, aber dafür weniger aufschlussreich. Julian stieg in den Keller hinunter, tauchte aber kurz danach wieder auf und ging nach draußen. Er wollte sich auch dort noch einmal umsehen, selbst wenn Jacqueline dies alles bereits getan hatte.

»Da oben habe ich auch schon geschaut«, rief sie aus, als Mara sich anschickte, die steile, schmale Treppe hochzuklettern, die den Wohnbereich mit dem Speicher verband.

Mara stieg trotzdem hinauf. Die Dachkammer hatte einst als Trockenraum für Tabak und Kräuter gedient. Die inzwischen rostigen Drähte waren immer noch an Ort und Stelle. Längst in Vergessenheit geratene Möbelstücke – ein Kinderbett, die Kommode eines Mädchens, eine Anrichte, alles, was von Tochter Christine übrig geblieben war – standen in Plastikfolie verpackt da. Ansonsten gab es nur noch Staub, Spinnweben und dunkle, kommaförmige Köttel. Ratten, schoss es Mara durch den Kopf.

Draußen begann der Regen bereits zu gefrieren und versah den Boden mit einer grauen, matschigen Schicht. Bald schon würde alles – Bäume, Büsche, Steine – von Eis überzogen sein. Julian zog die Kapuze seiner Daunenjacke tiefer ins Gesicht und machte sich auf den Weg, einen schlammigen Pfad entlang, der ihn an einem verlassenen Gemüsegarten vorbeiführte, in dem kahle Gerüste von der Stangenbohnenernte des letzten Sommers zeugten. Anschließend passierte er einen Hühnerstall auf Stelzen, dessen Dach eingestürzt war und dessen Drahteinzäunung verrostet auf dem Boden lag.

Die Gaillards, jetzt nur noch Joseph, besaßen fünfundvierzig Hektar Land, das sich von der Straße her ausdehnte. Das meiste davon war offenes Weideland. Im Laufe der Jahre hatte das Land vielseitige Verwendung gefunden: zum Anbau von Tabak, Mais, Hafer und Weizen. Und bis Joseph Rückenprobleme bekommen hatte, diente es auch zur Schafzucht. Julian kam an einem winzigen Obstgarten und danach an einem kleinen Weinberg vorbei. Die knorrigen, ruhenden

Stümpfe ließen erahnen, dass die Reben wahrscheinlich genauso alt waren wie Joseph. Einst hatten sie den gesamten Bedarf der Familie gedeckt. Die Bäume waren nicht abgeerntet; der Wein war verwildert; die Schafe waren schon vor langer Zeit verkauft und die Hühner geschlachtet und verspeist worden. Einzig dem Gemüsegarten wurde noch Aufmerksamkeit geschenkt, aber jetzt nach Amélies Tod würde auch er bald von Gras überwuchert sein wie die Felder. Seit etwa zehn Jahren vermieteten die Gaillards ihr Land an andere Bauern, die dort ihr Vieh weiden ließen.

Julian hatte gleich ein ungutes Gefühl, als er den Brunnen sah. Dieser schien stillgelegt zu sein und war mit morschen Holzplatten abgedeckt. Julian näherte sich ihm nur widerwillig. Ein eisiger Schreck durchfuhr ihn, als er registrierte, dass die Bretter ein Stück zur Seite geschoben worden waren. Er riss sie weg. Zu seiner großen Erleichterung stellte er fest, dass die Brunnenöffnung darunter durch ein intaktes, wenn auch rostiges Metallgitter abgeriegelt war.

Der Weg verlief weiter abwärts bis zum Ende des Grundstücks. Er überquerte einen Bach, lief an der Ruine der alten Mühle vorbei, die dort einst in Betrieb gewesen und nach der der Weiler benannt worden war. Der Mahlstein hatte sich nämlich nur dann gedreht, wenn das Flüsschen ausreichend Regenwasser geführt hatte, daher der Name Écoute-la-Pluie, »Lausche-dem-Regen«. Der Pfad war uneben und rutschig. Wie weit konnte es der tatterige alte Mann allein geschafft haben? Julian setzte seinen Weg fort, indem er Sträucher zu seiner Rechten und zu seiner Linken beiseite schob.

Die Frau stand im Wohnzimmer und sah sich verwirrt um.

»*C'est bizarre*«, murmelte Jacqueline.

»Vielleicht ist er ja mit jemandem weggegangen? Mit einem seiner Neffen zum Beispiel?«

»Im Schlafanzug? Der ist nämlich nicht hier. Das heißt, er hat ihn noch an. Ich frage mich, ob sich sein Zustand heute Nacht verschlechtert hat und er ins Krankenhaus eingeliefert werden musste.«

Mara erwiderte: »Wenn Joseph tatsächlich abgeholt worden ist, dann könnte einer der Nachbarn eventuell einen Krankenwagen bemerkt haben. Wir hätten in jedem Fall nichts davon mitbekommen.« Das Haus der Gaillards war das letzte auf der linken Seite der Straße, die durch die Ortschaft führte. Mara, die nächste Nachbarin, wohnte ebenfalls dort, aber auf der anderen Seite und ein Stück weiter die Straße hinunter. Sie ging zu einem Telefon, das auf einem Podest stand. »Ich telefoniere mal ein bisschen herum, ja?«

»Dann hätte mir doch wohl jemand Bescheid gesagt, meinen Sie nicht?« Jacqueline schaute Mara entgeistert an.

Julian kam zur Haustür herein, schlug die Kapuze zurück und ließ feuchtkalte Luft ins Zimmer. Da seine Schuhe nass und voller Schlamm waren, blieb er einfach im Eingangsbereich stehen. Er schüttelte den Kopf. Nichts.

»*Merde*«, fluchte Mara und ließ den Hörer zurück auf die Gabel fallen. »Die Leitung ist tot.«

Die Krankenschwester schien in Gedanken ganz woanders gewesen zu sein. »Ach, das hatte ich ganz vergessen, Ihnen zu sagen. Das Telefon geht nicht. Das habe ich als Erstes überprüft. Dann habe ich es auf meinem Handy versucht. Aber wie das so ist, leider war meine Karte abgelaufen. Deshalb musste ich zu Ihnen rüber.«

»Ich schätze mal, dann funktionieren auch die anderen Anschlüsse nicht«, sagte Mara, die schon mit dem Schlimmsten rechnete.

»Das war das Unwetter letzte Nacht. Sie sollten mal die umgestürzten Bäume und Leitungen überall sehen.«

Julians Miene hellte sich auf. »So wird es gewesen sein: er musste telefonieren und hat das Haus verlassen, um irgendwo an ein Handy zu kommen. Ich wette, in diesem Moment sitzt er gerade bei Suzanne Portier. Ich sehe mal nach.«

Julian zog die Kapuze über den Kopf und ging wieder aus dem Haus. Er machte die Tür hinter sich zu.

Jacqueline setzte sich schwerfällig in einen Sessel. »Hoffen wir mal, dass es das ist.«

»Ja«, sagte Mara. Sie stand am vorderen Fenster und starrte nach draußen. »Obwohl ich mich frage, warum er, wenn er ein Handy gebraucht hat, nicht einfach zu uns gekommen ist. Wir wohnen schließlich näher.«

Nach ein paar Minuten sah sie Julians Lieferwagen vorbeifahren. Die Nachbarhäuser lagen weit auseinander, deshalb war es durchaus verständlich, dass er das Auto nahm. Mara durchquerte den Raum und stellte sich vor ein anderes Fenster, das nach hinten hinaus ging. Der Regen war mittlerweile in Schneeregen übergegangen.

Die Krankenschwester stöhnte laut auf. »Bei so einem Wetter habe ich es immer in den Knien.«

Das alte Haus war düster und still. Bloß das gravitätische Ticken der Standuhr war zu vernehmen. Mara betätigte einen Schalter, der eine Reihe altmodischer Wandleuchten in Gang setzte, die die Form von Fackeln hatten. Sie warfen fahles Licht ins Dunkel.

Mara begann, im Raum auf und ab zu gehen. »Vielleicht sollten wir doch die Polizei rufen.«

Die Krankenschwester schüttelte den Kopf. »Er würde nicht wollen, dass wir sie einschalten.« Sie ließ Mara nicht aus den Augen. »Im Sommer wären sie zweiundfünfzig Jahre verheiratet gewesen, müssen Sie wissen. Ganz schön hart … jemanden nach so langer Zeit zu verlieren. Und wo er doch immer völlig abhängig von ihr war! Vielleicht, weil Amélie älter war als er. Wussten Sie, dass sie schon einmal verheiratet war? Ihr erster Mann fiel im Krieg. Als sie Joseph kennenlernte, war er ein kräftiger Bauernbursche … und noch ganz grün hinter den Ohren. Ich nehme an« – die Krankenschwester lachte über etwas, an das sie sich erinnerte, das sie aber nicht zu teilen gedachte – »Amélie hat ihm das eine oder andere beigebracht. Habe ich Ihnen erzählt, dass er wieder Schafe züchten möchte?«

»Was? Wie?« Mara schaute entsetzt. Jetzt hat er völlig den Verstand verloren, wäre ihr beinahe herausgerutscht. Aber vielleicht verlor er ihn ja wirklich gerade.

»Er ist nicht verrückt, falls Sie das meinen«, erwiderte Jacqueline.

»Schafe! Das schafft er doch nie!«

»Natürlich nicht. Aber das ist seine Art, mit dem Verlust umzugehen, verstehen Sie? Joseph liebte seine Schafe und hat ihnen sogar Namen gegeben, auch wenn er sie am Ende verkaufen musste. Ich nehme an, er denkt, wenn hier wieder Schafe grasen, wird auch einiges andere zurückkehren. Lassen wir ihn besser in dem Glauben.« Ungewöhnlich sanft fügte sie dann hinzu: »Wir alle brauchen Träume, selbst wenn die Zeiten dafür vorbei sind.«

»Horchen Sie mal!«, unterbrach Mara sie unvermittelt.

»Was ist?« Mühsam schob sich die dicke Krankenschwester auf dem Sessel nach vorne. »Was ist los?«

Mara bedeutete ihr, still zu sein. »Ich dachte, ich hätte etwas gehört.« Aber die einzigen Geräusche waren das Ticken der Uhr, der Wind im Kamin und der Schneeregen, der gegen die Fensterscheiben prasselte. Und dann ein dumpfes Krachen, das nun auch Jacqueline vernahm. Zwei Augenpaare richteten sich auf einen Schrank unterhalb der Treppe am anderen Ende des Wohnzimmers. Das war der einzige Ort, an dem sie noch nicht nachgeschaut hatten. Mara stürzte darauf zu und riss die Tür auf. Zunächst konnte sie nur das Durcheinander aus kaputten Fensterläden und Fliegengittern ausmachen, die hochkant standen und an der Rückwand des Schrankes lehnten. Dann sah sie ihn, weiter hinten, in sich zusammengesunken. Wie ein ausrangierter Gegenstand lag er da im Dunkeln, inmitten von Staub.

Joseph wirkte wie tot. Seine Haut fühlte sich kalt an. Der Mund stand offen, und sein Körper war so starr wie die Fensterläden, die sie erst zur Seite räumen mussten, um zu ihm zu gelangen. Nur seine Augen verrieten, dass er noch am Leben war.

Sie zogen ihn heraus und schleppten ihn mit vereinten Kräften ins Bett: Jacqueline hatte ihn unter den Armen gepackt, und Mara hielt seine Füße. Für seine Größe war er erstaunlich leicht. Nur noch die leere Hülse eines Menschen, dachte Mara. Joseph war nicht in der Lage, seine Tabletten zu schlucken. Jacqueline durchwühlte ihre Tasche und verabreichte ihm ein Apomorphin-Nasenspray als schnelle Sofortmaßnahme, um seinen Körper wieder in Gang zu bringen. Sie lehnte ihn an einen Stapel Kissen, setzte sich an den Rand der Matratze und begann, ihm Brust, Arme und Beine zu massieren.

Die Haustür fiel ins Schloss. »Bis auf Olivier Rafaillac war keiner zu Hause«, rief Julian. »Sie sind alle einkaufen.« Er kam ins Schlafzimmer. »Aber ihr habt ihn ja gefunden! Wo zum Teufel hat er gesteckt?«

»Im Schrank unter der Treppe«, sagte Mara mit leiser Stimme.

»Sollten wir nicht besser einen Arzt rufen?«

Jacqueline schüttelte den Kopf. »Nicht nötig. Er kommt gleich wieder zu sich.«

Julian stand untätig daneben und sah zu, wie die Krankenschwester sich fürsorglich um Joseph kümmerte. Mara füllte eine Wärmflasche in der Küche und brachte sie Jacqueline.

»Da, *mon vieux*«, sagte die Krankenschwester. »Legen Sie sich das auf die Füße. Richtige Eisklumpen haben Sie ja da!«

Joseph brauchte vierzig Minuten, bis er wieder soweit hergestellt war, dass er ihnen schildern konnte, was vorgefallen war. Seine Stimme war ein kaum vernehmbares Krächzen.

»Sie hat ans Fenster geklopft. Sie wollte rein. Dann ist das Licht ausgegangen. Sie ist von hinten ins Haus gekommen, und dann schnurstracks zu mir ins Zimmer.«

»Welche sie?« Mara sah Jacqueline und Julian entsetzt an. »Wovon redet er? Wollte etwa jemand bei ihm einbrechen?«

»Amélie.« Josephs Stimme versagte, und er schluchzte. »Sie war hier. Sie hat vor mir gestanden, groß und schwarz, wie ein Baum.« Er zog die Mundwinkel nach unten, und seine Halsmuskeln zuckten krampfartig. Vielleicht weinte er ja, aber es kamen keine Tränen. Seine Augen sahen so trocken und gerötet aus wie immer. »Du musst sterben, Joseph, hat sie zu mir gesagt. Sie wollte, dass ich ihr folge, verstehen Sie. Ich habe ihr geantwortet: Ich bin noch nicht bereit zu gehen. Lass mich in Frieden! Dann« – seine zitternden Finger tanzten auf der Bettdecke, als er den Schrecken erneut durchlebte – »hat sie mir ein Kissen aufs Gesicht gelegt. Ich habe mich gegen sie zur Wehr gesetzt. Aber sie war stärker als ich. Und – und sie hatte keinen Kopf. *Mon Dieu*, da war bloß ein großes schwarzes Loch!«

»Sie hatten einen Albtraum, Joseph«, sagte Jacqueline forsch. »Sie haben nur schlecht geträumt. Nichts davon ist wirklich passiert.«

»Ich schwöre, es ist wahr«, jammerte er. Vor lauter Aufregung bebte er am ganzen Leib. »Sie war hier. Ich habe sie berührt. Ich habe sie atmen hören. Ihre Hände waren groß. Und – und …« Er suchte krampfhaft nach den passenden Worten. Die extreme Geistesanstrengung war daran, wie er den Kopf hin und her drehte und den Mund verzog, deutlich abzulesen.

»Und was, Joseph?« Mara lehnte sich vor, um ihn besser zu verstehen.

»Ihre Haut … war schlaff und gummiartig.«

Große Hände und schlaffe, gummiartige Haut? Mara sah verunsichert zu Jacqueline. Die Krankenschwester schürzte skeptisch die Lippen. Aber Josephs Augen baten Mara inständig, ihm Glauben zu schenken.

»Was ist dann passiert?«, fragte sie und nahm seine Hände.

»Sie ist weggegangen. Einfach weggegangen. Ich habe gehört, wie sie das Haus verlassen hat. Aber ich hatte Angst, dass sie nochmal zurückkommt. Ich bin aufgestanden. Aber ich bin ständig irgendwo gegen gestoßen und hingefallen. Das Licht war aus, verstehst du. Also bin ich auf allen vieren zum Wandschrank unter der Treppe gekrochen und habe mich dort versteckt. Meine Hoffnung war, dass sie mich da nicht findet. Sie kann nämlich Wände durchbrechen, müsst ihr wissen. Zumindest hat sie das schon mal gemacht.«

Erschöpft legte er sich wieder hin. Kurz bevor er in einen tiefen Schlaf fiel, murmelte er noch: »Passt auf, dass sie mich nicht holen kommt.«

Sie ließen ihn allein. Jacqueline kochte in der Küche einen starken Kaffee. Sie tranken ihn gemeinsam an einem mit Schrammen übersäten Holztisch.

Die Krankenschwester schüttelte den Kopf. »Albträume und Halluzinationen. Das kommt von den Medikamenten. Es ist schwer für ihn, Realität und Fantasterei auseinanderzuhalten. Er hat ein paar üble Stunden hinter sich, aber das wird schon wieder. Es ist sogar ein gutes Zeichen, dass er Amélie im Traum abgewehrt hat. Das bedeutet, dass er noch nicht vom Leben lassen will. Es würde mich nicht wundern, wenn er beim Aufwachen bereits alles wieder vergessen hat.«

»Aber halten Sie es denn nicht für möglich«, erwiderte Mara, »dass tatsächlich jemand hereingekommen ist? Er und Amélie haben nämlich nie die Hintertür abgeschlossen. Amélie hat immer gesagt, das halte nur Freunde ab.«

Jacqueline entgegnete: »Aber die Hintertür war abgeschlossen. Ich musste sie aufschließen, als ich nach draußen gegangen bin, um ihn zu suchen.« Sie trank ihren Kaffee aus. »Nun, *grâce à Dieu* ist niemand wirklich zu Schaden gekommen. Aber man kann nie wissen … bei all diesen Einbrechern, die herumlaufen.« Sie wies mit dem Kinn auf Julian. »Was haben Sie zu Monsieur Rafaillac gesagt?«

»Dass wir Joseph nicht finden können, natürlich.«

Jacqueline verzog den Mund. »Das hätten Sie besser nicht getan. Das wird jetzt überall die Runde machen.«

»Die anderen werden so oder so davon erfahren«, sagte Mara. »Sie wissen doch, wie schnell immer alles nach außen dringt. Wie lange, meinen Sie, wird es noch dauern, bis er endlich durchgehende Betreuung zu Hause bekommt?«

Jacqueline zuckte mit den Schultern. »Diese Dinge brauchen Zeit. Vor allem hier am Ende der Welt.« Sie sagte es mit einem leichten Naserümpfen. »Hoffentlich bekommen die O'Connors nicht Wind von der Sache. Was ich Ihnen nämlich noch erzählen wollte: Letztens habe ich sie im Supermarkt getroffen. Sie hat mich wieder in die Mangel genommen. Von wegen, Joseph müsse ins Heim und so. Das hier wird bloß Öl ins Feuer gießen!«

»Sie sind noch da?« Mara hatte angenommen, dass die Amerikaner gleich nach der Beerdigung wieder ins warme, sonnige Florida zurückgekehrt waren.

»Oh, ich glaube, er hat hier in der Gegend geschäftlich zu tun.« So wie die O'Connors sie immer nur »die Krankenschwester« nannten, hießen die beiden bei ihr bloß »er« und »sie«. Meistens schwang dabei ein ironischer Unterton mit.

Julian sagte: »Nun, wie dem auch sei, der alte Rafaillac war jedenfalls überraschend hilfsbereit, als ich ihm das mit Joseph erzählt habe. Er hat sogar angeboten, selbst in der Gegend nach ihm zu suchen. Und, übrigens, sein Telefon geht. Also muss die Störung woanders liegen. Rafaillac hat gesagt, er würde mal die Straße abgehen und die Leitungen überprüfen. Und er will bei France Télécom anrufen.«

»Joseph braucht ein Handy«, erklärte Mara. »Ich werde ihm eines besorgen.«

Jemand pochte an die Haustür, und Olivier Rafaillac höchstpersönlich trat ein, als Julian öffnete. Er war groß und kräftig, hatte ein rotes Gesicht und konnte des Öfteren genauso stachelig sein wie die Artischocken, die er anbaute. Von seiner gefütterten Nylonjacke glitten kleine Eiskörner zu Boden.

»Haben Sie ihn gefunden?«, kam er direkt zur Sache.

»Ja«, sagte Jacqueline lachend. »Er war die ganze Zeit hier. Wir haben nur nicht richtig gesucht.«

Olivier schaute sich unsicher um. »Wo war er? Hat er sich im Keller versteckt?«

»Nein, nein«, antwortete Jacqueline ausweichend.

»Also, ich wollte bloß Bescheid sagen, dass die Telefonleitungen überall in Ordnung sind. Nur hier nicht.«

»Wenn es hier ist, dann heißt das, wir sind ebenfalls betroffen«, sagte Mara niedergeschlagen. Es konnte Tage dauern, bis France Télécom jemanden vorbeischickte. Sie sah sich schon draußen im Regen stehen und mit ihrem Handy telefonieren. Die Wände ihres Hauses waren so dick, dass man dort bloß sehr schlechten bis gar keinen Netzempfang hatte.

»Nein.« Olivier schüttelte den Kopf. »Mit hier meine ich genau hier. Kommen Sie, und sehen Sie selbst. Das stromführende Kabel zum Haus liegt am Boden. Drumherum sind jede Menge kaputter Äste. Das könnte die Ursache gewesen sein. Obwohl« – er hielt inne und kratzte sich am Kopf – »die Leitung sauber gekappt wurde, so als wäre sie durchgeschnitten worden.«

»Durchgeschnitten?«, wiederholte Mara. Was hatte das jetzt wieder zu bedeuten?

10

Der Sturm hatte eine Menge Bäume entwurzelt. In dieser Situation glich Rocco Luca, alias Eineinhalb-Tonnen oder schlicht die Tonne, jedem anderen Haus- und Grundbesitzer in der Gegend, der nach einem Unwetter aufräumte. Er war mit einer Latzhose, einer alten Baskenmütze und einer Lammfelljacke bekleidet, die bei den Franzosen *canadienne* hieß. Trotz der eisigen Temperaturen trug er sie offen. Die Tonne war abgehärtet. Eine Pappel hatte sich quer über den Weg zu seinem Haus gelegt, und er war dabei, sie mit einer lärmenden Kettensäge zu zerteilen. Jedes Mal, wenn die Säge sich durch das weiche Holz kämpfte, spuckte sie stinkende blaue Abgaswolken aus. Die Äste hatte er bereits entfernt, und nun schnitt er den Stamm in meterlange Stücke.

Eineinhalb-Tonnen war ein großer Mann, der schwer, aber nicht fett war. Sein kugelrunder Kopf mit dem borstigen Haar, der gebrochenen Nase und den von Narben entstellten Augenbrauen ragte wie der Albtraum jeden Berufsboxers über breiten Schultern auf, ohne erkennbaren Hals dazwischen. Passend zu seiner massigen Gestalt besaß er ein ausgeprägtes Ego.

Er fand Gefallen an großen Gesten, knallbunter Kleidung, üppigen Frauen und harten Drinks. In jungen Jahren hatte er eine Karriere als Boxer angestrebt, bis sich herausstellte, dass er Bluter war. Trotz seines Gewichtes war seine Haut dünn; sein Kopf platzte auf wie eine Melone, sobald er dort getroffen wurde. Vom Ring aus war es nur ein kurzer Schritt zu allerlei illegalen Machenschaften gewesen, einschließlich Drogenhandel, den er seit mehr als fünf Jahrzehnten erfolgreich unter dem Deckmantel diverser legaler Wirtschaftsunternehmen betrieb.

Ein Auto bog von der Hauptstraße ab und schlingerte den von Furchen durchzogenen Feldweg hinunter. Jedes Mal, wenn es auf ein Schlagloch traf, spritzte Schmutzwasser nach allen Seiten. Es machte kurz vor dem umgestürzten Baum Halt. Serge Taussat stieg aus, eifrig darauf bedacht, sich nicht die Schuhe dreckig zu machen. Serge war das genaue Gegenteil seines Chefs: ein dünner Mann, der Gelassenheit ausstrahlte. Seine Lieblingsfarbe war schwarz. Alles an ihm war schwarz: Hose, Jackett, Mantel und Schuhe. Und auch sein Wagen – ein Mercedes CLS – war schwarz und hatte schwarze Ledersitze. Nachts hätte er wie unsichtbar vorübergehen können. An diesem feuchtkalten Nachmittag aber hob er sich wie ein dunkler Fleck von dem Hintergrund aus regennassen Bäumen und rauer, düsterer Erde ab. Bloß sein blasses, schmales Gesicht reflektierte das spärliche Licht, das dieser Tag zu bieten hatte. Serges Haut spannte so straff über Stirn und Wangenknochen, dass es den Anschein hatte, als wäre sein Schädel eingeschweißt. Seine Haare waren weißblond und die Augen groß und flach, wie zwei graue Spiegel. Manchmal hatte er etwas von einer modernen Skulptur an sich, dann wieder wirkte er wie ein Außerirdischer.

Die Kettensäge kam stotternd zum Stillstand. Eineinhalb-Tonnen setzte sie ab und wartete auf Serge, der sich den Weg durch die herumliegenden Äste bahnte.

»*Et alors?* Was hast du herausgefunden?«

»*Zéro* – Nichts.«

Der große Mann senkte den Kopf wie ein Stier. »Warum werde ich das Gefühl nicht los, dass Freddy seine besten Zeiten bereits hinter sich hat?« Er brachte seinen Unmut klar zum Ausdruck, indem er ein Stück Stamm hochhob und es auf einen Holzstoß schleuderte.

Freddy, auch bekannt als Problem-Freddy, da ihm das Wasser immer bis zum Hals stand, war Junkie und ein kleiner Drogendealer, dessen Notlage die Tonne ausnutzte, um an Informationen zu kommen. Er trieb sich in den Straßen von Périgueux herum und hatte sich als wertvolle Quelle erwiesen, denn er führte ein wüstes Leben und wusste, um es mit Tonnes Worten auszudrücken, wie die Gosse »tickt«.

Serge zuckte mit den Achseln. »Ich habe ihm gesagt, er soll sich weiter umhören. Da kommt noch was ans Tageslicht. Irgendwann jedenfalls.« Er sah an seinem Chef vorbei zum Haus am Ende des Weges. Es war ein imposantes Bauwerk aus rotem und gelbem Stein und mit zwei Türmen, die einen den gotischen Stil imitierenden Eingang flankierten. In einem Anbau auf der Westseite des Gebäudes war ein Wintergarten untergebracht. In ihm wuchsen Pflanzen aller Art. Tonnes aktuelle Freundin, eine üppige Blondine namens Lydia, war verrückt nach Blumen. Der Wintergarten beherbergte auch einen Whirlpool, der ständig die Glasscheiben und das Glasdach beschlagen ließ.

Luca gestikulierte wild mit der fleischigen Hand und gestand widerwillig ein: »Eins muss man diesem kleinen Rotzbengel ja lassen, egal, wer er ist. Er ist gewieft. Und er ist flott und reagiert schnell.«

Eine Krähe, die auf einem kahlen Baum in der Nähe saß, ließ ein leises Krächzen vernehmen. Sie balancierte unbehaglich auf einem Ast. Der Wind zerzauste ihre Federn.

Serge verzog missbilligend das schmale Gesicht. »Er befindet sich auf deinem Gebiet und erregt schon Aufmerksamkeit mit dem, was er tut. Das kann unmöglich in deinem

Sinne sein, wo hier eh schon alle *flics* wegen Yvan herumlungern und die Luft verpesten.«

»Sie haben nichts gegen mich in der Hand.«

»Die hätten noch weniger gegen dich in der Hand, wenn du ihn vor ein paar Monaten einfach mir überlassen hättest.«

Die Tonne rieb sich mit einem walnussgroßen Fingerknöchel die Nase. »Das Dumme ist bloß, ich mochte den Kerl. Das war schon immer mein Problem. Ich gewöhne mich an Menschen. So bin ich nun mal. Zu weichherzig.«

Völlig unbeeindruckt schaute Serge mit ausdrucksloser Miene auf den wolkenverhangenen Himmel. Weiterer Regen kündigte sich an.

»Was Freddy angeht«, fuhr die Tonne fort, »sag ihm, ich wäre nicht zufrieden. Sag ihm, es passt mir überhaupt nicht, wenn er einfach so mit leeren Händen aufkreuzt. Sag ihm, bis Freitag will ich Ergebnisse sehen, andernfalls wird er sich als große Enttäuschung für Freunde und Familie entpuppen.«

»Das hat er bereits«, antwortete Serge. Die Krähe schaukelte kläglich auf ihrem Ast. Serge fröstelte in seinem Mantel und steckte seine behandschuhten Hände in die Tasche. Auch er spürte die Kälte.

Eineinhalb-Tonnen schob die Unterlippe vor. Er dachte über etwas anderes nach.

»Ich habe von Pascal gehört. Er glaubt, dass ihm die *flics* auf den Fersen sind.«

»*Merde*«, sagte Serge leise.

»Sie gehen aber noch nicht gegen ihn vor. Er glaubt, sie wollen ihm nur zu verstehen geben, dass sie ihn beobachten.«

»Ja, aber wenn die *filière* in Toulouse in Gefahr ist, wie kommen wir dann an das Zeug?«

»Finde den Jungen. Dann brauchen wir Toulouse vielleicht gar nicht mehr.«

Serges flache Augen richteten sich auf seinen Boss. »Das ist doch Hühnerkacke, *patron.*«

Die Tonne stieß ein raues Lachen aus, das sich wie die Fehlzündung eines Lasters anhörte. »Kleinvieh macht auch Mist!«

Er spähte ins Heck des Mercedes. In Klarsichtfolie eingepackte Töpfe mit fleischig aussehenden Pflanzen standen in einer großen Kiste auf dem Rücksitz. Luca griff wieder zur Kettensäge.

»Bring dieses verdammte Zeug nach oben ins Haus«, sagte er und wies mit dem Kinn auf die Fracht im Auto. »Mach Lydia eine Freude!«

Mara erwachte als Erste. Sie stützte sich auf die Ellbogen. Draußen brach ein weiterer kalter grauer Tag an. Sie vergrub sich wieder unter der Decke und kuschelte sich an Julian. Er murmelte etwas, drehte sich um und schloss sie in die Arme. Beide nickten noch einmal ein. Ein paar Minuten später wurden sie wieder wach. Er roch an ihrem Haar, ihrem Hals.

»Sandelholz«, flüsterte er.

Sie lachte. Ihre Lippen streiften seine Wange, und sie pustete ihm sanft ins Ohr.

»Oh, ich mag es, wenn du das tust.«

Sie küssten sich schlaftrunken. Dann liebten sie sich. Stillschweigend verziehen sie dem anderen die Unstimmigkeiten der letzten Zeit und versuchten, den Augenblick möglichst lange hinauszuzögern, nicht bloß den körperlichen Akt, sondern auch das Gefühl intensiver Nähe und das ruhige, wohlige Danach. Ihnen ging auf, dass in diesen Momenten immer ihre besten Seiten hervortraten. Zum Teufel mit Madame Audebert!

Später kochte Mara Tee, der Julians Ansprüchen immer gerechter wurde. Er mochte ihn so schwarz wie Steinkohlenteer. Da Sonntag war und sie sich Zeit lassen konnten, trug Mara den Tee ins Schlafzimmer, wo sie ihn zusammen mit Croissants einnahmen. Julian tunkte seines in den Tee. Mara wünschte, er würde dies nicht tun. Es hinterließ Flecken auf dem Laken.

»Was hast du heute vor?«, fragte Mara.

»Ich fürchte« – er nahm einen letzten Schluck Tee und stellte seine Tasse auf dem Nachttisch ab – »ich sollte mich langsam mal darum kümmern, Kazim Ismet ausfindig zu machen. Das schiebe ich schon lange genug vor mir her.«

»Ach.« Sie machte einen Schmollmund. »Ich hatte gehofft, wir könnten ein bisschen Zeit miteinander verbringen.«

»Um uns weiteren intensiven Begegnungen hinzugeben?« Er grinste anzüglich.

»Um uns wieder näherzukommen«, sagte sie ganz ernst. »Wir haben kaum noch Zeit, miteinander zu reden. Ich meine, wirklich reden.«

»Worüber möchtest du denn sprechen?« Er klang misstrauisch.

»Über nichts Bestimmtes. Über uns.« Ihre Beziehung. Seit

Monaten tuckerten sie nun schon so dahin, im Großen und Ganzen glücklich, sah man einmal von kleineren Reibereien ab. Aber sie fragte sich, was er wirklich von ihrem Zusammenleben hielt. Sie schmiedeten niemals Zukunftspläne. Vielleicht war es an der Zeit, eine Art Bestandsaufnahme zu machen.

»Hm. Also wenn ›uns‹ nichts Bestimmtes bedeutet, dann kann es ja vielleicht warten, bis ich zurück bin?« Sein neckischer Ton hatte auch etwas Ausweichendes an sich, über das sie sich ärgerte. Er schwang die Beine aus dem Bett. »Betul glaubt, dass Kazim bei seiner Freundin ist, einer gewissen Nadia Beaubois. Sie arbeitet im Intermarché in Périgueux. Ich fange am besten bei ihr an, denke ich.« Er legte sich der Länge nach hin. »Verdammt! Dieser dämliche Köter hat schon wieder meine Hausschuhe geklaut.« Der Hund liebte es, die alten Dinger aus Lammfell, die an den Fersen schon ganz abgelaufen waren, wegzutragen und darauf herumzukauen. Sein ewiges Kauen rief in Julian den Wunsch wach, nach einem Magensäuremittel zu greifen.

Mara wusste nicht so recht, wie sie es Julian beibringen sollte. »Madame Audebert hat sie gefunden: sie waren ganz zerfetzt und zäh vom Hundespeichel. Ich glaube, sie hat sie weggeworfen.«

Julian sprang auf und fuchtelte mit den Armen. »Diese dumme Kuh! Wann begreift sie endlich, dass sie die Finger von meinen Sachen lassen soll? Erst meine Zeitungen, jetzt meine Pantoffeln.«

»Herrgott noch mal! Mach doch nicht so einen Bohei darum! Du kannst eh mal ein paar neue gebrauchen.«

»Und damit ist alles wieder in Ordnung?« Barfuß stapfte er über den kalten Boden in Richtung Badezimmer, wo er die Wasserhähne voll aufdrehte. Kurze Zeit später kam er zurück ins Schlafzimmer. »Hör mal, es tut mir leid. Warum kommst du nicht einfach mit nach Périgueux? Dann hätten wir unterwegs Zeit zum Reden.«

Auch Mara war mittlerweile aufgestanden. Sie war beleidigt. Die Hitze in den Laken hatte sich längst verflüchtigt. »Während du nur daran denkst, Kazim ausfindig zu machen? Nein, danke.«

»Alles klar. Wie du willst!« Er verschwand, um zu duschen und um sich zu rasieren.

Zwanzig Minuten später saß Mara im Bademantel am Küchentisch und spähte über den Rand ihrer unnützen Brille aufs Briefpapier, das in einer großen, schwungvollen Schrift beschrieben war: Es handelte sich um Rezepte ihrer Mutter aus Kanada, die sehr gut kochen konnte. Deren Repertoire reichte von üppigen Fleischpasteten über herzhafte Suppen bis hin zu Elcheintopf, der typischen Küche im Herzen Québecs. *Maman* stammte aus einem Städtchen namens Saint-Louis-du-Ha! Ha!, ein Ortsname, der es in puncto Originalität durchaus mit Écoute-la-Pluie aufnehmen konnte. Einige sagten, »ha! ha!« sei das altfranzösische Wort für Sackgasse; oder ein Tippfehler – statt »ha! ha!« hieße es eigentlich »ah! ah!« wegen der schönen Aussicht; oder stamme von einem Wort aus der Indianersprache, das Überraschung ausdrückt. Als Julian in die Küche kam, sah Mara nicht auf.

»Bist du sicher, dass du nicht mitkommen willst?«

Sie schüttelte den Kopf. »Ich bin ja heute ohnehin mit Kochen dran.« Sie kritzelte etwas auf die Rückseite eines Umschlags. Ihre Wut ließ nach. »Es wird eine Überraschung. Aber zuerst muss ich noch die Zutaten besorgen.«

Über ihre Schulter gebeugt las er laut: »Kartoffeln«. »Wieder *gratin dauphinois?*«, fragte er vorsichtig.

»Lass das mal meine Sorge sein! Wann bist du zurück?«

»Wie viel Zeit braucht man, um einen Ausreißer zu finden? Irgendwann am Nachmittag, schätze ich.« Er küsste sie auf die Wange.

Sie sah zu, wie er seine Jacke anzog und vorsorglich den Kragen gegen die Kälte hochschlug. »Weißt du was? Ich finde, den Privatdetektiv zu mimen, steht dir. Du siehst irgendwie stark und sexy aus, wenn du den Kragen hochschlägst.«

Er hielt auf dem Weg zur Tür inne. »Wirklich?«

»Ja.« Dann fiel ihr Blick auf seinen Bauch, der in der Daunenjacke wuchtig wirkte. »Schade aber auch, dass du keinen Trenchcoat besitzt. Diese dicke Jacke ist nicht gerade vorteilhaft.« Sie grinste. »Du siehst aus wie der Michelin-Mann.«

Er ließ sie stehen.

Patsy, verfasste Mara eine E-Mail in Gedanken, die niemals gesendet werden würde, *was soll ich nur mit einem Mann anfangen, der so glatt wie Wackelpudding ist?*

Sie malte sich aus, was Patsy antworten würde: *Das Leben ist kurz. Iss einfach den Nachtisch zuerst!*

Julian ließ seinen Lieferwagen an und fuhr auf der D 710 in Richtung Norden. An diesem Vormittag gab es nur wenig Verkehr. Er kam an nassen Wiesen und dunklen, frisch gepflügten Feldern vorbei. Die Regenfälle der letzten Zeit hatten stehendes Wasser in den Furchen hinterlassen, in denen sich hie und da Streifen des zinnfarbenen Himmels spiegelten.

Während der Fahrt ging ihm auf, dass er Maras Witz zum Trotz tatsächlich den *limier,* den Spürhund, spielte, der auf der Suche nach einer vermissten Person war. Je länger er darüber nachdachte, desto mehr gefiel er sich in dieser Rolle. Stark und sexy. Es war albern, aber ein Teil von ihm wünschte sich sogar, er hätte einen Trenchcoat. Oder trugen den bloß Spione und fliegende Händler? Nein, er war sich sicher, dass Humphrey Bogart einen getragen hatte, als er in *Tote schlafen fest* Philip Marlowe gab. Julian hatte den Film erst kürzlich im Fernsehen gesehen. Es war einer seiner Lieblingsfilme. Er betrachtete sich im Rückspiegel und versuchte, beiläufig à la Bogie zu murmeln: »*M'emmerdes pas, connard.*« Geh mir nicht auf die Nerven, Blödmann!

Périgueux lag etwa sechzig Kilometer nördlich von Écoute-la-Pluie an der Isle. Julian brauchte vierzig Minuten, bis er den Stadtrand erreicht hatte, und fand den Intermarché-Supermarkt auf Anhieb. Zu seiner Enttäuschung war Nadia nicht da, und niemand aus der Sonntagsschicht kannte sie. Er spazierte von der Wursttheke zum Regal mit der H-Milch und wünschte sich, er hätte diesen Sonntag nicht damit vergeudet, sich über die offensichtlich große Zahl von Milchsorten Gedanken zu machen: Kuhmilch, Ziegenmilch, Milch in elastischen Plastikflaschen, Milch aus der Packung, Vollmilch, Halbfettmilch, entrahmte oder teilentrahmte, laktosefreie und angereicherte Milch. Nun, zumindest konnte er den Ismets sagen, dass er es versucht hatte. Ein Junge mit aschblonden Haaren hockte am Ende des Ganges und füllte die unteren Regale auf.

»Du weißt nicht zufällig, wo ich eine gewisse Nadia Beaubois finden kann, oder? Sie soll hier arbeiten.«

Der Junge drehte den Kopf und sah ihn von der Seite an. Julian wurde eines großen, dunklen Nasenlochs und eines graublauen Auges ansichtig. Er machte sich auf ein weiteres

Nein gefasst. Doch stattdessen antwortete der Junge: »Sie hat mal hier gearbeitet. Aber was geht Sie das an?«

Julian parkte am Fluss und stieg die steile Rampe hinauf, die zur Rue Porte-de-Graule führte. Er befand sich im Quartier Saint-Front, der Altstadt, deren historisches Labyrinth aus engen Gassen mit Kopfsteinpflaster in der Renaissance das gewerbliche und kommerzielle Zentrum der Stadt gewesen war. Im Laufe der Jahrhunderte waren die Häuser jedoch verfallen. Sie wurden nach und nach restauriert. Frisch renovierte Residenzen der oberen Preisklasse standen Seite an Seite mit heruntergekommenen Gebäuden.

Das Haus, das er suchte, lag ein wenig zurückgesetzt zwischen zwei Fassaden. Um zum Eingang zu gelangen, musste Julian um einen Bauschuttcontainer herumlaufen. Überrascht stellte er fest, dass die massive Holztür nur angelehnt war. Im Inneren konnte er eine düstere Vorhalle und weitere Anzeichen für Umbauarbeiten ausmachen: zwei Sägeböcke, eine Stromkabelrolle, Stapel mit Fliesen. Es roch stark nach Holz, frischer Farbe sowie ein wenig nach feuchtem Gestein und Schimmel. Julian ertastete einen Schalter an der Wand für die *minuterie,* die automatische Treppenhausbeleuchtung. Er konnte jetzt sehen, dass von der Eingangshalle ein Flur abzweigte, der zum hinteren Teil des Gebäudes führte. Ein baufälliges Treppenhaus, das einst elegant gewesen sein musste, wand sich in einer schwindelerregenden, eiförmigen Spirale nach oben. Das Haus schien leer zu stehen, dennoch konnte er leise Rockmusik aus einem der oberen Stockwerke hören.

Er schnaufte ganz schön, als er sich die gewundene Treppe hinaufquälte. Seine Schritte bildeten einen Kontrapunkt zu den immer lauter werdenden wummernden Bässen. Als er auf der zweiten Etage war, ging plötzlich das Licht aus und ließ ihn im Dunkeln zurück. Er tastete sich an der Wand entlang und fand eine weitere *minuterie,* die die oberen Stockwerke erhellte.

Die Musik drang aus einer Wohnung vier Etagen höher unter dem Dach. Es gab auch eine Klingel, aber diese war aus der Fassung gerissen worden und hing an einem Draht. Julian klopfte. Dann hämmerte er mit der Faust gegen die Tür. Die Musik hörte abrupt auf. Die Tür öffnete sich einen Spalt breit.

»Was wollen'se?«, fragte eine Stimme im unverkennbaren Dialekt des Londoner East End. Das Einzige, das Julian ausmachen konnte, waren ein Kopf mit blauer Strickmütze, unter der dunkles, lockiges Haar hervorschaute, und zwei wässrige Augen.

»Ist Nadia Beaubois da?«

»Wer sind'se denn?« Mit leicht verschwommenem Blick taxierte er Julian.

»Der Freund eines Freundes. Und wer bist du?«

»Peter«, sagte der junge Mann überraschend bereitwillig. »Naaad«, rief er über die Schulter und öffnete die Tür weit genug, dass Julian eintreten konnte.

Außer seiner Mütze war Peter noch mit einer dicken Pijacke bekleidet, die viel zu groß für ihn war, sowie mit einem Armeeanzug darunter. Julian konnte nachvollziehen, warum. In der Wohnung, die sich als Dachboden entpuppte, war es eisigkalt. Ein tragbarer Paraffinofen in der Mitte des Raumes gab nur wenig Wärme ab. Die Decke war schräg und voller Flecken. Verbeulte Pfannen standen auf dem Boden, um die Tropfen aufzufangen, die durch eine undichte Luke drangen. Diese und zwei schmutzige Dachgauben spendeten als Einziges Licht. Die Einrichtung war spartanisch: ein Plastiktisch mit Plastikstühlen, die aussahen, als seien sie in einem Gartenlokal geklaut worden, in einer Ecke eine Matratze mit zerwühlten Laken und ein wuchtiges Sofa, auf dem ein Haufen dreckiger Decken lag. Ein Turm aus Orangenkisten an der Wand diente als eine Art Regal, auf dem sich ein Wust aus Flaschen, Zeitschriften und CDs befand. Es gab auch eine Nische mit einer Kochplatte und einer Spüle, in der sich das schmutzige Geschirr stapelte. Durch eine Tür am anderen Ende der Dachkammer erblickte Julian flüchtig ein ungemachtes Bett und die Ecke einer Kommode. Diese verdreckte, behelfsmäßige Unterkunft wirkte so, als hätten sich hier Hausbesetzer eingenistet. Es hatte nicht den Anschein, als würden die Bewohner sich sonderlich viel Mühe geben, ihre Anwesenheit zu verbergen. Sonst hätte der Hauseigentümer vielleicht noch nicht einmal gewusst, dass sie da waren. Julian schätzte, dass sie eine Art nominelle Miete zahlten, um an einem Ort wohnen zu dürfen, der wahrscheinlich im juristischen Sinne als abbruchreif galt. Aber nicht mehr für lange. Wenn die Renovierungsarbeiten erst einmal abgeschlossen waren, würden Peter und Nadia sich auf der Straße wiederfinden.

Auf dem Sofa bewegte sich etwas. Julian stellte fest, dass es sich um den Kopf eines Mädchens handelte. Da das meiste von ihr unter den Decken vergraben war, hatte er sie nicht früher bemerkt. Mitten auf ihrer Unterlippe prangte ein goldener Piercingring; eine Vielzahl weiterer Ringe durchbohrten ihre Ohrläppchen und Augenbrauen. Sie hob den Arm, um an einem Joint zu ziehen. Ein schwerer, süßlicher Geruch lag in der Luft. Sie blies Rauch zur Decke.

»Hey, Naaad!«, schrie der junge Cockney abermals. Er latschte zum Sofa. »Mach Platz, Brigitte!«

»*Va te faire foutre*«, murmelte Brigitte. Scher dich zum Teufel! Mühsam rollte sie die Beine zur Seite. Peter ließ sich neben sie auf das Sofa fallen und wirkte erschöpft. Er griff nach dem Joint und zog daran. Beide betrachteten Julian mit stumpfsinnigem Blick.

Eine andere Frau kam aus dem Schlafzimmer und zerrte mit einem Kamm heftig an ihren struppigen, gefärbten Haaren. Ihre schwarz-orangenen Strähnen erinnerten Julian an eine Art Tierfell. Der Ort mochte heruntergekommen sein, aber diese Frau hier war gut gekleidet. Sie trug einen violetten Angorapullover, Lederhosen und schwarze, kniehohe Lederstiefel mit Plateausohlen. Das erweckte den Eindruck, als würde sie sich auf Ziegelsteinen fortbewegen. Um ihre Hüften hatte sie etwas geschnallt, offenbar eine Gürteltasche aus echtem Schlangenleder.

»*Quoi* – Was?« Zwei unnatürlich grüne Augen musterten Julian unfreundlich.

»Du haben eine Besucher«, sagte Peter in schauderhaftem Französisch und zeigte dabei unnötigerweise auf Julian.

Nadia war groß, hatte einen blassen Teint und sah älter aus, als Julian erwartet hatte. Er fand ihren smaragdgrünen Blick – getönte Kontaktlinsen, nahm er an – äußerst irritierend.

»Wer sind Sie?«, fragte sie mit schneidender Stimme, in der tiefes Misstrauen mitschwang.

»Ein Freund von Kazim. Ich bin auf der Suche nach ihm.«

»*Pas ici.*« Ist nicht hier. Ihr Blick schoss blitzschnell zu Peter und dann an Julian vorbei zur Tür. Sie schien überaus nervös zu sein. Sie hantierte mit dem Kamm herum. Er brach entzwei, und sie schmiss ihn zu Boden.

»Wissen Sie, wo er ist?«

»Nein. Warum wollen Sie das überhaupt wissen?«

»Das habe ich doch schon gesagt. Ich bin ein Freund von ihm.«

Sie zog spöttisch die Oberlippe hoch. »Das kann ich mir nicht vorstellen.«

»Ein Freund der Familie«, korrigierte er sich. »Seine Eltern machen sich schreckliche Sorgen um ihn.« Julian hatte wenig Hoffnung, dass ihn das weiterbringen würde. Das tat es auch nicht.

»Ach, die!« Nadia schnaubte verächtlich. »Wenn es nach denen ginge, würde er doch den Rest seines Lebens in diesem ätzenden Laden versauern!«

»Ja, ich weiß«, stimmte Julian zu. »Sie sind ein bisschen altmodisch. Sie sehen nicht, dass Kazim zu intelligent dafür ist. Er könnte es zu etwas bringen, wenn man ihn nur ließe. Aus dem Grund will ich ja auch mit ihm reden.« Die Idee war gut, dachte er, als er ihre Reaktion sah.

»Ach ja?« Neugier und Skepsis lagen im Widerstreit. »Worüber denn?«

»Das geht ja wohl nur ihn und mich was an, nicht wahr?«

»Hören Sie, Sie stehlen mir meine Zeit. Ich komme noch zu spät zur Arbeit.«

»Würden Sie ihm etwas ausrichten?«

»Ich hab Ihnen doch schon gesagt, ich hab ihn nicht gesehen. Ich weiß nicht, wo er ist.«

»Sagen Sie ihm, er soll sich bei mir melden. So schnell wie möglich. Es ist wichtig.«

»Wie wichtig?«

Julian trat vor und zückte die Brieftasche. »Betrachten Sie das als Anzahlung.« Er hielt ihr zwanzig Euro hin.

Sie ließ ein raues Lachen vernehmen. »Machen Sie Witze? Dann kann es ja nicht so dringend sein.«

Julian legte noch einmal zwanzig drauf und gab ihr seine Visitenkarte. Nadia schnappte sich das Geld und las ungläubig vor, was auf der Karte stand: »Julian Wood. Landschaftsarchitekt? Was ist das denn? Sind Sie so 'ne Art Rasenguru?« Sie schrie fast vor Lachen. Dann schleuderte sie die Karte von sich. Diese segelte durch die Luft und blieb schließlich unweit des zerbrochenen Kammes liegen. Nadia angelte sich eine Art Umhang von der Rückenlehne eines Stuhls und steuerte auf die Tür zu. Dann polterte sie die Treppe hinunter. Es hörte sich wie das Klappern von Hufen an, was da durch das Treppenhaus hallte und erst allmählich schwächer wurde.

Peter, der den Wortwechsel gespannt verfolgt hatte – Julian fragte sich, wie viel er wohl von dem schnellen französischen Schlagabtausch verstanden haben mochte –, stand auf und holte sich die Karte. Sie gingen wieder zum Englischen über.

»Würde da auch noch was für mich rausspringen, Kumpel?« Er rieb Daumen und Zeigefinger. »Ich könnte echt was gebrauchen.«

»Das hängt davon ab, was Du mir zu bieten hast. Also, ich bin auf der Suche nach Kazim Ismet. Kennst Du ihn?«

Der Cockney blickte zu Brigitte, die nun mit offenem Mund schlief.

»Ja.«

»Weißt du, wo ich ihn finden kann?«

»Er war 'ne Zeit hier. Dann is' er weg. Hab ihn seit da nich' mehr geseh'n.«

»Wann war das?«

»Vor 'ner Woche oder so.«

»Wie, das war's schon? Mehr hast du mir nicht zu sagen?«

Peter kratzte sich am linken Ohr. Dann erwiderte er: »Er hing immer bei der Kathedrale 'rum.«

»Heißt das, da kann ich ihn finden?«

»Jaaaa.«

»Das klingt nicht sehr überzeugt!«

»Doch, ich schwöre. Sie finden ihn da. Ich würd' Sie nich' anlügen. Nu mach schon, Mann! Her mit dem Zwanziger.«

Julian gab ihm einen Zehner. Peter schnappte sich den Schein.

»Wenn du Kazim für mich auftreibst, ist noch mehr für dich drin. Meine Karte hast du ja schon.«

Julian fand allein hinaus. Dieses Mal war er auf die *minuterie* vorbereitet. Es gelang ihm, die Beleuchtung für den unteren Teil des Treppenhauses einzuschalten, bevor oben das Licht ausging. In der Eingangshalle stach ihm etwas auf den schmutzigen Fliesen ins Auge, das ihm beim Hereinkommen nicht aufgefallen war. Er ging in die Hocke, um es genauer in Augenschein zu nehmen: es handelte sich um ein Muster aus durchbrochenen Wellenlinien, Matschspuren, die in etwa zwölf Zentimeter breit waren. Reifenabdrücke. Hier hatte etwas gestanden. Das musste allerdings schon ein wenig her sein, denn der Matsch war bereits getrocknet und man sah, dass viele Personen darübergelaufen waren. Eine Honda Bol d'Or? Trotz der Tatsache, dass er um fünfzig Euro – beziehungsweise sechzig, wenn man den Jungen im Supermarkt dazuzählte – ärmer geworden war, war Julian sehr zufrieden mit sich. Langsam hatte er beim Detektivspielen den Dreh heraus.

Auch die Kathedrale wurde gerade restauriert. Am Westflügel war ein Baugerüst aufgestellt worden. Kinder fuhren Skateboard auf dem angrenzenden Platz. Eine Gruppe Jugendlicher – Fünfzehn- oder Sechzehnjährige, schätzte Julian – vollführte Skateboardtricks auf den Stufen, die unten in den Kreuzgang der Kathedrale mündeten. Sie sprangen in halsbrecherischem Tempo von der obersten Stufe, gingen in die Hocke und kamen mit geräuschvollen, knirschenden Pirouetten unten am Fuße wieder auf. Einer, der ein wenig abseits saß, war dabei, eine Schnur um das eine Ende seines Skateboards zu wickeln. Er trug Jeans mit Löchern an den Knien und ein schwarzes Sweatshirt mit Kapuze, die er über den Kopf gezogen hatte. Seine Turnschuhe waren zerschlissen, und die ausgeleierten Socken waren nach unten gerutscht. Er war schon ganz blass vor Kälte. Julian ging auf ihn zu.

»Ich suche einen gewissen Kazim Ismet. Fährt eine rote Honda Bol d'Or. Hast du ihn hier gesehen?«

»*Négatif.*«

»Aber du kennst ihn?«

»*Négatif.*«

»Weißt du, ob jemand anders ihn kennt?«

»*Négatif.*« Ohne ein einziges Mal aufzublicken, fuhr der Jugendliche fort, die Schnur am Vorderende seines Skateboards festzubinden. Die Beschichtung löste sich nämlich schon.

»Kannst du auch etwas anderes sagen als *négatif?* Und

überhaupt, müsstest du nicht eigentlich einen Helm tragen?«

»Zieh Leine, Mann!«

Julian schlenderte um die Kathedrale herum. Auf der Südseite gab es einen kleinen Garten mit kahlen, grotesk gestutzten Bäumen. Bis auf einen alten Mann mit Hund war niemand da. Während der Mann darauf wartete, dass sein Hund sein Geschäft erledigte, peitschte ein eisiger Wind gegen seinen Mantel und presste die Hose an die dürren Unterschenkel. Der Hund, ein Terrier oder so etwas in der Art, schnüffelte an einer Bronzekanone, die über die Gartenmauer in Richtung Fluss wies. Dann hob er das Bein und pinkelte an den Zementsockel.

In der Umgebung der Kathedrale gab es etliche Cafés und Kneipen. Eine davon, die an der Ecke der Rue Salinière lag, warb mit Pari-Mutuel-Wetten und Snacks. Die Fenster waren beschlagen und zugepflastert mit Ankündigungen von Billiardwettbewerben. Als Julian eintrat, stellte er fest, dass der Raum voller Männer war, die saßen oder standen und auf einen Fernseher starrten, der gerade ein Rugbyspiel zeigte. Toulouse gegen Biarritz. Zigarettendunst hing in der Luft, aber die Wärme, die von den Radiatoren und den dicht gedrängt stehenden Gästen ausging, war einladend. Als Julian sich seinen Weg zur Theke bahnte, ging ein Raunen durch die Menge. Der Mannschaft von Toulouse war ein Versuch missglückt. Julian bestellte Kaffee. Er fragte die Kellnerin, ob sie Kazim Ismet kenne.

»Wie sieht er denn aus?«

Julian beschrieb ihn, so gut er konnte, beziehungsweise soweit ihm das von dem Schulfoto und Betuls Hinweisen her möglich war. »Er fährt eine rote Honda.«

Die Frau schüttelte den Kopf und leitete die Frage an einen Mann weiter, der am anderen Ende der Theke Gläser abtrocknete. Aber auch er schüttelte den Kopf.

Ein erfolgreicher Versuch für Toulouse löste laute Beifallsstürme aus. Julian sah sich um. Erst jetzt fiel ihm auf, dass es sich bei den Gästen um Männer mittleren Alters und älter handelte, die bloß auf eines aus waren: auf Rugby. Nicht die Sorte Mensch, die mit einem türkischen Rabauken herumhing oder herumhängen wollte. Er trank den Kaffee aus und verließ die Kneipe.

Le Select, das Café ein paar Türen weiter unten, war nicht ganz so voll, aber das Publikum sah jünger und hartgesottener aus. Auch hier lief im Fernsehen das Rugbyspiel. Männer in Jeans- und Lederklamotten hatten sich um die Theke versammelt und schauten zum Bildschirm auf. Ein dünner Kerl mit dem starren Blick eines durchgehenden Maultiers stand am Rande der Gruppe. Da die Männer ihm keinen Platz machten, musste Julian sich mühsam zur Bar vorkämpfen.

»*Café-crème.*«

Als der Barkeeper den Kaffee brachte, legte Julian ihm fünf Euro hin, mit dem Hinweis, den Rest könne er behalten. Dann lehnte er sich vor und sagte in verschwörerischem Ton: »Ich suche Kazim. Haben Sie ihn in letzter Zeit mal hier gesehen?«

»Kazim wer?« Der Barkeeper, ein großer, glatzköpfiger Typ, machte sich gar nicht erst die Mühe, die Stimme zu senken.

»Ismet. Jung, dünn, dunkles, gelocktes Haar –«

»Mensch Kumpel, so sehen sie doch alle aus!«, antwortete der Mann kryptisch. Er bedachte Julian mit einem unheilvollen Blick und ließ ihn stehen.

»Und was ist mit Ihnen?«, fragte Julian zwei Männer, die direkt neben ihm standen, Pastis tranken und ein auffälliges Interesse an Julians Nachforschungen zeigten. »Kazim Ismet. Er ist Türke und fährt eine rote Honda?«

»Warum wollen'se das denn wissen?«, fragte derjenige, der Julian am nächsten stand – ein Typ mit der massigen Gestalt eines Ringkämpfers und kleinen, gemeinen Augen.

»Sagen wir mal, ich muss mit ihm sprechen.«

»Und worüber?«, fragte der andere mit einem höhnischen Grinsen. Dieser hier hatte äußerst schlechte Zähne und trug eine Reihe von Siegelringen wie Schlagringe an der rechten Hand.

»Über Geschäftliches.«

Der erste Mann sah Julian so feindselig an, dass dieser beschloss, seine Visitenkarte diesmal nicht zu verteilen. Stattdessen kritzelte er eine Nummer auf die Rückseite eines Bierdeckels und ließ ihn auf der Theke liegen. »Sagen Sie ihm einfach, er soll mich anrufen. Es könnte sich für ihn lohnen!«

Keiner der beiden Männer rührte den Bierdeckel an. Wortlos wandten sie sich wieder ihrem Pastis zu.

Nach einigen weiteren erfolglosen Versuchen in anderen Cafés und Kneipen gab Julian auf. Vielleicht bedurften seine detektivischen Fähigkeiten oder seine Rolle als Detektiv ja doch noch einer gewissen Verfeinerung. Er war zu dem Schluss gekommen, dass er Kazim, wo auch immer dieser sich aufhielt, am heutigen Tag nicht mehr aufspüren würde. Und dass der Sohn der Ismets weniger leicht ausfindig zu machen war, als er gehofft hatte. Trotzdem war nicht alles umsonst gewesen. Immerhin hatte er herausgefunden, dass die einzigen Leute, die Kazim kannten, offenbar allesamt zur »üblen

Sorte« gehörten und nicht bereit waren zu plaudern. Warum taten sie alle nur so geheimnisvoll? Julian war sich ziemlich sicher, dass sich Kazim, was immer er im Schilde führte, nicht gerade auf der Seite des Rechts bewegte. Wie viel, fragte er sich, mochte eine Honda Bol d'Or wohl kosten, und wieso konnte der Sohn türkischer Einwanderer, die bloß einen Laden besaßen, sich so ein Spielzeug leisten?

Julian lief gerade die Rue Denfert-Rochereau hinunter, als ihm auffiel, dass ihm jemand folgte. Auf der Place Daumesnil bleib er vor einem Schaufenster stehen. Sein Verfolger – ein Mann, immerhin so viel konnte er ausmachen – hielt ebenfalls inne. Nachdem Julian ein paar Minuten eingehend die Auslage mit der Damenunterwäsche betrachtet hatte, hatte er das Gefühl, dass es langsam auffällig wurde. Zu schade aber auch, dass er nicht rauchte. Es hätte ganz natürlich gewirkt, wenn er in seinen Taschen nach Zigaretten gesucht und sich in Ruhe eine angezündet hätte. Zudem hätte er die Gelegenheit nutzen und sich umdrehen können, indem er vorgab, das Streichholz gegen den Wind abschirmen zu wollen. Auf diese Weise hätte er leicht einen Blick auf seinen Verfolger werfen können. Privatdetektive griffen zu solchen Mitteln. Jetzt aber hatte er das Gefühl, weitergehen zu müssen. Der Mann hinter ihm setzte sich ebenfalls wieder in Bewegung.

Julian schlenderte gemächlich über den Platz. Er würde nicht durch die engen, einsamen Gassen der Altstadt zu seinem Wagen zurücklaufen, hatte er bereits entschieden. Es war zwar noch mitten am Nachmittag, trotzdem zog er es vor, unter Leuten zu bleiben. Er schritt die Avenue Daumesnil hinunter und bog dann links in den Boulevard Georges Saumande. Hier fegte der Wind hindurch wie in einer

Schneise. Julian zog den Reißverschluss seines Anoraks hoch. Die Isle unter ihm wirkte unruhig und kalt.

Ein kurzer Blick genügte Julian, um festzustellen, dass sein Verfolger immer noch da war. Der Mann, der hinkte, beschleunigte seinen Schritt, als er Julian die Tür seines Peugeots öffnen sah. Julian zählte bis zwanzig, dann drehte er sich um.

»Was wollen Sie?«, fragte er.

Der Mann blieb auf der Höhe des Wagenhecks stehen. Julian erkannte den Typ mit dem starren Blick aus dem *Select* wieder, eine jämmerliche Gestalt mit hängenden Schultern, die einem keine Angst einjagte.

»Sie haben nach einem gewissen Kazim gefragt?« Der Mann war extrem nervös und atmete pfeifend wie ein undichtes Akkordeon.

»Das ist richtig.«

»Was wollen Sie von ihm?«

Julian runzelte die Stirn. Er sollte eigentlich derjenige sein, der hier die Fragen stellte. Stattdessen schien es immer genau andersherum zu laufen. Es war an der Zeit, mal andere Saiten aufzuziehen. Er schlug die Wagentür zu und näherte sich Glotzauge forschen Schrittes. Aus der Nähe erkannte Julian, dass er einen guten Kopf größer als sein Verfolger war. Und dass der Mann stank.

»Hören Sie, ich habe keine Ahnung, wer Sie sind. Aber wenn Sie mir irgendetwas zu sagen haben, dann spucken Sie es aus, Mann! Mir ist nicht nach Spielchen zumute!«

»Kein Grund, gleich garstig zu werden!« Der andere stolperte ein paar Schritte rückwärts und wischte sich die Nase an einem bereits schleimverschmierten Ärmel ab. Julian sah, dass die Hände des Mannes zitterten. »Vielleicht kann ich

Ihnen ja helfen. Vielleicht weiß ich ja, wo Kazim sich herumtreibt.«

»Ich bin ganz Ohr.«

»Das kostet aber was.«

»Wer sind Sie eigentlich?«

»Freddy. Alle kennen mich hier als Freddy.«

»Nun gut, Freddy, wenn Sie mir Kazim bringen, dann rücke ich Geld raus. Im Voraus gibt's nichts. Verstanden?«

Freddy sah missmutig aus. »Dreißig würden mir schon reichen! Oder auch zwanzig.«

»Wie gesagt, es gibt nichts im Voraus. Erst die Lieferung, dann die Belohnung. Ich gebe Ihnen meine Telefonnummer –«

Julian wollte gerade Stift und Papier hervorkramen, als Freddy ihm mit einem schmierigen Lächeln den Bierdeckel zeigte, den er von der Theke des *Select* gefischt hatte.

12

»Du hast denen meine Handynummer gegeben?« Mara starrte ihn entgeistert an.

»Ach, Freddy wird den Deckel wahrscheinlich an sich gerissen haben, bevor die anderen beiden überhaupt einen Blick darauf werfen konnten.« Julian öffnete eine Flasche Rotwein und stellte sie beiseite, damit der Wein atmen konnte.

»Das beruhigt mich ungemein.«

»Eine Festnetznummer kann man zurückverfolgen. Ich wollte verhindern, dass diese Typen herausfinden, wo wir wohnen.«

»Das kann man auch mit einer Handynummer. Stehen mir jetzt also Morddrohungen per Mobiltelefon ins Haus?«

»Ähm – ich glaube nicht, dass es so weit kommt.«

»Das will ich aber auch stark hoffen.«

Mara ging zum Herd und trieb dabei die Hunde vor sich her. Sie liefen davon, waren anschließend aber gleich wieder an Maras Seite. Sie kippte eine Art Pulver aus einem Plastikbeutel in einen Topf, in dem sich eine Flüssigkeit befand, und brachte die Mischung zum Kochen. Diese nahm nach und nach das Aussehen einer sämigen braunen Soße an.

»Das hier muss noch« – sie verstummte, um einen Blick auf die Kochanleitung auf der Rückseite des Beutels zu werfen – »ein paar Minuten köcheln.«

Julian schaute sich um und schnupperte. Irgendetwas garte da, aber er konnte nicht sagen, was. Irgendetwas, das sie in den Ofen geschoben hatte, als er zur Tür hereingekommen war. Als er sich erkundigt hatte, was es zum Abendessen gäbe, hatte sie sehr geheimnisvoll getan.

»Also, um es kurz zu machen«, fuhr er fort, »meine Suche nach Kazim war erfolglos. Ich habe keine Ahnung, was er im Schilde führt, aber er verkehrt offenbar mit ziemlich üblem Pack.«

»Wahrscheinlich dealt er mit Drogen. Ecstasy. Das machen heutzutage doch alle Jugendlichen!«

Mara wird recht haben, dachte Julian. Er holte Gläser aus einem Schrank und nahm sie und den Wein mit ins Esszimmer. Als er zum Besteck griff und den Tisch decken wollte, sagte Mara: »Bloß Gabeln.«

Er vertrieb sich die Zeit damit, aufmerksam zu verfolgen, was Mara tat, und in Gedanken alle Gerichte durchzugehen, für die man nur eine Gabel brauchte. Mara stellte die Platte aus, auf der die braune Soße geköchelt hatte, und wandte ihre Aufmerksamkeit der Zubereitung eines einfachen Salats mit Walnussöl und Essig zu. Zehn Minuten später öffnete sie den Backofen und zog ein Blech mit goldbraunen, in Streifen geschnittenen Kartoffeln heraus.

»Täterä! Pommes auf die leichte Art!«, verkündete sie. »Tiefgefroren, vorgeschnitten, stets griffbereit. Zwanzig Minuten im Ofen. Ein Kinderspiel!«

»Oh«, sagte er und wusste immer noch nicht viel mehr. Er fragte sich, ob das schon alles war. Außer dem Salat und der Sauce schien es keine weiteren Beilagen zu geben.

Mara schaufelte nun die brutzelnden Fritten in zwei große Schüsseln, bestreute sie üppig mit etwas, das wie feuchte Käsestückchen aussah, und goss die Sauce darüber.

»Hm«, sagte Julian vorsichtig. »Überbackene Pommes mit Soße?«

Sie schüttelte den Kopf. »Poutine. Das ultimative Futter für die Seele nach Québecer Art.«

»Poutine?«

»Pommes frites mit Käsebruch und *sauce vélouté.* Es war ziemlich schwer, hier ganz jungen Käse aufzutreiben. Zu Hause in Kanada sagen wir, man weiß, dass der Bruch richtig frisch ist, wenn er zwischen den Zähnen quietscht. Und die Soße habe ich abgepackt bekommen. Das Ganze braucht noch einen Moment, um gut durchzuziehen. Bist du so lieb und nimmst schon mal den Salat mit?«

Mara trug die beiden Schüsseln ins Esszimmer, und sie nahmen am Tisch Platz. Jazz und Bismut wählten eine strategisch günstige Ausgangslage und ließen sich neben ihren Stühlen nieder.

»Tja, für mich ist das eine Premiere«, bemerkte Julian und

blickte skeptisch auf die Pampe da vor ihm. Doch als er das Gericht probierte, fand er es überraschend gut – auf die sättigende, zufriedenstellende Art und Weise, wie sie nur eine Kalorienbombe aus Stärke, Fett und Salz bieten kann. Wie Mara gesagt hatte, Futter für die Seele.

»Was ich nicht verstehe«, sagte er, nachdem er eine Weile genüsslich gekaut hatte – sie hatte recht: der Käse quietschte zwischen den Zähnen –, »ist, warum alle so verdammt geheimnisvoll tun, was Kazim angeht. Nadia war nicht bereit, etwas rauszulassen, und Peter, der Engländer, hat mich, dessen bin ich sicher, in ein fruchtloses Unternehmen gestürzt, nur um an zehn Euro zu kommen. Jemand, der mit Ecstasy dealt, kann doch kein so dicker Fisch sein, oder?«

»Nun, immerhin ist es illegal!«

»Wahrscheinlich haben sie gedacht, ich wäre Drogenfahnder.« Bei diesem Gedanken musste er grinsen.

Mara hörte auf zu kauen. »Sag nicht so etwas!« Sie sah ihn besorgt an und fügte hinzu: »Du weißt ja, was mit dem anderen passiert ist.«

Freddy versuchte, sich einen Handyanruf zu schnorren, aber keiner wollte ihm etwas anvertrauen, das nicht niet- und nagelfest war. Schließlich telefonierte er von einem der letzten Münztelefone aus, die es in Frankreich noch gab. Der Apparat befand sich am Ende der altmodischen Theke des *Café de Paris*. Toulouse hatte gewonnen, und der Ort war voll von Männern, die lautstark und ausgiebig den Sieg begossen. Freddy musste schreien, um sich verständlich zu machen, und sich einen Finger in sein freies Ohr stecken, damit er überhaupt etwas hörte. Der Umstand, dass er von Krämpfen geschüttelt wurde und zitterte, machte die Sache nicht leichter.

»Ich sagte, dass er auf der Suche nach Ihrem Jungen ist. Der Typ ist groß, dünn und Engländer. Nein, Mann, er hat sich nicht vorgestellt, aber ich hab' seine Telefonnummer und das Autokennzeichen. Er fährt einen weißen Peugeot-Lieferwagen. Was? Scheiße, Mann, ich hab' keine Ahnung. Das hat er mir nicht gesagt.« Vor lauter Krämpfen, die in schnellen Schüben kamen, wäre Freddy fast zusammengebrochen. Er hielt sich am Tresen fest, unterdrückte einen Anflug von Übelkeit und merkte, dass er im Begriff war, sich in die Hose zu machen. Verzweifelt fiel er dem anderen ins Wort: »Hören Sie, ich hab' einen Namen. Für ein paar Kröten ist er Ihrer. Es eilt, Mann! Nein, verdammt noch mal, ich kann nicht warten.« Kurz darauf schloss er die Augen. »In Ordnung. Ich werde da sein. Aber kommen Sie schnell!«

Die Tonne schäkerte mit Lydia in einem riesigen Whirlpool, der von Zierspargel und Taglilien umgeben war. Ein schwimmendes Tablett zwischen ihnen wartete mit einer Mini-Bar und einer Reihe Gesundheitsdrinks auf. Das Telefon läutete. Lydia erhob sich, was den Wasserspiegel beträchtlich senkte. So triefnass wie sie war, langte sie nach dem Telefon, das auf einem Rattantischchen neben dem Whirlpool lag, klappte es auf, drückte auf eine Taste und lauschte.

»Es ist Serge.« Lydia reichte das Telefon herüber.

»Ja, was gibt's?«, bellte die Tonne.

»Ich habe gerade mit Freddy gesprochen. Er weiß, wer der Bursche ist. Ein Junge namens Kazim Ismet.«

Die Tonne wischte sich Wasser vom Kinn. »Was meinst du? Kann man ihm über den Weg trauen? Für einen Schuss würde dieser Idiot doch alles Mögliche behaupten.«

»Er wirkte aufrichtig.«

Die Tonne lachte. »Aufrichtig in der Scheiße!«

»Da ist noch etwas«, sagte Serge. »Jemand anders ist Kazim ebenfalls auf den Fersen.«

Eineinhalb-Tonnen runzelte die Stirn. »Ein Drogenfahnder?«

»Das weiß Freddy nicht. Er hat gesagt, es wäre ein großer, dünner Typ. Engländer. Freddy hat seine Nummer und das Autokennzeichen.«

»In Ordnung. Find heraus, wer dieser Engländer ist, aber sei vorsichtig! Wir müssen erst wissen, mit wem wir es zu tun haben!«

»Geht klar!«, antwortete Serge.

13

»Das Problem bei der Verbrechensbekämpfung ist, dass man überall gleichzeitig sein müsste«, beklagte sich Albert.

Laurent seufzte zustimmend.

Je weiter die Nacht voranschritt, desto kälter und ungemütlicher wurde es für die beiden Polizisten. Albert war dank seiner Fettleibigkeit noch ein wenig besser geschützt, aber Laurent, der groß und dünn war, musste sich ständig die Arme reiben und mit den Füßen stampfen, um nicht völlig einzufrieren.

Er war sogar versucht, den Motor des Renaults anzulassen, um kurz die Heizung anwerfen zu können, aber damit hätten sie sich natürlich verraten. Die Hauptsache bei einer guten Observation war, unauffällig zu agieren. Ein Polizeiwagen, der mit laufendem Motor an einem Feldweg im Gebüsch parkte und Auspuffgase ausstieß, war in einer stillen Frostnacht kaum zu übersehen.

Vier Tage zuvor hatte ein älterer Herr aus Le Vignal einen verstaubten grünen Lieferwagen bemerkt, der langsam durch den Marktflecken gefahren und dann in die Straße eingebogen war, an deren Fuße zwei Ausländern gehörende Häuser standen. Beide waren den Winter über verwaist und vom Dorf aus nicht sichtbar. Kurz darauf war das Fahrzeug in entgegengesetzter Richtung wieder davongebraust. Drei Tage später hatte der Mann dasselbe Auto erneut die besagte Straße hinunterfahren sehen. Dieses Mal kehrte es allerdings erst nach gut fünfundvierzig Minuten zurück.

»Und jetzt frage ich Sie«, hatte der Mann zu dem Beamten vom Dienst in Brames gesagt, als er ihm von dem Vorfall berichtete, »was, außer einer Schandtat, kann jemand schon groß im Schilde führen, wenn er sich so lange in einer Straße aufhält, wo niemand zu Hause ist? Vor allem wenn man die vielen Einbrüche in der letzten Zeit bedenkt!« Wegen der getönten Scheiben des Lieferwagens hatte er den Fahrer nicht gut erkennen können.

Die Konsequenz war, dass sich nun zwei Polizisten im Dunkeln den Arsch abfroren (O-Ton Laurent) und Steuergelder verschwendet wurden (O-Ton Albert, der davon überzeugt war, dass das Auftauchen eines grünen Lieferwagens in Le Vignal an zwei unterschiedlichen Tagen nichts als Zufall sein konnte).

Der Mond leuchtete hell am Himmel und tauchte Bäume und Felder in weißes Licht. Laurents Armbanduhr zeigte 3:03 an. Seit vier Stunden hielten sie nun schon hier die Stellung. Bis auf den Umstand, dass die Scheiben des Wagens von Zeit zu Zeit zufroren und frei gekratzt werden mussten, hatten die Gendarmen ungehinderte Sicht auf die dunklen Umrisse der verwaisten Häuser. Die einzige Bewegung, die sie bislang hatten ausmachen können, war eine Wildschweinrotte gewesen, die zu einer nächtlichen Wurzelsuche aufgebrochen war.

Albert hing auf dem Fahrersitz, das Kinn auf der Brust. Laurent hatte seinen Sitz so weit wie möglich zurückgeschoben, dennoch reichte der Platz für seine langen Beine nicht. Sie fühlten sich schon ganz verkrampft an, und sein rechter Fuß schlief langsam ein. Außerdem hatte er seit Mitternacht eine ganze Thermoskanne Kaffee getrunken. Er verspürte das dringende Bedürfnis, sich die Beine zu vertreten und zu urinieren. Laurent öffnete die Beifahrertür, woraufhin Albert sich regte, und stieg aus dem Wagen. Sein Atem hing gespenstisch in der Luft. Er machte die Tür leise hinter sich zu und schlug sich in die Büsche.

Während Laurent da stand und dem sanften Plätschern seines Urinstrahls lauschte, fragte er sich, warum Männer am liebsten gegen stehende Objekte pinkelten – Wände, Pfosten, Zäune, Bäume. War da etwas tief in der männlichen Seele verankert, das zu dem Bedürfnis führte, seine Spuren auf mehr als nur Mutter Erde zu hinterlassen? Ähnlich wie bei Hunden vielleicht, die ihr Territorium abgrenzen und ihren Rang herausstellen wollen – Laurent hatte mal einen rauflustigen kleinen Dackel fast umkippen sehen, als er versuchte, einen größeren Hund zu übertreffen –, verspürten Männer den atavistischen Drang, ihre Marke senkrecht zu setzen. Er erinnerte sich, dass er und seine Kumpel, zu denen auch Albert gehörte, als Jugendliche Wettkämpfe veranstaltet hatten, wer von ihnen am höchsten pinkeln konnte. Albert, der Dackel der Clique, hatte es in der Technik des

Zurücklehnens zur Perfektion gebracht und höher uriniert als alle anderen.

Im Auto dachte Albert, der weit weniger philosophisch veranlagt war, bloß darüber nach, wie langweilig und sinnlos doch Observierungen waren. Alle unbewohnten Häuser sollten verdrahtet und mit einer Zentrale verbunden sein, von der aus Wachpersonal die Monitore überwachte. Das würde das Dasein eines Polizisten erheblich erleichtern. Dank seiner sozialistischen Ader neigte er auch dazu zu glauben, dass Leute, die sich Zweitwohnsitze leisten konnten und dann nicht darin wohnten, ruhig selbst für deren Schutz aufkommen sollten.

Das Problem waren die vielen Pariser und Ausländer, die regelmäßig für kurze Abstecher in die Dordogne kamen, ihre Häuser dann aber das restliche Jahr über sich selbst überließen: gut verriegelt zwar und mit geschlossenen Fensterläden, ansonsten jedoch unbewacht. Das traf insbesondere auf die Briten zu, die zuhauf in die Region kamen. Irgendjemand hatte mal gesagt, sie würden Frankreich nun, nachdem sie ihren Anspruch auf das Land im Hundertjährigen Krieg verloren hätten, Quadratmeter für Quadratmeter zurückkaufen.

Laurent zwängte sich wieder ins Auto und ließ einen Schwall eisiger Luft herein.

»Hoffentlich taucht der Mistkerl bald mal auf«, murmelte Albert mit zusammengebissenen Zähnen. »Wie ich unseren Chef kenne, wird er uns sonst jede Nacht hier Wache schieben lassen, bis wir schwarz werden.«

Die Kälte und das Warten waren noch gar nicht mal das Schlimmste. Für jeden, den etwas mit der Gendarmerie in Brames verband, in deren Verantwortungsgebiet die letzten beiden Einbrüche stattgefunden hatten, und ganz speziell für Brigadier Jacques Compagnon war ein Knittelvers das Hauptproblem, die eigentliche Demütigung.

Binnen sechs Monaten hatte es fünf Einbrüche in verschiedenen Gemeinden der Dordogne gegeben, allesamt in Häusern, die im Winter verwaist waren. Der Dieb war gezielt vorgegangen: er hatte ausschließlich Antiquitäten und Kunstgegenstände entwendet. Gemälde hingegen waren nicht angerührt worden, und auch keine leicht verkäuflichen elektronischen Geräte. Die ersten drei Einbrüche, die in Bezirken stattgefunden hatten, für die andere Gendarmerien zuständig waren, mussten nicht zwangsläufig in einem Zusammenhang stehen. Und auch der vierte in einem Anwesen am Stadtrand von Brames konnte völlig losgelöst von den anderen sein. Allerdings waren dem Dieb in diesem Fall, womöglich vom Erfolg beflügelt, die Pferde durchgegangen, und sein Sinn für Humor hatte die Oberhand gewonnen. Er hatte am Tatort ein Gedicht zurückgelassen, das übersetzt lautete:

Diedeldum und Diedeldei
gerieten in 'ne Schlacht.
Dem einen ging der Arsch entzwei,
Des and'ren Knarre fiel in einen Schacht.

Diese Worte waren mit Textmarker etwa einen Meter über dem Boden an die Wand gekritzelt worden. Das ließ die Schlussfolgerung zu, dass der Verfasser entweder sehr klein sein oder die Verse knienderweise geschrieben haben musste. Adjutant Compagnons Glupschaugen hatten verärgert auf diese derben, seltsamen Verse geblickt, deren Bedeutung nicht ganz klar war. Die Anspielung auf *Alice hinter den Spiegeln* hatte kurz Anlass zu Spekulationen gegeben, der Dieb müsse Engländer sein. Aber da Lewis Carrolls dickes Zwillingspaar auch in Frankreich so überaus bekannt war, konnte diese Schlussfolgerung nicht zwingend aufrechterhalten werden.

Ein Billet-doux am fünften Tatort – es war auf der altmodischen Schreibmaschine des Hauseigentümers getippt worden und für die Polizei in der Walze verblieben – hatte dann sämtliche Zweifel hinsichtlich der Absicht des Täters ausgeräumt und Compagnons Augen noch stärker hervortreten lassen:

Zwei kleine blaue Vögel,
Die saßen auf den Trassen.
Bis Böser Bube kommt,
Um sie am Schwanz zu fassen.

Offenbar waren mit den »blauen Vögeln« die Gendarmen gemeint, die blaue Uniformen trugen und immer zu zweit auftraten. Dann mussten aber »Diedeldum« und »Diedeldei« ebenfalls ein Seitenhieb auf die Polizei sein – und zwar gezielt auf die Brigade in Brames, denn in ihrem Verantwortungsgebiet hatte der Raub ja stattgefunden. Die Polizei hatte bei dem Versuch, für Recht und Ordnung zu sorgen, nichts auf die Reihe bekommen. »Böser Bube« bezog sich natürlich auf den Dieb selbst, der die Polizisten überlistete und ihnen gewissermaßen die Schwanzfedern rupfte.

Adjutant Compagnon war außer sich vor Wut. Mit Recht und Ordnung und der *Gendarmerie nationale* war es ihm wirklich ernst. Am stärksten aber empfand er die persönliche

Kränkung. Er hielt mit seiner Meinung über Kriminelle, die glaubten, die Polizei mit ein paar dummen Versen zum Narren halten zu können und damit ungeschoren davonzukommen, nicht hinter dem Berg, auch öffentlich nicht. Überall in den Medien wurde er mit dem Spruch zitiert, er verspreche, der Einbrecher werde bald »ein ganz anderes Liedchen anstimmen«. Er zog seine Leute und den verantwortlichen Untersuchungsrichter ins Vertrauen, indem er sie darauf aufmerksam machte, dass der »Böse Bube« so dumm gewesen sei, sich zu verraten: sie wüssten jetzt nämlich, dass sie nach einem männlichen Täter Ausschau halten müssten, der gebildet war, allein agierte und sich für einen Dichter hielt.

Allerdings konnte es sich genauso gut um eine raffinierte Frau handeln, die eine Bande belesener Zwerge anführte, dachte Laurent, der sich diesen illoyalen Gedanken einfach nicht verkneifen konnte.

Laurent konnte der Aussicht auf weitere Observierungen bei Temperaturen unter Null auch nicht mehr abgewinnen als sein Kollege. Aber ihr Chef fühlte sich in seinem Stolz verletzt, und solange der Dieb noch nicht gefasst war, würden er und Albert, das war beiden klar, jedes auffällige Verhalten in ihrem Verantwortungsgebiet aufs Genaueste untersuchen müssen.

»Wir brauchen einfach mehr Leute«, sagte Laurent. »Wir können nicht hier observieren und obendrein noch Luca im Auge behalten.«

Er spielte darauf an, dass ihre Brigade auch eine inoffizielle Überwachung von Rocco Luca, alias Eineinhalb-Tonnen, vornahm, was in die Rubrik »Aufrechterhaltung der öffentlichen Ordnung« fiel. Es war unklar, ob der Fall Luca von Erfolg gekrönt sein würde – genauso wenig wie sicher war, dass sich hier ein Einbrecher zeigen würde. Die Observation kostete bloß wertvolle Zeit und hatte bisher noch zu keinem nennenswerten Ergebnis geführt. Bis auf die gelegentlichen Besuche Serge Taussats schien Eineinhalb-Tonnen ein mustergültiges Leben zu führen. Und man konnte schließlich niemanden festnehmen, nur weil einem die Nase seines Mitarbeiters nicht passte. Bislang lag bei der Bramser Gendarmerie noch nichts gegen Luca vor, das die Einleitung eines Ermittlungsverfahrens oder personelle Verstärkung gerechtfertigt hätte.

»Wenn du mich fragst, dann war der Verdacht unseres Chefs ein Schuss in den Ofen«, murrte Albert. »Selbst wenn Luca eine Pipeline von der Größe der N 21 quer durch die Dordogne unterhalten sollte, haben wir nichts gegen ihn in der Hand. Oder gegen seinen außerirdischen Handlanger. Alle anderen, einschließlich der Kollegen in Périgueux, denken, dass Yvan Bordas Tod mit Marseille zusammenhängt. Wieso glaubt Compagnon nur, die Tonne wäre zurück im Geschäft und würde die Region als Umschlagplatz nutzen? Meines Erachtens träumt unser Adjutant einfach davon, einen großen Drogenring zu zerschlagen. Aber wenn du mich fragst, verrennt er sich da in eine Sackgasse!«

Laurent, der schon ganz steif gefroren war, rutschte unruhig auf seinem Sitz hin und her. Für ihn waren Drogen in erster Linie ein Problem der Pariser Vororte und anderer Großstädte, in denen es hart zuging. Hier in der ländlichen Dordogne hatten die Jugendlichen mehr für Gras und Ecstasy übrig, wenn sie sich nicht gerade betranken. Um an harte Drogen zu kommen, musste man sich schon in Städte wie Bordeaux, Toulouse oder Marseille begeben. Aber die Dinge änderten sich. Das war es, was ihm Sorge machte. Immer mehr Ausländer und Pariser kamen in die Gegend und brachten ihre Großstadtgepflogenheiten mit. Und das spiegelte sich auch in dem Umstand wider, dass inzwischen in kleineren Städten wie Sarlat, Bergerac und Périgueux ebenfalls leicht an Heroin zu kommen war. Man konnte eine Kugel des braunen Pulvers, das von minderer Qualität war – nehmen wir mal an, weniger als fünf Prozent Reinheitsgehalt und mit Pfeffer, Talk oder Gott weiß was gestreckt –, auf der Straße zu einem Grammpreis von nur fünfundzwanzig Euro bekommen. Das höherwertige weiße Heroin hingegen war erst ab hundert Euro aufwärts erhältlich.

Heroin – auch *héro, rabla, came, poudre, cheval* oder schlicht »H« genannt – bekam aber ebenfalls ein neues Gesicht. Es gab zwar immer noch Junkies, die fixten, aber aus Angst vor verschmutzten Nadeln oder Aids tendierten heutzutage viele Süchtige dazu, es zu schnupfen oder zu rauchen. Oft nahmen sie es zusammen mit Pot, Ecstasy und verschreibungspflichtigen Medikamenten ein, oder auch als »Absacker« am Abend, um die harte Landung nach dem Konsum von Kokain und Amphetaminen aufzufangen. Das verdammte Zeug, dachte Laurent grimmig, war zur Lieblingszusatzdroge der Freizeitkonsumenten geworden.

Laurent war aber anderer Meinung als Albert und glaubte nicht, dass ihr Brigadechef sich zwangsläufig in einer Sackgasse befinden musste. Deshalb erwiderte er: »Mal angenommen, Compagnon hätte doch recht? Man muss sich schon fragen, warum Luca sich ausgerechnet hier zur Ruhe gesetzt hat.«

»Die Kanaille stammt doch aus Bergerac«, hob Albert hervor.

»Das weiß ich. Aber ich meine, ist er denn wirklich in

Rente gegangen? Oder steckt er vielleicht doch hinter den jüngsten Aktionen?« Laurent schüttelte die Arme, um das taube Gefühl loszuwerden. »Du darfst nicht vergessen, dass man Bordas in Périgueux gefunden hat. Man munkelt, dass er umgebracht wurde, weil er Wind von einer großen Lieferung gekriegt hat. Vielleicht lässt Luca das Zeug ja von seinem Kumpel Pascal Goudy besorgen und bringt es anschließend in Umlauf. Und Bordas hat das herausgefunden.«

»Dann hat die Tonne aber ein Problem«, schnaubte Albert. »Du weißt ja, dass die Kollegen aus Toulouse Goudy im Nacken sitzen. Sie haben ihn bloß noch nicht eingebuchtet, weil sie sehen wollen, für welche Seite er sich entscheidet, wenn er nervös wird.«

»Klar! Sie glauben, er arbeitet mit Bidart oder Reynaud zusammen. Aber wenn Compagnon recht hat und wirklich Pascal das Zeug für Luca einschmuggelt, dann müsste doch die Tatsache, dass die Toulouser Kollegen an Goudy dran sind, auch die Tonne unter Druck setzen. So sehr, dass er am Ende einen Fehler macht.« Laurent rieb sich nachdenklich das Kinn. »Vielleicht ist das ja der Grund, warum er Serge Taussat in Périgueux herumschnüffeln lässt.«

Alberts heiseres Lachen, das sich wie das Bellen eines Fuchses anhörte, hing in der Luft. »Denkst du etwa, Luca will sich da breitmachen? Da müsste er schon ganz schön dumm sein! Nach der Sache mit Yvan ist Périgueux ein zu heißes Pflaster, und Tonne ist schlau genug, um das zu wissen. Wenn er dahintersteckt, dann kann es sich nur um ein Täuschungsmanöver handeln. Er will uns glauben machen, dass er dort seine Basis hat, aber in Wahrheit ist das Zentrum seiner Aktivitäten ganz woanders.« Zynisch fügte Albert hinzu: »In Narbonne Plage zum Beispiel.« Alberts Eltern hatten sich gerade in dem kleinen Mittelmeerstädtchen zur Ruhe gesetzt. In den letzten Jahren hatte es sich zu einem beliebten Urlaubsziel für Familien entwickelt. Am Strand stand eine Ferienwohnung neben der anderen. Die Leute gingen mit ihren Hunden im Sonnenschein spazieren, und Kinder spielten mit ihren Schaufeln und Eimern im Sand. »*Merde!*«, murmelte Albert gleich darauf. »Narbonne Plage ist wahrscheinlich genau die Art von Ortschaft, die ein Gauner wie Rocco Luca sich aussuchen würde, weißt du!«

Laurent seufzte. Dieses wilde Spekulieren führte zu nichts. Er wechselte das Thema. »Übrigens, Roussel hat gesagt, dass Monsieur Ismet nochmal angerufen hat.«

Albert stöhnte. »Hat er sich wieder beschwert, wir würden nicht genug tun, um die Täter dingfest zu machen, die seinen Laden verwüstet haben? Erst neulich habe ich ihm gesagt, dass wir die Typen überprüft haben, mit denen sein Sohn sich auf dem Markt geprügelt hat, aber dass die alle ein Alibi für die besagte Nacht hatten.«

»Wenn auch kein wirklich wasserdichtes.« Laurent zog die Jacke enger und den Kopf ein wie eine Schildkröte, um der Kälte so wenig Angriffsfläche wie möglich zu bieten. »Man kann leicht behaupten, dass man ein Höllenspektakel auf einer Rave-Party in Brives gemacht hat, wenn es ein Dutzend Kumpel gibt, die bereit sind, deine Aussage zu bezeugen. Was zählt ihr Wort schon groß! Trotzdem möchte ich ihnen fast glauben. Oder zumindest glaube ich, dass sie nichts mit der Verwüstung im Laden zu tun haben. Bei Typen wie denen kann ich mir unmöglich vorstellen, dass sie das Geld in der Kasse lassen.«

»Ja. Wahrscheinlich war es einfach jemand, der es auf Türken abgesehen hat.«

»Aber dann sollte man doch meinen, dass derjenige eine Botschaft hinterlassen hätte. Rassistische Beleidigungen an der Wand zum Beispiel.« Laurent musste an die Sauerei mit den verdorbenen Lebensmitteln denken. »Oder in Tomatenpaste geschrieben.«

Albert zuckte mit den Achseln. »Vielleicht ist es ja jemand, der persönlich eine Wut auf die Ismets hat. Dass einem der Vater auf den Geist gehen kann, kann ich mir gut vorstellen. Und der Sohn ebenfalls. Scheint ein ganz schöner Hitzkopf zu sein. Vielleicht hat ja das Gesöff, das sie verkaufen, bei einem Kunden für Dünnschiss gesorgt. Oder möglicherweise war es auch bloß ein beliebiger Einbruch.«

Laurent war sich da nicht so sicher. Es gab einiges an dem Fall, das ihm Sorge bereitete, nicht zuletzt die Tatsache, dass der Sohn verschwunden war und die Eltern sich über seinen Verbleib äußerst bedeckt hielten. Er und Albert hatten zunächst angenommen, es könne sich um einen Versicherungsbetrug handeln. Aber bei der Überprüfung mussten sie feststellen, dass die Ismets bloß gegen Brand, Wasserschäden und Einbruchdiebstahl versichert waren. Es war aber nichts gestohlen worden. Die Verluste der Ismets bestanden in verdorbenen Lebensmitteln und einer verlorenen Arbeitsleistung, die sie bei keiner Versicherung einfordern konnten. Bei Brandstiftung hätte die Sache schon anders ausgesehen.

Die beiden Männer verfielen in Schweigen. Auf den Scheiben bildete sich bereits die nächste Eisschicht. Albert kratzte sie frei. Dann fragte er: »Wie geht's Stéphanie?«

»Oh, gut«, antwortete Laurent, darum bemüht, locker zu klingen. Seit neun Monaten ging er nun mit Stéphanie Pujol aus, und er war froh, dass man im Dunkeln seinen roten Kopf nicht sehen konnte, den er jedes Mal bekam, wenn er an sie dachte. Sie war blond und voller Sommersprossen und hatte eine offene Art sowie schöne muskulöse Beine, die der junge Gendarme außerordentlich bewunderte.

»Siehst du sie oft?« Albert, der Laurent schon aus Kindertagen kannte, konnte trotz Dunkelheit erahnen, dass der andere errötete.

»Geht so.« Bei jeder Gelegenheit, die sich ihm bot. Um seine Verlegenheit zu überspielen, schlenkerte Laurent wieder mit den Armen. Er hatte keine Lust, mit Albert über dieses Thema zu sprechen. Sein Freund hatte sich vom Dackel zum Don Juan der Truppe gemausert. Niemand wusste, wie er es anstellte, aber die Frauen standen bei dem stämmigen, kraushaarigen Albert Batailler Schlange. Laurent hingegen war im Umgang mit dem weiblichen Geschlecht nach wie vor schüchtern und linkisch. Stéphanie war die Erste, mit der es ihm wirklich ernst war, und er wollte von seinem Kollegen weder Ratschläge, wie er sie ins Bett bekommen konnte, noch, was er mit ihr danach tun sollte.

Albert grinste. Seine Zähne blitzten im Mondlicht. »Klingt so, als würde zwischen euch beiden wirklich was laufen!«

»Kümmer' dich um deinen eigenen Kram!«, schnauzte Laurent ihn an.

»*Oh là, là!*«, johlte Albert.

Als Laurent das nächste Mal auf die Uhr sah, war es kurz vor fünf. Sie hielten jetzt schon seit fast sechs Stunden die Stellung.

»Sieht nicht so aus, als würde der Bastard noch auftauchen«, sagte er müde.

Gegen halb sieben wurde es langsam heller. Um sieben hatte der Himmel eine einheitliche stahlgraue Färbung angenommen. Im grellen Morgenlicht wirkte Laurents sonst so volles, heiteres Gesicht blass und von Kälte und Erschöpfung gezeichnet. Außerdem starb er vor Hunger.

Albert rief im Hauptquartier an.

»Alles ruhig hier«, berichtete er. »Sollen wir trotzdem dranbleiben?«

»Ich melde mich wieder«, sagte der Gendarm vom Dienst.

Fünf Minuten später rief der Mann an. Sein Ton war ironisch. »Ihr könnt nach Hause kommen, Jungs. Gerade kam die Meldung, dass »Böser Bube« erneut zugeschlagen hat, diesmal allerdings drüben in Belvès.«

»*Merde*«, fluchte Albert. »Aber wenigstens ist es nicht unser Revier. Vielleicht zieht er ja weiter.«

»Freut euch nicht zu früh!«, entgegnete der diensthabende Polizist. »Er hat wieder seine Visitenkarte dagelassen. Irgendein Spruch über Freunde und Kompagnons. Ein Wortspiel mit Compagnon. Der Chef rast vor Wut.«

14

Maras Arbeitsalltag gefiel ihr gerade überhaupt nicht. Es schien zunehmend ihre Aufgabe zu sein, alte Rohre durch neue zu ersetzen und Wände zu versetzen. Sie machte sich allmählich einen Namen als fähige *intermédiaire* zwischen zugezogenen Ausländern, die bauliche Veränderungen vornehmen lassen wollten, und einem Netz erfahrener Handwerker, an die sie regelmäßig Unteraufträge vergab. Feinheiten wie Ausstattung und Dekor, an denen Mara deutlich mehr Gefallen fand, wurden in der Regel bis zum Schluss hinausgeschoben, wenn der Kunde entweder mit den Nerven am Ende oder ihm das Geld ausgegangen war, oder beides.

Im Augenblick saß Mara an ihrem Schreibtisch und schielte durch ihre Brille auf einen abstrusen Bauplan, den ein potenzieller Kunde umgesetzt haben wollte. Die Realität in seinem kürzlich erworbenen Bauernhaus sah jedoch anders aus: Seine Vorstellungen würden sich nur mit umfangreichen Umbaumaßnahmen verwirklichen lassen. Und mit erheblichen Kosten verbunden sein. Als Julian ihr Arbeitszimmer betrat, das in einem separaten Gebäude hinter dem Haus untergebracht war, schaute Mara auf.

»Was gibt's?«, fragte sie.

»Nix«, antwortete er und ließ sich in einen alten Sessel fallen. Dort saß er dann krumm, die Beine lang ausgestreckt, und starrte verdrossen aus dem Fenster.

Mara betrachtete ihn. Es war jedes Frühjahr das Gleiche mit ihm, solange sie ihn kannte. Den kalten Winter voller Untätigkeit ertrug er stoisch (seine Arbeit ruhte in dieser Zeit), aber wenn erst einmal der Frühling gekommen war – es war schon fast April –, wurde er von einer quälenden Unruhe erfasst, die ihn zu einem schlechten Mitbewohner machte.

»Du weißt ja, sie wird erst in einem Monat blühen«, sagte Mara.

Er gab keine Antwort.

Mara nahm ihre Brille ab. »Du kannst an nichts anderes mehr denken, stimmt's?«

Er drehte sich zu ihr um, die Augenbrauen fragend nach oben gezogen. »Wovon sprichst du?«

»Von deiner Orchidee.«

Er sah immer noch verwirrt aus. »Das stimmt doch gar nicht! Warum sagst du so was?«

»Weil es die Wahrheit ist. Du machst dir viel mehr Gedanken über Cypripedium incognitum als – als über uns.«

»Über uns?« Er richtete sich auf. »Was soll mit uns sein?«

»Nichts. Nur dass wir nie miteinander reden.«

»Willst du jetzt reden? Ich dachte, du arbeitest.«

Sie warf ihren Stift hin. »Das habe ich ja auch! Und ich meine, richtig reden, Julian.«

Er rutschte unruhig hin und her. »Ich weiß eigentlich nie genau, was du meinst, wenn du solche Sachen zu mir sagst. Richtig reden. Das klingt bedrohlich! Aber, nun gut, worüber möchtest du denn mit mir sprechen?«

»Na ja« – ihr Mund wurde schmal und verkniffen – »wie es zwischen uns läuft, zum Beispiel. Wir leben jetzt schon seit sechs Monaten zusammen. Es war als Experiment gedacht. Und, funktioniert es? Geht's dir gut damit? Manchmal habe ich das Gefühl, du wärst lieber wieder in Grissac.«

Er sah sie nachdenklich an. »Hier ist nicht zufällig wieder die Rede von Haien, oder?«

»Natürlich nicht!«, entrüstete sie sich.

»Na, dann ist ja gut!« Er lehnte sich grinsend zurück.

Da Mara nicht wusste, was sie entgegnen sollte, starrte sie ihn lediglich an. Dann sagte er: »Wenn du es genau wissen willst, ich habe an Kazim gedacht.«

»Kazim?«

»Ich mache mir Sorgen um ihn. Ich glaube, er ist in schlechte Gesellschaft geraten. Mein Gefühl sagt mir, er läuft nicht bloß vor seinen Eltern weg, sondern vor etwas viel Schlimmeren. Betul und Osman sind alles andere als glücklich, dass ich ihn nicht gefunden habe.«

»Du hast getan, was du tun konntest!«

»Habe ich das wirklich?«

Sie atmete tief aus, schob sich vom Schreibtisch weg und stand auf. »Wie wär's mit einem kleinen Spaziergang?«

Écoute-la-Pluie lag in einem Tal, das am Nordende hinter Maras Haus von einem bewaldeten Bergrücken eingefasst wurde. Der Straßenbelag der einzigen Straße, die durch den Ort führte und eigentlich eher ein Weg war, bestand aus *castine,* Kalksteinsplitt. Dieser hatte wenig dazu beigetragen, die tiefe Furche zu verhindern, die sich einem Kiesflussbett gleich in der Mitte gebildet hatte. Am Fuße des Bergrückens ging die Straße in einen dicht bewachsenen Pfad über.

Mara und Julian folgten dem Pfad den waldigen Hang hinauf. Die Hunde liefen voraus. Es war ein alter Laubwald, der seit fast einem Jahrhundert keine Axt mehr zu Gesicht bekommen hatte. Abgesehen von ihnen beiden, Pilzsammlern oder Jägern in der Jagdsaison kamen nur wenige Menschen hier vorbei. Eulen und Waldtauben nisteten in den Bäumen. Rehe und Wildschweine versorgten sich in den Tiefen des Waldes. Mara und Julian bedeutete der Ort sehr viel. Besonders Mara hatte tief im Herzen Anspruch auf ihn erhoben, seit sie das erste Mal nach Écoute-la-Pluie gekommen war. Dieser Fleck Erde war ihre kleine Ruheinsel, weit weg von veralteten Rohren, ausgefallenen Bodenbelägen und misslungenen Wänden.

Julian fühlte sich ohnehin überall wohl, wo Bäume standen. Orchideen, nach denen man suchen musste, konnten ihn nervös machen, aber Bäume hatten stets beruhigende Wirkung auf ihn. Der Gedanke an ihre starken Wurzeln, die sich lautlos in die Tiefe gruben, vermittelte ihm ein Gefühl von Stabilität; ihre aufrechte Präsenz half ihm, die Dinge zu relativieren. Sie ragten nun hoch vor Mara und Julian auf: alte Eichen, Kastanien und ehrwürdige Weißbuchen, deren grüne Blätter schwach behaart waren. Hie und da brach die Sonne durch die am Himmel vorbeiziehenden Wolken. Es roch nach nasser Erde und Laub. Julian atmete tief ein, hielt an, drehte sich um und fasste Mara bei den Schultern.

»Weißt du, ich bin bloß einen kleinen Teil des Jahres verrückt nach Orchideen«, sagte er in ernstem Ton. »Die restliche Zeit bin ich ein ganz normaler Mensch. Glaub mir!«

»Das würde ich ja gerne«, erwiderte Mara ebenso ernst. »Aber ich wage gar nicht daran zu denken, was passiert, wenn du deine Orchidee erst gefunden hast.«

Seine Hände sanken nach unten. »Hä? Wieso das denn?«

»Du wirst vierundzwanzig Stunden am Tag, sieben Tage die Woche, Wache halten wollen, nicht wahr? Um sie vor Räubern zu schützen. Ich werde dich nicht mehr zu Gesicht bekommen, es sei denn, ich schlage mein Lager neben deinem auf. So oder so werde ich immer nur die zweite Geige spielen.«

Er runzelte die Stirn. »Daran hatte ich noch gar nicht gedacht.«

»Dass ich auf eine Blume eifersüchtig sein könnte? Ich gebe es ja nur ungern zu, aber ich bin es tatsächlich, Julian.« Sie lächelte ihn zaghaft an.

»Sei nicht albern! Ich meinte die Rund-um-die-Uhr-Bewachung. Ich war so auf die Suche konzentriert, dass ich gar nicht darüber nachgedacht habe, was passiert, wenn ich sie gefunden habe. In England machen sie das so, musst du wissen. Der wild wachsende europäische Gelbe Frauenschuh war dort mal ziemlich verbreitet. Aber wegen der verdammten Sammler und Orchideenjäger gibt es dort inzwischen nur noch ein einziges Exemplar. Sein Standort wird strengstens bewacht und ist für Besucher gesperrt.«

»Und bestimmt haben die Wachmänner die Anweisung zu schießen, was?« Dann brach es förmlich aus ihr heraus: »Was haben Orchideen nur an sich, dass die Leute so verrückt danach sind? Ja, ja, ich weiß, sie sind wunderschön und einfallsreich. Sie ahmen Bienen und Wespen nach und verströmen die Sexuallockstoffe ihrer Bestäuber, um sie anzuziehen. Aber reicht das schon, um aus normalen Menschen Besessene zu machen?«

»Es ist mehr als das, Mara«, versuchte er sich zu verteidigen. »Orchideen sind nicht bloß irgendwelche Pflanzen. Es gibt sie schon seit hundert Millionen Jahren oder sogar noch länger. Sie sind zart und robust zugleich. Und zudem noch hoch entwickelt. Mit Ausnahme der Antarktis ist es ihnen gelungen, sich unter extremsten Bedingungen auf allen Kontinenten auszubreiten und zu überdauern. Man kann sie nur bewundern. Aber sie sind immer stärker vom Aussterben bedroht.«

»Wie jedes andere Lebewesen auf diesem verfluchten Planeten auch! Also, wenn Orchideen wirklich so hoch entwickelt sind, dann werden sie schon einen Weg finden, allen Widrigkeiten zu trotzen. Da bin ich mir sicher.«

Er schüttelte den Kopf. »Wenn du doch nur recht hättest! Obwohl, wenn überhaupt eine Pflanzenfamilie Überlebenschancen hat, dann die der Orchidaceae. Sie sind clever! Ich meine nicht intelligent im eigentlichen Wortsinne, aber, na ja, so zielgerichtet, dass es schon fast an Intelligenz grenzt.«

»Wir sprechen hier von Pflanzen, Julian!«

»Nein, ich meine es ernst. Nehmen wir doch zum Beispiel mal die Resupination.«

»Was für'n Ding?«

»Die Resupination. Die Blütendrehung. Damit ein Insekt eine Blume bestäuben kann, ist es wichtig, dass die Voraussetzungen für den Landeanflug günstig sind. Bei den meisten Orchideen sind die Geschlechtsorgane anfangs so angeordnet, dass beispielsweise eine Fliege senkrecht nach unten kriechen müsste, um dorthin zu gelangen. Deshalb dreht sich der Blütenstiel der Orchidee während des Entfaltens einfach um hundertachtzig Grad, um den Fliegen eine schöne horizontale Landefläche zu bieten. Nun, andere Pflanzen machen das auch, aber die Orchidee geht noch einen Schritt weiter. In China gibt es eine Orchideenart, die in einer Umgebung wächst, in der sie sich nicht auf die Wind- oder Insektenbestäubung verlassen kann. Glücklicherweise ist sie zwittrig, deshalb dreht sie bloß die männlichen Geschlechtsorgane um dreihundertsechzig Grad zu den weiblichen, um den Pollen übertragen zu können. Ganz schön clever, was?«

»Nein«, entgegnete Mara streng, »das ist ausgesprochen hinterhältig.«

Sie setzten ihren Spaziergang fort.

Bergauf zu laufen war anstrengend. Bis auf einige Rinnen und lose Steine, die von weiter oben hinuntergespült worden waren, hatte das jüngste Gewitter auf der Südflanke keinen allzu großen Schaden angerichtet. Auf der Nordseite hingegen waren mehrere Bäume umgestürzt. Es gab Julian und Mara einen tiefen Stich, als sie feststellen mussten, dass auch eine alte Ulme darunter war, die sie zu ihrem ganz persönlichen Baum auserkoren hatten. Unter ihren breiten

Ästen hatten sie gepicknickt und bei Regenschauern Unterschlupf gesucht.

»*Requiescat in pace!*«, murmelte Julian, tiefbewegt von dem beeindruckenden Wrack ihres Wurzelwerks, das breiter wirkte, als Julian groß war. Traurig starrte er auf die trübe Pfütze, die sich in dem vom Sturz verursachten Krater gebildet hatte.

Als Mara und Julian aus dem Wald auf eine abschüssige Wiese traten, sahen sie in einiger Entfernung zwei Männer, deren Ausrüstung auf Vermessungstechniker hindeutete. Diese hielten auf einen Transporter zu, der an der Straße weiter unten geparkt war.

»He!«, schrie Julian und rannte ihnen hinterher.

Noch bevor er ihnen die Frage stellen konnte, was sie hier ausgemessen hatten, hatten die beiden Männer bereits ihre Ausrüstung verstaut und waren davongefahren.

Mara brachte den Rest des Tages mit dem Versuch zu, einen Elektriker für die Neuverkabelung eines Hauses aufzutreiben. In den vergangenen fünf Monaten, während der Strom abgestellt war, hatten sich dort Ratten an den Kabeln zu schaffen gemacht. Das passierte jedes Jahr im Frühling in Anwesen, die im Winter leer standen. Die einzige Möglichkeit, eine Wiederholung zu vermeiden, bestand darin, die Kabel mit einer Metallummantelung zu verkleiden. Es ging um ein großes Haus und einen wichtigen Auftrag. Die englischen Eigentümer, die soeben eingetroffen waren und die Haupträume ohne Elektrizität vorgefunden hatten, hatten Mara eine dringende Nachricht hinterlassen und sie gebeten, sie möge sich *tout de suite* um das Problem kümmern. Bislang war sie allerdings nicht sehr erfolgreich gewesen. Jose Texeira – der

Elektriker, mit dem sie sonst immer zusammenarbeitete – war noch bei seiner Familie in Portugal. Remy Richard, der es im Kreuz hatte, war auch nicht dazu zu bewegen, aus dem Ruhestand ins Arbeitsleben zurückzukehren. Und auch sonst wollte niemand den Job übernehmen. Handwerker zu finden, wurde zunehmend ein Problem in der Dordogne. Die jungen Leute auf Jobsuche wanderten reihenweise aus der Region ab, und die noch vorhandenen Fachkräfte wurden von Jahr zu Jahr älter. Am Abend rief sie die Hurleys an und teilte ihnen mit, dass sie sich gerade um die Angelegenheit kümmere und sie auf dem Laufenden halten werde. Das entsprach nicht ganz der Wahrheit, aber eine glatte Lüge war es auch nicht. Mit der Zeit hatte sie gelernt, wie wichtig es war, vor ihren Auftraggebern, insbesondere vor ihren ausländischen Kunden, die unschöne Seite des Ganzen zu verbergen: die Hektik in letzter Minute und die häufig blank liegenden Nerven. Das regte die Kunden nur unnötig auf.

Das Telefon klingelte. Mara nahm ab. Ihr graute vor weiteren unzufriedenen Hausbesitzern, deren Probleme ebenfalls behoben werden mussten. Deshalb war sie erleichtert, Prudence Changs Stimme zu hören, die aus Kalifornien anrief, wo sie den Winter verbrachte. Ihre Sommerresidenz in der Dordogne, ein pittoreskes Haus im Stil des Périgord, gehörte zu Maras und Julians ganz speziellen Lieblingsplätzen. Da es einst ein Pferde- und Schweinestall gewesen war, hatte das Haus einen großzügigen Schnitt, dreizehn Türen und einen wunderschönen, von einer alten Mauer eingegrenzten Hof, bei dessen Bepflanzung Julian sich selbst übertroffen hatte.

»Ich habe es heute Morgen von meinen Nachbarn erfahren.« Prudence' Stimme klang ein wenig schrill. »Stell dir vor, bei mir ist eingebrochen worden!«

15

Diese Neuigkeit verursachte Mara Übelkeit. Erst kürzlich hatte sie Renovierungs- und Ausbesserungsarbeiten im Haus von Prudence vorgenommen, indem sie die Wände neu gestrichen und an einigen Stellen den Putz erneuert hatte. Bei dem Gedanken, dass mit den meisten Einbrüchen auch mutwillige Beschädigung einherging, wurde ihr ganz schwindlig.

»Bist du noch da, Mara?«

»Ja. Das ist ja schrecklich, Prudence! Es tut mir so leid für dich! Ist – ist der Schaden groß?«

»Anscheinend nicht, sieht man einmal von dem Fensterladen, den sie aus den Angeln gerissen haben, und einer zerbrochenen Glasscheibe ab.«

Mara atmete auf.

»Ich wünschte, sie hätten stattdessen diese scheußliche Wand im Esszimmer zertrümmert«, ließ sich Prudences Stimme an Maras Ohr vernehmen. »Dann könnte ich jetzt auf einer Begradigung bestehen!«

Wegen dieser Wand war es zu Streitigkeiten zwischen ihnen gekommen. Deren untere Hälfte stand vor, wohingegen die obere Partie sich nach hinten neigte und vollkommen uneben war. Der Putz blätterte ab und wies deutliche Abnutzungsspuren auf. Prudence fand die Wand hässlich und wünschte sie sich glatt und gerade, wie eine Wand nun mal zu sein hatte. Mara aber hatte dafür plädiert, sie so zu belassen, wie sie war – die »scheußliche« Wand war Teil des ehemaligen Stalls gewesen und hatte Charakter. Und sie hatte das Verputzen übernommen. Nur wenige Menschen wussten, dass Mara eine begnadete Verputzerin war. Es war eine Fertigkeit, die Schnelligkeit und Können erforderte und die Mara sich in einer unglücklichen Lebensphase angeeignet hatte, als ihre Ehe mit einem sehr begabten, aber alkoholabhängigen Architekten in die Brüche gegangen war. Darin hatte sich ihr Bedürfnis nach einem Neubeginn ausgedrückt – eine saubere Oberfläche, auf der ein neues Leben seine Spuren hinterlassen konnte. In letzter Zeit verputzte sie aber nur noch bei ausgesuchten Kunden, denn diese Arbeit war sehr zeitraubend.

Als Mara mit der Wand im Haus von Prudence fertig gewesen war, hatte diese angekündigt, sie werde dort wohl ein großes, dekoratives Objekt anbringen, um die Wand zu verdecken.

»Wozu habe ich die Wand denn dann veredelt, wenn du sie mit etwas zuhängen willst?« Mara war wirklich verletzt.

»Wenn du getan hättest, worum ich dich gebeten hatte, müsste ich sie nicht zuhängen«, hatte Prudence geantwortet.

Und jetzt auch noch ein Einbruch.

»Mein Problem ist«, fuhr Prudence fort, »ich weiß nicht, was gestohlen worden ist. Du hast doch einen Schlüssel zum Haus. Könntest du mir einen großen Gefallen tun und mal nachsehen, wie die Lage ist? Ich bräuchte eine Liste der entwendeten Gegenstände, und du kennst die Einrichtung doch so gut wie niemand sonst. Mein Versicherungsagent hat ein Verzeichnis von den wertvollsten Sachen, an dem du dich orientieren kannst. Der Mann heißt Sébastien Arnaud. Er arbeitet bei Assurimax, und wenn du ihn vorher anrufst, könntet ihr euch da treffen. Er wird dir gefallen. Er erinnert mich an einen knuddeligen Teddybär. Ach ja, und dann müssten noch der Fensterladen und die Scheibe ersetzt werden.«

»Ich kümmere mich darum.«

»Danke«, erwiderte Prudence. »Du bist ein Schatz!«

Sébastien Arnaud traf am folgenden Tag mit Verspätung im Haus von Prudence ein. Er war ein großer, leicht übergewichtiger Mann, der ein wenig gebückt ging. Die dunkelbraunen Haare standen ihm in widerspenstigen Büscheln vom Kopf ab und kringelten sich in alle Richtungen. Das verlieh ihm eher das Aussehen eines Langhaarterriers denn eines Teddybären. Eines Airedaleterriers, entschied Mara sich schließlich. Er hatte sogar die dazu passenden runden, lachenden Hundeaugen.

»Tut mir leid, dass Sie warten mussten!«, sagte er und schüttelte Mara zur Begrüßung vergnügt die Hand. »Ich hinke meinem Zeitplan immer hinterher. Meiner Kinder wegen, verstehen Sie. Ich habe nämlich sechs. Alles Jungs! Die gönnen mir keine Ruhe. Heute ist mein Jüngster in einen Ententeich gefallen. Ich musste ihn herausfischen. Dann musste ich mich noch mal umziehen.« Sébastiens breites Gesicht verzog sich zu einem Grinsen. »*C'est la vie!* Ich hoffe, Sie verstehen das.«

Sébastien hatte etwas Gemütliches, Heiteres, Liebenswürdiges an sich, das es einem leicht machte, Verständnis für ihn aufzubringen, dachte Mara, als sie ihm zur Hausseite folgte. Dort begutachtete er den Fensterladen, der herausgerissen worden war, und die kaputte Scheibe dahinter.

»Hm«, war sein einziger Kommentar.

Anschließend gingen sie ins Haus.

Der Einbrecher hatte präzise und sauber gearbeitet. Nichts

war verwüstet worden. Er war bloß eingedrungen und hatte sich genommen, was ihm gefiel. Und er hatte ein Händchen bei der Auswahl bewiesen. Alle wertvollen Antiquitäten waren weg: eine komplette Sammlung von Bronze-Tierfiguren aus dem achtzehnten Jahrhundert, zu der auch ein kleiner, wunderschön gehämmerter Windhund gehörte, den Mara sehr mochte und auf den sie insgeheim ein Auge geworfen hatte. Darüber hinaus hatte der Dieb auch zwei Lalique-Lampen mitgehen lassen, die einige tausend Euro wert waren, sowie das kostbarste Stück überhaupt, eine kleine Statue einer Tänzerin, die Degas zugeschrieben wurde. Erwartungsgemäß hatte der Einbrecher auch diesmal wieder kein Gemälde angerührt. Und auch nicht die hochmoderne Espressomaschine, den Fernseher, den DVD- oder den CD-Player. Und das sei auch gut so, sagte Sébastien zu Mara. Geräte seien leicht zu veräußern und bekanntlich schwer sicherzustellen. Bei Kunstobjekten hingegen bestehe zumindest die Hoffnung, sie über einen ehrlichen Händler wiederzuerlangen, dem sie angedreht werden würden. Noch wahrscheinlicher aber war – er gluckste vor sich hin, halb entschuldigend, halb amüsiert –, dass sie den Weg zu Zwischenhändlern fänden, die das nicht so eng sahen, oder sogar zu privaten Abnehmern in London, Paris, Brüssel, Amsterdam, New York, Tokio. Der Dieb arbeite wahrscheinlich mit jemandem aus dem Antiquitätenhandel zusammen, der als Hehler fungierte. Ein cleverer Einbruch also: kleine, ausgesuchte Sammlerobjekte, die sich schnell und zu hübschen Summen verkaufen ließen, aber nicht so spektakulär waren, um gleich Aufmerksamkeit zu erregen.

Mara erfuhr erst am nächsten Tag aus dem *Sud Ouest,* dass am Tatort ein weiterer Knittelvers gefunden worden war.

Schon sechs und kein Ende in Sicht lautete die Schlagzeile. Das Gedicht, das vollständig abgedruckt worden war, wurde als spöttische Antwort auf Compagnons düstere Prophezeiung hinsichtlich der Karriere des Einbrechers gewertet. Auf Französisch gingen die Verse wie folgt:

Cher compagnon, mon vieil ami,
Tu sais, c'est pas encore fini.

Was übersetzt so viel hieß wie:

Lieber Kompagnon, mein alter Kumpan,
Du weißt, damit ist's noch lang nicht getan.

Da war es leicht nachzuvollziehen, warum Adjutant Compagnon das jüngste Billet-doux als persönliche Herausforderung und als Angriff empfand, selbst wenn der Einbruch nicht in seinem Revier stattgefunden hatte. Und was seine Empörung noch verständlicher machte, war die Frechheit des Einbrechers, ihn, Compagnon, einfach mit »Du« anzureden.

16

Der Wind weckt ihn, und er sieht, dass etwas mit der Uhr nicht stimmt. Die Digitalanzeige blinkt wie verrückt: 9:13, 5:47, 3:25, 11:50. Die roten Ziffern jagen ihm Angst ein. Wie Drachenaugen leuchten sie, ohne jede Logik, gnadenlos. Sie geben ihm zu verstehen, dass der Strom ausgefallen und dann wieder angegangen sein muss, was bei schlechtem Wetter häufig vorkommt. Das hat zur Folge, dass der Wecker nun zwischen den unsinnigen Zeitangaben wild hin und her springt.

Der Wind rüttelt am Haus, wie er es schon seit fast zweihundert Jahren tut. Handelt es sich immer um denselben Wind, fragt sich Joseph, der kommt und geht und die Gerüche aller Orte mit sich führt, an denen er gewesen ist? Oder wird jede Nacht ein anderer Wind droben am Himmel geboren? Joseph hat keine Ahnung, wie lange der Strom ausgefallen ist. Eine Minute? Eine Stunde? Er wird die Uhrzeit mit Hilfe der Standuhr im Wohnzimmer neu einstellen müssen. Im Moment lernt er, die Dinge selbst zu erledigen: ein Ei zu kochen, Rechnungen zu bezahlen – wenngleich ihm die Krankenschwester Jacqueline Godet ein wenig dabei hilft – und bei Stromausfall die richtige Zeit einzustellen. Ihm ist bewusst, dass sein Leben von der Uhr beherrscht wird, von den gelben und weißen Pillen, die er alle paar Stunden einnehmen muss.

Es kostet ihn große Mühe, sich auf die Seite zu drehen. Sein Körper fühlt sich an, als sei er mit Sand gefüllt. Aber Joseph schafft es, indem er den Haltegriff am Bett zu Hilfe nimmt. Er streckt den Arm aus und tastet nach dem Lampenkabel hinter seinem Kopf. Langsam schließt sich seine Hand um den vertrauten Schalter. Zurzeit empfindet er alles Vertraute als tröstlich. So schnell, wie das Licht angeht, erlischt es auch wieder.

Selbst die Augen leuchten nicht mehr. Joseph befindet sich jetzt völlig im Dunkeln. Da ist noch nicht einmal mehr der rote Schein des Drachens, der nun so tut, als würde er schlafen. Joseph liegt wie erstarrt im Bett. Er spürt Panik in sich aufsteigen. Dieses Mal ist es nicht der Wind, der die Stromleitungen umgestürzt hat. Joseph hat nämlich das leise Kratzen der Küchentür auf den Fliesen vernommen.

Beim letzten Mal hat man ihm einreden wollen, er habe bloß einen Albtraum gehabt. Es sei gar nicht seine tote Frau gewesen, mit ihrem gummiartigen Leichenhemd und den nassen Haaren, die über dem Loch hingen, an dessen Stelle eigentlich ihr Gesicht hätte sein sollen. Aber wenn nicht Amélie, wer denn dann? Oder was? Just in dem Augenblick hört er es wieder, das verräterische Knarren der Dielen im Flur. Er weiß nun, dass es kein Traum ist und dass es auch beim letzten Mal keiner war. Die Kreatur ist zurückgekommen. Sie hat ihn ganz gemein zappeln lassen.

In seiner Vorstellung überholt Joseph sogar den Wind und saust so schnell daher, dass die nackten Füße kaum den Boden berühren. In Wahrheit aber ist sein Herz das Einzige, das rast. Es schlägt so laut, dass er glaubt, es müsse gleich zerspringen. Dunkel erinnert er sich daran, dass er für diesen Moment Vorkehrungen getroffen hat. Seine Finger tasten sich vor, auf der Suche nach dem kleinen, harten Plastikteil mit der verwirrenden Anzahl von Tasten. Er kann es nicht finden. In heller Panik geht ihm auf, dass es nicht da ist. Mühsam gelingt es ihm, sich auf die Seite zu rollen, sich auf den Ellbogen zu stützen und die Hand auszustrecken, die zitternd den Nachttisch absucht. Sie stößt an Gegenstände, aus denen seine wild gewordenen Finger nicht schlau werden. Aber die Umrisse der Kreatur zeichnen sich bereits im Türrahmen ab. Sie scheint sogar noch zu wachsen. Der Entsetzensschrei bleibt ihm im Hals stecken.

Jetzt schrumpft sie wieder und wird zu einer dunklen Gestalt, die langsam zu Joseph herüberkriecht. Plötzlich baut sie sich vor ihm auf, beugt sich über ihn und nimmt ihn in den Würgegriff. Auch dieses Mal hat sie kein Gesicht. Joseph sinkt benommen aufs Bett und stellt sich innerlich auf das Unabwendbare ein. Irgendetwas berührt ihn leicht, fast zärtlich am Kopf. Doch dann nimmt der Druck zu. Sein Kopf wird mit dem Gesicht nach unten ins Kissen gepresst. Das Kissen dringt in Mund und Nase. Doch dann wehrt Joseph sich. Etwas in seinem Gehirn hat gezündet und löst, wenn auch spät, einen schwachen Selbsterhaltungstrieb aus. Erst jetzt kommen die Finger seiner rechten Hand, die von Krämpfen geschüttelt werden, mit den nummerierten Tasten des Handys in Berührung, das unter dem Bettzeug vergraben ist.

Mara wachte als Erste von dem Klingeln auf. Sie suchte auf dem Nachttisch nach dem Telefon und fand schließlich den Hörer.

»*Allo?*«, murmelte sie mit belegter Stimme. »*Allo? Allo?*« Sie ertastete die Lampe und schaltete sie ein.

Inzwischen war Julian ebenfalls wach. Er setzte sich auf, die Augen noch ganz verquollen vom Schlaf. »Wer ist es denn?«

Mara blickte benommen auf das Nummerndisplay.

»Mist!«, rief sie dann und griff hastig nach ihrem Mantel. »Es ist Joseph!«

Sie fanden ihn liegend mit dem Gesicht nach unten. Die Leuchte über dem Bett brannte und gab schonungslos den schrecklich verdrehten Körper und die zuckenden Beine preis. Im Kampf war es ihm irgendwie gelungen, die Taste mit Maras Nummer zu drücken. Seine Hand hielt noch immer das Handy umklammert, das sie für ihn gekauft und eingerichtet hatte. Nur mit Mühe konnten sie es seinem Griff entwinden.

Das Einzige, das darauf hindeutete, dass Joseph nicht halluziniert hatte, war der Wecker. Das wilde Blinken des Displays zeigte an, dass der Strom tatsächlich ausgefallen und wieder angegangen war. Was das restliche Martyrium betraf, das er ihnen mit brüchiger, bebender Stimme schilderte – die gesichtslose Kreatur, der Erstickungsversuch –, er konnte es nur geträumt haben. Mara und Julian warfen sich sorgenvolle Blicke zu. Beim letzten Mal hatte seine Geschichte ähnlich geklungen. Joseph lehnte es hartnäckig ab, dass ein Arzt gerufen wurde. Oder die Polizei.

Mara ließ Joseph in Julians Obhut und ging in die Küche, um eine Kanne Kamillentee zuzubereiten. Während sie da stand und darauf wartete, dass das Wasser kochte, fiel ihr auf, wie schmutzig alles inzwischen war. Und das, obwohl sie und die anderen Nachbarinnen dafür sorgten, dass jeden Tag das Geschirr gespült und weggeräumt und der Tisch abgewischt wurde. Fast schien es, als sei Amélie zu ihren Lebzeiten so dominant gewesen, dass der Besucher nichts bemerkt hatte: weder die mit den Jahren verblassten Wände, noch die abgestoßenen Fliesen, noch die zerschlissenen Bezüge der Stühle. Letztere wurden mehr schlecht als recht von flachen, losen Kissen verdeckt – *cache-misères,* »Elendsverhüller«, hatte Amélie sie scherzhaft genannt. Selbst mit der Aussicht auf eine zusätzliche Pflegekraft kamen Mara ernsthafte Zweifel, ob Jacqueline mit ihrer Behauptung wirklich richtig lag, Joseph käme schon allein zurecht. Im Übrigen würde sich sein Zustand mit der Zeit noch verschlechtern. Mara fragte sich, ob der Schock über Amélies Tod den Krankheitsprozess nicht beschleunigt haben könnte und Joseph deshalb Albtraum und Realität derart durcheinanderbrachte. Jemand musste die Verantwortung für ihn übernehmen. Mara wunderte sich, dass niemand Christine Gaillard ernsthaft in Betracht zu ziehen schien. Vielleicht lag es daran, dass sie bei der Beerdigung die Erwartungen aller erfüllt hatte: sie war nicht gekommen. Was musste geschehen, überlegte Mara, um die Tochter dazu zu bewegen, Interesse für ihren kranken Vater aufzubringen? Wusste irgendjemand vielleicht sogar, wie man zu ihr Kontakt aufnehmen konnte?

Mara sank schwerfällig auf einen Stuhl. Da der *cache-misère* seinen Zweck nicht hundertprozentig erfüllte, piekste der Korbstuhl, und das trotz des Mantels, den sie über ihrem Pyjama trug. Es war natürlich möglich, dass jemand ins Haus gekommen war. Schließlich ging ein Verse schmiedender Einbrecher um. Sie stand auf und überprüfte vorsichtshalber die Hintertür. Es handelte sich dabei um eines dieser typischen Riegelschlösser, bei denen man die Klinke anheben und den Schlüssel zweimal im Schloss herumdrehen musste. Erleichtert stellte sie fest, dass die Tür verschlossen war.

Dann bemerkte sie das Blatt.

Es lag zerdrückt am Boden, gleich hinter der Türschwelle: ein Haselnussblatt aus dem letzten Jahr, das bereits braun und teilweise zersetzt war. Es schimmerte feucht. Sie ging in die Hocke, um es sich genauer anzusehen. Aus der Nähe konnte sie erkennen, dass auf den Fliesen noch weitere nasse Flecken waren. Einen Moment lang setzte ihr Verstand aus. Die Stille, die sie umgab, wog so schwer wie ein Stein im freien Fall. Sie brauchte einen Augenblick, um zu begreifen, was sie da sah. Jemand war zur Hintertür hereingekommen und hatte Fußabdrücke und ein verräterisches Blatt hinterlassen. Und zwar erst vor Kurzem. Das Blatt war noch nass, und die Spuren auf dem Boden waren noch feucht. Und die Person war nicht eingebrochen. Sie hatte einen Schlüssel besessen.

Das Pfeifen des Wasserkessels ließ Mara hochfahren. Siebrühte den Tee auf und trug die drei Tassen auf einem Tablett in das Zimmer neben der Küche.

»Trink langsam, Joseph!« Mara hielt die Tasse für ihn fest. Jacqueline hatte sie auf seine Probleme beim Schlucken hingewiesen. Seine Hände zitterten heftig, der Kiefer bewegte sich unkontrolliert auf und ab. »Wir haben kurz nach zwei. Ist es schon wieder Zeit für die Pillen?«

»Erst um drei«, brachte er hervor.

Sie führte die Tasse wieder zu Josephs Mund. »Wo ist dein Sicherungskasten, Joseph?«

Er hob den Kopf und schien nachzudenken. Dann teilte er ihr mit, dieser befinde sich hinter dem Haus, in dem Verschlag, der an die Küche grenzte und in dem das Holz gelagert wurde. Mara nickte. Ihr Kasten war ebenfalls draußen. Auf diese Weise konnte sich jeder x-Beliebige daran zu schaffen machen. Ihr fiel ein, dass auch beim letzten Mal, als Joseph behauptet hatte, jemand sei ins Haus gekommen, der Strom ausgefallen und später wieder angegangen war. Und auch da hatte der Wecker geblinkt, wie sie und Jacqueline hatten feststellen können. Die Krankenschwester hatte die Uhr neu stellen müssen. Und Josephs Telefon war ausgefallen. Oder hatte etwa jemand das Kabel durchgetrennt? Olivier hatte gesagt, die Leitung sei sauber gekappt worden. Vielleicht hatte Joseph am Ende doch nicht halluziniert.

»Alle haben einen Schlüssel zum Haus«, gab Mara zu bedenken. »Du, ich, die Roches, die Boyers, Suzanne Portier und, soviel ich weiß, auch Olivier Rafaillac, obwohl er nicht für Joseph kocht. Und wer, außer den Nachbarn, sollte sonst noch wissen, dass sich der Sicherungskasten im Holzschuppen befindet?«

Julian zog die Augenbrauen hoch. »Willst du etwa sagen, es war einer von uns? Dann musst du aber auch Jacqueline und diese andere Krankenschwester in Betracht ziehen, mit der sie sich abwechselt.«

Mara gab keine Antwort, sondern kletterte zurück ins Bett.

»Vielleicht gibt es ja eine ganz einfache Erklärung dafür«, meinte Julian, der sich ebenfalls ins Bett legte. »Wer war gestern mit Abendessen dran?«

»Francine Boyer. Schau mal, wer immer es war, könnte doch am Sicherungskasten den Strom abgestellt und sich dann ins Haus begeben haben. Und beim Weggehen hat er oder sie dann den Strom wieder eingeschaltet. Aber der Täter hat nicht an die Digitaluhr gedacht, und weder das Blatt noch die eigenen Fußabdrücke bemerkt.«

»Nimm Vernunft an, Mara! Es könnte für alles eine logische Erklärung geben. Es könnte doch tatsächlich einen Stromausfall gegeben haben. Du weißt ja, das passiert hier ständig. Und das Blatt und die Fußspuren könnten von Francine stammen.«

»Bei uns hat es doch auch keinen Stromausfall gegeben. Unsere Uhren haben nicht geblinkt. Und das Blatt und die Fußabdrücke wären mittlerweile trocken, wenn sie tatsächlich von Francine wären.«

»Gut, aber sie könnte doch später noch einmal aus irgendeinem Grund zurückgekommen und nur mal schnell ins Haus gegangen sein, ohne Joseph zu stören. Oder Joseph war selbst mal draußen.«

»Aber was, wenn es wirklich jemand auf Joseph abgesehen hätte?«

»Weshalb? Um ihm Angst einzujagen? Warum sollte das jemand tun? Du weißt, dass Joseph Albträume hat und halluziniert. Das alles spielt sich bloß in seinem Kopf ab!«

Mara sank zurück ins Kissen. Man hatte schon oft gehört, dass ein Nachbarschaftsstreit lange Zeit geschwelt hatte, bis irgendein Ereignis – Amélies Tod? – die Eiterbeule aufplatzen ließ und die Gefühle sich entluden. Aber Julian hatte ja recht mit seiner Bemerkung zu Josephs gestörtem Realitätssinn. Auch dass ihr niemand einfiel, der Joseph übel wollte, gab ihr zu denken. Vielleicht hatte Joseph doch größere Probleme, sich mit Amélies Tod abzufinden, als sie alle geglaubt hatten. Vielleicht dachte er sich manches einfach aus, um Aufmerksamkeit zu erregen. Aber wie man es auch drehte und wendete, er brauchte Hilfe. Mara fasste einen Entschluss: sie musste die Tochter Christine ausfindig machen.

17

Die Person, die man eigentlich vermissen musste, dachte Mara, war doch Christine und nicht Kazim. Schließlich war Christine schon sehr viel länger von der Bildfläche verschwunden als der Sohn der Ismets. Deshalb nahm Mara es Julian auch übel, als er sich über ihr Vorhaben, die Tochter der Gaillards aufzuspüren, lustig machte. Sie saßen gerade beim Frühstück.

»Na dann, viel Erfolg!«, sagte er in einem Ton, den Mara

als besserwisserisch empfand. »Du wirst schon noch merken, dass das weniger leicht ist, als es sich anhört.«

»Wer hat denn behauptet, es würde einfach sein? Bei dem Wenigen, das ich weiß, könnte sie ja genauso gut in Timbuktu leben. Ich finde bloß, Joseph sollte seine Familie um sich haben. Was auch immer in der Vergangenheit passiert ist, sie ist und bleibt seine Tochter. Und irgendjemand muss es ja tun!«

»Und dieser Jemand bist du? Vielleicht solltest du erst mal rausfinden, was Joseph davon hält, bevor du das Projekt Christine ins Leben rufst.«

Ihr Kopf schoss in die Höhe. »Ach, und was ist mit dem Projekt Kazim?«

»Kazim ist ein jugendlicher Ausreißer, dessen Eltern sich große Sorgen machen.«

»Christine ist eine Ausreißerin, die ihren Eltern schon sehr viel länger Kummer bereitet.«

»Betul und Osman haben mich aber gebeten, nach ihrem Sohn zu suchen.«

»Dabei hast du dich aber nicht sehr geschickt angestellt, nicht wahr?«

»Herrgott noch mal! Ich versuche dir doch bloß klarzumachen, dass es nicht einfach ist, eine Person zu finden, die nicht gefunden werden will.« Und dann sagte er es wieder: das F-Wort.

Mara drehte sich mit einem Ruck zu ihm um. Ihre Augen sprühten Funken. »Nur zu deiner Information, *to ferret* bedeutet sorgfältig recherchieren. Ich habe es nachgeschlagen. Und ein *ferret,* ein Frettchen, ist ein schlaues, lebhaftes Tier, das erheblich mehr Energie und Entschlusskraft besitzt, als du aufzuweisen hast!«

Julian ging der Fortsetzung des Streits aus dem Weg, indem er aufsprang und erklärte, er habe noch etwas zu erledigen.

Den restlichen Vormittag brütete Mara über Julians herablassende Haltung ihrem »Projekt« gegenüber. Dennoch beschloss sie, auf ihn zu hören, und zuerst Joseph zu fragen. Als sie dem alten Mann am Abend das Essen brachte, näherte sie sich dem Thema auf Umwegen. Es gab Hackbraten, nach dem Rezept ihrer Mutter, wenn auch auf Maras spezielle Weise zubereitet. Maras letzter Versuch, dieses Gericht nachzukochen, hatte Julian zufolge zu trockener und zäher Kost geführt. Dieses Mal hatte sie das Gericht nicht als Braten zubereitet, sondern stattdessen alle Zutaten zu einer Art Haschee vermischt. Als es fertig war, sah es eigentlich ganz vielversprechend aus, fand Mara, appetitlich gebräunt und im eigenen Saft schmorend. Joseph reagierte auf ihr Mahl mit Skepsis. Er gehörte einer Generation an, die es gewöhnt war, ein deftiges Stück Fleisch zu essen, und die Hackfleisch mit Hundefutter in Verbindung brachte.

»Joseph«, sagte Mara, als sie sich zu ihm an den Küchentisch setzte, um ihm beim Essen Gesellschaft zu leisten. »Deine Albträume –«

»Das sind keine Albträume«, sagte er trotzig. Er runzelte die Stirn und stocherte mit der Gabel in der undefinierbaren Masse auf seinem Teller herum.

»Glaubst du etwa, das Ding ohne Kopf gibt es wirklich?«

»Das sage ich doch die ganze Zeit.«

»Dann kann das nur bedeuten, dass dir jemand als Monster verkleidet Angst einjagen möchte.« Sie hoffte, ihn so dazu zu bringen, der Realität ins Auge zu sehen.

Er schaute verwirrt und konnte sich keinen Reim darauf machen. »Wer sollte das tun?«

»Das frage ich dich! Hör mal, hat es schon mal Ärger zwischen dir und einem der Nachbarn gegeben? Zum Beispiel einen Streit oder irgendein Zerwürfnis, das nie aus der Welt geschafft wurde?«

Joseph ließ sich mit der Antwort Zeit, schaufelte sich mit dem Daumen Essen auf die Gabel, führte sie auf einem wackeligen Kurs zum Mund, kaute und schluckte. Es kostete ihn sichtlich Mühe, und er musste mehrmals schlucken, bis das Essen hinunter war. Sein maskenhaftes Gesicht drückte weder Genuss noch Verdruss aus. Schließlich sagte er: »Der alte Rafaillac war nicht sehr begeistert, als ich zu ihm gesagt habe, er sehe wie eine seiner Artischocken aus.« Er lachte leise in sich hinein. »Was den stacheligen Teil angeht, will ich sagen. Natürlich bevor ihm die Haare ausgefallen sind.«

»Nein, im Ernst, ich meinte eigentlich etwas, was eine Person dazu bringen könnte, ein übles Spiel mit dir zu treiben, um es dir heimzuzahlen?«

Die Gabel untersuchte nun wieder das Hackfleisch. »Was ist das hier überhaupt?«

Mara unterdrückte ihre Enttäuschung und wurde deutlicher. »Hör mal, Joseph, ich mache mir Sorgen um dich. Ich habe die Befürchtung, dass du allein doch nicht so gut zurechtkommst.«

»Wenn ich erst mal eine Haushaltshilfe habe, wird es schon gehen. Ich versuche jemanden zu finden, der bei mir wohnt.« Dann fügte er schroff hinzu: »Dann müsst ihr mir auch nicht mehr mein Essen bringen.«

»Aber du hast doch eine Tochter. Christine, stimmt's?«

Er schwieg eine Weile. Schließlich sagte er: »Sie ist nicht zur Beerdigung gekommen.«

»Vielleicht wusste sie ja nichts davon. Es wäre ihr doch bestimmt nicht egal, dass du hier alleine bist.«

Aus Josephs Kehle drang ein Laut, der entweder ein Kommentar oder ein Schluckversuch gewesen sein konnte.

»Wann hattest du das letzte Mal Kontakt zu Christine, Joseph?«

Der alte Mann verleibte sich eine weitere Ladung Hackfleisch ein.

»Weißt du, wo sie sich aufhält?«

Er kaute auf dem Essen herum. »Da müsste mehr Salz dran!«

Mara wusste, dass ihre Fragen zu ihm durchgedrungen waren und ihn aufgewühlt hatten. Seine rechte Hand sank nach unten und beschrieb dabei einen zittrigen Bogen. Als sie auf dem Tisch zum Liegen kam, steigerte sich das Zittern derart, dass die Gabel laut klirrend gegen den Tellerrand stieß. Mara beschloss, nichts zu überstürzen. »Es geht darum, den Hintergrund und die Psychologie eines Falles zu verstehen, hatte Loulou gesagt. Sich umzuhören. Damit hätte sie beginnen sollen.

In einer Ortschaft wie Écoute-la-Pluie wusste jeder über jeden Bescheid. Die Menschen waren über das Befinden ihrer Nachbarn ebenso gut informiert wie über das Wetter. Sie wussten, wenn jemand ein Alkoholproblem hatte; wenn ein Mann seine Frau schlug; wenn eine Frau ihrem Mann das Leben zur Hölle machte; wenn eine Kuh krank war. Jede größere Ausgabe – Reparaturarbeiten am Dach, ein neues Auto oder ein neuer Traktor – wurde umgehend registriert.

Die Leute diskutierten ausführlich, ob die Sache das Geld wert war und kamen im Allgemeinen zu dem Schluss, das sei ja bloß Wucher. Die Geschichte eines Ortes hatte sich tief in das kollektive Gedächtnis seiner Bewohner eingebrannt.

Deshalb beschloss Mara, als Nächstes bei ihren Nachbarinnen anzusetzen. Zuerst überlegte sie, sie alle zu Kaffee und Kuchen einzuladen. Da sie selbst nicht backen konnte, würde sie einfach etwas in der edlen *pâtisserie* in Belvès besorgen. Auf diese Weise konnte sie die Frauen ein wenig aushorchen und sie hoffentlich für ihren Plan gewinnen. Außerdem konnte sie so auskundschaften – vorsichtig natürlich –, ob irgendjemand einen alten Groll gegen Joseph hegte. Doch dann kam ihr in den Sinn, dass die Frauen möglicherweise offener reden würden, wenn sie sie einzeln befragte. Mara war zufrieden mit sich und ihrem Entschluss. Julian sollte sich nur nicht einbilden, der einzige Detektiv weit und breit zu sein.

Als Erstes nahm sie Francine Boyer in Angriff. Louis Boyer war einer von Amélies Sargträgern gewesen. Das bedeutete doch etwas.

Als sie in dem düsteren, unbeheizten Wohnzimmer der Boyers saß, ging ihr auf, dass sie sich erst einmal bei der Beerdigung in ihrem Haus aufgehalten hatte. An jenem Tag war dort alles voller Leute gewesen. Erst jetzt sah Mara, wie der Raum wirklich war: lang, streng, mit dunklen, wuchtigen Möbeln. Er passte zu Francine, einer großen, kühlen Frau mit buschigem eisengrauem Haar. Sie war einmal Lehrerin gewesen und hatte immer noch etwas Schulmeisterliches an sich.

»Böses Blut zwischen den Gaillards und einem der Nachbarn? So etwas werden Sie hier nicht finden«, antwortete sie steif. Mara bereute schon, dass sie überhaupt gefragt hatte. »Josephs Monster, wie Sie es nennen, ist in seinem Kopf. Dienstagabend habe ich ihm das Essen gebracht und bin am nächsten Morgen wiedergekommen, um aufzuräumen und mein Geschirr einzusammeln. Ich bin mir ziemlich sicher« – sie richtete sich kerzengerade auf – »dass ich dabei kein Blatt ins Haus getragen habe. Und was Christine angeht, ja, ich kenne sie. In der Schule hatte sie Probleme mit der Disziplin, aber sie hatte es ja damals auch nicht leicht. Ich weiß zwar nicht, warum Sie mich nach ihr fragen, aber Sie werden sicher noch merken, dass die Leute hier nicht gerne die alten Geschichten ausgraben. Sie als Zugereiste sehen die Dinge vielleicht anders. Ich an Ihrer Stelle würde Christine aber da lassen, wo sie hingehört: in der Vergangenheit.«

Mara ging mit dem Gefühl weg, in die Schranken gewiesen worden zu sein, und schwor sich felsenfest, die ganze Angelegenheit fallenzulassen.

Huguette Roche, die so rosig und rund wie ein Ballon war, war da schon mitteilsamer. Sie servierte Mara Kaffee in der guten Stube und strickte, während sie sich unterhielten. Ein Holzofen sorgte für behagliche Wärme. Es war schon merkwürdig, wie sehr die Umgebung von Leuten doch die Leute selbst widerspiegelte, dachte Mara, als sie ihren Mantel und dann auch noch ihre Strickjacke auszog. Francines Haus war kalt und abweisend. Huguettes Haus hingegen war stickig und randvoll mit Polsterstühlen, gehäkelten Zierdeckchen und Lampen mit Perlenschirm. Ein Wellensittich hüpfte in einem Käfig am Fenster umher. Jedes Mal, wenn sie sprach, flatterte Huguette mit den Armen wie ihr Vogel mit seinen Flügeln.

»Aber die Gaillards sind immer gut mit ihren Nachbarn ausgekommen. Bis auf« – sie hielt inne und dachte nach – »Olivier Rafaillac vielleicht. Er und Joseph haben sich über die dümmsten Dinge in die Wolle gekriegt. Erst war es Oliviers Hund, dann gab es irgendein Problem mit einem verkauften Traktor. Ich habe freilich immer gedacht«, fügte sie kokett hinzu, »dass Olivier ziemlich vernarrt in Amélie war und sich Hoffnungen auf eine Hochzeit mit ihr gemacht hat, nachdem ihr erster Mann umgekommen war. Schließlich hätte sie ziemlich viel Land mit in die Ehe gebracht. Aber dann hat sie Joseph geheiratet, und der brachte nicht die Bohne mit. Es wäre auf alle Fälle denkbar, dass Olivier einen Groll gegen Joseph hegt, aber – *grand Dieu!* – er gehört nicht zu der Sorte Mensch, die anderen einen üblen Streich spielt. Der Meinung sind Sie doch sicher auch, oder?«

Als Reaktion auf Maras Fragen zu Christine hob sich der üppige Busen.

»Das arme Ding!« Aus Huguettes Mund klang das so, als ob Christine, die mittlerweile die Fünfzig überschritten haben musste, nie erwachsen geworden war. Vielleicht war sie das für Huguette ja auch nicht.

Mara stellte die Kaffeetasse ab. »Warum arm?«

»Sie war so unglücklich, wissen Sie.« Huguette hörte auf zu stricken und beugte sich vor. Dabei rutschte ihr Rock hoch und gab kräftige Schenkel preis, die über knielangen Wollsocken sichtbar wurden. »Sie ist mit einem jungen Mann durchgebrannt. Die Beziehung fand ein böses Ende, wie das bei so etwas ja immer der Fall ist. Das hat sie aus der Bahn geworfen. Ich hatte immer den Verdacht, dass da auch ein Baby im Spiel war, obwohl Amélie und Joseph in dieser Angelegenheit immer sehr zugeknöpft waren. Sie haben sie nach Hause zurückgeholt, aber sie hat es ihnen nicht leicht gemacht. Sie ist immer wieder abgehauen, verstehen Sie? Sie konnten sie einfach nicht bändigen. Eines Tages war sie dann endgültig weg.«

»Aber warum war sie denn so unglücklich?«, hakte Mara nach. »Amélie und Joseph waren doch sicher gute und liebevolle Eltern, oder?«

»Ach«, sagte Huguette leise. »Ich dachte, Sie wüssten es. Sie – sie war furchtbar entstellt. Sie hatte eine Hasenscharte.«

Mara lehnte sich überrascht zurück. »Hätte man das denn nicht operieren können?«

»Ja klar. Das hat man ja auch. Aber sie haben geschlampt, und anschließend hatte Christine Komplexe. Meines Erachtens war das die Wurzel all ihrer Probleme.«

»Hören Sie, Huguette«, sagte Mara und wagte den Sprung. »Vielleicht geht es mich ja nichts an, aber ich finde, Joseph braucht Hilfe. Was auch immer in der Vergangenheit passiert ist, ich denke, es ist an der Zeit, Christine und ihren Vater wieder zusammenzubringen. Wissen Sie zufällig, wie ich Kontakt zu ihr aufnehmen kann?«

Huguette erbleichte. »Oje!« Sie rutschte unruhig hin und her. »Kontakt zu ihr aufnehmen? Nein, keine Ahnung. Außerdem denke ich, dass – dass das keine so gute Idee wäre. Überhaupt keine gute Idee!« Sie stand auf und presste dabei ihr Strickzeug wie einen wollenen Schutzschild an sich. »Und mehr möchte ich, wenn's recht ist, zu dieser Angelegenheit auch nicht sagen.«

Jetzt blieb nur noch Suzanne Portier. Mara saß in ihrer geräumigen Küche. Die große Frau, die die Ärmel ihres Pullovers bis zu den Ellbogen hochgeschoben hatte, bereitete auf einem Tisch in der Mitte das Raumes Brot zu. Suzanne schwor auf Brot, und zwar auf jenes, das noch Substanz hatte und sich eine ganze Woche hielt, und nicht diese degenerierten Baguettes, die altbacken schmeckten, sobald man sie zu Hause hatte. Suzanne hatte schon des Öfteren verlauten lassen, dass der Mist, den die heutigen *boulangeries* herstellten, den Niedergang Frankreichs, des französischen Volkes, der französischen Kultur eingeläutet habe. Fasziniert sah Mara zu, wie Suzanne den Teig auf ein mit Mehl bestreutes Brett legte, wo er wie ein fetter Kloß thronte und Blasen warf. Suzanne fing an, ihn zu kneten. Sie legte ihre ganze Kraft hinein und presste ihn mit den Handballen nach unten. Sie drehte und faltete die schwere Masse. Suzannes nackte Unterarme waren so kräftig wie die eines Mannes.

»Hier denkt niemand im Entferntesten daran, Joseph Angst einzujagen, falls Sie deswegen gekommen sein sollten«, sagte sie spitz und gab Mara so zu verstehen, dass die Kunde ihrer Besuche bei Francine und Huguette ihr schon vorausgeeilt war. »Und was Ihre Idee angeht, Joseph wieder mit Christine zusammenzubringen, haben Sie ihn überhaupt schon mal gefragt, was er eigentlich davon hält?«

»Ähm – ja.« Mara holte tief Luft. »Einen Versuch ist es doch allemal wert, denke ich. Sie wissen nicht zufällig, wo ich sie finden kann?«

»Und was ist, wenn sie gar nicht gefunden werden möchte?« Suzannes Hände waren weiter emsig bei der Sache. Es hatte den Anschein, als wären sie enger mit dieser glänzenden, geschmeidigen Masse verbunden, die sie durchkneteten, als mit Suzanne selbst.

»Vielleicht würde sie es ja wollen, wenn sie wüsste, wie

sehr ihr Vater sie braucht. Seine Wahnvorstellungen werden zu einem echten Problem. Und außerdem, wie viele Jahre ist das jetzt schon her? Menschen verändern sich, wissen Sie.«

»Und warum hat sie sich dann nicht gemeldet? Sie hätte doch zur Beerdigung ihrer Mutter kommen können!«

Das hatte Joseph auch gesagt.

»Vielleicht wusste sie nichts davon?«

»Oh doch, sie wusste es ganz genau!«

Mara hielt die Luft an. Das war der erste richtige Durchbruch in Sachen Christine. Mara wartete darauf, dass die Frau weitersprach. Suzanne nahm den Teig, legte ihn in eine große Schüssel und ließ ihn unter einem Geschirrtuch gehen. Sie begab sich zum Spülbecken, um sich die Hände zu waschen. Sie wandte ihrem Gast immer noch den Rücken zu, als sie in resigniertem Ton sagte: »Hören Sie, bevor Sie hier Staub aufwirbeln, sollten Sie wissen, dass es für alle Beteiligten wahrscheinlich das Beste wäre, wenn Christine nicht wiederkäme!«

»Aber warum denn?«

Suzanne drehte sich um und streckte ihre nassen Hände von sich. »Christine war immer ziemlich eigen, und sie konnte äußerst jähzornig sein. Darüber redet hier niemand gerne. Als Kind hat sie mal einem Mitschüler mit einer Schere in den Rücken gestochen. Es gab ein großes Theater deswegen, auch wenn das andere Kind keine ernste Verletzung davongetragen hat. Und dann« – Suzanne trocknete sich die Hände an ihrer Schürze ab – »hat sie versucht, ihre Mutter zu töten.«

Mara schreckte auf. »Sie wollte Amélie töten?«

Suzannes Augen glitzerten. Endlich habe ich dich dorthin

gebracht, schienen sie zu sagen. »Sie hat sie die Treppe zum Dachboden hinuntergestoßen!«

Mara verschlug es die Sprache. Sie dachte an die dunkle, schmale Treppe, die zur Dachkammer der Gaillards hinaufführte. Sie erinnerte sich an die vielsagenden Blicke bei Amélies Beerdigung, Josephs unbeantwortete Frage (Warum war sie dort oben?) und verstand nun die Mauer des Schweigens, die lediglich Suzanne zu durchbrechen wagte. Amélies Tod war auf einen weiteren Treppensturz zurückzuführen. Hatte die Tochter der Gaillards es etwa wieder versucht und war dieses Mal erfolgreich gewesen?

Suzanne stand da, die Hände in die Hüften gestemmt, und betrachtete Mara ungerührt. »So, jetzt wissen Sie es! Wenn Sie meine Meinung hören wollen, dann lassen Sie besser die Finger davon! Aber falls Sie immer noch fest entschlossen sein sollten, zu Christine Kontakt aufzunehmen – das Letzte, was ich gehört habe, war, dass sie irgendwo außerhalb von Les Faux wohnen soll. Dort kann Ihnen sicher jemand sagen, wo sie zu finden ist.«

18

Adelheid Besser wartete fast zwei Wochen, ob Julian auf ihr Angebot eingehen würde. Als jedoch nichts passierte, setzte sie sich mit Géraud Laval in Verbindung, dem anderen bekannten Orchideenexperten in der Gegend. Er war Apotheker im Ruhestand und ein gnomenhafter, launischer Mann, dem Haarbüschel aus den Ohren wuchsen. Julian war dieser botanische Widersacher ein Dorn im Auge. Von dem Tag an, an dem Julian ihm das fleckige Foto einer Frauenschuhorchidee gezeigt hatte, die einst in der Dordogne gewachsen sein musste, hatte Géraud ebenfalls nach Cypripedium incognitum gesucht.

Diese Orchidee sorgte für Streit und Rivalität zwischen den beiden Männern. Vor anderen leugnete Géraud ihre Existenz. Aber insgeheim war er ebenso besessen davon, sie zu finden, wie Julian. Schon seit er denken konnte, machte Géraud Jagd auf Orchideen in der Dordogne, im Gegensatz zu Julian, der es erst auf armselige siebenundzwanzig Jahre in der Gegend brachte, und war vollkommen davon überzeugt, dass die Ehre der Entdeckung einer zweiten in Westeuropa beheimateten Cypripedium-Art eindeutig ihm zustand.

Jetzt hatte es Géraud die Sprache verschlagen, was sonst so gut wie nie vorkam. Er war stolzer Besitzer zahlreicher tropischer Orchideen, die er liebevoll in einem verglasten Anbau hinter seinem Haus hielt. Das Gewächshaus, in dem er jetzt stand, war fünfmal größer als sein eigenes. Der Raum war in verschiedene Bereiche mit spezifischen Licht-, Luftfeuchtigkeits- und Temperaturverhältnissen aufgeteilt. Deckenventilatoren drehten sich bedächtig über ihren Köpfen. In einem separaten Laboratorium wanderte eine Frau im Kittel zwischen Regalen hin und her, auf denen Glaskolben mit Keimlingen standen.

»Meine Lieblinge bekommt nicht jeder zu sehen!« Adelheid sprach ihn auf Französisch an; Géraud sagte immer noch nichts.

Ihre Lieblinge wuchsen in Töpfen auf Rolltischen aus Metall oder rankten üppig aus Körben herab. Um an diese Orchideen zu kommen, wäre Géraud sogar bereit gewesen zu töten oder zumindest zu stehlen. Géraud beschaffte sich seine Orchideen auf allen möglichen Wegen. Aber Adelheids große Brüste waren wie Torpedos auf ihn gerichtet, und er kam zu dem Schluss, dass Diebstahl vermutlich doch keine so gute Idee war. Die Orchideen gehörten alle zur Gattung Frauenschuh. Sie habe sie aus allen Teilen der Erde bezogen, erzählte Adelheid ihm, und nehme oft selbst an Expeditionen für Sammler teil. Sie besitze Cypripedien aus China, Paphiopedilien aus Borneo, Selenipedien aus Brasilien. Widerwillig erkannte Géraud die Ehre an, die sie ihm zuteil werden ließ. Die Frau hatte den Ruf, einen ungeheuren Orchideen-Snobismus an den Tag zu legen. Außerdem war sie bekannt dafür, von potenziellen Käufern exorbitante Preise zu verlangen. Man bekam ihre Lieblinge nur dann zu Gesicht, wenn man sich unter Botanikern einen Namen gemacht hatte. Oder über einen prallen Geldbeutel verfügte.

Géraud starrte auf eine Pflanze mit drei außergewöhnlichen Blüten, die auf einem schmalen Stängel saßen. Ihre Lippe war rötlich braun mit gelben Partien, die obere Sepale gelb mit purpurnen Streifen. Die seitlichen Petalen hingen wirkungsvoll herab, wie gedrehte Bänder, und waren so lang wie seine Arme.

»Diesem Paphiopedilum sanderianum scheint es ja prächtig zu gehen!« Er versuchte, beiläufig zu klingen, aber die Worte blieben ihm fast im Halse stecken. Diese Orchidee war sehr selten. Vor einigen Monaten hatte er verzweifelt um das Überleben einer Jungpflanze dieser Art in seiner Sammlung gekämpft, die von der Schwarzfleckenkrankheit befallen war. Doch er hatte sie nicht retten können.

»Ach«, sagte Adelheid verständnisvoll. »Haben Sie sie auch schon zu züchten versucht?«

»Sie sind anfällig für Pilzinfektionen«, murmelte Géraud.

»Unsinn. Zu viel Wasser. Das, *mon cher Monsieur,* ist die häufigste Ursache, wenn Orchideen eingehen.«

Er starrte sie wütend an. Wie konnte dieses Frauenzimmer es wagen, ihm zu unterstellen, er habe zu viel gegossen!

Um das Thema zu wechseln, zeigte er auf drei Jungpflanzen, die abseits standen. Von ihnen war bisher nur ein Haufen schmaler Blätter zu sehen. »Und was ist das hier?«

Ein ausweichender Ausdruck trat auf ihr Gesicht.

»Raten Sie mal.«

Er runzelte die Stirn und versuchte, intelligent zu wirken. Während er krampfhaft überlegte, grinste sie ihn an und schien ein lebhaftes Interesse an seinen behaarten Ohren zu entwickeln.

»Vergessen Sie's!«, sagte sie lachend und knuffte ihn in die Seite. »Das ist nichts Geringeres als das berühmte Phragmapedium kovachii!«

»Phrag –!« Seine Augen traten fast aus den Höhlen. Bei dieser wunderschönen peruanischen Orchidee, deren Blüte so groß wie die Hand eines Menschen war, handelte es sich um den aufsehenerregendsten Fund des einundzwanzigsten Jahrhunderts. Ihre Entdeckung sowie der anschließende Import in die USA hatten für heftige Diskussionen gesorgt. »Ich habe gehört«, sagte Géraud gehässig, »wegen rücksichtsloser Sammler soll sie kurz vor dem Aussterben stehen. Wie sind Sie daran gekommen?«

»Ach, ich habe sie auf legalem Weg erstanden!« Sie machte eine herablassende Handbewegung. »Als Keimling im Glaskolben selbstverständlich!«

Géraud schnaubte verächtlich. Daran hatte er erhebliche Zweifel.

»So«, sagte sie und lotste ihn aus dem Gewächshaus. »Ich denke, Sie haben genug gesehen, oder?«

Sie führte ihn ins Haus, wo sie ihn in einen Polstersessel im Wohnzimmer bugsierte. »Setzen Sie sich! Lassen Sie uns über das Geschäft reden!«

»Welches Geschäft?«

»Ähm, ja, ich bräuchte Ihre Hilfe.«

»Tatsächlich?« Absurderweise fühlte er sich geschmeichelt.

Doch was sie dann sagte, ließ Géraud fast in die Luft gehen: »Ich habe mich zunächst an jemand anders gewandt, müssen Sie wissen. Der ist aber nicht darauf eingegangen. Julian Wood. Kennen Sie ihn?«

»Dieser Dilettant!«

»Da bin ich anderer Meinung. Ich habe in sein Buch geschaut. Es ist sehr weit gefasst. Darin erwähnt er auch eine bestimmte Orchidee.«

»Sie sprechen von Cypripedium incognitum, nehme ich an«, sagte Géraud spöttisch.

»Ähm – ja.«

»Das ist ganz großer Betrug. Eine Schande ist das! Dieser Wood spinnt. Er hat keinerlei Beweise – welcher Art auch immer –, dass es diese Orchidee wirklich gibt. Bloß ein absolutes Mistfoto! Ich habe es gesehen. Trotzdem besitzt er die Frechheit, sie in seinem Buch anzuführen. Allein das sollte Ihnen zeigen, was für eine Art Experte er ist. Aber egal, was wollten Sie denn von ihm? Beziehungsweise von mir, wenn wir schon dabei sind?«

»Das ist das Geschäft, das ich mit Ihnen besprechen wollte. Es geht um dieses Cypripedium incognitum. Ich will es haben!«

»Na, dann viel Glück!«

»Ich möchte Sie mit der Suche betrauen.«

»Mich?«

»*Mais oui.*«

»Sie müssen verrückt sein. Ich habe es Ihnen doch schon gesagt: diese Blume existiert nicht.«

»Julian Wood glaubt aber fest daran. Und ich ebenfalls.«

»Dann suchen Sie doch selbst danach. Schließlich sind Sie ja eine erfahrene Orchideenjägerin.«

»Mir fehlt die Zeit dazu. Meiner Lieblinge wegen habe ich einen vollen Terminkalender. Ich nehme an Safaris für Sammler in der ganzen Welt teil. Ich forsche. Ich besuche Konferenzen, auf denen meine Anwesenheit gefragt ist. Ich werde Sie auch gut bezahlen!«

»Wie viel?«

»Zuerst müssen wir über die Modalitäten sprechen.«

»Welche Modalitäten?«

»Es geht um die Zuordnung. Ich werde natürlich den Entdeckerruhm mit Ihnen teilen. Sie werden im Pantheon der Orchideen den Platz neben mir einnehmen. Ich möchte aber, dass die Blume nach mir benannt wird.«

Er sank im Sessel zurück. Den Ruhm teilen? Die Orchidee nach ihr benennen? Er hätte fast laut gelacht. Falls er sie fand – wenn er sie überhaupt fand – stünde die Anerkennung allein ihm zu, einschließlich Namensgebung und so. Diese Sorte Mensch kannte er nur zu gut. Adelheid Besser war so besitzergreifend, brennend eifersüchtig und rücksichtslos wie all die anderen Konkurrenten auch, denen er begegnet war. Doch sie hatte seinen Ehrgeiz und seine Geldgier angestachelt. Und der Gedanke, Julian mit seinen eigenen Waffen zu schlagen, war auch zu verlockend.

»Sie müssen sich aber beeilen. Wir haben schon April. Cypripedium incognitum soll im Mai blühen. Monsieur Wood sucht schon mehrere Jahre nach der Orchidee. Jetzt, wo er weiß, dass ich ebenfalls hinter ihr her bin, wird er seine Anstrengungen verdoppeln. Unterschätzen Sie ihn nicht! Ich denke, Julian Wood wird es Ihnen alles andere als leicht machen!«

»Dieser Trottel könnte noch nicht einmal ein Gänseblümchen auf einem freien Feld ausmachen«, sagte Géraud entschiedener, als ihm eigentlich zumute war. Er beugte sich vor. »Madame Besser –«

»Sie dürfen ruhig Heidi zu mir sagen!« Aus ihrem Mund klang das anzüglich.

Géraud nahm sie genauer in Augenschein. Sie hatte ein rundes Gesicht mit kleinen klugen blauen Augen. Ihr scharlachroter Mund sah äußerst gierig aus. Sie hatte leuchtend hennarote Haare, die zu ihrem Mund passten. Wie kam es, dachte er verdrossen, dass sich so viele Frauen ab einem gewissen Alter für den roten Look entschieden?

»Also gut, Heidi! Teilen wir uns den Ruhm. Aber bevor wir alles Weitere besprechen, sagen Sie mir noch, wie viel.«

»Tausend Euro, Spesen inbegriffen.«

»Machen Sie Witze? So viel muss man ja oft schon für ein seltenes Exemplar anlegen. Bei einer Neuentdeckung, das wissen Sie ganz genau, gibt allein der Markt den Preis vor. Siebentausend. Und einen Phragmapedium-kovachii-Sämling«, fügte er hinzu. Es war an der Zeit, dass Heidi begriff, mit wem sie es zu tun hatte.

»Wie werden Sie vorgehen?«, fragte Adelheid ein wenig später.

Sie saßen am Tisch und hatten sich (nach einigem Hin und Her) auf einen Preis geeinigt. Sie hatte ihn auf fünftausend plus ein Paphiopedilum sanderianum in gutem Zustand heruntergehandelt (Phragmapedium kovachii stand nicht zur Debatte). Nun stießen sie auf ihre neue Partnerschaft an. Géraud beäugte die strohfarbene Flüssigkeit in seinem Glas, ließ sie kreisen, roch daran und nahm einen Schluck. An dem von ihr ausgesuchten Wein gab es nichts auszusetzen. Géraud registrierte, dass die Flasche bereits gekühlt war. War sie sich ihrer Sache so sicher gewesen?

Er schüttelte den Kopf. »Das bleibt mein Geheimnis. Ich habe meine Methoden.« Er konnte sehen, dass sie skeptisch war. »Aber eins kann ich sagen: Ich halte mich ständig auf dem Laufenden, wie weit Julian Wood mit seiner Suche ist.«

»Ach, ja?«

Er nippte wieder am Wein. »Meine Frau ist nämlich mit ihm befreundet.« Er sprach von Iris Potter, Julians Zeichnerin. Géraud war zwar nicht mit ihr verheiratet, aber die beiden verband eine langjährige Beziehung. Es hatte auch schon einige Trennungen gegeben. Iris verließ ihren reizbaren Lebensgefährten immer dann, wenn seine Launen gar zu unerträglich wurden, und kehrte zu ihm zurück, sobald er wieder besserer Stimmung war. Julian hatte einmal in Gérauds Beisein zu Iris gesagt, er könne nicht verstehen, wie eine so sympathische Frau wie sie es mit einem solchen Trampel wie ihm aushalten könne. Das war eine weitere Rechnung, die der gedrungene Orchideenexperte noch zu begleichen hatte. »Sie ist eine großartige Künstlerin«, fuhr Géraud fort. »Sie war es auch, die die Zeichnung in Julians Buch angefertigt hat.«

»Ihre Frau hat die Skizze gemacht? Hat sie auch die Stickerei gesehen, auf der sie angeblich basieren soll?« Adelheid schob einen Teller mit Käsegebäck in seine Richtung.

»Nein. Das ist ja das Skandalöse daran. Er hat ihr einfach gesagt, was sie zeichnen soll. Ich bin überzeugt, diese Stickerei ist frei erfunden. Selbst meine Frau hatte das Gefühl, dass er sie übers Ohr hauen wollte.«

»Hm. Wie kann sie Ihnen dann helfen?«

»*Eh bien*« – Gérauds Wurstfinger griffen nach den Käsestangen – »Julian erzählt ihr Dinge, und sie erzählt sie dann mir.«

Die leuchtend roten Lippen verzogen sich zu einem Raubtiergrinsen. »Ach, so ist das also! Sie bitten sie, ihn zu fragen, wie er seine Suche nach Cypripedium incognitum angeht. Und wo er suchen will. *Et voilà,* Sie sind dann als Erster da. Aber was ist, wenn er Ihnen zuvorkommt?«

Géraud runzelte verärgert die Stirn. »Eines muss klar sein, Heidi! Wenn ich nach Orchideen suche, mache ich das auf meine Art. Ich beantworte keine Fragen und gebe keine Informationen preis. Sie müssen mir unbedingt versprechen, dass Sie sich da raushalten werden. Ist das klar?«

Er rechnete damit, dass sie protestieren würde. Aber die Frau nahm es überraschend gut auf. Sie legte den Kopf schief und bedachte ihn mit einem koketten Lächeln.

»Hm, ja.«

Géraud war sich absolut sicher, dass er ihr nicht trauen konnte.

19

Es war kurz nach halb zehn abends am 1. April, dem Tag des Aprilscherzes, der in Frankreich *poisson d'avril,* Aprilfisch, heißt. Kazim nahm gerade einem Junkie, dem die Nase triefte, fünfzig Euro ab, als er den Mercedes bemerkte, der im Dunkel der Place de la Clautre stand. Ein schwarzgekleideter Mann stieg aus und kam rasch auf sie zu. Jedes Mal, wenn er eine der Laternen auf dem menschenleeren Platz passierte, warf er lange Schatten. Kazim erkannte den Mann, den alle Serge nannten, auf Anhieb. Ein Gesicht wie dieses verwechselte man nicht so leicht: die straff nach hinten gezogene Haut, die das Licht reflektierte wie eine Messerklinge.

»*Merde!*«, stieß Kazim aus. Er drehte sich ruckartig um. Der Junkie, der gesagt hatte, er heiße Freddy, war weg. Für einen Idioten, der hinkte, war er erstaunlich schnell in der Dunkelheit verschwunden, die die Kathedrale umgab.

Kazim hatte es sogar noch eiliger. Er schwang sich auf seine Honda und brauste in entgegengesetzter Richtung davon, die Rue Taillefer hinunter. Kurz darauf merkte er, dass der Mercedes sich an seine Fersen geheftet hatte. Er lachte auf. Mit ihrer PS-Zahl, noch dazu in der Stadt, konnte seine Honda allem, das vier Räder hatte, entkommen. Er durchquerte die Stadt ganz bewusst in westlicher Richtung und lieferte sich mit dem Auto eine wilde Verfolgungsjagd. Sie drehten drei Runden auf dem großen Kreisverkehr des Boulevard des Arènes. Das Heulen von Kazims 1300-Kubikzentimeter-Motor durchbrach die abendliche Ruhe. Es amüsierte Kazim, dass die *flics,* die sonst freitagnachts verstärkt Streife fuhren und ihn jetzt eigentlich wegen überhöhter Geschwindigkeit, extremer Lärmbelästigung und Fahrens ohne Helm hätten drankriegen müssen (Letzterer hing immer noch hinten am Motorrad und hüpfte wild hin und her), nirgends zu sehen waren. Schon einmal hatte er sich der Polizisten als Retter in der Not bedient, als er die Prügelei mit diesem pickeligen Dreckskerl und seinen Kumpeln auf dem Markt vom Zaun gebrochen hatte. *Allah askina!* Heute Nacht konnte er mit seinem Motorrad sogar die Scheibe eines Geschäftes durchbrechen, und niemand würde mit der Wimper zucken. Aber er war nicht weiter beunruhigt. Bei der vierten Runde im Kreisverkehr drosselte er das Tempo. Der Mercedes näherte sich ihm wie ein Zug. Kazim beschleunigte abrupt und bog scharf nach rechts in eine schmale Gasse ab, das Motorrad in 45-Grad-Schräglage. Der Mercedes versuchte, es ihm gleichzutun, geriet aber ins Schleudern und drehte sich mit quietschenden Reifen um hundertachtzig Grad.

»Leck mich, du Bastard!«, schrie der junge Türke über das Dröhnen des Motors hinweg. Triumphierend warf er den Kopf zurück und spürte, wie ihm der scharfe Wind durch das Haar fuhr. Er hielt jetzt Kurs nach Norden. Dann machte er erneut einen scharfen Schlenker nach rechts in eine enge Gasse, die hinunter zu einer großen Kreuzung führte. Er bog wieder in die Richtung ab, aus der er gekommen war, und brauste die breite Rue Président Wilson hinab.

Der Mercedes wartete in einer Seitenstraße auf ihn. Kazim bekam es zum ersten Mal mit der Angst zu tun, als das Auto wie ein Barrakuda hinter ihn glitt und sich problemlos in den spärlichen Nachtverkehr einfädelte. Er beschleunigte und scherte aus, erst nach rechts, dann nach links. Als er am Fuße der Rue Romaine angekommen war, war ihm der Mercedes immer noch dicht auf den Fersen. Er folgte Kazim, als dieser in einen anderen Kreisverkehr einbog und auch, als er diesen wieder verließ und an der hohen Ruine des Vesunna-Tempels vorbeischoss. Kazim überlegte kurz, in den dunklen Park abzudrehen, der den Tempel umgab, doch dann fiel ihm ein, dass dort vor nicht allzu langer Zeit eine Leiche gefunden worden war. Deshalb fuhr er geradeaus weiter.

Während er die leere Straße entlangraste, wurde ihm klar, dass er den Mercedes unterschätzt hatte. Dieser holte immer weiter auf, und Kazim ahnte, dass es hier passieren würde. Erneut wallte Angst in ihm auf, und er schmeckte einen bitteren Geschmack auf der Zunge. Aber der Mercedes blieb nur an ihm dran. Er machte keinerlei Anstalten zu überholen, Kazim von der Straße abzudrängen oder ihn vom Motorrad zu schleudern, um sein Werk zu vollbringen, indem er Kazim überfuhr. Kazim merkte, dass er unter der Lederjacke schweißgebadet war. Dieser Dreckskerl spielte Katz und Maus mit ihm.

Als Kazim quietschend in eine enge Gasse abbog, war es dieses Mal die Honda, die gefährlich ins Schleudern geriet. Und so unsicher ging es weiter durch das Netz aus winzigen Sträßchen. Immerhin war der Mercedes jetzt nicht mehr zu sehen, aber das heisere Dröhnen des *moto,* das von den düsteren Häuserfassaden widerhallte, kündete wie ein Lichtsignal von seiner Anwesenheit. Kazim drosselte den Motor, bis dieser nur noch leise summte, und erreichte wieder das Zentrum. Erst als er sich auf der Place St. Louis allein wiederfand, wusste er mit Bestimmtheit, dass er Serge abgeschüttelt hatte. Behutsam lenkte er die Honda in eine Gasse mit Kopfsteinpflaster, die durch die Altstadt führte. Von hier aus war es nur noch ein Katzensprung in eine sichere Umgebung.

»Mensch, Kumpel, wo bist du gewesen? Sie suchen dich überall!«, sagte Peter mit ehrfürchtiger Stimme, als Kazim in die Dachkammer platzte. *»Ils wu schersch par-tu«*, übersetzte er in seinem miserablen Französisch. »Stimmt's, Nad?«

Nadia, die an einem Plastiktisch saß und einen Imbiss aus der Bude zu sich nahm, hätte sich fast verschluckt. Sie sprang auf und stieß dabei ein Pappschälchen um. Fettige Pommes frites verstreuten sich auf dem Boden. Nadia rannte zur Tür und schlug sie zu.

»Ist dir jemand gefolgt?«

Kazim nahm Haltung an und machte gleichzeitig den Reißverschluss seiner Lederjacke auf. »Der hatte keine Chance! Ich hab' ihn abgehängt!«

Nadia ging mit geballten Fäusten auf ihn los. »Also, hier kannst du auf keinen Fall bleiben!«

»He, was is' denn mit dir los?«

»Hier nicht, habe ich gesagt!«

»Schau, bloß die eine Nacht«, bettelte Kazim. Ohne sein angeberisches Gehabe wirkte er nur noch jung, verängstigt und verstört.

Nadia schüttelte entschieden den Kopf. Ihre schwarzorangenen Haare standen stachelig ab. Die grünen Augen blickten wild um sich, und ihr Gesicht mit den schwarzumrandeten dunkelroten Lippen war angstverzerrt. Peter stand hinter ihr und rieb sich die Nase. Trotz der Sprachbarriere verfolgte er das Gespräch aufmerksam. Brigitte lag ausgestreckt auf dem Sofa, bis unters Kinn in Decken eingehüllt. Sie schien als Einzige Gefallen an der Szene zu finden.

»Nimm deine Sachen und hau ab!«, beharrte Nadia. »Und zwar jetzt gleich!«

»Und wohin bitte schön?« Kazims Stimme klang schrill.

»Nach Hause kommt nich' infrage! Ich hab' dir ja schon gesagt, dass ich meine Eltern nich' in die Sache reinziehen will.«

»Und was ist mit uns? Wenn sie dich hier finden, dann ziehst du uns da mit rein. Wir würden alle ganz schön in der Scheiße stecken!«

»Ja«, sagte Peter, der sich gar nicht erst auf Französisch abmühte. »Sei 'n guter Junge und zisch ab!«

»Es waren drei«, meldete Brigitte sich zum ersten Mal zu Wort. Sie spielte an ihrem goldenen Nasenring herum. »Haben alle nach Klein-Kazim gesucht!«

»Drei?« Kazim blickte wild um sich, als hätten sich seine Verfolger irgendwo in der Wohnung versteckt.

Brigitte grinste. »Ein Typ mit Hinkebein. Dieser dünne, eigenartige Kerl, den sie Serge nennen. Und so 'n Riese.«

»Serge war hier?«, krächzte Kazim.

»Nee!«, antwortete Peter. »Bloß der große Typ. Er hat das hier für dich dagelassen.« Er kramte Julians Visitenkarte aus einer seiner geräumigen Hosentaschen hervor und schnipste sie Kazim zu. »Teste ihn aus. Vielleicht kann er dir ja helfen.« Kazim, der kein Englisch sprach, starrte Peter verständnislos an, fing aber trotzdem die Karte auf.

»Er kennt deine Eltern«, sagte Brigitte.

»Hör mal«, wandte Kazim sich wieder an Nadia. »Ich hab' zwei Kapseln übrig. Vom hochwertigen Weißen. Wenn du mich heut' Nacht hier pennen lässt, gehör'n sie dir!« Er förderte die mit Heroin gefüllten Kapseln zutage – zwei von den vieren, die er noch übrig hatte.

Nadia lachte höhnisch. Widerwillig fügte Kazim eine weitere Kapsel hinzu. Sie riss sie ihm aus der Hand.

»Na klar gehören sie mir!«, kreischte sie. »Du schuldest

mir noch Miete. Und jetzt verschwinde!« Sie verpasste ihm einen Stoß.

Kazim schubste zurück. »Du schuldest mir was, Miststück!«, brüllte er. »Wer, bitte schön, is' deine Pipeline? Wer besorgt dir den Stoff? Von wo soll ab morgen der Nachschub kommen? Und übermorgen? Und am Tag darauf? Hast du daran schon mal gedacht?« Er ging in Kampfstellung und wirkte verzweifelt und wütend zugleich.

Nadia lachte ihn aus. »Eine Niete bist du, eine absolute Null! Du hast doch überhaupt keine Ahnung! Ohne mich hättest du das Zeug doch verschenkt. Außerdem«, fügte sie missmutig hinzu, »hast du gar keine Pipeline. Jetzt jedenfalls nicht mehr!«

»Spar dir deine Worte!«, riet Brigitte ihm über den Rand ihres Schlafsacks hinweg. »Du bist erledigt!«

Kazim wirkte fassungslos. Dann ging er wutentbrannt auf Nadia los. »Du has' mich verraten! Du Miststück has' mich verraten!«

»Raus hier!«, schrie Nadia und wich zurück. Unter ihrem wilden Make-up war sie bleich vor Angst. »Wir kennen dich nicht. Wir haben noch nie von dir gehört.«

»Nu mach schon, Kumpel! Streng deinen Grips an! Wir wollen hier keinen Ärger.« Peter griff ein, um sich den Türken zu schnappen. Die beiden Männer rangen kurz miteinander, aber Nadia riss die Tür auf und kam zurückgeeilt, um Peter dabei zu helfen, Kazim hinauszubefördern.

»Das werdet ihr mir büßen!«, schrie Kazim, als er in den dunklen Hausflur stolperte. Die Tür fiel ins Schloss. Er hörte, wie ein Riegel vorgeschoben wurde.

Nach der Hektik der letzten Stunden war ihm schwach und schwindelig zumute. Bald hatte er sich aber wieder unter Kontrolle. Er nahm seinen ganzen Mut zusammen und tastete sich an der Wand entlang, bis er die *minuterie* gefunden hatte. Er hielt immer noch die Karte umklammert, die Peter ihm gegeben hatte. Als das Licht anging, warf er einen Blick darauf. Bedächtig griff er in seine Jackentasche, um das Handy herauszuholen.

Das Telefon in Julians Häuschen schellte. Nach fünfmaligem Klingeln schaltete sich der Anrufbeantworter ein mit seiner zweisprachigen Ansage: »*Bonjour. Vous avez rejoint le numéro de Julian Wood* … Hallo, Sie sind verbunden mit dem Anschluss von Julian Wood. Leider kann ich Ihren Anruf zurzeit nicht entgegennehmen, aber ich höre meine Nachrichten regelmäßig ab …«

Kazim sprach kein Englisch, aber er verstand die französische Mitteilung. Er hatte nicht vor, auf irgendeinen dämlichen Anrufbeantworter zu quatschen. Deshalb unterbrach er die Verbindung. Doch dann überlegte er es sich anders. Brigitte hatte gesagt, der Mann kenne seine Eltern. Er wählte wieder Julians Nummer. Dieses Mal hinterließ er eine Nachricht: »Hier is' Kazim. Hör'n Sie, für den Fall, dass mir was zustößt, soll'n Sie wissen, dass ein Typ namens Serge hinter mir her is'. Kein Wort zu den Bullen! Ich will nich', dass meine Eltern in die Sache reingezogen werden!« Er hielt inne und überlegte kurz. »Sagen Sie ihnen … Sagen Sie ihnen einfach, dass es mir gut geht …« Er legte auf, hielt das Handy aber weiter ans Ohr gepresst, als wäre es eine dünne Rettungsleine.

Das Licht ging aus. Kazim betätigte erneut den Schalter und stieg die Treppe hinunter. Im Vorübergehen überprüfte er die angrenzenden Türen. Erwartungsgemäß waren alle abgeschlossen. Sein *moto* stand unten im Treppenhaus. Wie vorherzusehen war, gingen die Lichter genau in dem Moment wieder aus, als er die Maschine zur Tür hinausrollte. Die Straße vor dem Haus lag in tiefem Schatten und wurde einzig von einer entfernten Laterne erhellt. Kazim musste an dem großen Bauschuttcontainer vorbei, der ein ständiges Anhängsel des Hauses zu sein schien. Ein leises Geräusch rechts hinter dem Container ließ ihn zusammenfahren. Er wirbelte herum. Eine Katze schlich davon. Vor Erleichterung war ihm ganz flau zumute.

Dann sprach eine Stimme leise in sein linkes Ohr:

»*Poisson d'avril,* Kazim! Wohin des Weges?«

Für Kazim hörte sich der Aprilscherz so scharf wie die Klingen eines Klappmessers an.

20

»Regelmäßig« hieß bei Julian, dass er ab und zu in seinem Haus vorbeischaute, um die Post einzusammeln und nach dem Rechten zu sehen. Bei der Gelegenheit hörte er auch seinen Anrufbeantworter ab. Irgendwann würde er kapitulieren und sich ein Handy zulegen müssen. Er hasste diese Dinger und betrachtete sie als unnötige Störenfriede in seinem ohnehin schon unruhigen Leben. Fürs Erste wussten alle seine Kunden Bescheid, dass sie ihn bei Mara erreichen konnten. Aber potenziellen neuen Auftraggebern war dies nicht bekannt. Vielleicht war das auch der Grund, warum er keine neuen Aufträge in Aussicht hatte.

Deshalb erhielt er Kazims Nachricht auch erst am Montagmorgen: »… für den Fall, dass mir was zustößt, soll'n Sie wissen, dass ein Typ namens Serge hinter mir her is'. Kein Wort zu den Bullen! Ich will nich', dass meine Eltern in die Sache reingezogen werden …« Julian konnte die Angst in der Stimme des jungen Mannes förmlich riechen.

Kazim hatte keine Nummer hinterlassen, aber Julian konnte sie abfragen. Er rief zurück. Niemand nahm ab. Er sprach eine Nachricht auf Band: »Kazim, hier ist Julian Wood. Hör mal, es hört sich so an, als wärst du der Sache nicht gewachsen, was auch immer du im Schilde führst. Mach keinen Quatsch! Geh zur Polizei! Besser, sie kümmern sich um dich, als wenn Serge es tut. Und ruf mich an oder melde dich wenigstens bei deinen Eltern, sobald du das hier hörst. Sie machen sich schreckliche Sorgen um dich!«

Dann rief er bei den Ismets an, aber auch dort hob niemand ab. Deshalb hinterließ er ihnen ebenfalls eine Nachricht: »Hier ist Julian. Rufen Sie mich an! Es ist wichtig.« Er legte auf. Verdrossen malte er sich eine Zukunft aus, in der Telefone, die niemand abnahm, zuverlässig und brav dringende Mitteilungen aufzeichneten, die kein Mensch abhörte.

Keine Polizei, hatte Kazim gesagt. Das war töricht, aber von einem Neunzehnjährigen, der in Schwierigkeiten steckte, war nichts anderes zu erwarten gewesen. Julian entschied sich für einen Kompromiss: Er rief die Gendarmerie in Brames an und verlangte ausdrücklich Unteroffizier Laurent Naudet. Laurent war zwar nicht da, aber immerhin war jemand am anderen Ende der Leitung. Julian überlegte kurz, wegen Kazim Alarm zu schlagen, entschied sich aber schließlich dagegen. Wahrscheinlich reagierte er über, und außerdem wusste er nicht, welche Konsequenzen das für Betul und Osman haben würde. Im Übrigen hätte er lieber mit Laurent gesprochen, auf dessen Diskretion er vertraute. Julian hinterließ Name und Telefonnummer und bat darum, Laurent möge sich so schnell wie möglich bei ihm melden.

Da Julian es satt hatte, immer nur Nachrichten zu hinterlassen, entschied er sich, zu handeln und nach Périgueux zu fahren. Vorher rief er aber noch Mara an.

»Das klingt gar nicht gut«, sagte sie, nachdem Julian Kazims Worte wiederholt hatte. Sie beschloss, nicht länger eingeschnappt zu sein, weil er ihr Bemühen, Christine Gaillard ausfindig zu machen, nicht ernst genommen hatte; außerdem war sie es leid, auf den Anruf eines Elektrikers zu warten, der bereit war, sich um die Neuverkabelung im Hause der Hurleys zu kümmern. »Ich komme mit. Du kannst Verstärkung gebrauchen!«

»Wo genau geht's denn hin?«, fragte Mara, als Julian sie in Écoute-la-Pluie abholte. Jazz und Bismut drängten sich vor ihr in den Lieferwagen, um nur ja nicht zu Hause bleiben zu müssen.

»Zu Nadia. Ich bin mir ziemlich sicher, dass Kazim bei ihr gewohnt hat.«

Sie fuhren los. Jazz hatte seine Lieblingsposition eingenommen: die Vorderläufe hatte er auf dem Werkzeugkasten hinter Julians Sitz platziert, und der große Kopf ruhte auf Julians linker Schulter. Auf diese Weise hatte er einen bequemen Platz für seinen Kiefer und konnte gleichzeitig durch das Fenster auf der Fahrerseite auf die vorbeiziehende Landschaft schauen. Bismut, dem mehr an der Ankunft gelegen war als an der Fahrt selbst, hatte es sich zwischen zwei Säcken mit Blumenerde gemütlich gemacht und war eingeschlafen.

»Serge«, sagte Mara. »Hatte Loulou nicht mal jemanden mit diesem Namen erwähnt? Rocco Lucas Spießgesellen?«

»Es muss sich nicht zwangsläufig um dieselbe Person handeln!«, entgegnete Julian, dem dieser Gedanke ganz und gar nicht behagte. »Der Name kommt häufig vor. Es könnte einfach jemand sein, mit dem Kazim sich verkracht hat. Er scheint sich ja mit ziemlich harten Typen herumzutreiben.« Julian hielt an einem Stoppschild. »Du wirst deine Freude an Nadia haben! Ihr Haar sieht aus wie das Fell eines Vielfraßes, und ihr Charakter steht dem in nichts nach.«

»Es muss um Drogen gehen. So hat er sich wahrscheinlich auch sein Motorrad finanziert. Vielleicht dealt Kazim ja für Luca. Kazim hat ihm Geld geschuldet, und Serge sollte daraufhin ein Hühnchen mit dem Jungen rupfen.«

Julian gab es nur ungern zu, aber was sie sagte, ergab durchaus Sinn. Jazz schnaufte heftig und blies Julian seinen Hundeatem ins Gesicht.

Die Kirchenglocken im Stadtzentrum hatten ihre mittägliche Sinfonie beendet. Auf sie folgte eine Coda von ratternden Metallgittern, die vor Geschäften heruntergelassen wurden. Menschen kamen aus Gebäuden und eilten über die Bürgersteige. Sie alle besaßen den entschlossenen Schritt derjenigen, die eine wichtige Mission zu erfüllen hatten: die Suche nach dem Mittagessen. Die Cafés und Restaurants füllten sich zusehends. Es war einer dieser warmen, heiteren Tage mit einer wunderbaren frühlingshaften Leichtigkeit, die aber sehr schnell von Regenböen verdrängt werden konnte. Schon bald waren sämtliche Außentische besetzt. Die Leute waren sonnenhungrig. Sie saßen da und ließen sich ausgiebig von ihr wärmen, die Gesichter zum blauen, wolkenlosen Himmel gereckt. Gestresste Kellner und Kellnerinnen rannten und tänzelten zwischen den Tischen hin und her.

»Wer hatte das Shrimps-Omelett bestellt?«

»Zwei Kronenbourg!«

Sie kamen mit Sandwich- und Pizzatellern für die Gäste, die bloß schnell einen Imbiss zu sich nehmen wollten; und mit Vier-Gänge-Menüs für diejenigen, die sich mehr Zeit beim Essen lassen konnten. Neben der gedämpften Unterhaltung vernahm man auch das Klappern von Besteck, das Klirren von Gläsern und die Geräusche vorbeifahrender Autos. Einige Leute sprachen in ihr Handy. Eine Frau nahm einen tiefen Zug aus ihrer Zigarette, legte den Arm auf die Stuhllehne, schloss die Augen und blies den Rauch genussvoll in die Luft.

Julian parkte unterhalb der Kathedrale, auf dem einzig schattigen Abschnitt, den sie finden konnten. Wegen der Hunde, die im Wagen blieben, ließ er die Fenster einen Spalt breit offen. Sie gingen die Avenue Daumesnil hinauf. Julian half einer älteren Dame, ihr Einkaufswägelchen die Stufen zur Rue Porte-de-Graule hinunterzutragen. Nadias Haus befand sich am unteren Ende der schmalen Straße. Der Container, der davor gestanden hatte, war fort. Stattdessen parkte dort jetzt ein Lieferwagen. Zwei Arbeiter saßen im offenen Heck und aßen ihr Mittagsbrot. Sie schenkten Mara und Julian, die ins Haus gingen, keinerlei Beachtung. Anscheinend waren die Männer es gewohnt, dass dort Leute ein und aus gingen.

Als sie sich die Wendeltreppe hochschleppten, registrierte Julian, dass die *minuterie* nicht funktionierte. Das Licht im Treppenhaus war an und blieb an. Die Handwerker arbeiteten jetzt im zweiten Stock. Offen stehende Türen gewährten

Einblick auf frisch gestrichene Wände und geflieste Flächen. Irgendwo im hinteren Bereich des Hauses benutzte jemand eine Bohrmaschine. Dieses Mal kam keine Rockmusik aus der Wohnung unter dem Dach.

Und auch keine Antwort auf Julians Klopfen. Er rüttelte am Türgriff. Die Tür ging auf.

Es sah so aus, als hätten die Bewohner es eilig gehabt, die Wohnung zu verlassen. Die Plastikmöbel lagen umgekippt auf dem Boden, die Holzkisten waren leer und die Pfannen, die das Regenwasser auffangen sollten, zur Seite gestoßen. Die Matratze war nackt und mit Flecken übersät.

»Sie sind getürmt!« Julian sprach aus, was offensichtlich war.

Mara durchquerte rasch den Raum, drehte mit der Schuhspitze alte Zeitungen um und warf einen Blick ins Spülbecken.

»Pfui Teufel!«

Julian schaute sich im Schlafzimmer um. Auch dort hatten sie das Bett abgezogen. Die Schubladen der Kommode standen auf und waren leer.

Mara und Julian gingen wieder nach unten.

»Wissen Sie zufällig, wo die Leute, die ganz oben gewohnt haben, hin sind?«, erkundigte sich Julian bei den Arbeitern.

»Wir würden lieber wissen, wo unser Container geblieben ist«, brummte einer der Männer. Da dieser nicht da war, luden die Handwerker morsche Bretter und altes Linoleum einfach auf der Erde ab, wo sich alles chaotisch türmte.

Der andere Mann, ein großer Blonder, der den Mund voll hatte, zuckte mit den Achseln. Er schluckte und wischte sich mit der Hand die Lippen ab. Die Härchen auf seinen Unterarmen fielen auf, weil sie weiß vom Sägemehl waren.

»Sind sie weg? Ein Glück, wenn Sie mich fragen! Der Eigentümer hat ihnen sicher gesagt, dass sie gehen sollen. Spätestens nächste Woche hätten sie sowieso rausgemusst.«

»Wissen Sie, wo ich den Mann finden kann?«

Der Blondschopf konnte ihnen aber nur den Namen des Architekturbüros nennen, das sie engagiert hatte: Chauvin et Fils.

Mara und Julian zogen von dannen.

»Wie wäre es mit einem Mittagessen?«, schlug Julian niedergeschlagen vor.

In etwa zur selben Zeit, als Julian und Mara zu Mittag aßen, entdeckte ein Arbeiter auf einer Deponie außerhalb der Stadt einen blau-weißen Turnschuh, der aus einem Schutthaufen herausragte. Der Schuh war gut erhalten, und der Arbeiter fragte sich, ob da eventuell noch ein zweiter sein mochte. Er kletterte auf den Schuttberg. Es war ein Adidas-Schuh, der noch fast neu war. Der Mann schüttelte den Kopf. Was die Leute heutzutage alles wegwarfen! In seiner Kindheit nach dem Krieg war das anders gewesen. Da zählte jeder *centime*, und man behielt die Sachen, bis sie zu nichts mehr nütze waren. Der Arbeiter stützte sich mit einer Hand auf der Halde ab, die nachgab, schob mit der anderen ein kaputtes Brett beiseite und griff nach dem Schuh. Dieser widersetzte sich ihm. Er zog fester. Der Schuh löste sich und gab einen menschlichen Fuß frei.

Die Meldung in den Acht-Uhr-Nachrichten traf Julian wie ein Schlag: Die Leiche eines jungen Mannes, der als der neunzehnjährige Kazim Ismet aus Brames identifiziert worden war, war auf einer Deponie außerhalb von Périgueux gefunden worden. Er hatte unter einem Berg von Bauschutt in einem Container gelegen, bis dieser am Montagmorgen geleert wurde. Selbst da wäre der Tote fast nicht entdeckt worden, wenn nicht ein aufmerksamer Mitarbeiter einen Schuh gesehen und Verdacht geschöpft hätte. Als der Mann der Sache auf den Grund gegangen war, hatte er seine grausige Entdeckung gemacht.

Ein vorläufiger Bericht gab als Todesursache eine Überdosis Rauschgift an, womit Périgueux seinen zweiten Drogentoten innerhalb von drei Wochen zu verzeichnen hatte. Neben der Leiche hatte man eine Spritze gefunden. Papiere in der Brieftasche des Toten hatten es möglich gemacht, dass Osman Ismet, der Vater des Jungen, seinen Sohn bereits identifiziert hatte. Ein tief erschütterter Osman tauchte kurz auf dem Bildschirm auf. Er bestritt, dass Kazim jemals Drogen genommen hatte, und machte schlechten Einfluss und schlampige Polizeiarbeit für den Tod seines Sohnes verantwortlich. Osman schien auf ein Nichts zusammengeschrumpft. Seine Worte hatten die Überzeugungskraft eines Luftballons, aus dem die Luft entwichen war. Nur kurz flackerte sein altes Temperament wieder auf. »Wer unsere Kinder schützen?«, tobte er. »Wenn sie jung und dumm sein, wer sie schützen?« Mit ausgestreckten Armen in Richtung Fernsehpublikum vermittelte er seine Wut und seinen Schmerz jeder Mutter und jedem Vater, die gerade zusahen. Es musste ihnen einen Stich ins Herz geben.

Julian starrte fassungslos auf den Fernsehschirm. Er stellte sich vor, wie Betul zumute sein musste. Osmans Kummer war unverkennbar. Julian war wütend auf sich selbst, dass er die Suche nach Kazim aufgeschoben hatte. Dann wurde er von furchtbaren Schuldgefühlen übermannt. Er hatte es versprochen. Vielleicht wäre alles anders gekommen, wenn er einen Tag früher mit der Suche begonnen hätte.

Mara nahm seine Hand. »Mach dir keine Vorwürfe deswegen, Julian! Du hast getan, was du konntest!«

Er schüttelte den Kopf und zog die Hand weg. Er hätte mehr tun müssen. Und früher, verdammt noch mal! Er spürte, dass eine seiner häufigen stressbedingten Kopfschmerzattacken im Anmarsch war. Hammerkopfschmerzen nannte er sie. Sie begannen mit einem leichten Druck hinter den Augen. Der steigerte sich jedoch derart, dass Julian am Ende das Gefühl hatte, einen Schlagzeuger im Schädel sitzen zu haben, der wie wild auf die Basstrommel haute.

Mara versuchte, ihn zu trösten. Ihre Stimme schien von weit her zu kommen. »Glaub mir, du kannst nichts dafür!«

Er stand auf. »Lass es gut sein, ja?«

»Herrgott nochmal, so leicht kommst du mir nicht davon! Rede mit mir!« Sie erhob sich ebenfalls und folgte ihm aus dem Zimmer.

»Reden?« Er drehte sich zu ihr um und hätte sie beinahe angeschrien. »Das ist ja eben mein Problem, nicht wahr? Ich muss in den Laden gehen und Betul und Osman in die Augen schauen, und was, bitte schön, soll ich ihnen sagen? Wie leid es mir tut und dass ich alles verbockt habe? Offen gestanden habe ich einen Scheißbammel davor.«

Bei Laurent Naudet hatte er weniger Skrupel. Julian ignorierte seinen hämmernden Schädel und rief den Gendarm an, ohne dessen Rückruf abzuwarten.

Zwei Stunden später saßen Julian und Mara im Büro des Commissaire Boutot von der *Police judiciaire* in Périgueux. Sie waren ihm vor einigen Jahren schon einmal begegnet, als

Mara auf der Suche nach ihrer vermissten Schwester gewesen war. Er war ein melancholischer Mann mit Tränensäcken unter den Augen, einem schlaffen Schnurrbart und der Angewohnheit, einen Bleistift zwischen den Handflächen hin und her zu rollen. Julian berichtete, was er wusste. Er wiederholte genau Kazims Worte. Ja, der Junge habe einen Mann namens Serge erwähnt. Die Nachricht sei noch auf seinem Anrufbeantworter gespeichert. Und ja, er und Mara seien nach Périgueux gefahren, um Kazim zu suchen. Betul Ismet habe angenommen, ihr Sohn sei bei einer ehemaligen Klassenkameradin untergekommen. Sie heiße Nadia Beaubois. Bei ihrer Ankunft hätten sie die Wohnung aber verlassen vorgefunden. Über die anderen Mitbewohner – einen Engländer namens Peter und eine Französin namens Brigitte – wisse er nichts. Mara bestätigte Julians Angaben, soweit es ihr möglich war.

Julian lauschte dem Geräusch des Bleistifts zwischen Commissaire Boutots trockenen Handflächen. Es mute schon ein wenig seltsam an, räumte er ein, dass die Ismets jemanden mit der Suche nach ihrem Sohn betraut hatten, der nicht ihrer Glaubensrichtung angehörte und ihren Sohn noch nicht einmal kannte. Und dass ausgerechnet er Kazim überzeugen sollte, nach Hause zurückzukehren. Julian kam auch auf die Vereinbarung zu sprechen, die er mit den Ismets hinsichtlich des Salep-Imports und der Vermarktung von Elan getroffen hatte. Aber vor dem Hintergrund von Kazims tragischem Ende klangen seine Worte so bedeutungslos, dass Julian allmählich verstummte und keine Orchideen mehr erwähnte.

Am nächsten Tag wünschte Compagnon sie zu sprechen. Der Brigadier, ein großer Mann mit kupferroten Haaren und einem narbigen Gesicht, schüttelte ihnen die Hand und forderte sie auf, sich zu setzen. Ihm war eine gewisse Anspannung anzumerken.

»So sieht man sich wieder«, sagte er. Und wenn er dabei auch an eine gemeinsame grauenhafte Erfahrung dachte, bei der es um ein mumifiziertes Baby und noch andere Opfer gegangen war, erwähnte er es nicht. »Für diesen Fall bin ich zwar nicht zuständig, aber ich habe Sie trotzdem hergebeten, weil der Vorfall im Lokum immer noch nicht aufgeklärt ist. Es gibt ein paar kleinere Details, bei denen Sie uns vielleicht weiterhelfen können, da Sie ja mit den Ismets bekannt sind.«

Laurent saß neben ihm und schickte sich an, sich auf einem Laptop Notizen zu machen.

Seltsamerweise sprach Compagnon mehr über Kazims Tod als über den Laden der Ismets. Für seine Verhältnisse ungewöhnlich freigiebig bot der Brigadier ihnen Kaffee an und gab sogar bereitwillig Auskunft. Die Ermittlungen der Polizei in Périgueux hatten ergeben, dass Kazim Sonntag in den frühen Morgenstunden an einer Überdosis Heroin gestorben war, die er sich selbst verabreicht hatte. Offenbar war er Fixer gewesen. Seine Arme waren voller Einstichlöcher, und die Spritze, die man bei ihm gefunden hatte, war übersät mit seinen Fingerabdrücken. Man vermutete, dass er sich den Schuss entweder im Container gesetzt hatte und dort gestorben war, oder dass Nadia und ihre Mitbewohner ihn tot in der Dachkammer aufgefunden hatten, in Panik geraten waren und die Leiche samt Nadel in den Container geworfen hatten.

»Offen gesagt, mir gefällt das nicht!« Der Adjutant sah aus, als sei ihm ein unangenehmer Geruch in die Nase gestiegen.

»Es ist ganz einfach, einen Junkie mit einer tödlichen Injektion aus dem Weg zu räumen und es wie eine Überdosis aussehen zu lassen.«

»Wollen Sie etwa sagen, er wurde umgebracht?«, fragte Mara.

Julian rutschte unruhig auf seinem Stuhl. »Ich finde, die Ismets haben schon genug durchgemacht. Die Vermutung, dass ihr Sohn ermordet wurde, ist das Letzte, was sie gebrauchen können.«

»Also.« Compagnon war ganz in seinem Element. »Gehen wir doch einmal logisch an die Sache heran. Kazims Kumpel finden ihn tot auf. Wenn sie sich bloß hätten absetzen wollen, hätten sie ihn dann nicht besser in der Dachkammer zurückgelassen und einfach die Fliege gemacht? Es hätte wahrscheinlich Tage gedauert, bis die Arbeiter in den obersten Stock vorgedrungen wären. Indem sie Kazim im Container abgeladen haben, der Montag früh geleert wurde, haben sie sichergestellt, dass seine Leiche rasch gefunden werden würde.«

Den Toten mit der Adresse in der Rue Porte-de-Graule in Verbindung zu bringen, sei einfach gewesen, fuhr Compagnon fort. An besagtem Montag seien nämlich nur zwei Container geleert worden, und für die Handwerker sei es ein Leichtes gewesen, den Schutt ringsherum zu identifizieren. Anonymität könne also nicht das Ziel gewesen sein. Man habe auch eine Versichertenkarte bei dem Opfer gefunden. Plus dreißig Euro und etwas Kleingeld. Eine Brut wie Nadia hätte das Geld sicher eingesteckt. Wer auch immer Kazim in den Container gelegt hatte, habe nicht in Panik gehandelt und sei nicht an Geld interessiert gewesen. Diese Person habe gewollt, dass Kazims Leiche entdeckt wird, und damit ein Zeichen gesetzt.

»Sucht denn schon jemand nach Nadia?«, erkundigte sich Julian. »Oder nach Peter oder Brigitte? Was haben sie dazu zu sagen? Und was ist mit Kazims Motorrad? Er hatte eine rote Honda Bol d'Or.«

Compagnon schüttelte den Kopf. »Man hat den Hauseigentümer befragt. Er hat eingeräumt, dass Nadia dort umsonst wohnen durfte und im Gegenzug als eine Art Hausmeisterin fungiert hat. Wahrscheinlich hat er die Miete schwarz kassiert. Ansonsten wisse er nichts über sie, behauptet er. Auch nicht, wo sie hin ist. Die Kollegen in Périgueux werden sie und ihre Kumpel vermutlich schon zu fassen bekommen. Wir werden ihnen auch noch sagen, dass sie nach dem verschwundenen *moto* Ausschau halten sollen. Ich und meine Leute haben Wichtigeres zu tun.«

Auf diese Weise gab Compagnon ihnen zu verstehen, dass Julian ihm den ersten vielversprechenden Hinweis auf Rocco Luca geliefert hatte: Kazim war kurz vor seinem Tod vor einem Mann namens Serge weggelaufen. Serge Taussat war als Lucas Mitarbeiter bekannt. Kazim war drogensüchtig und wahrscheinlich auch ein kleiner Dealer gewesen, der für Luca gearbeitet hatte. Vielleicht schuldete er der Tonne ja Geld. *Et voilà.* So etwas kam in der Drogenszene häufig vor. Außerdem würde dies die Verwüstung des Ladens der Ismets erklären, die nun als Warnung aufgefasst werden könnte. Alles passte zusammen, und die Bramser Gendarmerie lag mitten im Zentrum des Geschehens. Luca wohnte in ihrem Zuständigkeitsbereich. Kazims Leiche war zwar am Stadtrand von Périgueux gefunden worden, aber die Wurzeln des Falles lagen hier und hatten mit der blindwütigen Zerstörung des Lokum ihren Anfang genommen. Jacques Compagnon war sehr zufrieden mit sich.

Der freche, Verse schmiedende Einbrecher war schon so gut wie vergessen. Wenn ihm nicht gar verziehen worden war.

21

Die »Putzfrau aus der Hölle«, wie Julian sie inzwischen nannte, hinterließ jetzt Mitteilungen. Sie deponierte sie auf dem Esstisch, wo sie einem sofort ins Auge sprangen, sobald man das Wohnzimmer betreten hatte. Frühere Botschaften hatten gelautet: »Auf dem kleinen Tisch ist ein Fleck. Da muss etwas Nasses gestanden haben!« Und: »Sagen Sie ihm, er soll mehr Destop kaufen. Der Abfluss unten ist schon wieder verstopft!«

Madame Audeberts Anweisung, *er* solle das französische Äquivalent eines Rohrreinigungsmittels kaufen, belegte eindeutig, wen sie dafür verantwortlich machte, dass das Wasser im Badezimmerbecken häufig schlecht ablief.

An diesem Tag kam Julian als Erster müde von der Arbeit nach Hause. Am Nachmittag hatte er eine Hecke gepflanzt, und geholfen hatte ihm dabei bloß Bernard, der Aushilfskellner des *Chez Nous*. Julian hatte ihn als Gräber eingesetzt. Der Anblick eines weiteren verhassten Zettels machte ihn unglaublich wütend. Am liebsten hätte er ihn zerrissen, verbrannt oder wäre darauf getreten. Dennoch fühlte er sich verpflichtet, die Mitteilung zu lesen: »Der Staubsauger geht nicht. Herrensocke unter dem Bett!«

Der Staubsauger war für alle sichtbar in der Mitte des Raumes platziert worden.

Julian schloss daraus, dass der Staubsauger eine Socke aufgesaugt hatte (seine), die das Gerät außer Gefecht gesetzt hatte. Er versuchte gerade fluchend, die Socke aus dem Bürstenkopf freizubekommen, als Mara hereinkam.

»Was ist denn mit dem Staubsauger los?«, fragte sie.

»Nichts«, antwortete Julian. Und dann brach es wütend aus ihm heraus: »Kannst du ihr nicht endlich sagen, dass sie mit diesen verdammten Zetteln aufhören soll?«

»Aber wie soll sie denn sonst mit uns kommunizieren, wenn wir nicht zu Hause sind?«

»Das Beleidigende daran ist, *wie* sie es macht!«

»Nun ja, wenn du dir mehr Mühe geben würdest, nicht so unordentlich zu sein, käme es vielleicht gar nicht erst dazu.«

»Meinst du nicht, eine derartige Verhaltensänderung wegen einer Putzfrau wäre ein bisschen übertrieben?« Er hatte die Socke jetzt zu fassen bekommen und riss sie mit Gewalt heraus. »Ehrlich gesagt, das riecht mir zu sehr nach Spießertum.«

Mara stolzierte aus dem Raum. Julian, dem sein Ausbruch peinlich war, richtete sich auf, schmiss die Socke zu Boden und ging Mara hinterher.

»Es tut mir leid.« Er nahm sie in die Arme. Sie schmiegte sich an ihn.

»Nein, mir tut es leid. Ich weiß, du bist immer noch nicht über die Sache mit Kazim hinweg.«

Wie zwei Ertrinkende auf hoher, tückischer See klammerten sie sich aneinander.

Im *Chez Nous* war an diesem Abend nicht viel los, und Mado und Paul konnten es dank Bernards Hilfe zur Abwechslung mal etwas entspannter angehen lassen. Julian, Mara und Loulou trafen gemeinsam ein, begrüßten die anderen Gäste im Raum mit dem üblichen *»messieurs, dames«* und setzten sich an ihren Tisch. Die Hunde ließen sich ebenfalls nieder in der Hoffnung, etwas abzubekommen.

Paul kam heraus, um sie willkommen zu heißen. »Die üblichen *apéros?* Was möchtet ihr als Vorspeise?«

Mara und Loulou entschieden sich für überbackene Austern, Julian für das Lammbries.

»Ich habe gehört, dass dieser Kazim an einer Überdosis gestorben ist«, sagte Paul zu Julian. Mit dem Stift in der Hand wartete er auf ihre Wünsche für den Hauptgang.

»Ich möchte wirklich nicht darüber reden«, entgegnete Julian. »Für mich bitte die Kaninchenpastete.«

»So sehen es zumindest die Jungs in Périgueux«, erwiderte Loulou. »Aber unser guter alter Freund Jacques Compagnon glaubt, dass Kazim für Eineinhalb-Tonnen den Dealer gegeben und dieser von dem Jungen sein Geld eingefordert hat. Das würde erklären, warum Kazim von zu Hause weggelaufen ist. Und warum der Laden seiner Eltern verwüstet wurde.« Er brach ab und fragte dann: »Die *blanquette de veau* – Das Kalbsfrikassee. Stammt das Fleisch aus der Gegend?«

»Vom alten Michaud die Straße runter.«

»*Ça va.*«

Paul notierte: 1x Kaninchen, 1x *blanquette.* Er grinste. »Apropos *blanquettes,* seht ihr den *anglais* da drüben?« Er zeigte mit dem Daumen über die Schulter auf einen kräftigen Briten, der ein Newcastle-United-Sweatshirt trug. »Er hat mir erzählt, dass er in ein Geschäft gegangen ist, um eine Decke beziehungsweise ein *blanket* zu kaufen, wie es auf Englisch heißt. Dort wurde ihm gesagt, er solle es mal in einem

Restaurant versuchen. Also ist er in ein Restaurant gegangen, und als er dort nach einem *blanket* gefragt hat, haben sie ihm gesagt, Kalbfleisch gäbe es bei ihnen nicht. Habt ihr verstanden?«

Julian schloss die Augen.

Mara sagte: »Ich hätte gerne den gebratenen Fasan mit Maronen.«

»Das Problem ist nur«, fuhr Loulou fort und schnupperte anerkennend, als Bernard mit einem Teller Kartoffelkroketten herbeigeeilt kam, »dass in so einem Fall keine Spuren hinterlassen werden. Eine tödliche Dosis Heroin und, *paf*, gehen die Lichter aus! Und alle sind so klug wie zuvor.«

»Diese Dreckskerle!«, regte Julian sich auf. »Er war doch noch ein Kind. Und was ist mit Betul und Osman? Wenn tatsächlich Luca dahintersteckt, könnte auch ihr Leben in Gefahr sein.«

»Das hat man davon, wenn man sich auf Drogen einlässt«, polterte Paul.

Mara, der nichts Gutes schwante, wandte sich an Loulou: »Gibt's was Neues von dem reimenden Einbrecher? Ich habe heute übrigens mit Sébastien Arnaud gesprochen. Assurimax wird wohl zahlen müssen. Sie glauben nicht, dass die Polizei in der Lage sein wird, die Sachen von Prudence ausfindig zu machen.«

»*Ah, ça!*« Der Ex-*Flic* reagierte mit einem typisch französischen Achselzucken, das fast bis zu den Ohren reichte. Die Handflächen zeigten dabei nach oben.

Paul kicherte. »Ich wette, der alte Compagnon liegt schon auf der Lauer und wartet auf den nächsten Spruch. Ich bin zwar nicht literarisch veranlagt, aber dieser poetische Touch gefällt mir. Der Diedeldei-Vers war wirklich gut. Eines muss man dem Kerl lassen, er ist echt clever. Er lacht allen frech ins Gesicht und kommt damit durch. Den schnappen sie nie!«

Mit erhobenem Wurstfinger tat Loulou kund, dass er anderer Meinung war. »*Non, non, non, mon ami!*«, rief er aus. »Nach meiner Erfahrung werden sie ihn genau aus diesem Grund schnappen. Wie du gesagt hast, unser Einbrecher macht sich über alle lustig. Er ist sich seiner Sache so sicher, dass er sogar Spielchen mit der Polizei treibt. Aber genau das wird ihn schließlich zu Fall bringen. In all den Jahren als Polizist habe ich festgestellt, dass ein Täter, der sich seiner Sache zu sicher ist, sich zwangsläufig selbst verrät. Und außerdem habe ich gelernt, dass es eine sichere Methode gibt, ihn auszumachen.«

Loulous Augen strahlten, als er eine Kunstpause machte und seine Zuhörer warten ließ.

»Welche?«, fragten alle gleichzeitig.

»Sein Gang«, verkündete Loulou und schlug mit beiden Händen auf den Tisch. »Es ist sein Gang, Freunde. Wenn ein Täter denkt, er käme ungeschoren davon, dann schaut euch an, wie er geht – und zwar beim Weggehen. Ich nenne das schuldbewusstes Wackeln.

»Was bitte schön?«, fragte Mado, die kurz aus der Küche kam. Sie tauschte mit den Anwesenden Küsschen aus.

»Das schuldbewusste Wackeln«, wiederholte Loulou. »Hastige Schritte, mit angespannten Pobacken, etwa so.« Er rutschte auf dem Stuhl herum, um es ihnen vorzumachen. »Eine Art – wie soll ich es beschreiben? – arroganter Hüftschwung, der besagt: Ätsch! Ihr habt mich nicht erwischt. Trotzdem muss ich sehen, dass ich wegkomme, sonst tut ihr es vielleicht doch noch.«

»Das ist doch bloß deine Ausrede, warum du anderen auf den Hintern starrst!«, prustete Paul vor Lachen.

Mado rollte mit den Augen. Sie wandte sich an Mara. »Ich wollte mal hören, wie es deinem Nachbarn geht, dessen Frau gerade gestorben ist. Neulich bin ich zufällig der Krankenschwester, Jacqueline Godet, begegnet.« Sie hielt inne. »Stimmt es, dass du für ihn kochst?«

»Bloß fürs Erste«, erwiderte Mara. Alle wussten, dass sie nicht kochen konnte. Zumindest nicht gut. »Die anderen Frauen und ich wechseln uns ab.«

»Womit fütterst du ihn? Mit Hotdogs?«, scherzte Paul.

Mado boxte ihn in die Seite. »Er leidet an Parkinson, stimmt's? Mein Onkel hatte ebenfalls Parkinson. Zum Ende hin wurde er ziemlich wunderlich. Hat Dinge gesehen, die gar nicht da waren.«

»Bei Joseph ist es dasselbe.« Mara erzählte ihnen von den nächtlichen Vorfällen.

»Ein Monster ohne Kopf?«, staunte Mado. *»Zut alors!* – Verflixt nochmal! Mein Onkel hat bloß Katzen gesehen.«

»Ich weiß, es hört sich verrückt an, aber ich glaube nicht, dass es sich dabei nur um Wahnvorstellungen handelt. Ich glaube, irgendjemand will ihm wirklich Angst einjagen.«

»Warum sollte jemand das tun?« Paul schaute skeptisch.

»Keine Ahnung! Vielleicht würden mich ja einige Leute ernst nehmen, wenn ich es wüsste.« Diese Bemerkung richtete Mara an Julian, der aber so tat, als hätte er sie nicht gehört.

Mado fragte: »Hat er denn keine Angehörigen, die auf ihn aufpassen könnten?«

»Nur eine Tochter. Leider sind sie zerstritten. Ich versuche gerade, sie ausfindig zu machen. Ich fand, sie sollte das mit ihrem Vater wissen. Bloß …«, hielt Mara unglücklich inne. »Jetzt bin ich mir nicht mehr so sicher, ob Christine wirklich die Richtige für diese Aufgabe ist.«

»Warum nicht?«

»Sie … sie hat mal versucht, ihre Mutter die Treppe hinunterzustoßen.«

Julian richtete sich auf. »Christine hat versucht, Amélie die Treppe …, aber das hast du mir ja gar nicht erzählt!«

Mado, Paul und Loulou starrten Mara entgeistert an.

»Das ist schon lange her«, sagte Mara kläglich.

»Dann hat sie es womöglich ein zweites Mal versucht«, ließ Paul in seiner direkten Art vernehmen. »Und vielleicht hast du recht, und der alte Knabe hat überhaupt gar keine Wahnvorstellungen. Diese Christine ist ihr einziges Kind, oder? Wenn ihr Vater stirbt, wäre sie die Alleinerbin. Du solltest sie scharf unter die Lupe nehmen, Mara. In so etwas bist du doch gut. Halt sie auf, bevor …« Er brach ab.

»Bevor was?« Mit einem fachmännischen Glitzern in den Augen beugte Loulou sich nach vorne.

»Nun ja, bevor sie andere Maßnahmen ergreift«, antwortete Paul ungewohnt zurückhaltend.

22

Das Dorf Les Faux lag rund hundert Kilometer nördlich von Écoute-la-Pluie. Als Mara sich auf den Weg dorthin machte, dachte sie über die Ironie nach, dass Christine für ihre Eltern so unerreichbar schien und dennoch keine zwei Autostunden von ihnen entfernt wohnte. Mara hatte irgendwie erwartet, dass die Tochter ans andere Ende der Welt ausgewandert war. Doch dann, als sie dem Netz kleiner Straßen folgte und immer tiefer in den rauen Norden der Dordogne gelangte, ging ihr auf, dass Les Faux sich genauso gut in einer anderen Galaxie befinden könnte. Die Bauernhöfe und Weiler sahen alle so aus, als wäre dort die Zeit stehen geblieben, als befinde man sich in einer historischen Landschaft, die sich dem Gang der Dinge entzogen hatte. Nur gelegentlich ließ ein neues, auffälliges Bauwerk – der zukünftige Zweitwohnsitz eines Städters – erahnen, dass der boomende Immobilienmarkt die Gegend schon bald ins 21. Jahrhundert verfrachten würde.

Jetzt, wo Mara wusste, wie der Ort hieß, war es ein Leichtes gewesen, den Eintrag im Telefonbuch zu finden. Christine war immer noch unter Gaillard geführt. Vielleicht hatte sie ja nie geheiratet. Mara hatte noch überlegt, ob sie erst einmal anrufen sollte, sich dann aber für die direkte Kontaktaufnahme entschieden. Sie beschloss außerdem, diese Fahrt ohne Julian zu unternehmen. Er war in diesen Tagen ein schlechter Begleiter und absolut gegen ihre Absicht, die Tochter der Gaillards ausfindig zu machen. Sich in die Angelegenheiten anderer Leute einzumischen, sei grundsätzlich keine so gute Idee, hatte er gesagt. Sie brauche ja bloß ihn anzuschauen, um zu sehen, wohin ihn der Versuch, die Dinge für die Ismets in Ordnung zu bringen, gebracht habe.

»Aber jetzt stell dir doch mal vor, Christine hätte ihre Mutter tatsächlich die *Two Sisters*-Treppe hinuntergestoßen und wollte jetzt auch noch ihren Vater töten?«, hatte Mara protestiert. Sie hasste seine passive, pessimistische Einstellung.

»Herrgott nochmal, Mara!«, erwiderte er. »Amélies Tod war ein Unfall! Und Josephs mitternächtliche Besucher sind pure Einbildung. Der Mann leidet unter Wahnvorstellungen.«

»Im Hinblick auf Amélie magst du ja recht haben, aber das heißt noch lange nicht, dass Christine nicht die Gelegenheit beim Schopfe packen und den Weg zum Erbe abkürzen könnte. Ihr Vater besitzt schließlich eine ganze Menge Land. Der Grundstücksmarkt läuft im Moment auf Hochtouren. Sie könnte einen Mordsgewinn machen. Im wahrsten Sinne des Wortes.«

»Warum, in Gottes Namen, willst du sie dann zusammenführen?«

»Das will ich ja gar nicht. Jedenfalls nicht, wenn es das ist, was sie im Schilde führt. Aber was meinst du? Wäre es nicht eine gute Idee, sie unmissverständlich wissen zu lassen, dass wir ihr auf der Spur sind und sie ihren Vater besser in Ruhe lässt?«

»Und was, wenn sie unschuldig ist? Das ist doch das Wahrscheinlichste, weißt du.«

»Wenn dem so ist, was wäre dann falsch daran, Vater und Tochter wieder zu vereinen?«

»*Et voilà.* Problem in jedem Fall gelöst!« Mit diesem zynischen Kommentar hatte Julian das Gespräch beendet.

In einer Kurve schaltete Mara einen Gang herunter. Irgendwo hatte sie gelesen, dass eine Paarbeziehung vier Phasen durchlief: die Orientierungsphase (in der sich beide von ihrer besten Seite zeigten, um dem Partner zu imponieren); die Machtkampfphase (wo die Samthandschuhe abgestreift wurden); die Normierungsphase (in der die Partner erschöpft vom vielen Kämpfen einige Grundregeln aufstellten); und die Differenzierungs- und Leistungsphase (wo sie die Sache geradegebogen hatten und alles in ruhigen Bahnen verlief). Sie und Julian hatten die Orientierungsphase bereits hinter sich. Auch durch die Machtkampfphase waren sie durch – hoffte Mara zumindest. Das hieß, sie hatten die Normierungsphase erreicht. Sie hatten aber ganz eindeutig Probleme damit, über die Grundregeln Einigung zu erzielen.

»Zum Beispiel Fairness dem anderen gegenüber«, beklagte sie sich bei Jazz, der den Beifahrersitz belegte. »Das ist doch ein ganz zentraler Punkt, findest du nicht? Immerhin bin ich mit ihm nach Périgueux gefahren, um ihm bei der Suche nach Kazim zu helfen. Klar, das Ergebnis war nicht so, wie wir es uns gewünscht hätten. Aber sollte Julian mir jetzt nicht trotzdem dabei helfen, Christine unter die Lupe zu nehmen? Stattdessen wirft er mir Knüppel zwischen die Beine. Es ist, als würde er sagen: Wenn ich Kazim schon nicht heimbringen konnte, wie kannst du dann annehmen, dass es mit Christine besser läuft?«

Jazz starrte aufmerksam aus dem Fenster.

»Und dann ist da noch das Thema Verständigung. Ich weiß ja, dass Julian immer noch tief deprimiert wegen der Sache mit Kazim ist, und ich verstehe auch, dass ihm davor graut, Betul und Osman gegenüberzutreten. Aber es verletzt mich, dass er sich mir mit seinen Gefühlen nicht anvertrauen mag. Das ist so seine Art, mich bei Problemen einfach außen vor zu lassen.«

Jazz presste die Schnauze ans Fenster und hinterließ dabei lange, feuchte Schlieren.

Mara seufzte und ging dazu über, in Gedanken eine weitere E-Mail an Patsy zu verfassen:

Das Problem ist, dass die Dinge sich eher noch verschlechtern werden, statt sich zu bessern. Der Mai steht vor der Tür, und ich verliere ihn an seine verdammte Orchidee, auf die er in dieser Jahreszeit immer Jagd macht. Wahrscheinlich wird er das sogar zum Anlass nehmen, sich mir noch stärker zu entziehen. Ach, schon möglich, dass er mich um Hilfe bittet – durch Wiesen und Wälder zu streifen, geht nun mal schneller zu zweit – aber er bewegt sich dann immer in seiner ganz eigenen geheimnisvollen Welt. Das heißt, wenn er nicht gerade eine seiner herrischen Phasen hat, mir brüllend Instruktionen erteilt und mich anweist, ich solle doch aufpassen, wo ich hinträte. Die Orchideensaison, Patsy, kann, wie ich dir schon des Öfteren gesagt habe, eine ziemlich einsame Zeit sein für

Deine Dich herzlich grüßende Freundin.

Les Faux lag in einer hügeligen, waldreichen Gegend, die hie und da von Wiesen aufgelockert wurde. Schafe und Kühe weideten auf dem frischen Frühlingsgras. Mara hielt an der *mairie,* dem Rathaus, um sich dort nach dem Weg zu Christine Gaillards Haus zu erkundigen. Der Bürgermeister, ein beleibter, leutseliger Mann, sah sie mit unverhohlener Neugier an. Dann sagte er ihr mit dem wissenden Lächeln eines Eingeweihten, aus dem Mara nicht so recht schlau wurde, es handele sich um einen Bauernhof, und beschrieb ihr den Weg. Als sie sich bei ihm bedankte, winkte er ab.

»Gern geschehen! Ich habe sowieso gerade nichts Besseres zu tun. Es macht doch viel mehr Spaß, einer Ausländerin behilflich zu sein, als sich über Straßenausbesserungen Gedanken zu machen.« Er hatte ihren Akzent bemerkt. »Ach ja, und außerdem muss ich noch von irgendwoher Geld für unsere Kirche aus dem 11. Jahrhundert auftreiben, die immer mehr zerfällt. Mir wäre es weitaus lieber, wenn ich nicht Bürgermeister wäre, müssen Sie wissen, aber kein anderer will den Job. Falls Sie mal auf die Toilette müssen, im hinteren Teil des Gebäudes ist eine.«

Der Bauernhof lag nahe an der Straße. Er sah heruntergekommen aus. Das Dach war nur notdürftig ausgebessert, und die Fensterläden hatten einen frischen Anstrich nötig. Mara parkte im Schatten eines verfallenen Stalls und stieg aus dem Wagen. Jazz tat sein Missfallen kund, indem er durch das offene Autofenster jaulte.

In der Ferne wurde eine Schafherde von der Weide getrieben. Die Tiere gehörten einer Rasse an, die Mara noch nicht gesehen hatte, mit hübschen schwarzen Gesichtern, gewundenen Hörnern und kleinen, grazilen Hufen. Eine hochgewachsene, schlanke Frau, die einen Strohhut trug, scheuchte sie vor sich her. Sie bewegte sich selbstvergessen und mit großer Anmut, während sie leichtfüßig von einer Seite zur anderen hüpfte und widerspenstigen Tieren den Weg versperrte. Der Wind trug ihre helle Stimme wie den Schrei eines Vogels zu Mara herüber. Die Frau schloss das Gatter und trieb die Schafe in Richtung Stall. Blondes Haar umspielte ihr ovales Gesicht, das selbst aus der Ferne von präraffaelitischer Schönheit war. Mara konnte keine Hasenscharte erkennen. Wenn das hier Christine Gaillard war, entsprach sie absolut nicht Maras Erwartungen.

In Wahrheit hatte Mara gar nicht gewusst, was sie erwarten sollte. Jeder hatte seine ganz eigene Art, die Tochter der Gaillards zu beschreiben. Sie habe in der Schule Probleme mit der Disziplin gehabt, hatte Francine gesagt. Für Huguette war sie ein bedauernswerter Mensch mit einer schrecklichen

Missbildung. Suzanne war der Meinung, sie sei gewalttätig. Die Sache mit der Treppe lastete schwer auf Mara.

»*Oui?*« Eine Stimme hinter ihr ließ Mara herumfahren. Eine hochgewachsene Frau stand in der Haustür und beobachtete sie. Sie war in einem Alter, in dem die Gesichtszüge an Kontur verlieren, aber Mara erkannte dennoch auf Anhieb Amélies graue Augen, Josephs kräftige Statur und sein eckiges Kinn. Die Nase der Frau war an der Stelle platt und schief, an der diese auf die breite Narbe einer misslungenen Hasenschartenoperation traf. Das ließ ihren Mund rund und klaffend erscheinen, wie bei einem gestrandeten Fisch, der in feindlicher Umgebung nach Luft schnappt. Das hier war Christine, und nicht das entrückte Wesen, das über die Wiese getanzt war.

»Mademoiselle Gaillard?« Oder hätte sie besser Madame sagen sollen? Heutzutage wusste man das nie so genau.

»Wer sind Sie?« Christines Stimme klang flach. Wegen der Missbildung näselte sie.

Mara ging auf sie zu. »Mein Name ist Mara Dunn. Ich bin gekommen – ich bin hier, um mit Ihnen über Ihren Vater zu sprechen.« Es hatte keinen Zweck, um den heißen Brei herumzureden.

Christine starrte sie entgeistert an.

»Vielleicht kommen Sie erst mal mit ins Haus«, sagte sie.

Im Gegensatz zum schäbigen Äußeren zeugte das Innere des Hauses von sorgfältiger Pflege und schlichtem Komfort. Mara gefiel es auf Anhieb. Die Küche, in die Christine sie führte, war geräumig und hell. Die weiß getünchten Wände waren sauber, und die Fenster schmückten Blumenkränze. Kochgefäße hingen der Größe nach sortiert an Haken, die in einen Deckenbalken getrieben worden waren. In der

Mitte des Raumes stand ein großer Tisch. Die verschrammte Oberfläche ließ auf häufige Nutzung und wiederholtes Schrubben schließen; die Holzstühle, die um ihn herum standen, waren in gutem Zustand. Es gab keine *cache-misères* wie bei Amélie und Joseph. Christine bedeutete Mara, Platz zu nehmen. Mara setzte sich. Am anderen Ende der Küche bemerkte sie einen großen Webstuhl. Ein Teppich aus rostbrauner und ockerfarbener Wolle war in Arbeit.

»Ist das Wolle von Ihren Schafen?«, wagte Mara sich vor, darum bemüht, eine Verbindung zu dieser verunstalteten, misstrauischen Frau aufzubauen.

»Zum Teil«, antwortete Christine. Sie selbst setzte sich nicht. Stattdessen stand sie da und ragte hoch vor Mara auf.

»Sind Sie die Weberin?«

»Nein. Hören Sie, nehmen Sie es mir nicht übel, aber ich habe viel zu tun. Worum geht's denn nun?«

Mara suchte nach einem guten Einstieg. »Ich wohne in Écoute-la-Pluie. Ich bin eine Nachbarin Ihres Vaters.«

Christine musterte sie. »Sie müssen neu sein.«

»Ich lebe seit neun Jahren dort, falls das noch als neu durchgeht. Mein Haus liegt schräg gegenüber von dem Ihrer Eltern.«

»Da, wo früher Jouberts gewohnt haben.« Christine betrachtete sie neugierig. »Aber Sie sind nicht von hier.«

»Québec.« Mara lachte gezwungen. »Ich bin Frankokanadierin. Mein Montreal-Akzent verrät mich leider immer wieder, fürchte ich.«

Christine ließ Maras Versuch, etwas Nettes zu sagen, außer Acht. »Ich schätze, Suzanne Portier hat Ihnen gesagt, wo Sie mich finden können. Und Sie hat Ihnen vermutlich auch noch ein paar andere Dinge über mich erzählt, oder?«

Ihre Direktheit brachte Mara aus dem Konzept, und sie suchte mühsam nach einer Erwiderung. »Hm, ja – Ich meine, nein. Ich meine, waren Ihre Eltern immer auf dem Laufenden, wo Sie sich aufhielten?«

Achselzucken ihrerseits. »Ich habe mich nicht sonderlich darum bemüht, sie in Kenntnis zu setzen. Trotzdem spricht es sich rum. Und bevor Sie mich das fragen, ich weiß, dass meine Mutter tot ist. Ich bin nicht zur Beerdigung gekommen, weil es nichts gebracht hätte.«

»Es ist Ihr Vater, um den ich mir Sorgen mache.«

»Was ist mit ihm?«

»Er hat Parkinson. Vielleicht wissen Sie das ja auch schon?«

Ein weiteres Achselzucken. Mara fasste das als Bestätigung auf. Demnach hatte doch ein gewisser Informationsaustausch stattgefunden.

»Sein Zustand verschlechtert sich«, fuhr Mara fort. »Er steht jetzt ganz allein da, und er braucht Sie, Mademoiselle Gaillard!«

Die Frau blickte finster drein. »Er braucht mich? Nach all den Jahren? Ich hoffe, Sie sind nicht gekommen, um mir zu sagen, ich solle nach Hause zurückkehren und mich wie eine treu sorgende Tochter um ihn kümmern?«

»Nein. Aber Sie sind seine Tochter. Ich denke bloß, es würde ihm eine Menge bedeuten, wieder mit Ihnen vereint zu sein. Er leidet sehr unter dem Verlust Ihrer Mutter. Er war äußerst abhängig von ihr.«

»Wem sagen Sie das! Ohne ihre Zustimmung konnte er keinen Finger rühren. So war *Maman* nämlich!«

Mara spürte, dass sie bei Christine nicht weiterkam. Trotzdem wagte sie sich mutig vor. »Wenn man alt und krank ist, dann bedeutet die Familie alles für einen. Was Ihren Vater angeht, sind Sie die Einzige, die ihm noch geblieben ist.«

»Das hätte er sich früher überlegen sollen!«, sagte Christine in bitterem Ton.

»Zumindest sollten Sie sich mal durch den Kopf gehen lassen, ob Sie nicht wieder Kontakt zu ihm aufnehmen.«

Die Tochter legte den Kopf zurück und musterte Mara. Ein Ausdruck leichter Belustigung trat auf ihr Gesicht. »Sie machen sich wirklich Sorgen um den alten Mann, stimmt's?«

»Ja, das stimmt. Er kommt alleine nicht gut zurecht. Es ist sein Herzenswunsch, zu Hause zu bleiben, und das ist auch möglich, aber er braucht Hilfe. Krankenschwestern schauen regelmäßig bei ihm vorbei, und er hat häusliche Pflege beantragt. Trotzdem hatte er in letzter Zeit einige Probleme. Es hat … Vorfälle gegeben.« Mara, die erst jetzt anschnitt, womit sie besser begonnen hätte, hing noch dem Wort »Vorfälle« nach. »Er behauptet, jemand – oder etwas – wäre nachts ins Haus gekommen, um ihm Angst einzujagen.«

Christine betrachtete sie mit ausdrucksloser Miene. »Wer sollte so etwas tun?«

»Ich dachte, Sie wüssten es vielleicht.«

»Ich?« Das Erstaunen, das möglicherweise echt war, schlug schnell in Feindseligkeit um. »Warum sollte ich etwas darüber wissen?«

»Einfach so. Nur, es ist schon zweimal vorgekommen. Falls es noch einmal passiert, werde ich wohl die Polizei rufen müssen.« Ihr ging auf, dass sie ihre Sache nicht sehr gut machte, aber immerhin war Christine jetzt gewarnt. Wenn eine Warnung überhaupt angebracht war. Mara wurde aus der Frau nicht schlau. Sie sprach jetzt wieder leiser. »Das ist auch der Grund, warum ich mit Ihnen reden wollte. Es ist möglich, dass er sich Dinge einbildet oder sie sich sogar ausdenkt, weil er unglücklich ist. Wenn Sie wieder Verbindung zu ihm aufnehmen, könnte alles schon ganz anders aussehen.«

»Das bezweifle ich.« Christine schaute mürrisch. »Ich erzähle Ihnen was! Bei ihnen aufzuwachsen, war nicht einfach für mich. Mein Vater stand immer unter der Fuchtel meiner Mutter, und sie konnte einem das Leben zur Hölle machen. Oh, ich weiß, alle hatten eine hohe Meinung von ihr. Aber Sie haben keine Ahnung, wie sie wirklich war. Frömmlerisch, herrisch, immer darauf bedacht, das Richtige zu tun und was die Nachbarn wohl denken würden. Jede Abweichung war ihr peinlich. Eine Missbildung musste kaschiert, etwas Sündhaftes zurechtgebogen werden. Ich gebe ja zu, ich war kein einfaches Kind. Ich hatte zum Beispiel eine Menge Probleme wegen meiner – dem hier.« Sie fasste sich an den Mund. »Die anderen Kinder haben sich immer über mich lustig gemacht. Es gab einen Jungen, der mir das Leben schwer gemacht hat. Ich bin sicher, die Nachbarn haben Ihnen davon erzählt. Eines Tages habe ich es nicht mehr ausgehalten und mit einer Schere nach ihm gestochen. Danach war mein Ruf dahin. Aber dabei war ich erst zehn, *bon sang!* Keiner – nicht diese bescheuerte Lehrerin Francine Boyer, und noch nicht einmal meine Eltern – hat verstanden, dass das der einzige Weg war, mich zu verteidigen. Mein Leben war die Hölle, bis ich jemanden getroffen habe, der in der Lage war, hinter meine Maske zu gucken. Diese Person hat mich ermutigt, ich selbst zu sein, was meine Eltern nie akzeptiert haben. Und mit ihr bin ich dann weggelaufen, als ich fünfzehn war. Meine Mutter war außer sich. Sie hat mich ausfindig gemacht und mich nach Hause zurückgeschleift. Zu dem Zeitpunkt war ich noch minderjährig, deshalb blieb mir nichts anderes übrig, als mit ihr zu gehen. Eines Tages habe ich mir einen Strick besorgt und zu meiner Mutter gesagt, wenn sie mich mein Leben nicht nach meinen Vorstellungen leben ließe, dann würde ich mich auf dem Dachboden aufhängen. Sie hat geantwortet, sie würde mich lieber tot sehen, als eine Tochter zu haben, die bloß Schande über die Familie bringt. Sie ist mir sogar nach oben gefolgt, um sich zu vergewissern, dass ich ganze Arbeit leiste. Da habe ich sie von der Treppe gestoßen. Du meine Güte, ich konnte mich noch nicht einmal aufhängen, ohne dass sie mir sagte, wie ich es zu tun hatte. Ich wollte sie nicht töten. Ich wollte bloß, dass sie mich in Ruhe und mir Raum zum Entfalten lässt.«

Christine verstummte. Sie atmete stoßweise, als hätte sie gerade einen Langstreckenlauf hinter sich gebracht.

»Das tut mir leid«, sagte Mara tief erschüttert. Christines Enthüllungen warfen ein völlig neues Licht auf Amélie. »Ich – ich hatte ja keine Ahnung!«

»Nein, wie sollten Sie auch!« Die hellen Augen der Tochter schauten streng, und ihre Stimme klang sehr verbittert. Sie wandte sich ab und sah aus dem Fenster. Mara folgte ihrem Blick. Die schlanke Frau mit dem Hut hatte ein weiteres Gatter geschlossen und überquerte den matschigen Hof.

»Wissen Sie«, fuhr Christine fort, »im Teenageralter wusste ich besser über meine Sexualität Bescheid als die meisten Menschen ihr ganzes Leben lang. Das war es, womit meine Eltern nicht umgehen konnten. Sie haben mich nicht etwa versteckt, weil ich eine Hasenscharte hatte, sondern weil ich unnormal sei, wie sie es genannt haben. Ich habe mich für Frauen interessiert. Verstehen Sie jetzt? Meine Eltern haben es vorgezogen, alle glauben zu lassen, ich sei hinter Männern her, ja sogar, dass ich ein uneheliches Kind hätte, weil es so einfacher für sie war, vor allem für meine Mutter. Das ist es, was ich ihnen nicht verzeihen kann: sie waren nicht in der Lage, ehrlich zu sein. Sie haben mich als Schlampe hingestellt, dabei wollte ich doch nur so sein, wie ich bin. Ich weiß, mit so etwas umzugehen, war damals nicht leicht, noch dazu in einem kleinen Kaff auf dem Land. Aber die Zeiten haben sich geändert. Nur meine Eltern nicht. Sie hat mich nie so akzeptiert, wie ich bin, und auch er wird es nicht tun. Und ich sage Ihnen noch etwas, Madame »Neugierig«. Sie haben da etwas missverstanden: meine Eltern haben mit mir gebrochen, und nicht umgekehrt. Jetzt will ich einfach nur meine Ruhe. Mein Vater will mich garantiert nicht zurück, außer vielleicht als Dienstmädchen. Und was die Nachbarn betrifft« – sie verzog den durch Narben entstellten Mund –, »sie haben mich immer abgelehnt, und ich bin sicher, sie denken weiterhin das Schlimmste von mir.«

»Das Schlimmste?«, wiederholte Mara eben, als die Tür aufging und die andere Frau in die Küche trat. Sie legte den Hut ab und gab ihr entrücktes Schäferinnengesicht preis, das von feinen Lachfalten durchzogen war. Als sie Mara bemerkte, nahm ihr Gesicht einen neugierigen und schelmischen Ausdruck an. Welch ein Spaß, schien er zu besagen. Ein Gast.

Christine schrie fast: »Ach, kommen Sie! Spielen Sie hier nicht die Dumme! Ich bin sicher, man hat es Ihnen erzählt. Ich sehe doch, dass Sie dasselbe denken. Ich habe meine Mutter schon einmal die Treppe hinuntergestoßen. Warum sollte ich es nicht wieder versucht haben?«

Mara ließ sich auf ihren herausfordernden Ton ein: »Und, haben Sie?«

Christine lachte rau, während sie die Hand nach der anderen Frau ausstreckte und sie an sich zog. Diese Geste wirkte stolz und besitzergreifend zugleich. »Sie geben nicht auf, was? Wenn Sie mich schon fragen, ich habe eine Zeugin, die bestätigen kann, dass ich in dem Augenblick, als meine Mutter die Treppe hinuntergestürzt ist, mit ihr hier war. Mein hieb- und stichfestes Alibi. Stimmt's, *chérie?* Darf ich vorstellen, Alice, meine Freundin, meine Geliebte. Wir sind seit siebzehn Jahren zusammen, und ich habe nicht vor, irgendetwas, und schon gar nicht meinen Vater, zwischen uns treten zu lassen.«

Alice machte einen Schritt nach vorne, strich sich eine lose Strähne hinters Ohr und streckte Mara eine schmale, nicht ganz saubere Hand entgegen. »Alice Lescuras. *Enchantée* – Sehr erfreut!« In ihrer Stimme schwang ein spöttischer Unterton mit.

»Mara Dunn«, antwortete Mara lahm und gab ihr die Hand.

Alice verstärkte den Griff und zog Mara zu sich hin. Sie lachte dabei. »Was Christine sagt, stimmt, müssen Sie wissen.« Ihr Gesicht berührte jetzt fast das von Mara. »Wir waren beide hier.«

Mara versuchte, von ihr loszukommen, aber Alice hatte erstaunlich viel Kraft. Von ihrem langen, knochigen Körper ging eine geradezu fieberhafte Energie aus. Ihr Mund verzog sich zu einem hämischen Grinsen.

»Ich bin ihr hieb- und stichfestes Alibi«, krähte sie triumphierend. »Widerlegen Sie es doch, wenn es Ihnen möglich ist!«

23

Als Mara nach Hause kam, fand sie Julian in noch schlechterer Stimmung vor, als sie ihn zurückgelassen hatte. Er lag ausgestreckt auf einem Art-Déco-Sofa aus Ebenholz und Bronze, dem unbequemsten Möbelstück, das ihr Wohnzimmer zu bieten hatte. Das Sofa, eine Anschaffung aus dem vergangenen Jahr, hatte die Form eines Bootes und war immerhin groß genug, dass Julian sich lang darauf ausstrecken konnte. Die steifen Kanten aber waren für den menschlichen Körper ungeeignet, wie jeder feststellen konnte, der darauf Platz nahm. Dass es Mara bisher noch nicht gelungen war, das Sofa zu verkaufen, war daher nicht weiter verwunderlich. Es stand in ihrem Wohnzimmer, sah interessant aus und nahm Platz weg.

»Christine ist lesbisch«, verkündete sie.

Julian sah sie stumpfsinnig an. Sie fragte sich, ob er mal wieder eine seiner Kopfschmerzattacken hatte. Doch das war nicht der Fall, denn der gequälte Ausdruck um die Augen, der sonst immer damit einherging, fehlte.

Mara zog ihre Jacke aus. »Das hat sie und ihre Eltern auch auseinandergebracht. Mit einer lesbischen Tochter konnten Amélie und Joseph, wie ihre ganze Generation, noch dazu in einer gottverlassenen Landgemeinde, nicht umgehen.« Und der Reaktion des Bürgermeisters nach zu urteilen, war es anscheinend auch vierzig Jahre danach für manche Menschen immer noch ein Problem, dachte Mara.

Julian sagte nichts.

»Also haben sie es vertuscht und die Nachbarn glauben lassen, Christine wäre die Lolita im Ort. Ich glaube, bloß

Suzanne Portier kannte die Wahrheit. Sie hat aber nie darüber gesprochen. Christine hat ihre Eltern und vor allem ihre Mutter dafür gehasst, dass sie ihretwegen ihre Neigung immer verbergen musste.«

Mara schob Julians Beine ein wenig zur Seite, um sich setzen zu können.

»Sie lebt mit einer Frau namens Alice Lescuras zusammen auf einem Bauernhof und züchtet Schafe. Meines Erachtens können sie sich damit nur notdürftig über Wasser halten. Das ist wahrscheinlich das Einzige, was Christine mit ihren Eltern gemein hat: den unrentablen Hang zur Schafzucht.«

Julian runzelte die Stirn. »Willst du etwa sagen, sie sind knapp bei Kasse und könnten Geld gut gebrauchen?«

»Ja, richtig.«

»Dann lautet das Urteil also vermutlich, dass Christine ihre Mutter die Treppe hinuntergestoßen hat und nun versucht, auch ihren Vater aus dem Weg zu räumen, um ihre Rechnungen bezahlen zu können?«

Mara errötete. »Nein, das wollte ich damit nicht sagen! Ich meine, das wäre eine ziemlich schwere Anschuldigung.«

Julian setzte sich auf und sah sie überrascht an. »Vor ein paar Stunden hat sich das aber noch ganz anders angehört. Sie soll wissen, dass wir ihr auf der Spur sind, hast du gesagt. Woher der plötzliche Sinneswandel?«

Sie verschränkte die Arme vor der Brust und lehnte sich an das harte Polster der Rückenlehne. »Das Problem ist, dass ich sie mag. Alle beide.« Sie sah die anheimelnde, farbenfrohe Küche wieder vor sich, die Gemütlichkeit ausstrahlte. Christines Version hatte in Mara Mitgefühl geweckt. Um ihr Leben leben zu können, mussten die beiden Frauen mit zahlreichen unausgesprochenen Vorurteilen kämpfen, die sich hartnäckig hielten. »Du hast doch selbst gesagt, Amélies Tod sei ein Unfall gewesen. Und bisher ist Joseph ja auch nichts Gravierendes zugestoßen.«

»Wow, was für eine Logik! Ich bin beeindruckt.«

»Kein Grund, gleich sarkastisch zu werden. Naja, wie dem auch sei, wenn Christine wirklich ihren Vater um die Ecke bringen will, warum hat sie es dann noch nicht getan? Warum sollte sie sich damit zufriedengeben, ihn bloß einzuschüchtern? Es sieht doch eher danach aus, als wolle jemand Joseph einfach ordentlich Angst einjagen.«

Julian hing dem Gedanken nach. Er zupfte sich am Bart. »Vielleicht ist das ja genau die Absicht.«

Sie starrte ihn an. »Meinst du, ihn zu Tode erschrecken?« Eine saubere, schlaue Art zu töten. Und hatte nicht auch jemand erwähnt, Joseph habe ein schwaches Herz? Das Herz sei ja schließlich ein Muskel.

Julian schüttelte den Kopf. »Das Einzige, woran du denken kannst, ist Mord! Ich meine nur, vielleicht will Christine die Dinge unter Kontrolle bringen. Dafür muss sie Joseph ja nicht gleich umbringen. Es würde schon reichen, ihn für unzurechnungsfähig erklären zu lassen. Das gäbe ihr eine Handhabe, seine Angelegenheiten zu übernehmen.«

Ein starker Plan, der nicht gar so abscheulich wie Mord war. Dennoch mochte Mara den Gedanken nicht zu Ende denken. Ach, Christine, seufzte sie innerlich. »Nun ja, wenn es das ist, was sie im Schilde führt, dann will ich mal hoffen, dass mein Besuch ihr eine Warnung war. Ich habe ihr ziemlich deutlich zu verstehen gegeben, dass ich die Polizei rufen würde, falls diese nächtlichen Erscheinungen anhielten. Wenn sie klug ist, wird sie einsehen, dass sie damit nicht durchkommt.« Sie hielt unbehaglich inne. »Obwohl, Alice könnte ein ganz anderes Kaliber sein.«

»Alice? Hattest du nicht gesagt, du magst sie?«

»Das tue ich ja auch. Ich mag sie alle beide. Trotzdem lässt mir diese Frau keine Ruhe. Sie hat etwas Wildes an sich. Und etwas leicht Verrücktes. Ich hatte absolut den Eindruck, dass sie die treibende Kraft von den beiden ist. Und außerdem –« Sie brach ab und gestand dann widerwillig ein: »Ach, ich kann es dir genauso gut auch sagen. Christine hat gemeint, für den Fall, dass ich glauben sollte, sie hätte ihre Mutter umgebracht, würde Alice ihr für die fragliche Zeit ein Alibi liefern.«

»Um Himmels willen, Mara! Du hast sie doch nicht etwa bezichtigt, ihre Mutter die *Two Sisters*-Treppe hinuntergestoßen zu haben, oder?«

»Natürlich nicht! Für wen hältst du mich eigentlich? Christine ist von selbst damit angekommen. Aber dann hat Alice mich geradezu herausgefordert, etwas daraus zu machen, wenn mir das möglich sei. Sie hat mich ausgelacht, Julian. Es war fast so, als wolle sie mich ködern, als wolle sie mich provozieren.«

Mara drehte sich zu Julian. »Jetzt, wo ich Christine getroffen habe, bin ich mir nicht mehr so sicher, ob sie wirklich das Zeug zur Mörderin hat. Ich weiß, dass sie es in jungen Jahren schon einmal versucht hat, aber da hat sie aus kindlichem Zorn und Frust heraus agiert. Alice hingegen würde ich es schon zutrauen, dass sie für den Schubs von neulich verantwortlich ist.«

Julian sah Mara nachdenklich an. »Du wirst nichts beweisen können, hörst du. Wenn Alice in der Lage ist, Christine ein Alibi zu geben, dann kann Christine dasselbe auch umgekehrt für Alice tun. Wahrscheinlich war es das, was Alice dir in Wahrheit sagen wollte. Und das macht Christine zur Komplizin.«

»So wird es wohl sein«, stimmte Mara unglücklich zu. Dann fuhr sie fort: »Aber eines verstehe ich nicht: warum haben sie sich für den Mord an Amélie einen öffentlichen Ort wie das *Two Sisters* ausgesucht?«

Julian hatte auch keine Antwort parat.

Mara kaute auf ihrer Lippe herum. »Also, nehmen wir doch mal an, es war so: Christine und Alice brauchen verzweifelt Geld. Sie stehen kurz davor, ihren Bauernhof zu verlieren, alles, was sie sich hart erarbeitet haben. Sie fassen den Entschluss, Amélie und Joseph um ein Darlehen zu bitten. Diese Aufgabe fällt Alice zu, denn Christine hat ja jeglichen Kontakt zu ihren Eltern abgebrochen. Also arrangiert Alice ein Treffen im Restaurant, weil sie weiß, dass die Gaillards immer in Beaumont auf den Markt gehen. Aber Amélie ist nicht dumm. Ihr ist klar, worauf Alice aus ist, und sie hat nicht vor, den beiden auch nur einen einzigen Cent zu geben. Sie lässt Joseph auf der Herrentoilette, geht zum *Two Sisters,* fängt Alice auf der Terrasse ab und sagt unumwunden: Nein. Das hätte Amélie zumindest ähnlich gesehen. Vielleicht hatte Alice ja gar nicht vor, einen Mord zu begehen, aber als Amélie ihre Bitte glattweg abgelehnt hat, hat sie rot gesehen oder einfach eine Gelegenheit gewittert. Oder wie Loulou es sagen würde: *paf!*«

24

Julian konnte es nicht länger vor sich her schieben. Am nächsten Tag fuhr er endlich zum Lokum. Natürlich hatte er Blumen und eine Karte geschickt, doch diesen Moment hatte er so lange wie möglich hinausgezögert. Betul und Osman brauchten Zeit, um ihren Sohn zu begraben und um ihn zu trauern, hatte er sich gesagt. Und er brauchte Zeit, um all seinen Mut zusammenzunehmen, damit er ihnen gegenübertreten konnte. Er hatte mit einer knappen Begrüßung gerechnet, nicht aber mit Osmans flammendem Zorn, der für Julian mit Händen zu greifen war, sobald er den Laden betreten hatte.

»Mit Ihnen ich nicht sprechen!«, brüllte der dicke Türke.

»Das mit Ihrem Sohn tut mir sehr leid«, entgegnete Julian. »Sie sollen wissen, dass ich es zumindest versucht habe. Dass ich ihn nicht rechtzeitig gefunden habe, werde ich mir nie verzeihen.«

»Ha!« Osmans Brust schwoll an, als wolle er Julian daran hindern, weiter in seinen Herrschaftsbereich vorzudringen. »Was für Versuch? Zu spät! Für mein Junge is' Ende. Ich Ihnen was sagen, Mister Angst-um-Orchideen. Ich weiter Salep importieren. Als Erinnerung für Kazim ich aus Elan großen Erfolg machen. Zum Teufel mit Orchideen!«

Betul kam aus dem hinteren Raum. Sie starrte Julian an. Ihr Gesicht war von Kummer gezeichnet.

»Es tut mir leid«, wiederholte Julian. »Aber bitte, Sie müssen verstehen, dass die Chancen schlecht standen. Kazim hat mit Drogen gedealt. Er war süchtig.«

»Nein! Keine Drogen!« Osmans üppiger Schnurrbart schien sich voller Empörung aufzubäumen. »Nie Drogen!«

»Er ist an einer Überdosis gestorben.« Julian konnte ihnen die unbequeme Wahrheit nicht ersparen. »Aber eins verspreche ich Ihnen. Adjutant Compagnon bezweifelt, dass die Polizei in Périgueux bereits die ganze Geschichte kennt, was den Fall Ihres Sohnes anbelangt. Falls er recht behalten sollte, werde ich alles in meiner Macht Stehende tun, um ihm bei der Wahrheitsfindung zu helfen, das schwöre ich!«

Julian war auf die Reaktion des Vaters nicht vorbereitet.

»Sie Ihre Nase da raushalten!«, schrie Osman. Sein ganzer Körper spannte sich. Er wurde kreidebleich. »Sie verschwinden und Nase da raushalten! Niemand Sie um Hilfe fragen. Raus hier! Und nicht wiederkommen!«

Betul brach in Tränen aus und floh in den hinteren Trakt des Geschäftes.

Julian verließ den Laden. Er stand draußen auf dem Bürgersteig, tief erschüttert von der heftigen Gefühlslawine, deren Zeuge er gerade geworden war. Betuls Tränen zerrissen ihm das Herz. Aber noch mehr quälte ihn der Gedanke an Osmans Gesichtsausdruck. Er kannte den Mann. Irgendetwas hatte ihm gehörig Angst eingejagt. Genau genommen war er Julian eher panisch denn gramgebeugt vorgekommen.

In derselben Woche hielt Jacques Compagnon eine Lagebesprechung mit seinen Beamten im Bramser Brigadehauptquartier ab.

»Sie alle kennen meine Meinung zum Fall Ismet. Luca ist zurück im Drogengeschäft. Bislang hat er im Verborgenen agiert. Kazim Ismet hat für Luca gearbeitet, ist dann aber auf Kollisionskurs gegangen und wurde auf Lucas Geheiß ermordet. Nun, Kazims Tod könnte der erste Fehler sein, den Luca gemacht hat, und er könnte das Bindeglied darstellen, nach dem wir suchen, vorausgesetzt wir können es Luca nachweisen.« Die Hände auf dem Rücken verschränkt, wanderte der Brigadier vorne im Besprechungszimmer auf und ab. Da der Raum überfüllt war, bedeutete dies, dass er bereits nach zwei oder drei Schritten kehrtmachen musste. Ihm selbst und seinen Zuhörern war schon ganz schwindelig.

»Das Problem ist, dass alles, was wir momentan in der Hand haben, eine Nachricht auf Band ist, die sich möglicherweise mit Lucas Handlanger Serge Taussat in Verbindung bringen lässt. Das ist mehr als dürftig. Wie Sie wissen, hat die Polizei in Périgueux nichts gefunden, das auf einen Zusammenhang zwischen Taussat und Kazim oder diesem Container schließen ließe. Außerdem wissen Sie, dass der Junge aus Sicht der Kollegen an einer selbst verabreichten Überdosis gestorben ist. Seine Kumpel haben die Leiche abgeladen und sich aus dem Staub gemacht. Fall erledigt. Aber« – Compagnon blieb stehen, um seine Mitarbeiter anzusehen – »noch nicht für uns. Ich muss Sie nicht erst daran erinnern, dass ich nie geglaubt habe, Luca wäre so sauber, wie es den Anschein hat. Deshalb« – der Adjutant machte auf dem Absatz kehrt und spazierte in die entgegengesetzte Richtung – »halten wir weiter die Augen offen. Für den Fall, dass etwas ans Tageslicht kommt.«

»Aber was hat denn Monsieur Wood mit all dem zu tun, Chef?«, fragte eine Polizistin namens Lucie Sauret.

Compagnon blickte finster drein. »Woods Verbindung zu dem Fall beschränkt sich auf den Umstand, dass die Eltern des Toten, mit denen er befreundet ist, ihn gebeten hatten, ihren Sohn ausfindig zu machen und ihn dazu zu bringen, nach Hause zurückzukehren.« Der Adjutant blies die Backen auf und ließ die Luft entweichen. »Die Vorstellung behagt mir überhaupt nicht. Sie hätten wegen Kazim doch gleich zu uns kommen müssen.«

»Das ist bei vielen Ausländern so, *mon adjudant*«, wagte Sauret sich vor. »Sie misstrauen der Polizei und haben Angst, also versuchen sie, die Dinge selbst in die Hand zu nehmen.«

»Wenn sie zu uns gekommen wären«, bemerkte Compagnon bitter, »wäre ihr Sohn vielleicht noch am Leben. Und möglicherweise hätte er uns die nötigen Informationen geben können, um Luca das Handwerk zu legen.«

»Glauben Sie, das war der Grund, warum er umgebracht wurde?«, fragte Sauret. »Ich meine, wurde er getötet, weil Luca ihn für eine Schwachstelle gehalten hat, und nicht, weil er Luca hintergangen hat?«

»Das wäre auf jeden Fall eine Möglichkeit. Was bedeuten würde« – Compagnons Nasenlöcher blähten sich –, »dass die stümperhaften Amateurfragen unseres Monsieur Wood nach dem Verbleib des Jungen Luca nervös gemacht haben und so der Auslöser für Kazims Tod gewesen sein könnten.«

»Nun –«, Compagnon hielt inne und wies auf eine weiße Tafel, an der zahlreiche Notizzettel hingen. Seine Miene verfinsterte sich zunehmend. »Gibt's irgendwelche Neuigkeiten, was unseren reimenden Einbrecher betrifft?«

Einer seiner Leute ergriff das Wort: »Keine Spur von den gestohlenen Gegenständen. Und keine neuen Vorfälle.«

Der Adjutant nickte. »Trotzdem hat es eine interessante Entwicklung gegeben.« Er brach zu einer weiteren kleinen Runde durch den vorderen Teil des Raumes auf. »Aber bevor ich es Ihnen sage, möchte ich Ihnen die Frage stellen. Gibt es irgendetwas bei diesen Einbrüchen, das Ihnen besonders auffällt?«

Fünfzehn Augenpaare sahen ihn gespannt an.

»Es scheint bei den Einbrüchen kein geografisches Muster zu geben, *mon adjudant*«, äußerte Lucie Sauret. »Es gab zwar die drei in und um Brames, aber die anderen waren über die gesamte Region verteilt.«

»Alle bisher betroffenen Häuser waren bei demselben Unternehmen versichert, nämlich Assurimax«, bot Albert an.

»*Bon*«, entgegnete Compagnon. »Beides wichtige Punkte. Obwohl die Tatsache, dass Assurimax der Versicherer ist« – er trat den Rückweg an – »an sich noch nicht bemerkenswert sein muss. Assurimax ist schließlich die größte Versicherung in der Gegend.«

Laurent regte sich. »*Mon adjudant*, der Dieb geht gezielt vor und weiß offenbar immer ganz genau, welche Häuser infrage kommen.«

Compagnon hielt in der Bewegung inne und wippte leicht auf den Absätzen.

»Gut beobachtet, Naudet. Und was sagt Ihnen das?«

Laurent runzelte die Stirn. »Nun, herauszufinden, welche Häuser im Winter verwaist sind, dürfte nicht allzu schwer sein. Aber woher weiß der Einbrecher, in welchen es auch wirklich etwas zu holen gibt?«

»Das genau«, erwiderte Compagnon und sah sehr zufrieden aus, »ist die Frage. Und damit wären wir auch bei der jüngsten Entwicklung. Wenn tatsächlich alle Häuser bei Assurimax versichert waren und jemand Zugriff auf die Versichertendaten der verschiedenen Unternehmenszweige hatte, wäre diese Person dann nicht sehr gut in der Lage, sich die Rosinen herauszupicken?« Er schaute in die Runde. »Um wen geht es hier also?«

»Um einen Mitarbeiter von Assurimax?«, sagte jemand.

»Um einen Versicherungsmakler?«

»Eine Aushilfe, die von einer Abteilung zur nächsten wechselt?«

»Einen IT-Fachmann?«

»Einen Hacker?«

»Ausgezeichnet«, sagte der Adjutant und nickte dabei anerkennend. »Eben in diesem Augenblick ist ein Team von Spezialisten dabei, der Sache auf den Grund zu gehen. Das könnte der Durchbruch in unserem Fall sein! In der Zwischenzeit konzentrieren wir uns auf das, was in unserem Zuständigkeitsbereich ansteht, bleiben wachsam gegenüber allen weiteren möglichen Versuchen und arbeiten mit den anderen Einheiten zusammen. Unser Mann mag unser Revier verlassen haben, aber ich brauche Ihnen nicht zu sagen, wie wichtig es trotzdem ist, dieses erbärmlichen Witzboldes habhaft zu werden. Man darf ihn keinesfalls in dem Glauben lassen, dass er sich über die *Gendarmerie nationale* lustig machen kann und damit durchkommt.« Die speziell an ihn gerichtete Botschaft des letzten Gedichtes erwähnte Compagnon nicht. Das war auch gar nicht nötig.

25

Zu ihrer großen Freude stellte Mara fest, dass der Supermarkt in Siorac Ahornsirup führte. Dieser befand sich in einem kleinen Plastikkrug, auf dem ein rotes Ahornblatt abgebildet war. Einen Augenblick lang war Mara überwältigt, dieses heimatliche Symbol so überraschend auf europäischem Boden zu finden. Sie drückte den Krug an sich und gab sich ihren Kindheitserinnerungen hin: an die Pfannkuchen ihrer Mutter, die so luftig wie Engel gewesen waren, und an sich und ihre Schwester Bedie, wie sie als kleine Mädchen so viel dickflüssigen, süßen, glänzenden Sirup auf jeden Pfannkuchen gegossen hatten, bis dieser nichts mehr aufnehmen konnte. Mara hatte einen Kloß im Hals.

In diesem Zustand fand Daisy sie vor.

»Haben Sie hier gerade ein kleines privates Stelldichein mit Saucen und Gewürzen, oder darf hier jeder einkaufen?«

Mara zuckte zusammen und hätte fast den Krug fallen lassen.

Daisy trug einen beigefarbenen Hosenanzug aus Seide unter dem Trenchcoat. Ein Halstuch von Hermès, das gut und gerne an die dreihundert Euro gekostet haben mochte, hatte sie lässig über die Schulter geworfen. Ihr süßes Parfüm hing in der Luft. Wie eh und je erinnerte sie Mara an eine in die Jahre gekommene Barbiepuppe.

»Ach«, sagte Mara und vergrub den Ahornsirup tief unten in ihrem Einkaufswagen. Sie hatte das dumpfe Gefühl, dass Daisy den kleinen kostbaren Krug an sich reißen würde, sobald sie ihn sah. »Ich dachte, Sie wären schon längst wieder in Florida.«

»Wir kommen und gehen«, antwortete Daisy frisch-fröhlich. »Meine Arbeit bringt viel Hin und Her mit sich. Bei Donny ist es genauso. Ich hatte ohnehin vor, mich bei Ihnen zu melden, deshalb bin ich froh, dass ich Sie hier zufällig treffe. Wir würden Sie gerne zu uns zum Abendessen einladen. Sie und – ach, jetzt habe ich leider seinen Namen vergessen.«

»Julian.«

»Ach natürlich, Julian. Würde es Ihnen diese Woche passen? Ich rufe Sie an.«

Und so kam es, dass Mara und Julian sich ein paar Tage später in dem aufwändig renovierten (aber nicht von Mara) Haus der O'Connors in Grives wiederfanden. Sie saßen im rechten Winkel zueinander auf einem niedrigen moosgrünen Ecksofa. Ihre Knie berührten sich fast. Ihnen waren Champagner und auf kleine Briehäppchen gespießte Räucherlachsstreifen gereicht worden. Bei dem Champagner, der in einem Keramikkühler vor ihnen auf einem Glastisch stand, handelte es sich um eine sehr edle Marke.

»*Sláinte*«, ließ Donny seine irischen Wurzeln zum Vorschein kommen. Der große Mann war überaus gastfreundlich, jovial und eifrig darum bemüht zu gefallen.

»*Chin-chin*«, erwiderte Daisy und zog dabei ihre roten Lippen in die Breite.

Mara hob ihr Glas. »*Santé.*« Mit Daisys geschmeidigem Lächeln konnte sie es allerdings nicht aufnehmen.

Julian sagte: »*Cheers!*«

Keiner von ihnen beiden war sonderlich erpicht darauf gewesen, die Einladung anzunehmen. Aber Daisy hatte die Angelegenheit hartnäckig weiterverfolgt, und Loulou hatte ihr gemeinsames Abendessen im *Chez Nous* an diesem Freitag absagen müssen. Deshalb waren Mara und Julian jetzt hier.

Durch die Fensterfront konnte Julian den Sieben-Uhr-Himmel sehen, der so golden wie die Seine war, wenn sich in ihr das Sonnenlicht spiegelte. Er hätte es eindeutig vorgezogen, draußen zu sein und den lieblichen Duft des Flieders einzuatmen, von dem die Luft erfüllt war. Stattdessen hockte er drinnen, mit einem Mann, den er eher langweilig fand, und einer Frau, die sich seinen Namen nicht merken konnte und deren schweres Parfüm ihm Kopfschmerzen verursachte, und trank teuren Champagner. Außerdem stand ihm ein Essen bevor, das »leicht« sein würde, wie Donny, der es gekocht hatte, ihnen versicherte. Leicht zuzubereiten oder leicht zu essen?, fragte sich Julian. Vielleicht war damit ja etwas gemeint, das man nicht kauen musste. Donny trug eine Schürze, auf deren Latz in großer roter Schrift geschrieben stand: »Zutritt verboten! Gefahrenzone!«

Das Abendessen bestand schließlich in frischen Foie-gras-Scheiben, die in der Pfanne in Butter geschwenkt worden waren.

»Wissen Sie«, sagte Donny, während er auftrug, »all dieses Gerede über die grausame Zwangsfütterung ist meiner Meinung nach völlig überzogen. Erstens ist es nicht schlimmer als die Art und Weise, wie bei uns zu Hause Legehennen gehalten werden. Immerhin haben die Enten und Gänse hier ein wenig Auslauf, bevor man sie schlachtet. Und zweitens verwenden sie bloß Zugvögel, die sich von Natur aus voll fressen. Man macht sich also bloß das zunutze, was die Natur ohnehin vorgesehen hat. Außerdem sind viele Leute der Auffassung, dass Foie gras wie der Louvre zum kulturellen Erbe Frankreichs gehört.«

Julian entgegnete, er könne sich nicht vorstellen, dass es Tieren, gingen sie nun auf Wanderschaft oder nicht, gefiele, mit einem Trichter Futter in den Hals gestopft zu bekommen, bis ihre Leber unverschämte Ausmaße annahm. Mara versetzte ihm unter dem Tisch einen Tritt.

»He, wenn das nicht Ihr Ding ist, nehme ich Ihnen das nicht übel. Ich mache Ihnen auch gerne ein Omelett«, bot

Donny ihm an und erhob sich schon halb, eifrig darum bemüht, die Wogen zu glätten.

»Nein, nein. Alles in Ordnung«, lenkte Julian ein und fühlte sich wie ein Duckmäuser. Diesen Kampf focht er jedes Mal mit sich aus. Die Foie gras zerging köstlich auf der Zunge und wurde mit Brot und dickem weißem Spargel serviert. Für Julian stellte Letzterer eine weitere Abnormität dar: weißer Spargel wuchs im Dunkeln. Ein normaler grüner Salat folgte. Wie es in Nordamerika üblich war, tischte Donny alles auf einmal auf.

»Ich weiß ja«, sagte ihr Gastgeber entschuldigend, »dass die Franzosen ein Faible für mehrere Gänge haben. Dieses Hin und Her zwischen Küche und Tisch und immer wieder saubere Teller und frisches Besteck. Dafür konnte ich mich nie erwärmen. Ich mag das Essen auf dem Tisch, wo ich es sehen kann!«

Kurz darauf hob er sein Glas und fragte: »Was halten Sie von diesem Sauternes? Ist doch hervorragend, oder?«

Donny sprach über Grundstücksgeschäfte, die er in den Staaten, der Karibik und an der Golfküste tätigte. »Grundstücksspekulationen sind nur eine Frage des Timings«, sagte er in ernstem Ton zu ihnen. »Und eine Frage der Geduld. Der Trick besteht darin, günstig zu kaufen, abzuwarten und dann teuer zu verkaufen. Ich habe gerade ein wunderbares Objekt in Buttonville, Ontario, in Arbeit, in der Nähe von Toronto. Gleich bei Ihnen um die Ecke, Mara!«

»Ich stamme aus Québec«, erwiderte Mara mit vollem Mund. Sie hatte kein Problem mit Foie gras, sondern tunkte das, was davon übrig war, sogar mit dem Brot auf.

»Ach, ganz Kanada ist ja eine einzige große Schneelandschaft, nicht wahr?«

Donny ließ den Käse aus und ging gleich zum Dessert über: große, rechteckige Baklavas, die vor Honig nur so trieften und die Julian sofort wiedererkannte.

»Die schmecken wirklich großartig!«, bemerkte Donny und stieß mit der Gabel in seine Baklava. Hauchdünne Blätterteigkrümel spritzten in alle Richtungen. »Ich kaufe sie immer auf dem Markt in Saint-Cyprien. Da gibt es einen türkischen Stand. Eine Frau mit ihrem Sohn. Sie macht alles ganz frisch.« Er kaute, schluckte und runzelte die Stirn. »Aber um ehrlich zu sein« – er stocherte mit der Gabel kritisch in seiner Baklava herum – »sie scheint ein wenig ihr Gespür dafür zu verlieren. Diese hier sind definitiv schlechter als sonst.«

Donny war offensichtlich nicht im Bilde, dass die Markttage des Sohnes beendet waren. Julian dachte an die trauernde Betul. Erneut wurde er von Schuldgefühlen geplagt und legte die Gabel ab.

»Hören Sie«, wandte Daisy sich an ihre Gäste, sobald sie die Essenspräliminarien hinter sich hatten. »Ich möchte gleich zur Sache kommen. Ich habe Sie hergebeten, weil ich mit Ihnen über Joseph sprechen wollte«, sagte sie geradeheraus. Sie versuchte gar nicht erst zu verschleiern, dass sie ein anderes Ziel verfolgte, als bloß mit Mara und Wie-hieß-er-noch-gleich zu speisen. »Ich würde gerne wissen, wie es ihm geht, und von der Krankenschwester bekommt man ja keine klare Antwort.«

»Den Umständen entsprechend gut«, antwortete Mara vorsichtig. Sie wusste, dass Daisy Jacqueline Godet immer noch drängte, sie solle Josephs Einweisung in ein Pflegeheim befürworten.

Daisy warf den Kopf zurück. »O Mann! Wie darf ich das verstehen?«

»Er hat gute und schlechte Tage.«

»Hören Sie«, sagte Daisy mit aggressivem Unterton, »mein Vater hatte Parkinson. Ich weiß, wie die Krankheit verläuft. Mein Daddy war ein wundervoller Mensch. Erfolgreich, aufgeschlossen, aktiv. Parkinson hat alles verändert. Er brauchte natürlich häusliche Pflege, aber ich habe ihn bis zu seinem Tod jeden Tag besucht. Es behagt mir ganz und gar nicht, dass der arme alte Joseph so mutterseelenallein ist und niemanden hat, der sich um ihn kümmert. Wir kennen die Gaillards schon sehr lange, seit 1975. Damals konnte man auf ihrem Hof Gästezimmer mit Frühstück bekommen. Donny und ich wollten ein bisschen Landluft schnuppern, und wir haben bei den beiden gewohnt, als wir das erste Mal in die Dordogne gekommen sind. Ihr Haus war nicht gerade komfortabel – Sie wissen ja, wie es ist –, aber Amélie und Joseph brauchten das Geld. Außerdem war das Essen fantastisch. Deshalb sind wir jedes Jahr wiedergekommen, bis sie ihre Pension zugemacht und wir das Haus hier gekauft haben. So sind wir Freunde geworden. Zufällig liegt mir Josephs Wohl sehr am Herzen.«

»Aber Sie können das nun wirklich nicht entscheiden«, sagte Mara unverblümt. »Niemand kann das außer ihm selbst. Sie müssen ihn schon seine eigenen Entscheidungen treffen lassen. Und im Augenblick möchte er halt in seinen vier Wänden bleiben, auf seinem Grund und Boden. Wenn erst mal die häusliche Pflege eingerichtet ist, wird es ihm besser gehen.«

»Und wann, bitte schön, soll das passieren? Das geht jetzt schon einen Monat so!«

»Solche Dinge brauchen Zeit.«

»Wie dem auch sei, er braucht jedenfalls mehr als bloß irgendeinen Betreuer. Was er braucht, ist geschultes Pflegepersonal. Mein Vater hatte drei Krankenschwestern, die sich im Wechsel rund um die Uhr um ihn gekümmert haben.«

»Drängele doch nicht so, Liebling!«, sagte Donny. »Lass den alten Herrn doch da, wo er ist.«

Mara sah Donny überrascht an. Sie hatte erwartet, dass er sich seiner Frau in allem anschließen würde, zumindest nach außen hin.

»Davon hast du doch nicht die geringste Ahnung«, erwiderte Daisy ärgerlich.

»Aber sie hat doch gesagt, es ginge ihm gut, Daze.« Donny wandte sich an Mara. »Er kommt zurecht, ja? Keine schlechten Phasen? Mit Daisys Vater ging es in den letzten Jahren seines Lebens ziemlich auf und ab. Er musste ununterbrochen beaufsichtigt werden. Natürlich konnte er sich das leisten.« In seiner Stimme schwang bloß eine Spur von Sarkasmus mit.

»Dieses Stadium hat Joseph bei Weitem noch nicht erreicht«, sagte Mara mit Nachdruck.

»Das hört man gerne!« Donny erhob sich, um den Tisch abzuräumen. Daisy starrte ihm hinterher.

»Sagen Sie, wann fahren Sie beide eigentlich wieder?«, fragte Julian Daisy und überbrückte damit eine unangenehme Gesprächspause. Wieder fand Maras Schuhspitze den Weg zu seinem Schienbein.

»Was?« Für einen Moment blieb Daisys Miene ausdruckslos. »Ach, Donny bleibt noch eine Weile hier. Er steht kurz vor einem Geschäftsabschluss. Er steht eigentlich immer vor irgendeinem Geschäftsabschluss. Oder versucht es zumindest. Mit meinem Geld.« So zahlte sie ihm heim, dass er ihr bei der Sache mit Joseph in den Rücken gefallen war.

Donny steckte den Kopf zur Küchentür hinaus und sagte: »Aber, aber, Liebling!« Dann verschwand er wieder.

»Was mich betrifft«, fuhr Daisy fort, »ich bin nächste Woche wieder weg. New York und Philadelphia. Anschließend London und Paris. Und dann wieder hierher. Leider sieht so das Leben einer selbstständigen Händlerin aus. Ich muss dahin, wo die Verkäufe stattfinden.«

»Händlerin?«, fragte Mara. »Händlerin wofür?«

»Antiquitäten«, antwortete Daisy. »Ich bin auf europäische Möbel und Kunst des neunzehnten und frühen zwanzigsten Jahrhunderts spezialisiert.«

Julian schaute zu Mara. Sie betrachtete Daisy mit neuem Interesse.

»Ach, wirklich?«, sagte sie nachdenklich. Dann fragte sie Daisy: »Sie hätten nicht zufällig Interesse an einem Art-Déco-Sofa in exzellentem Zustand, oder?«

Daisy kam am nächsten Tag vorbei, um sich das Sofa anzusehen. Sie war jetzt ganz Geschäftsfrau. Ihr scharfer Blick machte eine Ausbesserung an einem der Beine aus. Die Polsterung sei nicht im Originalzustand. Das schmälere den Reiz des Möbelstücks. Während Daisy sprach, ließ sie den Blick über die anderen Objekte in Maras Wohnzimmer schweifen und tat sie schnell als nicht infrage kommend ab. Beim Abschied sagte sie, sie würde es sich überlegen, aber Mara wusste, dass das in Barbiesprache »Nein« bedeutete.

»Verdammt!«, entfuhr es Mara, als sie Daisy hinterhersah. Sie selbst hatte das restaurierte Bein und das mit der Polsterung nicht bemerkt.

»Einen Versuch war es doch wert«, murmelte Julian.

Mara lehnte den Kopf an die Fensterscheibe. Es war ein

windiger Apriltag. Sie beobachtete, wie sich ein Bussard in die Lüfte schwang und sich von einem warmen Aufwind über die Baumwipfel treiben ließ.

»Weißt du was?«, fragte Mara. »Ich mache mir so meine Gedanken über die O'Connors. Sie sind dauernd unterwegs und werfen mit Geld nur so um sich. Sind Grundstücksspekulationen wirklich so lukrativ? Und wie viel verdient man als Antiquitätenhändlerin?«

»Vermutlich um einiges mehr als ich.« Finanziell gesehen war es für Julian ein langer, zäher Winter gewesen. »Vielleicht hat sie ja einen Haufen Geld von ihrem Vater geerbt«, schlug Julian vor. »Schließlich hat sie ihn ja bis zu seinem Tod jeden Tag besucht.«

In dieser Nacht schlug der reimende Einbrecher erneut zu und machte sich auch dieses Mal wieder mit einigen kostbaren Kunstobjekten aus dem Staub. Wie üblich rührte er die leicht verkäuflichen elektronischen Geräte nicht an. Auch zwei wertvolle abstrakte Gemälde, einen modernen Wandteppich und eine alte gusseiserne Tafel tastete er nicht an. Das Gedicht, das er am Tatort hinterließ, war eine einzige Provokation. Wie die vorhergehenden war es auf Französisch verfasst, dennoch war die Anlehnung an die britische Schriftstellerin Baroness Orczy unverkennbar. Übersetzt lautete es wie folgt:

Sie suchen ihn da, sie suchen ihn dort.
Die Bullen suchen ihn in einem fort.
Aber keiner kann wissen,
Und keiner kann sagen:
Wohin wird der Fuchs sich nächstes Mal wagen?

Wiederum brachte die Anspielung auf ein Werk der englischen Literatur die Frage nach der Nationalität des Einbrechers auf. Und wieder kam man zu dem Schluss, dass dies höchstwahrscheinlich bloß ein Ablenkungsmanöver war. Die spöttischen Zeilen der Baroness waren hinlänglich bekannt. Jeder hätte sie abschreiben können. Dass jedoch die Wahl auf *Das scharlachrote Siegel* als Vorbild gefallen war, schien auf einen älteren Mann mit eindeutigem Hang zum Dramatischen hinzudeuten.

Adjutant Compagnon war froh, dass der Einbruch weit weg von seinem Verantwortungsgebiet in Quinsac stattgefunden hatte, und äußerst erleichtert, dieses Mal in dem Knittelvers nicht erwähnt worden zu sein.

26

Mara und Julian stiegen die achtzehn Stufen hinauf, die zur Terrasse des *Two Sisters* führten. Julians Prinzip der Sparsamkeit zufolge war die naheliegendste Erklärung, warum Amélie sich dort hoch begeben hatte, auch die beste: sie hatte einfach einen Aussichtspunkt gesucht, um Joseph in der Menge der Marktbesucher ausmachen zu können. Maras Verdacht mit Blick auf Christine und Alice hatte in ihr den Wunsch aufkommen lassen, den Ort selbst in Augenschein zu nehmen, und sie freute sich sehr, dass Julian sie begleitete.

»Hm«, sagte sie, als sie oben angekommen waren. Von dort aus konnte man den gesamten Platz überblicken, auf dem immer dienstags und samstags der Markt stattfand. Der Ort eignete sich in der Tat sehr gut, um nach jemandem in der

Menge Ausschau zu halten. Heute am Sonntag gab es keinen Markt. Bis auf ein paar parkende Autos war der Platz leer.

Mara inspizierte die Restaurantterrasse eingehender. Sie erstreckte sich über die gesamte Breite der beiden Häuserfassaden und war mit einem Weinspalier überdacht, an dem sich neue Triebe mit verkümmerten Reben aus dem letzten Jahr mischten. Es standen bereits Tische und Stühle draußen, aber für ein Gläschen oder ein Essen im Freien war das Wetter an diesem Tag zu unberechenbar – in der einen Minute warm, fast heiß, und in der nächsten schon wieder regnerisch. Der vordere Teil der Terrasse war mit einem hübschen schmiedeeisernen Gitter versehen und ragte ein wenig in die Straße hinein. Die knorrigen Zweige einer alten Glyzinie – die sich von der Straße hochrankte und mehr Baum als Kletterpflanze war – waren mit Draht am Gitter befestigt. Die Glyzinie war voller Blätter und hatte Kaskaden von Knospen ausgebildet.

Es war zwanzig vor zwölf und noch zu früh für ein Mittagessen. Das *Two Sisters* hatte noch nicht geöffnet. Im rechten Teil des Restaurants befand sich niemand, aber durch die Doppelglastür, die in den linken Trakt führte, konnten Mara und Julian Bewegungen ausmachen.

»Also, was genau willst du sagen?«, fragte Julian.

Mara wiederholte, was sie sich zurechtgelegt hatte: »Ich bin im Auftrag von Joseph Gaillard hier« – was nicht stimmte, aber so hörte es sich einfach besser an –, »dem Ehemann der Frau, die hier letzten Monat die Treppe runtergestürzt ist. Ich würde Ihnen gerne ein paar ...«

»Um Himmels willen, Mara, so geht das doch nicht. Du hörst dich ja wie der Sachverständige einer Versicherung an.«

»Ach, red keinen Unsinn! Joseph hat doch nicht vor, sie zu verklagen.«

»Das werden sie aber denken. Du wirst ihnen einen gehörigen Schrecken einjagen. Warum fragst du nicht einfach, ob Madame Gaillard am fünfzehnten März im Restaurant war. Oder noch besser, ob jemand namens Gaillard – das deckt sowohl sie als auch Christine ab – oder – wie lautete noch mal der Nachname der Freundin?«

»Lescuras. Alice Lescuras.«

»Oder Lescuras an diesem Tag einen Tisch reserviert hat?«

Mara hätte fast erwidert: »Mir wäre es lieber, du würdest mir nicht die ganze Zeit sagen, wie ich meine Ermittlungen anstellen soll«, ertappte sich aber bei dem Gedanken, wie lächerlich das geklungen hätte. Sein Vorschlag war gut. Jeder, der im *Two Sisters* essen wollte, musste vorher reservieren. Das Restaurant war äußerst beliebt, vor allem zur Mittagszeit. Geschäftsleute, die noch auf ausgedehnte Arbeitsessen schworen, versammelten sich dort. Sie brachen das Eis beim Aperitif; fühlten dem Gegenüber beim Entree auf den Zahn; kamen während des Hauptgangs zum Kern des Geschäfts; arbeiteten die Details über der Käseplatte aus und lehnten sich zurück, um das gute Gefühl, eine für beide Seiten profitable Vereinbarung gefunden zu haben, bei Dessert, Kaffee und Likör auszukosten.

Mara hoffte bloß, die Geschäftsführung würde sich wegen der Vertraulichkeit der Kundennamen nicht allzu sehr anstellen. Falls doch, würde ihr Trick, ganz gleich wie geschickt sie ihre Worte auch wählte, nicht funktionieren.

Es zeigte sich, dass nur ein junger Kellner, der gerade die Tische deckte, greifbar war. Er hörte kaum hin, als Mara ihren Spruch aufsagte, sondern wies auf ein Tischchen neben der Tür und sagte, sie solle selbst nachschauen.

Die Reservierungen wurden, mit dem jeweiligen Datum versehen, in einem dicken Spiralnotizblock festgehalten. Mara schlug den 15. März auf. Gemeinsam mit Julian ging sie die handgeschriebenen Einträge durch. Der Name Gaillard oder Lescuras war nicht darunter.

»Na, sieh mal einer an«, murmelte Julian. »Welchen Namen haben wir denn hier: Luca!« Daneben hatte jemand eine Uhrzeit, 12 Uhr 30, die Zahl 3 und ein X notiert.

»Rocco Luca?«, überlegte Mara. Hatte Eineinhalb-Tonnen sich etwa zum Zeitpunkt von Amélies Sturz im Restaurant aufgehalten?

Schnell überflogen sie die vorhergehenden Seiten, gingen den Monat März und dann den Januar durch (anscheinend war das Restaurant den gesamten Februar über geschlossen gewesen). Es gab keinen Eintrag auf Gaillard oder Lescuras. Der Name Luca hingegen tauchte insgesamt dreimal auf.

Mara blätterte erneut zum 15. März. »Können Sie mir irgendetwas über diese Person hier sagen?«, rief sie dem Kellner zu.

Dieser legte einen Stapel Servietten ab und kam herüber, um sich den Namen anzusehen, auf den sie zeigte.

»*Ah, oui.* Monsieur Luca«, sagte er. Sein Gesicht belebte sich. »Der kommt oft hierher. Zu Geschäftsessen. Alle reißen sich um seinen Tisch, denn er gibt immer großzügig Trinkgeld. Es sieht so aus, als hätte er am Fünfzehnten für drei Personen um halb eins einen Tisch bestellt. Der Eintrag« – er tippte auf die Stelle – »stammt sogar von mir. Sehen Sie das kleine E hier? Das steht für Émile, und das bin ich. Hinter jeder Reservierung, die wir aufnehmen, vermerken wir unser Kürzel. Aber anscheinend ist Luca nicht erschienen. Dafür steht das X. Wir notieren immer ein X, wenn ein Gast seine Reservierung nicht in Anspruch nimmt. Daher vermute ich mal, dass er nicht aufgekreuzt ist.«

»Und was ist mit den Leuten, mit denen Luca sich treffen wollte? Sind sie gekommen?«, erkundigte sich Mara.

Émile runzelte die Stirn. »Lassen Sie mich überlegen. Ich glaube, irgendjemand war da – aber nein, wirklich sicher bin ich mir nicht.« Er hielt inne und kniff angestrengt die Augen zusammen. »War das nicht der Tag, an dem die alte Frau von der Treppe gestürzt ist? *C'est ça.* Alle sind zum Fenster gestürmt oder auf die Terrasse gegangen, um zu schauen, was los war. Überall waren Polizisten und Sanitäter. Tut mir leid, ich kann mich nicht mehr so richtig erinnern. Da war so ein Trubel. Ist es wichtig?«

»Es könnte wichtig sein«, entgegnete Mara.

»Naja, ich lasse es mir noch mal durch den Kopf gehen. Vielleicht fällt es mir ja doch noch ein.«

Sie dankten Emile und schickten sich an zu gehen.

»Er kommt übrigens heute her«, meldete der Kellner sich noch einmal zu Wort, als Mara und Julian auf die Doppelglastür zuhielten. »Monsieur Luca. Wie immer um Punkt halb eins. Er hat den Ecktisch am Fenster. Da sitzt er immer. Für den Fall, dass Sie ihn treffen wollen.«

Julian blickte zu Mara. »Sie hätten heute nicht zufällig noch einen Tisch für zwei Personen frei, oder doch?«, fragte er.

Ihr Tisch – der einzige, der noch übrig war – stand auf der rechten Seite im Durchgang zur Küche und zum kleinen Aufzug im hinteren Teil des Gebäudes. Sie bekamen die Geräusche und Gerüche aus der Küche mit, sowie die Geschäftigkeit des Personals, das jedes Mal für einen Luftstrom sorgte, wenn es vorbeieilte. Und hin und wieder vernahmen sie auch das Klappern der altmodischen Aufzugtür, wenn Gäste nicht die Treppe benutzen wollten. Auf diese Weise konnten Mara und Julian einen ersten Blick auf einen großen, kräftigen und einen dünnen, schwarzgekleideten Mann werfen. Émile, der gerade aus der Küche kam, machte einen Schritt zurück, um die beiden vorbeizulassen. Er bedeutete Mara und Julian mit dem Kopf, dass der große Mann Monsieur Luca war. Und bei dem Mann in Schwarz schien es sich um seinen Handlanger Serge Taussat zu handeln. Mara war beeindruckt von Eineinhalb-Tonnens massiger Gestalt. Seine kleinen, runden Bärenaugen sahen frustriert und leicht verschwollen aus. Mara fiel auf, dass er sich die schütteren Haare färbte. An den Wurzeln wuchs graues Haar nach. Serge mit seinem schmalen, zerfurchten Gesicht ließ Mara schaudern.

»Ich glaube, ich weiß, warum Luca seine Verabredung zum Mittagessen nicht eingehalten hat«, sagte Julian, als die beiden Männer am Fenstertisch am anderen Ende des Raumes Platz nahmen. »Émile hat doch erzählt, dass es hier nur so von Polizisten und Sanitätern gewimmelt hätte. Nicht gerade die Art von Leuten, mit denen Luca sich gerne umgibt.«

»Ja. Aber der Tisch war für drei Personen reserviert«, antwortete Mara. »Wenn Luca und Serge Nummer eins und zwei waren, wer war dann die Nummer drei?«

»Der dritte Mann«, entgegnete Julian grinsend. Doch dann kam das Essen, und seine Aufmerksamkeit wurde abgelenkt.

Im Sommer war die Speisekarte des *Two Sisters* auf die von den Touristen erwarteten Geschmacktrends zugeschnitten –

mit entsprechenden Preisen. Außerhalb der Saison bekam man dort traditionelle Gerichte, die immer schwerer zu finden waren. Die Preise waren aber auch dann noch gesalzen genug, so dass man die Augenbrauen hochzog. Julian hatte sich für *mique* entschieden, zu dem ein Eintopf aus gepökeltem Schweinefleisch und Wintergemüse gereicht wurde. Normalerweise wurde der *mique,* ein dicker Kloß, der im Eintopf geköchelt hatte, als Beilage angesehen. In diesem Fall aber wurde er groß herausgestellt als eine der Spezialitäten des Restaurants. Er wurde aufgeschnitten serviert, mit einer Füllung aus Speckwürfeln, Schnittlauch und – eine Eigenkreation des *Two Sisters* – schwarzen Oliven, und thronte inmitten der Beilagen dampfend auf einem Servierteller, der vor Julian platziert wurde.

Mara hatte eine ihrer Leibspeisen bestellt: gefüllter Gänsehals. Für dieses Gericht wurde der Hals einer Gans entbeint und die Haut mit einer Farce aus Wurst, Gänsefleisch, Armagnac, Foie gras und Trüffeln versehen. Anschließend wurde der Hals zugenäht und langsam in Gänseschmalz gebraten. Man konnte ihn warm und kalt zu sich nehmen oder auch als *confit* – die herkömmliche Art der Konservierung, bevor Kühlschränke erfunden wurden: das fertige Fleisch wird mit einer dicken Fettschicht bedeckt in luftdicht verschlossenen Gefäßen aufbewahrt.

Maras Essen kam: Es sah wie ein Würstchen aus und brutzelte appetitlich. Als sie mit ihrem Messer hineinschnitt, fand Mara, dass die Konsistenz sogar noch zum Geschmackserlebnis beitrug: die leicht zusammengezogene äußere Hülle gab eine dichte, würzige Füllung preis. Mara schloss die Augen und kaute genüsslich. Es ist außergewöhnlich gut, dachte Mara, als sie sich den nächsten Bissen genehmigte. Gänse- oder Entenschmalz wurde für alles Mögliche verwendet. Es war ihr ein Rätsel, warum die Franzosen nicht alle viel zu hohe Cholesterinwerte hatten. Man sah zwar viele zufrieden wirkende, wohlgenährte Menschen, aber nur wenige richtig Dicke. Alle schienen sich bester Gesundheit zu erfreuen und sehr alt zu werden. Wahrscheinlich lag es am Rotwein und am Walnussöl.

»Was?« Ihr wurde bewusst, dass Julian etwas gesagt hatte.

»Ich meinte gerade, dass es schon seltsam ist, wie oft Lucas Name auftaucht. Im Zusammenhang mit Drogengeschäften. Mit dem Tod dieses Drogenfahnders Yvan Bordas, mit Kazim und dem Überfall auf das Lokum. Und jetzt hat er hier auch noch zum Zeitpunkt von Amélies Sturz einen Tisch bestellt. Verdammt merkwürdig, das Ganze, finde ich!«

Mara hörte auf zu kauen. »Du willst doch nicht etwa sagen, dass Amélie die dritte Person war? Warum sollte sie mit so jemandem wie Luca verkehren?«

»Red nicht so laut!«

»Er kann uns nicht hören. Und warum hätte Luca sie umbringen sollen? Nein, Christine und Alice sind es, die ein Motiv haben.«

Sie wandten sich wieder dem Essen zu.

Erst nach einer ganzen Weile legte Mara ihre Gabel ab. »Also, spielen wir den Gedanken doch mal durch. Wenn tatsächlich eine Verbindung zwischen Amélie und Luca besteht – welcher Art, lassen wir erst mal außen vor –, dann müssen wir davon ausgehen, dass auch Joseph davon betroffen ist. Und wenn das der Fall ist, dann bekommen seine nächtlichen Monster, an die du ja nicht glaubst, eine andere, viel bedrohlichere Dimension.«

»Womit wir wieder bei der Frage wären, warum ein Drogenbaron eine alte Frau töten oder ihren Ehemann in Angst und Schrecken versetzen sollte.«

»Vielleicht steckt ja nicht Luca dahinter, sondern Serge. Er ist der Killer. Unter Umständen nimmt er ja auch den einen oder anderen Auftrag nebenher an.«

»Du meinst, Christine und Alice haben Serge angeheuert, damit er Amélie auf die Terrasse lockt und dann hinunterstößt, und jetzt bezahlen sie ihn dafür, dass er Joseph beseitigt?« Julian schien dies lustig zu finden.

»Das ist eine Art, die Dinge unter einen Hut zu bringen«, verteidigte Mara sich. Ihr Blick schweifte durch den überfüllten Raum. Dann wurden ihre Augen zu schmalen Schlitzen.

»Da kommt jemand dazu«, bemerkte sie und duckte sich tief über den Teller. »Um Himmels willen, Julian, jetzt dreh dich doch nicht um!«

»Kannst du sehen, wer es ist?«

»Es ist ein Mann. Jetzt setzt er sich.« Sie stand abrupt auf. »Ich gehe auf die Toilette.«

Noch bevor Julian zu einer Antwort ansetzen konnte, war sie auch schon fort und drehte eine Runde durch den Raum. In der Nähe des Fenstertisches, an dem ein kleiner Mann mit ängstlichem Blick hastig auf die anderen beiden einredete und Luca Olivenkerne in einen Aschenbecher spuckte, hielt sie plötzlich an und wühlte in ihrer Handtasche.

»Ich brauche noch eine Woche«, hörte Mara den Angsthasen mit schriller Stimme sagen. Es konnte sich um einen Lehrer, Regierungsbeamten oder einen kleinen Geschäftsmann handeln, dachte sie. »Ich bin sicher, dass ich es auftreiben kann, aber ich brauche noch eine Woche.«

Mit einem Ausruf der Verärgerung ließ Mara ihre Tasche

fallen. Schlüssel, Kamm, Papiertaschentücher und ihr Portemonnaie verteilten sich auf dem Boden.

Serge nahm als Einziger Notiz von ihr. Sein Blick war kalt und wachsam, und er ließ Mara nicht aus den Augen, bis sie ihre Sachen wieder eingesammelt hatte und weiterging.

Sie verließ den Raum, überquerte die Terrasse zur anderen Seite des Restaurants, wo sich die Bar und die Toiletten befanden. Auch hier war es voll. Zurück machte sie denselben Umweg wie vorher, dieses Mal allerdings, ohne stehen zu bleiben. Nach zehn Minuten war sie wieder bei Julian.

»Das war die durchsichtigste Aktion, die ich je gesehen habe!«, zischte Julian. »Was zum Teufel sollte das?«

»Ich wollte sie belauschen.«

»Ja, das habe ich bemerkt!«

»Ich habe gehört, wie das Karnickel mehr Zeit verlangt hat, um etwas aufzutreiben. Es würde mich nicht wundern, wenn unser Monsieur Eineinhalb-Tonnen neben seinen Drogengeschäften auch noch den Kredithai spielt. Wenn Christine und Alice wirklich knapp bei Kasse sind, dann könnte das die Verbindung sein, nach der wir suchen. Sie haben bei Luca einen Kredit aufgenommen und müssen nun sehen, wie sie dem Teufel das Geld zurückzahlen.«

27

Mitte der Woche gab es ein Unwetter. Große, schwere Regentropfen prasselten gegen das Fenster. Dann und wann durchzuckten Blitze den Himmel. Jazz schlief seelenruhig auf dem Aubusson-Teppich. Bismut, der große Angst vor

Gewittern hatte, verkroch sich unter dem Art-Déco-Sofa, auf dem Julian sich ausgestreckt hatte. Er las eine Ausgabe der *Daily Mail*, die eine Woche alt, aber Madame Audebert noch nicht zum Opfer gefallen war.

Das Telefon klingelte dreimal, bis Julian einfiel, dass Mara sich draußen hinter dem Haus in ihrem Arbeitszimmer aufhielt. Er warf die Zeitung beiseite und beeilte sich abzunehmen, bevor der Anrufbeantworter sich einschaltete.

»Julian?« Es war Iris Potter, Julians Zeichnerin und Gérauds Lebensgefährtin. Sie klang ein wenig außer Atem. »Er führt etwas im Schilde. Ich sehe es an seinem Blick. Du weißt, was ich meine, diesen selbstgefälligen, hinterhältigen Blick, den er immer hat, wenn er glaubt, jemanden ausstechen zu können, vor allem dich.«

Offenbar meinte sie Géraud. Julian erstarrte, wie immer, wenn von diesem Mann die Rede war.

»Er hat sich mit einer gewissen Adelheid Besser getroffen«, fuhr Iris fort. »Kennst du sie?«

»Ähm- ja.« Julian hatte das Gefühl, als rutsche ihm das Herz in die Hose. Das war das Letzte, was er gebrauchen konnte. Er hatte Adelheid schon völlig vergessen und gehofft, sie würde einfach wieder von der Bildfläche verschwinden. Offenbar hatte sie sich unverzüglich mit Géraud in Verbindung gesetzt. Und dass er etwas mit ihr »im Schilde führte«, konnte bloß eines bedeuten.

Iris sprach es aus: »Meines Erachtens sind sie hinter deinem Cypripedium Dingsbums her.« Iris konnte sich zwar schlecht die lateinischen Namen merken, akzeptierte aber voll und ganz, dass Cypripedium incognitum Julian zustand. »Es scheint so, als wäre diese Besser – Géraud nennt sie Heidi, da kann ich doch nur an Jodeln und Ziegen denken – eine große Sammlerin. Sie reist um die ganze Welt und sucht nach Orchideen. Und sie hat ein Gewächshaus voller Pflanzen, die Géraud grün vor Neid werden lassen. Er hat gesagt, sie habe ihm irgendeine sanderianum versprochen. Da Géraud es hasst, wenn er für etwas zahlen muss, kann es sich hier nur um einen Tausch handeln. Nun, meiner Meinung nach ist das Einzige, das sie noch nicht hat und das Géraud ihr bieten kann, deine Orchidee.« Für jemanden, den Julian als im positiven Sinne treuherzig ansah, konnte Iris überraschend scharfsinnig sein.

»Verdammt!«, fluchte Julian und begann zu hyperventilieren.

»Also, ich an deiner Stelle würde mich vorsehen«, riet Iris ihm. »Und dann ist da noch etwas, das ich dir sagen sollte. Ich habe gerade einen Prospekt in die Hände bekommen. Weißt du was? Da gibt es doch all das Land rund um Maras Haus. Wälder und Felder und so. Anscheinend soll dort ein großer, schicker Golfplatz entstehen.«

Julian hatte geglaubt, nach der Neuigkeit von Géraud und Adelheid könne nichts Schlimmeres mehr kommen. Jetzt musste er sich erst einmal setzen.

»Es handelt sich um ein multinationales Konsortium namens Montfort-Izawa«, sagte Julian abfällig. Es war einen Tag später, und Julian war soeben von der *mairie,* dem Rathaus, zurückgekehrt. Madame Marty, die Bürgermeisterin, hatte sich als äußerst hilfreich erwiesen. »Ich habe nicht herausfinden können, wer oder was sich hinter Montfort-Izawa verbirgt, aber ihnen gehört das ganze Gebiet, das sich im Norden an dein Grundstück anschließt, einschließlich der Wälder und Wiesen dahinter. Anscheinend ist das schon seit Jahren so.

Sie haben gerade eine Werbebroschüre über einen 18-Loch-Golfplatz herausgegeben, der sich an internationalen Standards orientiert. Nächstes Jahr soll mit dem Bau der Anlage begonnen werden. Plus Klubhaus, Pro-Shop, Restaurant, Parkplatz und Zufahrtsstraße. Das ist der Prospekt, den Iris gesehen hat.«

Er knallte zwei Hochglanzbroschüren auf den Tisch. Die eine war in Englisch abgefasst, die andere in Französisch. Beide zeigten zwei glücklich blickende Golfer, die zum Schlag ausholten und die man auf einen smaragdgrünen Rasen gesetzt hatte. Im Vordergrund trug eine dreieckige Fahne das Monogramm M-I.

Julian mochte keine Golfplätze, und das nicht etwa, weil er etwas gegen den Sport hatte, sondern wegen der Art und Weise, wie mit den Greens umgegangen wurde. Erstens beanspruchten sie wahnsinnig viel Platz. Das hieß, sowohl dem an Maras Grundstück grenzenden Wald Lebewohl zu sagen, als auch der unebenen Wiese, die jenseits der Bäume lag. Im Frühling war diese dicht mit Orchideen bewachsen: das purpurrote Kleine Knabenkraut, die Serapias lingua mit dem tiefen Schlund und die leuchtend pinkfarbenen Pyramiden-Spitzorchis blühten dort.

Zweitens verbrauchten Golfplätze riesige Mengen Wasser. Es erstaunte ihn, dass das Projekt zu einer Zeit, in der Wasserrationierung im Sommer zur Regel wurde, überhaupt genehmigt worden war. Madame Marty hatte ihm versichert, dass Golfanlagen in Frankreich inzwischen strikte Vorschriften einhalten mussten, was den Wasserverbrauch betraf. Dennoch trugen sie dazu bei, die an sich schon knappen Wasserressourcen noch stärker zu belasten. Und drittens kamen auf Golfplätzen wie verrückt Chemikalien zum Einsatz, da alles, das nicht Gras war, als Unkraut angesehen wurde – Orchideen inbegriffen.

»Und das ist erst Phase I«, fuhr Julian fort. »Phase II beinhaltet den Bau von Luxuseigentumswohnungen ringsherum, sowie Parkplätzen, zwei Swimmingpools und weiteren Zufahrtsstraßen. Eine Art Urlaubsparadies für Golfer. Man kann Anteile erwerben oder sich für das Pauschalangebot entscheiden: eine Eigentumswohnung pachten und dazu so viel Golf, wie man will. Für Instandhaltung, Landschaftsgestaltung und Sicherheit sorgt das Konsortium. Wenn es als reine Investition gedacht ist, kann man seine Wohnung und die Golfprivilegien auch vermieten. Montfort-Izawa schaltet dann Anzeigen auf seiner Website und kümmert sich um die Vermietung. Gegen Gebühr, versteht sich. Wenn man sich vor dem 31. Dezember entschließt – also noch vor dem ersten Spatenstich, das musst du dir mal vorstellen! –, dann kommt man in den Genuss eines Ferienwohnrechtes, das einem Unterkunft und Golf in Florida und der Dominikanischen Republik zusichert, und zwar solange man hier Eigentümer einer Wohnung ist. Um dieses Vorzugsangebot wird ein Riesentamtam gemacht, denn im neuen Jahr rechnet man aufgrund der Nachfrage mit wesentlich höheren Preisen. Anscheinend sind jede Menge japanischer Unternehmen scharf darauf, für ihre Führungskräfte in Immobilien und Golfprivilegien zu investieren. Sie sollen dann alle vierzehn Tage hierherkommen. Japaner sind offenbar verrückt nach Golf.«

Mara nahm dies alles mit wachsendem Zorn auf. Auch sie war eben erst nach Hause gekommen, nachdem sie an diesem Vormittag mit ihren Nachbarn gesprochen und überall in etwa gleichlautende Informationen zu hören bekommen hatte. Sie sagte: »Joseph und ich sind die Einzigen in Écoute-la-Pluie, die direkt betroffen sind, da das Bauprojekt an unsere Grundstücke grenzt. Ich bin mir aber nicht sicher, ob Joseph wirklich begriffen hat, was Sache ist, als ich es ihm zu erklären versucht habe. Alle anderen hier im Ort sind für das Vorhaben. Die ganze Gemeinde scheint dahinterzustehen. Als ich mit Olivier Rafaillac gesprochen habe, hat er gesagt, dass der Antrag auf Baugenehmigung schon vor einigen Jahren gestellt wurde, kurz nachdem ich hierhergezogen war. Ich hätte wohl damals Einspruch erheben können, aber ich war so damit beschäftigt, hier beruflich Fuß zu fassen, dass ich vermutlich noch nicht einmal etwas davon mitbekommen habe. Aber Olivier meinte, ich wäre sowieso überstimmt worden. Alle hier glauben, dass der Golfplatz der Region Einkünfte bringen und dass ihr eigener Grundstückswert dadurch steigen wird. Ich bin die Einzige, die total dagegen ist!«

»Ich auch!«, erwiderte Julian.

»Du auch.« Unglücklich nahm sie auf einem Stuhl Platz. Sie sah traurig aus. »Ach, Julian! Sie werden den Wald zerstören. Wir werden hier Idioten haben, die uns Achtung! und *Gare!* auf der Terrasse zurufen. Was sollen wir bloß tun?« Sie nahm die englische Broschüre und starrte darauf. Es sah aus, als würde sie jeden Moment in Tränen ausbrechen.

»Wir können es nicht verhindern«, sagte Julian. »Montfort-Izawa hat alle Bedingungen erfüllt. Die Entwürfe stimmen mit den baulichen, sicherheitstechnischen, Gesundheits- und Zufahrtsvorschriften überein. Das Projekt hat schon so gut wie begonnen. Du – wir werden wohl damit leben müssen.«

»Da sträuben sich einem doch die Haare!«, rief Mara empört.

»Es könnte schlimmer sein.«

»Ich meine das hier.« Sie wedelte mit der Broschüre vor Julians Gesicht herum. »Diese ganze Prozedur. Der Wirbel, der darum gemacht wird, das Pauschalangebot, der Vorzugspreis für Schnellentschlossene. Das klingt alles so nordamerikanisch, so –« Sie verstummte und starrte ungläubig auf den aufgeklappten Prospekt in ihrer Hand. »Golf? Teilzeiteigentum in Florida und der Dominikanischen Republik? Julian, über wen wissen wir, dass er mit Grundstücken spekuliert, dass er mal Profigolfer war und hier in der Gegend an allen möglichen Bauvorhaben beteiligt ist? Über wen wissen wir, dass er gerade ein Geschäft in der Dordogne abgeschlossen hat? Das hört sich doch verdammt nach Donny O'Connor an!«

28

Es war mal wieder Freitag, Madame Audeberts Putztag. Julian brach zeitig auf und kehrte erst zurück, als sie wieder weg war. So kam es, dass es schon spät am Nachmittag war, als er und Mara mit den Hunden zu einem Spaziergang aufbrachen. Sie liefen die Straße hinauf und in den Wald hinein, um eine Vorstellung davon zu bekommen, was sie verlieren würden. Jazz und Bismut sprangen davon und waren schon bald im Unterholz verschwunden. Die Luft war warm und schwül. Es roch nach Regen.

»Es geht um all das hier«, sagte Julian, als sie die Anhöhe erklommen und durch den Wald auf die Wiese auf der anderen Seite gelangten.

Eine Welle von Traurigkeit erfasste Mara. Die letzte Zeit hatte es zu viele Verluste gegeben. Amélie, Kazim, Joseph, der den täglichen Kampf mit Parkinson verlor. Und nun die bevorstehende Zerstörung eines Stücks Natur, das so wichtig für ihr Wohlbefinden war. Was hattest du denn erwartet?, ließ sich eine pragmatische, unerbittliche Stimme in ihrem Kopf vernehmen. Dass alles auf ewig so bleiben würde, wie es war, bloß weil du hier dein kleines Paradies gefunden zu haben glaubtest? Die Dinge ändern sich. Leute ziehen weg oder sterben. Grundstücke waren inzwischen zu einer gut verkäuflichen Ware geworden.

»Und dann noch all das da drüben.« Julian zeigte auf ein langes, brachliegendes Feld, das weiter westlich an der Straße lag. Darauf waren die Überreste eines Hauses zu sehen, das einst Teil eines bewirtschafteten Bauernhofes gewesen war: die Hinterlassenschaft einer Generation, die nicht willens oder nicht imstande war, auf dem Land zu leben. Oft waren solche Grundstücke das Ergebnis endloser Auseinandersetzungen zwischen Geschwistern, was mit dem gemeinsamen Erbe geschehen sollte. Ehemals kultivierte Felder waren dem kriechenden Würgegriff von Gestrüpp ausgesetzt, das jedes Jahr ein wenig mehr von der Freifläche einnahm. Große Teile der Dordogne waren so, schoss es Mara durch den Kopf – ein trauriges Zeugnis vergangener Zeiten. Sofern sie nicht von den Montfort-Izawas aufgekauft wurden.

»Ich frage mich, ob wir irgendwie herausbekommen können, ob Donny dahintersteckt«, sagte Julian. Mara hatte nach Montfort-Izawa im Internet gesucht und eine Website gefunden, auf der aber keine Namen genannt wurden. Und Madame Marty hatte Julian auch keine weiteren Auskünfte erteilen können als die ihm bereits gegebenen. »Vielleicht sollten wir einfach zu ihm gehen und ihn fragen.«

»Ich bin sicher, er ist es«, platzte Mara gereizt heraus. »Dieser Plan riecht förmlich nach Donny O'Connor.«

Julian stimmte ihr zu. Und noch etwas bereitete ihm mächtig Kopfzerbrechen. Das konnte doch noch nicht alles sein, oder? Seinen Schätzungen zufolge ergaben die Felder und Waldgebiete alles in allem höchstens vierzig Hektar, und damit weniger als hundert Morgen. Eine viel zu kleine Fläche für einen Golfplatz, der internationalen Standards entsprechen sollte, ganz zu schweigen von den infrastrukturellen Einrichtungen und der geplanten Wohnanlage. Vieles hing natürlich vom Entwurf ab. Aber Julian wusste, dass jeder anständige 18-Loch-Platz mindestens sechzig Hektar erforderte, sprich in etwa hundertfünfzig Morgen. Als er einen Blick zurück auf die Wälder oberhalb warf, ging ihm außerdem auf, dass die Geländebeschaffenheit extrem ungünstig war. Alles befand sich in Schräglage und verlief bergauf oder bergab, von einer Landstraße ausgehend, die sich am Fuße des Areals entlangschlängelte. Hier musste einiges getan werden. Er hörte schon förmlich das Kreischen der Sägen beim Bäumefällen und das Donnern der Planierraupen, die die höher gelegenen Erdmassen abtrugen und damit die unteren Ebenen auffüllten. Da galt es noch einiges umzuschichten bzw. Terrassen anzulegen, um das Terrain bespielbar zu machen. Die Kosten dafür würden ins Unermessliche steigen.

Und schließlich war der Geländezuschnitt sehr schlecht: die Wiese und das brachliegende Feld erstreckten sich in länglichen Streifen entlang der Straße. In seiner Anfangszeit als Landschaftsarchitekt hatte Julian sich auch um die Pflege von Golfplätzen gekümmert. Er erinnerte sich an ein Fairway, das so schmal gewesen war, dass die Golfer jedes Mal, wenn ein Auto vorbeifuhr, ihr Spiel unterbrechen mussten. Die Gefahr, dass ein Querschläger eine Windschutzscheibe traf, war einfach zu groß. Hier war die Lage ähnlich. Wie konnte ein erfahrener Golfer wie Donny sich bloß so vertun?

»Weißt du was?«, sagte Julian in einem Anflug von Optimismus. »Ich frage mich gerade, ob Montfort-Izawa – Donny – das hier wirklich hinkriegen wird.«

Mara, die mit ihren Gedanken ganz woanders gewesen war, wachte wieder auf: »Wie meinst du das?«

Er legte ihr seine Zweifel bezüglich des Platzes und des Entwurfs dar. »Und vergiss nicht, dann kommen ja auch noch die Wohnungen und der Swimmingpool hinzu. Wo soll das alles hin?«

»Willst du etwa sagen, das Ganze ist ein Schwindel?« In Mara keimte leise Hoffnung auf.

»Äh – nein.« Donny war zwar ein ganz besonderes Kaliber, ein Aufschneider, aber einen Betrug dieser Größenordnung traute Julian ihm nicht zu. »Es ist einfach ein hochspekulatives Projekt. Vielleicht startet Donny Phase I als eine Art Versuchsballon, um zu sehen, wie viele Investoren er anlocken kann. So käme er im Vorfeld an Geld, um den Bau des Golfplatzes in Gang zu setzen. Aber es würde mich nicht wundern, wenn er sich mit Phase II viel Zeit lässt. Wenn es überhaupt jemals dazu kommt.«

»Phase I ist schon schlimm genug«, erwiderte Mara hitzig. »Mein Grundstück ist auch davon schon betroffen. Vergiss nicht, dieses verdammte Putting-Grün wird im Norden an mein Grundstück angrenzen, und zwar über die gesamte Breite. Bei Joseph ebenfalls.« Mara schüttelte den Kopf. »Aber er scheint es nicht zu begreifen. Oder es macht ihm nichts aus.«

Julian sann darüber nach. »Vielleicht tut es das ja doch! Aber anders, als du es dir wünschst.«

»Wie meinst du das?«

»Schau doch mal, mit dem, was wir hier sehen, kann das Konsortium unmöglich all seine Versprechen einhalten. Joseph aber sitzt auf einem riesengroßen Grundstück: gerodetes, ebenes Land, das unmittelbar an das Baugelände angrenzt. Vielleicht hat er ja vor, an sie zu verkaufen.« Julian blieb abrupt stehen. »Verdammter Mist! Genau, das wird es sein! Um mit dem Bauvorhaben fortfahren zu können, hat Montfort-Izawa sich weitere Nachbargrundstücke gesichert. Ich möchte wetten, sie haben mit Joseph eine private Vereinbarung getroffen, ihm das Land abzukaufen! In diesem Stadium würde es bloß einer mündlichen Zusage bedürfen. Nichts Formelles, Offizielles, aber man hat trotzdem fünfundvierzig Hektar mehr, und damit genug, um dieses Projekt realisieren zu können.«

Mara starrte ihn entsetzt an. »Willst du mir etwa erzählen, dass ich nicht nur an einer Seite meines Grundstücks ein Fairway und Eigentumswohnungen haben werde, sondern auch noch bei mir gegenüber?« Sie schüttelte den Kopf. »Nein, ich kann mir nicht vorstellen, dass Joseph so etwas tun würde. Vergiss nicht, er möchte seinen Lebensabend zu Hause verbringen.«

»Nichts leichter als das! Montfort-Izawa trifft eine Vereinbarung mit ihm. Er bleibt im Haus wohnen, aber der Rest des Anwesens geht in andere Hände über. Du musst bedenken, dass ein Stück Land, das so groß ist wie das der

Gaillards, der Schlüssel zum gesamten Bauvorhaben ist. Es grenzt daran an und bietet durchaus den erforderlichen Platz und entsprechenden Zuschnitt. Und da ist noch etwas. Hast du dich schon mal gefragt, warum das Konsortium nicht schon früher etwas mit dem Land gemacht hat? Schließlich gehört es ihnen bereits seit vielen Jahren.«

»Der Markt war noch nicht reif dafür?«

»Oder sie haben auf das letzte Teilstück gewartet. Das der Gaillards!«

Mara schüttelte vehement den Kopf. »Das sähe ihm überhaupt nicht ähnlich! Ich habe dir doch gesagt, dass Joseph sehr bodenständig ist. Er würde niemals verkaufen. Und Amélie ebenfalls nicht. Auch jetzt, wo sie tot ist, zählt ihr Wort noch.«

»Vielleicht braucht er ja Geld.«

»Nein, das tut er nicht. Er lebt sehr sparsam. Und Jacqueline hat mir erzählt, dass er eine Art Monatsrente bezieht und außerdem noch etwas von den Bauern bekommt, die ihr Vieh auf seinen Weiden grasen lassen. Im Übrigen übersiehst du etwas. Ganz gleich wie schlecht ihre Beziehung auch sein mag, Joseph würde allein schon für Christine am Grundstück festhalten wollen, dessen bin ich sicher. Nur um sein Bankkonto aufzufüllen, würde er niemals verkaufen. Du weißt doch, wie sentimental die Franzosen sind, wenn es um ihr Land geht und darum, es an ihre Kinder weiterzugeben.«

Julian schritt auf und ab, mit verschränkten Armen, die Hände in den Achselhöhlen vergraben. »Dann muss Montfort-Izawa noch von jemand anders ein Stück Land bekommen. Ich sehe keine andere Möglichkeit. Es sei denn …«

Mara, die angestrengt auf ihre Schuhspitzen gestarrt hatte,

sah auf. Julian hielt inne, stopfte die Hände in die Hosentaschen und ließ den Blick über die Landschaft schweifen. Im Westen ballten sich dunkle Wolken zusammen und verdeckten die Sonne.

»Christine«, sagten sie beide gleichzeitig.

Julian holte tief Luft. »Neben Joseph ist sie die Einzige, die in einer Position wäre, mit Montfort-Izawa zu verhandeln. Wenn sie jetzt schon Broschüren verteilen, müssen sie sich verdammt sicher sein, auch den nötigen Platz zu haben. Joseph, hast du gesagt, würde niemals verkaufen, aber Christine könnte es doch, wenn sie die Vormundschaft für Joseph bekäme. Und wenn er als unzurechnungsfähig gilt –«

»Oder wenn er stirbt …«, fiel Mara ihm ins Wort. »Dass Montfort-Izawa das Projekt jetzt mit Volldampf vorantreibt, kann bloß eines bedeuten: Christine hat vor, Joseph aus dem Weg zu räumen, auf die eine oder andere Weise, und zwar sehr bald.«

29

Huguette Roche ist heute früh dran mit Josephs Essen. Sie bringt es ihm in einem Korb.

»Hast du gehört, dass es wieder ein heftiges Gewitter geben soll?« Sie sieht ein wenig zerzaust aus, als wäre sie die Vorbotin des Sturms in Person. Sie stellt Josephs Abendessen auf die Küchentheke: Kartoffelsuppe in einem Konservenglas; einen deftigen Rindfleischeintopf mit Gemüse in einem Steinguttopf mit Deckel; ein Stück Pflaumentarte zwischen zwei Tellern. Das ist die Art von Mahlzeit, an die

Joseph gewöhnt ist, nicht dieses *steak haché,* das Mara ihm immer serviert.

»Wenn du es jetzt noch nicht essen willst, kannst du es dir später selbst aufwärmen, oder?«, fragt Huguette. »Ich muss zurück und Jean-Marie helfen, alles festzubinden. Beim letzten großen Sturm ist unsere Schubkarre ins nächste Feld geweht worden.« Er solle das Geschirr in der Spüle stehen lassen, sagt sie ihm. Sie werde sich am nächsten Morgen um alles kümmern.

»Wirst du zurechtkommen?«

»*Oui, oui.*«

»*Bon.* Kann ich noch etwas für dich tun, bevor ich gehe?«

Joseph schüttelt den Kopf.

»In Ordnung. *À demain* – Bis morgen!« Huguette eilt davon, erleichtert, dass sie wieder draußen ist.

Und Joseph ist froh, dass sie sich keine Zeit für einen Plausch mit ihm nimmt. Er hat keine Lust, noch mehr übers Wetter oder den hiesigen Klatsch und Tratsch zu hören. Mara hat auch schon mit ihm über Golfplätze und Eigentumswohnungen gesprochen. Sie ist früher am Tag da gewesen, hat sich auf dem Stuhl vorgebeugt, wild mit den Händen gestikuliert und seine Küche mit Worten gefüllt. So viele Wörter erschweren das Nachdenken, und Nachdenken ist im Moment das Wichtigste. Bald schon wird es dunkel sein, und er weiß, ihm bleibt nur noch wenig Zeit. Er schaut sich suchend nach etwas um, das er benutzen könnte. Und das zu bewegen er körperlich in der Lage sein würde. Aber er fürchtet bereits, dass, was auch immer er tut, nicht ausreichen wird, um den Sturm oder das kopflose, sich wie ein Aasgeier auf ihn stürzende Monster abzuhalten.

»Wir müssen einen Weg finden, wie wir Joseph beschützen können«, sagte Mara, als sie und Julian zum Haus zurückeilten. Ihr wöchentliches Treffen mit Loulou im *Chez Nous* war für acht Uhr geplant, und es war bereits Viertel vor sieben.

»Das ist Aufgabe der Polizei, Mara«, entgegnete Julian streng. Er warf einen Blick zurück. Das fahle Licht, das von der untergehenden Sonne ausging, verschwand schnell am Himmel. Ein böiger Wind drückte das Gras am Straßenrand nieder. Der vorhergesagte Sturm kündigte sich an.

Mara schüttelte den Kopf. »Sie würden uns nicht glauben. Für die Polizei wäre er bloß ein kranker alter Mann, der unter Wahnvorstellungen leidet.«

»Nun, es besteht immer noch die Möglichkeit, dass Joseph sich wirklich Dinge einbildet«, bemerkte Julian. »Schau mal, du hast Christine doch gewarnt. Selbst wenn sie es tatsächlich auf das Leben ihres Vaters abgesehen hätte, dann glaube ich kaum, dass sie es gerade jetzt versuchen würde.«

»Hundertprozentig sicher können wir uns dessen aber nicht sein. Für sie könnte viel auf dem Spiel stehen. Und auch für Donny O'Connor. Vielleicht ist das ja der Grund, warum Daisy so darauf drängt, dass Joseph ins Heim kommt.«

»Was Donny angeht, vielleicht. Aber bei Daisy habe ich den Eindruck, dass sie wirklich an Joseph hängt. Ich glaube, auf ihre Art meint sie es gut mit ihm.«

Mara sah nicht sehr überzeugt aus. »Wie kommt es bloß, dass ich hier die Einzige bin, die sich Sorgen macht und diese schlimme Vorahnung hat, Josephs Leben könne am seidenen Faden hängen?«

»Weil du so überaus misstrauisch bist.«

Als sie die Tür öffneten, klingelte das Telefon. Mara warf Julian einen bangen Blick zu.

Er hob beruhigend die Hand. »Wahrscheinlich ist es bloß Iris«, murmelte er und drängte sich an ihr vorbei. »Bestimmt mit weiteren Hiobsbotschaften!«

Mara streifte die Schuhe ab und machte den Reißverschluss ihrer Jacke auf.

»*Comment?* – Wie bitte?«, hörte sie Julian fragen. Er fuhr auf Französisch fort: »Hm, können Sie es mir nicht jetzt schon sagen? Also gut, ich komme gleich.« Er knallte den Hörer auf.

»Es geht um Joseph, hab ich recht?«, rief Mara.

»Nein, es geht um Osman«, antwortete er und griff nach den Autoschlüsseln. »Das war Betul. Es ist etwas passiert. Am Telefon wollte sie es mir nicht sagen, aber sie hörte sich sehr verängstigt an. Sie hat mich um Hilfe gebeten.«

Die Hunde schossen an ihnen vorbei ins Freie und sprangen in den Lieferwagen, sobald Julian die Fahrertür geöffnet hatte. Mara, die einen Arm bereits in der Jacke hatte und den anderen hineinzubekommen versuchte, stieg auf der anderen Seite ein.

»Das ist doch verrückt«, schrie sie, als das Auto die Straße hinaufbrauste. »Christine ist ein Fall für die Polizei, aber die Ismets sind es nicht? Ihr Sohn war bis über beide Ohren in Drogengeschichten verwickelt und wurde höchstwahrscheinlich von Eineinhalb-Tonnen oder dessen Handlanger umgebracht, vergiss das nicht!«

»Wie könnte ich?«, erwiderte Julian grimmig. Gereizt schob er Jazz beiseite, als dieser wie gewohnt seinen Kopf auf Julians Schulter legen wollte. Eine kalte, feuchte Schnauze erforschte eingehend Julians Nacken, bevor der Kopf beharrlich und schwer zurückkehrte. Julian stieß ihn erneut weg – dieses Mal härter. Jazz zog sich knurrend zurück und ließ sich auf der Ladefläche des Lieferwagens nieder. Ein Blitz teilte den Himmel, gefolgt von lautem Donnergrollen. Bismut, der so stark zitterte, dass er mit den Zähnen klapperte, versuchte, unter die Säcke mit der Blumenerde zu kriechen.

»Jetzt ras doch nicht so, Julian! Fahr langsamer!«

Sie fuhren mitten in das Unwetter hinein, das sich durch dicke Tropfen auf der Windschutzscheibe ankündigte. Als sie in Brames ankamen, trieb der Wind Regenschleier auf der Hauptstraße vor sich her. Sie parkten vor dem Lokum und rannten zum Eingang. Betul hielt schon an der Tür nach ihnen Ausschau. Ihr Gesicht schaute kreidebleich aus dem Kopftuch hervor, und die Augen waren vor Entsetzen weit aufgerissen.

»Alles in Ordnung mit Ihnen?«, fragte Julian, als sie eilig eintraten und Tropfen auf dem Boden hinterließen.

»Ja, ja. Es geht um Osman.« Betul nahm kaum Notiz von Mara und fragte auch nicht danach, weshalb sie da war. »Am Telefon wollte ich es nicht sagen. Er ist zusammengeschlagen worden.«

»Zusammengeschlagen? Von wem?«

»Er will nicht darüber reden. Er sagt bloß, dass es sich um zwei Männer gehandelt hat. Ich glaube, es hat etwas mit Drogen zu tun. Bitte reden Sie mit ihm, Monsieur Wood. Er ist oben. Bringen Sie ihn zur Vernunft! Er soll zur Polizei gehen!«

Betul führte sie die schmale Treppe hinauf in ihr rotes Wohnzimmer. Osman lag ausgestreckt auf dem Diwan. Augen und Nase waren geschwollen. Sein T-Shirt war voller Blut und eingerissen.

»Wer war das?«, stellte Julian den Türken zur Rede. »Verschwinden Sie!«, erwiderte Osman und weigerte sich, Julian anzusehen.

»Waren das Rocco Luca und seine Männer? War es Serge Taussat?«

»Ich nicht mit Ihnen reden!«

»Was wollten sie von Ihnen?«

»Ich Türke sein«, sagte Osman mit brüchiger Stimme. »Ich korrekt sein, hart arbeiten –«

Julian verlor allmählich die Geduld mit dem Mann. »Sie sind so ein Idiot, Osman! Sie müssen damit unbedingt zur Polizei!«

»Nein, nein! Keine Polizei!«, bat Osman und sah Julian zum ersten Mal direkt an.

»Dann erzählen Sie wenigstens uns, was passiert ist«, drängte Mara und machte einen Schritt nach vorne.

»Wer ist das?«, fragte Osman argwöhnisch.

»Eine Freundin«, entgegnete Julian. Er stellte sie ihnen nachträglich vor, aber weder Ehemann noch Ehefrau gingen darauf ein.

Betul begab sich in die Küche und tauchte kurz darauf mit einem Lappen und einer Schüssel mit heißem Wasser wieder auf. Sie schob einen kleinen Tisch neben den Diwan, stellte die Schüssel darauf ab und wrang den Lappen aus.

»So dumm«, murmelte Betul, als sie sich hinunterbeugte, um ihrem Mann das Gesicht abzuwischen. Er zuckte zusammen und drehte den Kopf weg. Sie schmiss den Lappen in die Schüssel. »Du dummer alter Sturkopf! Sie werden dich töten. Was wird dann aus mir? Kein Sohn, kein Ehemann. Wie werde ich leben?«

»Is' nichts!«, rief Osman beherzter, als ihm zumute war. »Is' bloß Streit. Rassistenschweine!«

»Diese Rassistennummer haben Sie schon letztens abgezogen, und Sie sehen ja, wohin Sie das gebracht hat«, sagte Julian wutentbrannt. »Betul hat recht. Hier geht es um Drogen, und diese Leute werden nicht zögern, noch mehr Gewalt anzuwenden. Diesmal sind Sie mit ein paar blauen Flecken und einem Schlag auf die Nase davongekommen. Sie haben Glück gehabt! Das nächste Mal werden Sie im Krankenhaus landen, oder – oder an einem noch schlimmeren Ort.« Fast hätte er gesagt: »In einem Müllcontainer wie Ihr Sohn.«

Osman schwieg trotzig.

»Mir reicht's langsam«, sagte Julian. »Gib mir dein Handy, Mara. Ich rufe jetzt die Polizei.«

Osman stand schwankend vom Diwan auf. Dabei stieß er Betul und die Wasserschüssel beiseite. Er stürzte sich auf Julian, stolperte dann aber über die Fransen des Teppichs. Julian fing Osman auf, als dieser zu Boden ging.

»Warum wollen Sie denn keine Polizei?«, brüllte er gegen die Schmerzensschreie des Türken an. »Was haben Sie zu verbergen?«

Osman sackte in sich zusammen. Julian ließ ihn vorsichtig zu Boden gleiten. Betul weinte. Osman stützte sich auf die Ellbogen und rief ihr etwas auf Türkisch zu. Sie schrie zurück. Osman stöhnte und sank erneut zu Boden.

Betul wandte sich an Julian. »Er sagt, er weiß nicht, wer die Männer waren, die ihn verprügelt haben. Aber sie haben gemeint, sie würden ihn umlegen, wenn er mit Ihnen spricht.«

»Wenn er mit mir spricht? Warum denn mit mir?«, rief Julian bestürzt aus.

»Sie denken, Sie Geheimpolizist sein«, jammerte Osman.

»Verdeckter Ermittler«, übersetzte Betul.

Julian und Mara tauschten erschrockene Blicke aus.

»Sie wissen, dass Sie nach Kazim gesucht haben, und nun drohen sie Osman damit, ihn umzubringen, falls er mit Ihnen redet. Und anschließend werden sie auch Sie töten.«

30

Joseph hat Holzscheite aus dem Schuppen geholt, Stück für Stück. Er hat einen großen, leeren Futtersack und ein Stück Seil aufgetan und schiebt nun den Holztisch quer durch die Küche. Der Tisch ist schwer, und er kann ihn nur mit Mühe bewegen, obwohl dieser Räder hat. Sie geben beim Rollen ein quietschendes Geräusch von sich und bleiben an den unebenen Fliesen hängen. Manchmal muss er sich zur Vorderseite des Tisches schleppen, um ihn über ein kleines Hindernis zu hieven. Josephs Atem geht stoßweise, und seine Beine fühlen sich an, als seien sie mit nassem Zement gefüllt.

Der Tisch passt nicht durch die Tür. Joseph beugt sich schwerfällig vor, um ihn nach hinten zu kippen, damit er auf zwei Beinen steht. Dabei hätte das Möbel ihn fast unter sich begraben. Gerade noch rechtzeitig lässt Joseph los. Der Tisch kracht auf die Seite. Joseph lehnt sich mit krummem Rücken dagegen. Er zittert und ist für einen Moment wie betäubt.

Nach einigem Hin und Her gelingt es ihm schließlich, die Vorderbeine des Tisches durch die Tür zu bugsieren. Die Räder, die die Beine länger machen, erschweren die Sache noch. Dann folgt dieselbe mühsame Prozedur noch einmal für die

Hinterbeine. Joseph befindet sich nun im Flur, der sich wie ein endloser Tunnel vor ihm erstreckt. Er muss eine kurze Pause einlegen. Doch das ist ein fataler Fehler: Sein Gehirn setzt aus, und sein Körper erstarrt.

Diese plötzliche Blockade ist in den letzten Monaten mehrmals aufgetreten. Er weiß auch, dass diese Bewegungsunfähigkeit Akinese genannt wird. Sie ist eine der vielen Erniedrigungen, die mit dieser Krankheit einhergehen. Joseph kann weder vor noch zurück, und in diesem unsicheren Schwebezustand lässt ihn auch noch sein Gleichgewichtssinn im Stich. Er kippt um wie ein Betrunkener und bleibt mit dem Gesicht nach unten regungslos auf dem Boden liegen.

Dort liegt er auch noch, als das Unwetter hereinbricht. Regen peitscht gegen die Scheiben. Der Wind rüttelt an den Fensterläden. Joseph zuckt zusammen, und das Haus scheint ebenfalls zurückzuweichen, als hätte es Mitleid mit ihm. Irgendwie elektrisieren ihn die Geräusche aber auch, und wie durch ein Wunder kann er sich wieder bewegen. Er drückt sich hoch, um sich mit Hilfe des Tisches aufzurichten. Dann stützt er sich an der Wand ab und kippt den Tisch mit enormer Kraftanstrengung nach vorne, bis dieser wieder gerade steht. Er ruht sich kurz aus und versucht, seinen Körper wieder in den Griff zu bekommen. Schließlich setzt er Schritt für Schritt seine Odyssee fort und schiebt den Tisch mit quietschenden Rädern den Flur entlang.

Joseph hat schon fast das Ende des Flurs erreicht, als ihm einfällt, dass es noch eine zweite Tür zu überwinden gilt. Um den Tisch ins Schlafzimmer zu bekommen, wo er sich dem Sturmmonster entgegenstemmen soll, muss Joseph diese schreckliche, kräfteraubende Prozedur des Kippens, Manövrierens und Aufrichtens noch einmal wiederholen. Und in dem Moment ereilt es ihn ein zweites Mal. Seine Füße frieren ein und lassen ihn hilflos eingekeilt zwischen Tisch und Wand zurück. Lange Minuten vergehen. Der Wind streicht draußen wie ein Raubtier ums Haus, und Joseph kann seine Beine immer noch nicht bewegen. Er weiß jetzt, er wird es nicht schaffen. Er gibt sich geschlagen. Eine Welle der Verzweiflung erfasst ihn. Seine Augen werden feucht, und zum ersten Mal seit Amélies Tod ist Joseph in der Lage, Tränen zu vergießen. Er trauert nicht nur um seine Frau, die von ihm gegangen ist, sondern beweint auch das hilflose Wrack, zu dem er geworden ist.

Es hatte Zeiten gegeben, in denen er mit Leichtigkeit einen Tisch hochgehoben und zur Seite gewuchtet hatte. »Junger Herkules« hatten ihn die Leute genannt. Das war es auch, was Amélie so an ihm gemocht hatte. »Du bist unser Rückgrat«, hatte sie oft zu ihm gesagt. »Und ich bin der Kopf. Ein starker Rücken braucht keinen scharfen Verstand.« Das Denken hatte er ihr überlassen.

Jetzt muss er selbstständig denken. Dann vernebeln sich seine Sinne plötzlich. Was musste er noch mal tun? Und wie wollte er es machen? Doch selbst in dieser verzweifelten Lage kommen ihm fünfhundert Jahre bäuerlicher Hartnäckigkeit zu Hilfe, die er von seinen Vorfahren geerbt hat. Mit großer Mühe vergegenwärtigt er sich eine der Techniken, die Jacqueline ihm beigebracht hat, um wieder in die Gänge zu kommen – sich auf die Oberschenkel klopfen. Es ist bloß eine leichte Handbewegung, als wolle er eine lästige Fliege vertreiben. Dennoch bewirkt sie, dass er sich wieder bewegen kann. Er schluchzt vor Erleichterung auf, als es ihm endlich gelingt, sich wieder auf sein Vorhaben zu konzentrieren, das er ausführen muss, bevor das Monster kommt. Denn kommen wird es, sobald es dunkel ist. Es wird durch die Tür treten, den Flur entlanggehen und die Dielen zum Knarren bringen. Und falls es Joseph nicht gelingt, sich vor dem Ungeheuer zu schützen, wird es sich über ihn beugen. Es wird Josephs Gesicht ins Kissen drücken und ihn festhalten, bis sein Verstand sich verabschiedet, von dem Amélie immer behauptet hatte, er brauche ihn nicht.

Die Straße vor ihnen war eine einzige Regenwand. Scheinwerfer und Scheibenwischer konnten gegen die Sintflut nichts ausrichten. Der Regen trommelte auf das Dach des Lieferwagens. Julian fuhr langsam. Er hing über dem Steuer und sagte kein Wort. Sein Schweigen war ohrenbetäubender als der Regen.

»Julian!« Mara musste schreien, damit er sie hörte. »Schluss jetzt mit den Selbstvorwürfen! Drogen sind ein brutales Geschäft. Was mit Kazim und Osman passiert ist, hat unter Umständen gar nichts mit dir zu tun.«

»Doch, es hat sehr wohl etwas mit mir zu tun.« Er schlug mit der Hand aufs Lenkrad. »Wenn ich Kazim nicht hinterhergeschnüffelt hätte, dann hätte Luca ihn nicht umgebracht und würde jetzt nicht Osman bedrohen. Du hast ja gehört, was Betul gesagt hat. Luca glaubt, ich wäre ein verdeckter Ermittler.«

»Aber die Ismets haben dich doch darum gebeten, ihren Sohn zu suchen.«

Julian gab keine Antwort.

»Herrgott nochmal!«, rief Mara verzweifelt aus. »Dann könntest du genauso gut auch sagen, das alles wäre gar nicht erst passiert, wenn du nicht versucht hättest, mit Osman eine Einigung wegen Salep zu erzielen. Und das alles wegen deiner verdammten Orchideen!« Im Halbdunkel sah sie, wie sein ganzer Körper sich spannte, und bereute die Worte, kaum dass sie sie ausgesprochen hatte.

»Das war unter der Gürtellinie!«

»Verzeih! Ich habe es nicht so gemeint. Aber habe ich nicht recht? Dreht sich bei dir nicht letztlich alles irgendwie um Orchideen?«

»Wenn du das wirklich denkst, dann hast du rein gar nichts verstanden.«

»Dann sag's mir!« Als der Lieferwagen durch unsichtbare Schlaglöcher polterte, stützte Mara sich am Armaturenbrett ab. »Was verstehe ich nicht?«

Er schüttelte aber bloß den Kopf und konzentrierte sich aufs Fahren.

Mara riss die Arme hoch. »Ich weiß mir langsam keinen Rat mehr! Wegen dir. Wegen uns. Warum lässt du mich nie teilhaben? Was glaubst du, was für ein Gefühl das ist? Wie sollen wir denn mit unserer Beziehung vorankommen, wenn du nicht mit mir redest?«

»Warum musst du immer wieder unsere Beziehung ins Feld führen? Und wohin zum Teufel soll die sich denn entwickeln?«

»Wenn du mich die ganze Zeit ausschließt, nirgendwohin!«, schrie Mara. »Das ist es ja gerade, was ich sagen will!«

»Himmelherrgott, was genau willst du eigentlich«, explodierte Julian. »Eine exakte Aufschlüsselung meiner Gefühle? Okay, ich geb's ja zu. Ich bin nicht gut in so was. Ich habe einen Orchideenfimmel. Ich bin nicht – wie lautet noch mal das Wort, das du gerne benutzt? Proaktiv. Ich lasse mich treiben. Ich lasse die Dinge schleifen. Wenn du es genau wissen willst, dann habe ich in der Tat ein Leben voller unerledigter oder zu spät in Angriff genommener Dinge hinter mir, die auf irgendeine Weise zum Tod eines neunzehnjährigen Jungen geführt haben. Reicht dir das? Und wenn es dir nichts ausmacht, würde ich jetzt gerne diese Selbstanalyse beenden und mich darauf konzentrieren, uns hier heil herauszubekommen.«

Er verfiel in eisiges Schweigen.

»Na schön!«, entgegnete Mara in gemäßigterem Ton. »Dann ist halt alles deine Schuld, wenn dir das lieber ist. Und, was gedenkst du jetzt zu tun?«

Julian starrte niedergeschlagen auf das hektische Auf und Ab der Scheibenwischer. »Das Einzige, was ich tun kann. Wenn Osman schon nicht zur Polizei geht, dann muss ich es eben für ihn machen.«

»Und was, wenn Eineinhalb-Tonnen seine Drohung wahrmacht?«

»Es ist Aufgabe der Polizei, die Ismets zu schützen.«

»Na, das habe ich mir doch gedacht! Ich habe von dir gesprochen!«

»Luca und seine Jungs mögen ja wissen, dass ich mich nach Kazim erkundigt habe, aber sie wissen nicht, wer ich bin.«

»Ich glaube doch. Du hast gesagt, du hättest Nadia deine Visitenkarte dagelassen. Wahrscheinlich hat sie sie Kazim gegeben, denn schließlich hat er dich ja angerufen. Und wenn Serge Kazim tatsächlich getötet hat, dann ist es doch sehr wahrscheinlich, dass er die Karte an sich genommen hat. Commissaire Boutot hat jedenfalls nichts davon erwähnt, dass er deine Visitenkarte in Kazims Sachen gefunden hätte, oder?«

»Ähm – nein«, erwiderte Julian. Er musste scharf ausscheren, um einer Schlamm- und Steinlawine zu entgehen, die sich vom Hang löste.

»So können wir unmöglich weiterfahren, Julian!«, rief Mara. »Fahr rechts ran!«

»Wohin denn bitte schön? Ich sehe überhaupt nichts mehr. Wir werden noch im Graben landen!«

Ein paar hundert Meter weiter hatten sie dann keine Wahl mehr und mussten anhalten. Ein ganzer Straßenabschnitt war weggespült worden. Mara bemerkte den Krater, der wie die Miniaturausgabe der Niagarafälle aussah, gerade noch rechtzeitig und schrie laut auf. Julian trat heftig auf die Bremse. Der Lieferwagen kam schlitternd zum Stehen.

»Das war verdammt knapp!«, sagte Julian. »Wir müssen umkehren.« Er schaute über die Schulter und setzte langsam zurück. Nach ein, zwei Minuten gab er auf. »Es hilft alles nichts. Wir müssen hierbleiben und warten, bis es aufhört zu regnen. Oder bis es wieder hell wird.«

»Wir können doch nicht einfach mitten auf der Straße stehen bleiben«, protestierte Mara. »Was, wenn jemand vorbeikommt und uns hinten reinbrettert? Mach wenigstens die Warnblinkanlage an.«

»Sie würden unsere Warnblinker doch gar nicht sehen! Und außerdem, wer wagt sich denn bei so einem Wetter abends vor die Tür.«

»Leute wie wir zum Beispiel, die nach Hause wollen.«

Aus dem Augenwinkel sah Julian das Display von Maras Handy aufleuchten.

»Für den Fall, dass du beim Pizzaservice anrufst: Ich glaube nicht, dass sie heute noch liefern werden.«

»Sehr lustig! Leider habe ich keinen Empfang. Ich wollte Joseph anrufen. Ich mache mir Sorgen um ihn.«

Sie legte das Handy beiseite. Dann rief sie aus: »O nein! Es ist ja Freitag. Wir haben unser Treffen mit Loulou völlig vergessen!«

»Verdammt!«, murmelte Julian. »Na, ich glaube, er wird uns das nicht übelnehmen.«

In das Prasseln des Regens mischte sich plötzlich ein anderes Geräusch. Etwas barst krachend. Als sich ein Blitz entlud, bot sich ihnen ein furchterregender Anblick: zu ihrer Linken rutschte ein Baum den steilen Abhang hinunter und bewegte sich auf den Krater zu. Er fiel in Zeitlupentempo wie eine riesige Grande Dame, die einen Ohnmachtsanfall erlitt. Er blieb unmittelbar vor ihnen auf der Straße liegen und brachte Unmengen von Geröll mit sich.

»Heiliger Strohsack!«, stieß Julian erschüttert hervor.

Mara klammerte sich an den Autositz. Der Schock hatte ihr die Sprache verschlagen.

Ein weiterer Blitz gewährte ihnen einen kurzen Überblick über ihre Lage. Sie schwammen in einem Binnenmeer. Der Baum, eine riesige Kiefer, hätte sie zerquetscht, wenn Julian den Wagen nicht kurz zuvor versetzt hätte. Auf den Blitz folgte ein markerschütternder Donnerschlag.

Ein schauriges Wimmern kam aus der Dunkelheit hinter ihnen und hätte sie beide vor Angst fast aufschreien lassen.

»Was zum Teufel war das?«, fragte Julian mit erstickter Stimme.

»Ich schätze mal«, antwortete Mara, sobald sie sich von dem Schreck erholt hatte, »das war dein Hund.«

31

Sie verbrachten eine kalte, ungemütliche Nacht auf der Ladefläche des Lieferwagens, mit zwei Säcken Blumenerde als Kopfkissen und sich selbst und den Hunden zum Wärmen. Sie musste geschlafen haben, dachte Mara, denn sie war sich plötzlich eines fahlen Lichtes und einer gespenstischen Ruhe bewusst. Sie setzte sich auf und krabbelte über Julians Beine hinweg, um einen Blick aus dem hinteren Fenster zu werfen.

Die Straße war zwar zu erkennen, aber sie war voller Geröll, und in den Gräben stand das Wasser. Das Feld auf der einen Seite war überflutet. Es sah so aus, als würden die Bäume am Rand in einem See treiben. Auf der hohen Böschung auf der anderen Seite waren weitere Kiefern umgestürzt. Sie lagen kreuz und quer und schienen sich bloß aus Trägheit am Hang festzuhalten. Zum Glück war keine zu ihnen heruntergerutscht oder blockierte die Straße. Es war zehn nach sieben. Mara kramte ihr Handy hervor. Jetzt hatte sie endlich wieder Empfang. Sie versuchte es auf Josephs Festnetztelefon und, als dort niemand abnahm, auf seinem Handy. Es war nicht eingeschaltet.

Julian regte sich.

»Ich bin sicher, es geht ihm gut«, sagte er, als er wach genug war, um zu begreifen, was sie tat. »Auf jeden Fall ist er um einiges besser dran als wir. Meine Güte, was für eine Nacht!«

Er setzte sich auf, arbeitete sich zur hinteren Tür des Lieferwagens vor und stieß sie auf. Die Hunde sprangen ins Freie, und er tat es ihnen nach. Er brauchte einen Moment, um sich zu orientieren. Sie waren keine drei Kilometer von zu Hause entfernt.

Dennoch benötigten sie über eine Stunde bis Écoute-la-Pluie. Zu Fuß wären sie schneller gewesen. Inzwischen herrschte strahlender Sonnenschein. Straßenarbeiter mit schwerem, lautem Gerät waren überall dabei, umgestürzte Bäume zu zersägen, mit denen sie dann den Häcksler fütterten, oder sie von der Straße zu schieben. France Télécom und Elektrikerteams würden bald folgen. Wenn es schon ein wenig später im Jahr gewesen wäre mit höheren Temperaturen, wären auch viele Pilzsammler unterwegs gewesen. Morcheln liebten nichts so sehr wie ergiebige Regenfälle.

Die Kalksteinstraße, die durch den Ort führte, war halb weggeschwemmt. Mara und Julian holperten mit dem Lieferwagen die Straße hinunter. Sie versuchten, so viele tiefe Rillen wie möglich zu umgehen, die das abfließende Wasser in den Boden gegraben hatte. Sie hielten vor Josephs Haus. Als Erstes bemerkten sie, dass ein dicker Ast der Gaillardschen Weißbuche heruntergestürzt war. Zum Glück hatte er nicht das Gebäude getroffen.

Mit Maras Schlüssel kamen sie durch die Hintertür ins Haus.

»Joseph?«, rief Mara. Der Schreck fuhr ihr in die Glieder, als sie sah, dass sein Abendessen noch auf der Küchentheke stand. Er hatte es nicht angerührt. Außerdem fehlte der Tisch, was die Küche leer wirken ließ.

»Joseph?«

Alles blieb still.

Mara und Julian liefen durch den Flur zum Schlafzimmer. Die Tür war zu. Auch als Julian dagegendrückte, ging sie nicht auf. Julian, der jetzt genauso in Sorge war wie Mara, nahm Anlauf und warf sich dagegen. Die Tür sprang abrupt auf, als das, was sie auf der anderen Seite blockiert hatte, nachgab. Julian wurde in den Raum geschleudert. Etwas traf ihn mit voller Wucht am Hinterkopf. Harte, schwere Gegenstände prasselten auf ihn nieder. Schmerzerfüllt und panisch schrie er auf und taumelte vorwärts. Dabei stieß er gegen den verschwundenen Küchentisch, der wegrollte, und fiel der Länge nach hin.

Joseph saß aufrecht im Bett, gestikulierte aufgeregt mit den Armen und betrachtete das ganze Spektakel mit unverhohlener Schadenfreude.

»*Et tac!*«, krähte er vergnügt. Sein sonst so starres Gesicht verzog sich zu einem steifen, aber dennoch triumphalen Grinsen. »Jetzt hab ich dich!«

Joseph hatte sich ein geniales System ausgedacht: Irgendwie hatte er es geschafft, einen Haken in einen freiliegenden Balken unmittelbar über der Tür zu schrauben, an dem er einen mit Holzscheiten gefüllten Futtersack mit einem Seil befestigt hatte. Um den unteren Teil des Sackes hatte er ein weiteres Seil gebunden und das andere Ende um ein Tischbein geschlungen. Als Julian den Tisch weggestoßen hatte, war der Sack aufgegangen und hatte seine Ladung Holzscheite auf Julian abgeworfen.

Julian saß auf dem Boden. Durch die Kollision mit der Tischkante war seine Lippe aufgeplatzt, und ihm tat der Kopf weh. Maras hysterisches Gelächter trug auch nicht gerade zur Aufhellung seiner Stimmung bei.

»Na fein!«, sagte er und erhob sich so würdevoll, wie er konnte. »Mir reicht's! Ich bin von einem Gangster bedroht worden, ich wäre fast von einem Baum zerquetscht worden, ich habe eine absolut üble Nacht hinter mir, und eben bin ich von einem halluzinierenden Irren niedergeschlagen worden. Falls wirklich jemand diesem Mann Angst einjagen will, Mara, dann kann ich nur sagen, herzlich willkommen! Der alte Herr ist problemlos in der Lage, auf sich selbst aufzupassen. Und wenn du gestattest, dann gehe ich jetzt nach Hause. Und mit nach Hause meine ich mein eigenes Haus in Grissac! Ich brauche eine Dusche, ein Frühstück und ein wenig Ruhe und Frieden, und zwar in dieser Reihenfolge!«

32

Julian benötigte für die wenigen Kilometer bis Grissac noch einmal eine geschlagene Stunde, da auch in diesem Abschnitt viele Straßen unter Wasser standen. Er hielt am *Chez Nous* und überredete Paul, seine Säge kurz auszuschalten – er war dabei, abgebrochene Äste vor dem Bistro aus dem Weg zu räumen –, um ihm ein paar Lebensmittel zu verkaufen. Als Julian in seinem Häuschen ankam, schaltete er als Erstes den Warmwasserboiler ein und riss Türen und Fenster auf – draußen war die Luft warm, aber drinnen war es kühl und klamm, und es roch muffig nach altem Gestein. Anschließend überprüfte er, welche Schäden der Sturm angerichtet hatte (noch mehr herabgestürzte Äste und ein oder zwei kaputte Dachziegel). Dann duschte er und rasierte sich. Das Wasser war zwar nur lauwarm, dennoch fühlte er sich danach besser. Er war zu Hause.

Er ging in die Küche und bereitete sich ein üppiges Frühstück aus drei Spiegeleiern und Speck zu. Anders als Maras

Küche war in seiner nichts farblich aufeinander abgestimmt. Außerdem brummte sein Kühlschrank, und sein alter Herd war ein Kuriosum: Zwei seiner Platten wurden mit Butangas betrieben, für den Fall, dass der Strom ausfiel; die dritte war eine Elektroplatte, falls Julian mal das Gas ausgehen sollte. Und die vierte funktionierte nicht. Er wendete die Eier und fügte einige Scheiben Brot hinzu, um sie anzubraten.

Als er sich zum Frühstück an den Tisch setzte – auf einen stabilen Stuhl, der sein Gewicht aushielt –, musste er an den Streit im Auto denken.

»Das war wirklich scheußlich!«, sagte er zu seinem Hund, der winselte und traurig den Kopf in Julians Schoß legte. »Ich würde sagen, Mara und ich haben uns ein paar hässliche Dinge an den Kopf geschmissen, oder? Diese Bemerkung über Orchideen war wirklich unter der Gürtellinie!« Bismut verfolgte das Auf und Ab der Gabel zwischen Julians Mund und dem Teller mit größter Aufmerksamkeit. Der Hund hatte zwar schon etwas zum Frühstück gehabt, aber Julian gab trotzdem nach und ließ ein übrig gebliebenes Ei in Bismuts Napf gleiten.

Er schenkte sich noch eine Tasse süßen Tee nach, stellte sich in die offene Küchentür, die in den Garten hinter dem Haus führte, und genoss die wärmende Sonne auf seinem Gesicht. Sie tauchte alles – Bäume, Blätter, Gras – in goldenes Licht.

Das Telefon klingelte. Er vermutete, dass es Mara war, und aus irgendeinem Grund – vielleicht, weil die Sonne auch in seinem Kopf tanzte – ließ er es läuten, bis der Anrufbeantworter sich einschaltete.

»Julian« – ihre körperlose Stimme hallte durch das Haus –, »hör mal, tut mir leid, dass ich gelacht habe! Da sind wohl vermutlich die Nerven mit mir durchgegangen. Und Joseph entschuldigt sich ebenfalls. Er hat gesagt, dass diese dämliche Falle für das Monster gedacht war. Bist du in Ordnung? …«

»Jetzt ja«, ließ er Bismut wissen, der sich zu ihm gesellte. Julian schenkte sich noch eine dritte Tasse Tee ein und setzte sich auf die Treppe zum Garten, mit sich und der Welt im Einklang.

Doch das Wohlgefühl hielt nicht lange an. Allmählich dämmerte ihm eine schreckliche Gewissheit: Jetzt, wo er wieder zu Hause war, wollte er nicht mehr weg. *Merde,* es waren nicht nur Morddrohungen, fallende Objekte, die Möbelpolitur-Aufseherin oder das Nichtvorhandensein eines für ihn geeigneten anständigen Sessels, die ihn Zuflucht in Grissac hatten suchen lassen. Es war auch – und das war das eigentlich Schreckliche und Verstörende daran – Mara selbst.

Julian brauchte ein bisschen, um zu verstehen, woran das lag. Er machte sich wirklich viel aus ihr, und eigentlich wünschte er sich mehr von ihrer zupackenden Art, was schon seltsam war. Wie aus dem Nichts stieg ihm ihr Sandelholzduft in die Nase. Aber ihr ständiges Gerede, dass sie in der Beziehung vorankommen müssten, behagte ihm ganz und gar nicht.

»Was ist so falsch daran, die Dinge so zu lassen, wie sie sind?«, fragte er Bismut. Doch da der Hund auf dem Rücken lag, mit dem Bauch nach oben und geschlossenen Augen, wandte er sich an den Feigenbaum vor seiner Küchentür: »Hoffentlich erwartet sie nicht von mir, dass ich sie heirate.«

Dieses Thema klammerten sie aus, als hätten sie eine stillschweigende Übereinkunft getroffen, dass eine Ehe für sie beide nicht infrage kam. Aber heiliger Strohsack, begann sie sich allmählich doch falsche Hoffnungen zu machen? Bei dem Gedanken brach ihm der Angstschweiß aus, und er hätte fast seinen Tee verschüttet.

»Eine schlechte Erfahrung wiederholt man nicht«, teilte er dem Gras mit. »Und es ist verdammt schwer, sich nach mehr als einem Vierteljahrhundert als Single – sieht man einmal von ein paar kurzen Affären ab – noch zu ändern.«

Aber ihm war klar, dass noch mehr dahintersteckte. Es ging hier auch um die Frage des Alleinseins.

»Ich schätze«, richtete er jetzt das Wort an seine Füße, »ich bin das, was man einen echten Eigenbrötler nennt. Ich habe meine Geheimnisse – wer hat die nicht? –, und die sollen auch geheim bleiben!«

Julian ließ seinen Blick in die Ferne schweifen. »Aber sie will immer reden. Über uns. Unsere Beziehung. Es macht sie nervös, wenn ich mich ihr gegenüber nicht öffne. Verdammt noch mal, dabei ist das doch bloß eine Frage der Zeit, oder? Sie ist ein Frettchen. Die wollen immer alles auskundschaften.« Nähe bewirkte, dass man etwas von sich preisgeben musste. Er stellte sich ihre geschickten Pfötchen bei der Arbeit vor, wie sie das Vorhängeschloss seines Herzens knackten.

»Nein, die Dinge so zu belassen, wie sie sind, ist nicht mehr möglich. Wir sind an einem Punkt angelangt, an dem ich entweder abspringen oder die verdammte Tür öffnen muss, um sie hereinzulassen.« Er ertappte sich dabei, wie er wehmütig an eine noch gar nicht so lange zurückliegende Zeit dachte, in der er und Mara eine Beziehung mit getrennten Wohnungen geführt hatten.

Deprimiert tätschelte er Bismuts Bauch. »Vielleicht sollte ich besser an dem festhalten, was ich am besten kann. Gärten zu gestalten und jetzt, wo der Frühling endlich da ist, die Gegend nach Cypripedium incognitum abzusuchen.«

Aber kurz darauf fiel Julian ein, dass er noch die Gendarmerie in Brames anrufen wollte. Er erzählte dem diensthabenden Polizisten, dass Osman zusammengeschlagen worden war und Betul glaubte, dahinter steckten Drogen. Sowohl Ismets als auch sein eigenes Leben seien in Gefahr, und Adjutant Compagnon solle etwas dagegen unternehmen.

Das Unwetter hatte auch sein Gutes. In dieser Nacht hatte es keinen weiteren Einbruch gegeben. Jedenfalls richteten sich Jacques Compagnons Gedanken nicht auf den poetischen Dieb. Er stand vor seinen Leuten im völlig überfüllten Besprechungszimmer und hatte die Hände hinter dem Rücken verschränkt. Dabei wippte er bedächtig vor und zurück, was bedeutete, dass er etwas Wichtiges mitzuteilen hatte. Er platzte fast vor Aufregung.

»Die Situation spitzt sich zu. Endlich liegt etwas Konkretes vor. Monsieur Wood hat uns informiert« – er schüttelte entnervt den Kopf, als wolle er eine lästige Fliege vertreiben; für seinen Geschmack war der Engländer viel zu gut im Bilde – »dass Osman Ismet gestern von zwei Unbekannten zusammengeschlagen worden ist. Ismet behauptet, dass es wieder ein rassistischer Anschlag war, und weigert sich, Anzeige zu erstatten. Seine Frau hat Monsieur Wood aber erzählt, dass die Täter ihrem Mann mit dem Tod gedroht hätten, und Monsieur Wood ebenfalls. Sie glaubt, dass der Überfall etwas mit Drogen zu tun hat. Ich wette, Luca steckt dahinter.«

»Und Serge Taussat, *mon adjudant?*«, fragte Albert.

»Nein. So einen Job hätte Eineinhalb-Tonnen Serge nicht machen lassen. Jedenfalls jetzt noch nicht. Das war bloß eine

Warnung. Eine Aufgabe für Schlägertypen! Jemandem auf den Kopf zu hauen und ihn dann ziehen zu lassen, ist absolut nicht Taussats Markenzeichen.«

Compagnon durchmaß den vorderen Teil des Raumes mit den üblichen drei großen Schritten und drehte sich dann zu seiner Truppe um.

»Was sagt uns das? Etwas, was wir von Anfang an hätten sehen müssen: Osman Ismet gehört zu Lucas Netzwerk. Die Ismets importieren alle naselang Nahrungsmittel aus der Türkei. Das Lokum ist die perfekte Tarnung für den Drogenschmuggel.« Er lachte bitter. »Das muss man dem alten Fuchs lassen! Es hat uns glauben lassen, wir müssten unser Augenmerk auf Toulouse richten, während sich die entscheidenden Dinge direkt vor unserer Nase abgespielt haben.«

Albert stieß Laurent in die Rippen. »Was habe ich dir gesagt? Wie Narbonne Plage!«

»Der Einbruch in dem Laden und der Tod des Sohnes erscheinen nun in einem völlig anderen Licht«, fuhr Compagnon fort. »Wie ich schon die ganze Zeit vermutet hatte. Kazim hat für Luca gearbeitet und die Kohle nicht rausgerückt. Die Verwüstung des Lokum war aber keine Warnung, wie ich ursprünglich angenommen hatte, sondern es war Luca, der nach der Lieferung gesucht hat. Kazims Tod war die Warnung. Und zwar an Osman Ismet. Tu, was man dir sagt, sonst setzt's was!«

Laurent rutschte auf seinem Stuhl hin und her. Für die meisten Sitzgelegenheiten war er zu groß und schlaksig. Seine Knie ragten vor ihm auf. Aber die unbequeme Haltung war nicht sein Problem im Moment. *»Mon adjudant«*, sagte er unglücklich. »Als wir nach dem Anschlag im Laden waren, hatte ich nicht den Eindruck, dass die Eltern wirklich wussten, was vor sich geht. Meines Erachtens steckte bloß der Sohn dahinter.«

Compagnon schüttelte den Kopf. »Mag sein, dass Kazim hier der Vorreiter war. Aber wenn er in die Sache verstrickt war, dann ist es gut möglich, dass auch die Eltern daran beteiligt sind. Zumindest der Vater. Und wir müssen schließlich mit dem arbeiten, was wahrscheinlich ist. Die Frage ist, wieso Osman zusammengeschlagen worden ist.« Compagnon schaute in die Runde. Alle sahen ihn erwartungsvoll an.

Lucie Sauret ergriff das Wort: »Vielleicht hat Ismet sich als unkooperativ erwiesen, *mon adjudant*. Wenn Luca Kazim tatsächlich umgebracht hat, dann sinnt Ismet sicher auf Rache. Nehmen wir mal an, er erklärt sich nicht länger bereit, sein Geschäft als Tarnung zur Verfügung zu stellen. Aber Luca braucht das Lokum. Deshalb schickt er seinen Schlägertrupp.«

Compagnon nickte anerkennend. »Genau! Nächste Frage: Warum gerade jetzt?«

Wieder Lucie: »Weil Eineinhalb-Tonnen eine weitere Lieferung erwartet?«

»*Et voilà!*«, strahlte der Brigadier und wippte auf den Fußballen. Dann brach er zu einer weiteren Runde durch den Raum auf. »Ich brauche Ihnen nicht zu sagen, dass das genau die Entwicklung ist, auf die wir gewartet haben. Jetzt kann's losgehen! Ich habe die Genehmigung erhalten, Ismets und Lucas Telefon abhören zu lassen. Der Zoll und das Rauschgiftdezernat werden ebenfalls in Kenntnis gesetzt. Wir haben keine Ahnung, wann und wo die Lieferung eintreffen wird, oder wie. Sie könnte heimlich an der Küste anlanden oder im Lkw, Zug oder Flugzeug eingeschmuggelt werden. Hoffen wir mal, dass uns die Telefonüberwachung rechtzeitig den entscheidenden Hinweis liefern wird. Ich schätze, dass Luca irgendwie das Lokum mit einbezieht, deshalb wird alles, was in einem der Zollhäfen für den Laden eintrifft, von Spürhunden untersucht. Falls dabei Drogen entdeckt werden sollten, geht die Lieferung trotzdem durch. Danach muss die Überwachung lückenlos klappen. Leider haben wir die Angelegenheit dann nicht mehr selbst in der Hand. Lucas Männer werden die Lieferung erhalten, und dann ist es Sache der Drogenfahnder, sie dabei zu ertappen. Unsere Aufgabe wird sein, Luca selbst sowie die Ismets und ihr Geschäft zu observieren und zu handeln, wenn etwas Verdächtiges passiert.«

Der Brustkorb des Adjutanten hob und senkte sich schwer. Nichts täte er lieber, als einen großen Drogenring auffliegen zu lassen und dabei auch noch Rocco Luca zu schnappen. Aber wie üblich wurden ihm und seinen Leuten bloß die Hilfsjobs zugeteilt.

Laurent ergriff das Wort: »Sie sagen, wir werden Ismet überwachen, aber was ist denn mit Monsieur Wood? Sein Leben ist ebenfalls in Gefahr. Sollten wir – ähm – ihm nicht auch irgendeinen Schutz gewähren?«

Compagnon schüttelte den Kopf. »Schon passiert, Laurent. Aber er hat abgelehnt. Was auch gut ist, weil ich keinen Mann entbehren kann. Er hat aber versprochen, sich vom Laden fernzuhalten und abzutauchen. Solange er das tut, sehe ich keinen Grund, warum Luca die ganze Aktion gefährden sollte, bloß um Julian Wood zum Schweigen zu bringen. Also, bevor ich fortfahre, gibt's noch Fragen?«

Einige Hände schossen in die Höhe.

»Na, hoffen wir mal, dass Eineinhalb-Tonnen das genauso sieht«, raunte Laurent Albert zu.

33

Am Dienstagmorgen schritt Julian mit dem Rucksack über der Schulter einen Waldpfad hinunter. Die letzten Tage hatte er damit verbracht, die Spuren zu beseitigen, die das Unwetter auf seinem Grundstück und auf dem einiger Kunden hinterlassen hatte. Heute hatte er das erste Mal Zeit. Der Boden war immer noch feucht. Aber da auf den Regen reichlich Sonnenschein gefolgt war, kamen jetzt überall junge grüne Triebe zum Vorschein. Gräser und Wildblumen wuchsen üppig auf Wiesen und am Straßenrand. Die Weinreben rankten kräftig. Bismut drehte fröhlich seine Runden: Mal lief er Julian voraus, dann wieder kam er von hinten angedonnert.

Bei der Suche nach einer Blume musste aber auch so viel zusammenkommen, dachte Julian. Erstens, man musste zur richtigen Jahreszeit unterwegs sein. Maras Schwester Bedie hatte Cypripedium incognitum Anfang Mai fotografiert. Heute war der 26. April. Für seine Orchidee war es möglicherweise noch ein bisschen zu früh, aber die Wärme und die ergiebigen Regenfälle der letzten Wochen hatten dafür gesorgt, dass alles rascher als sonst in Gang gekommen war.

Zweitens musste man an den richtigen Stellen Ausschau halten. Julian verfolgte zwei Spuren. Die eine führte auf das Anwesen von Château Les Colombes, wo Bedie ihr Foto geschossen hatte. Julian hatte das Gelände bereits gründlich durchkämmt, allerdings ohne Ergebnis. Dennoch würde er die Suche in diesem Frühling fortsetzen, nur für den Fall, dass er beim letzten Mal etwas übersehen hatte oder seine Orchidee nur sporadisch blühte. Die zweite Spur führte ihn hier herauf nach Gut Aurillac, das hoch oben über dem Sigoulanetal auf einem bewaldeten Bergrücken thronte. Die Orchideenstickerei, die er in seinem Buch erwähnte, stammte von dort. Nur wenige Menschen wussten dies, und Julian hatte sie zur Geheimhaltung verpflichtet. Er betete inständig, dass Géraud noch nicht Wind von diesem Ort bekommen hatte.

Das Problem war, dass es sich bei beiden Örtlichkeiten um ausgedehnte Wald- und Forstgebiete und Wiesen handelte. Wenn man uneingeschränkt Zeit und genügend freiwillige Helfer zur Verfügung hatte, konnte man ein Raster über beide Areale legen und eine ganze Armee von Leuten aussenden, um jedes Planquadrat absuchen zu lassen. Im Augenblick konnte Julian aber nur auf sich selbst und gelegentlich auf Mara zurückgreifen, wenn sie dazu aufgelegt und gerade nicht damit beschäftigt war, Wände einzureißen.

Und drittens konnte man sich, wenn man keine genaue Vorstellung hatte, wo man suchen sollte, auf Gebiete mit ähnlichen Wachstumsbedingungen konzentrieren. Manche Orchideen benötigten eine feuchte Umgebung. Andere wiederum mochten Felder oder offene Wälder oder Geröllhalden. Julian hatte keinerlei Informationen, welche Art von Lebensraum Cypripedium incognitum bevorzugte, aber er tippte auf kühle, schattige Standorte in höheren Lagen. Das war auch der Grund, warum er sich bei seiner Suche auf die Nordflanke von Aurillac konzentrierte.

Der einfachste Weg, eine Blume ausfindig zu machen, war natürlich, auf das Wissen der Einheimischen zu setzen und sich zu ihr führen zu lassen. Aber so leicht war es meistens nicht. Julian hatte sich umgehört und erfahren, dass einst eine Pflanze, die seiner Orchidee ähnlich sah und Teufelsschuh genannt wurde, in der Gegend gewachsen war. Leider waren die Menschen, die wussten, wo man sie finden konnte, schon lange tot. Dennoch hatte Julian einen nützlichen, wenn auch rätselhaften Hinweis erhalten: Vor vielen Jahren hatten Einheimische den Teufelsschuh überall ausgegraben, wo sie auf ihn gestoßen waren, und stattdessen Akonit, Eisenhut, gepflanzt. Trotz der Horrorvorstellung, dass alle Teufelsschuhorchideen auf diese Weise in dem Gebiet vernichtet worden waren, konnte Julian zumindest nach zwei Dingen Ausschau halten: nach der Pflanze selbst und den beiden Eisenhutarten, dem Blauen und dem Gelben Eisenhut, wie sie im Volksmund genannt wurden.

Außerdem konnte man auch einfach Glück haben. Wenn man nach nichts Bestimmtem suchte oder wenn man es am wenigsten zu finden glaubte, war es plötzlich da, und man fiel fast darüber. Bislang hatte er kein Glück gehabt.

Bismut, den Julian eine ganze Weile nicht zu Gesicht bekommen hatte, tauchte mit einem Mal wieder auf. Er war voller Schlamm.

»Na, hast du wieder nach Maulwürfen gegraben?«, brummte Julian.

Julian suchte auf seinem Spaziergang beide Seiten des Weges ab, aber er war nicht voll bei der Sache. Die Ismets ließen ihn nicht los. In seinem Kopf tauchten immer mehr Zweifel auf. Ohne es zu wissen, kam er allmählich zu denselben Schlussfolgerungen wie Adjutant Compagnon. Oder besser gesagt, er stellte sich die entsprechenden Fragen, die zu diesen Schlussfolgerungen führen konnten. Hatte Osman vielleicht doch mehr im Sinn als Elan und Baklava? Julian unterstellte es ihm nur ungern, aber es war durchaus möglich, dass neben dem Sohn auch der Vater ins Drogengeschäft eingestiegen war. Salep war zwar längst nicht so schlimm wie Heroin, aber illegal war es auch, und Osman hatte keine Skrupel gehabt, es einzuschleusen. Warum also nicht auch Heroin? Die Türkei war schließlich das Drogeneinfallstor nach Europa. Und was war mit Betul? Hatte sie die ganze Zeit gewusst oder zumindest den Verdacht gehabt, was ihr Mann und ihr Sohn im Schilde führten? War das der Grund, warum sie ihn – und nicht die Polizei – gebeten hatte, nach Kazim zu suchen? Hatte sogar sie ihn nur benutzt?

Angesichts dieser vielen Möglichkeiten fühlte Julian sich matt und leer. Ihm ging auf, wie wenig er gegen die Übermacht der Drogenmafia und des organisierten Verbrechens würde ausrichten können, selbst wenn er sich gehörig anstrengte. Wie die Eiche da drüben, die so sehr von Efeu überwuchert war, dass man ihr eigentliches Aussehen nicht mehr erkennen konnte. Einige Zweige bahnten sich dennoch zaghaft den Weg durch die kriechende Masse zur Sonne, aber es war ein Kampf, den die Eiche nicht gewinnen würde. Julian holte sein Taschenmesser hervor und begann, auf den Efeu einzuhacken und ihn mit bloßen Händen herunterzureißen. Aber auch hier konnte er nichts ausrichten. Der Hauptstrang der Kletterpflanze war so dick wie Julians Handgelenk und grausam in seinem Würgegriff. Julian hätte eine Axt gebraucht. Er hatte Kazim nicht helfen können, und auch für diesen Baum konnte er nichts tun. *C'est la vie.* Mit einer Geste des Bedauerns klappte er sein Messer zu und setzte seine Wanderung fort.

Aber auch noch andere Dinge trieben ihn um. Mara natürlich. Und Géraud und Adelheid, die ihm weiterhin im Nacken saßen. Erst am Vorabend hatte er noch mit Iris telefoniert. Géraud habe sie gebeten, ihn auszuquetschen, hatte sie ihm erzählt. Sie solle herausfinden, wo und wie er seine Suche wieder aufzunehmen gedenke. Julian hatte kurz überlegt und dann gesagt, er habe einen orchideenreichen Standort im Norden der Dordogne in der Nähe von Cercles entdeckt, den er für äußerst vielversprechend halte. Nicht sehr einfallsreich, aber er hoffte trotzdem, damit den skrupellosen Orchideensammler den ganzen nächsten Monat über von sich fernhalten zu können.

Julian hockte auf einer Lichtung und nahm eine wunderschöne gelbe Schlüsselblume, die zu seinen Lieblingsfrühlingsblumen zählte, näher in Augenschein, als ihn plötzlich ein knackendes Geräusch in Alarmbereitschaft versetzte. Er schaute auf. Sein Hund konnte es nicht gewesen sein. Bismut schnüffelte am anderen Ende der Lichtung herum. Langsam drehte Julian sich um. Besagter Laut war rechts hinter ihm aus einem Gebüsch gekommen. Es war weder ein Vogel noch eine Eidechse noch eines der vielen Kleintiere, die einen Wald bevölkerten. Das hier war größer. Er wartete. Mutter Natur umfing ihn in einer stillen Umarmung. Julian stand abrupt auf, fuchtelte mit den Armen und rief laut nach Bismut. Der Hund kam angerannt. In dem Moment wusste Julian, dass es sich auch um kein Reh handeln konnte, denn dieses wäre schon längst weggehüpft.

Julian ließ sich Zeit, holte in Ruhe seinen Fotoapparat aus dem Rucksack, spielte an den Einstellungen herum, machte einige Aufnahmen von der Schlüsselblume und verstaute die Kamera wieder. Dann schulterte er lässig den Rucksack und verließ die Lichtung in Richtung Bäume.

Er schlug einen Bogen, um sich der Stelle, die er ausgemacht hatte, auf leisen Sohlen zu nähern. Als er einige

Zweige beiseiteschob, wäre er fast frontal mit Géraud zusammengestoßen.

»Was zum Teufel machst du hier?«, stieß Julian hervor.

»Mich an der Natur erfreuen!« Géraud, den diese Begegnung köstlich zu amüsieren schien, wich nicht von der Stelle.

»Du bist mir gefolgt, du Mistkerl!«

»*Bien sûr,* na klar doch!«, antwortete der kleine gnomenhafte Mann. »Ich habe mich an dich drangehängt, seit du heute Morgen das Haus verlassen hast, und ich muss schon sagen, du bist wirklich sehr unaufmerksam! Du hast mich kein einziges Mal gesehen! Du hast doch nicht ernsthaft geglaubt, ich würde auf diese Lügengeschichte mit Cercles hereinfallen, oder?« Er schaute sich um. »Aurillac also! Hätte ich mir eigentlich denken können!«

»Du bist von dieser Frau angeheuert worden, stimmt's?«, war alles, was Julian hervorbringen konnte.

»Ach, wie ich sehe, gibt es eine undichte Stelle bei mir zu Hause. Ja, stimmt, Heidi und ich haben uns zusammengetan, was für beide Seiten von Nutzen ist. Ihre Frauenschuhsammlung ist fantastisch! Darin ist übrigens auch ein Paphiopedilum sanderianum enthalten, das für mich bestimmt ist. Um es zu bekommen, muss ich aber eine bestimmte Blume finden. Das ist doch ein fairer Deal, findest du nicht?«

»Räuber!«

»Hör auf, mich zu beschimpfen, *mon vieux.* Das gehört sich nicht! Wie dem auch sei, es war jedenfalls ein Angebot, dass ich unmöglich ausschlagen konnte. Ich bin sicher, du hättest an meiner Stelle dasselbe getan! Sei doch so gut und lass einen ernsthaften Orchideenjäger zur Abwechslung mal seinen Job tun! Alleine wirst du sie nie finden, hörst du.

Ich verspreche auch, dich gebührend zu würdigen. In einer Fußnote!«

Julian hätte ihn fast geohrfeigt.

34

Julian hatte immer noch Adelheids Visitenkarte in seiner Brieftasche. Sie wohnte nicht weit entfernt, in der Nähe eines Ortes namens Queyssac. Julian verfrachtete Bismut ins Auto, schaute auf der Karte nach, wie er fahren musste, und brauste los. Sein Weg führte ihn an Weinbergen, Wäldern und Maisfeldern vorbei. Es herrschte wenig Verkehr. Genau in dem Moment, als Julian in Richtung Queyssac abbog, setzte sich ein schwarzes Fahrzeug hinter ihn. Er registrierte es zwar, war aber zu wütend, um sich groß Gedanken darüber zu machen. In einer Staubwolke ratterte er durch das Dorf. Ein paar Kilometer weiter sah er einen Wegweiser, auf dem »Besser« geschrieben stand. Julian folgte dem Schild und fand sich in einer Allee wieder, die einen Hügel hinaufführte. Das Auto, das ihm gefolgt war, scherte an den Rand der Hauptstraße aus und hielt an.

Adelheids Anwesen befand sich am Ende der Allee und war von hohen Mauern umgeben. Es gab ein schmiedeeisernes Tor mit einer Gegensprechanlage. Julian drückte auf den Knopf. Eine quäkende Frauenstimme antwortete ihm. Er nannte seinen Namen und sagte, er wolle Madame Besser sprechen.

»Sie hat zu tun!«, erwiderte die Stimme. »Aber ich frage mal nach, ob sie Besuch empfängt.«

Er wartete. Innerlich kochte er schon vor Wut.

Schließlich kreischte die Stimme: »*Ça va.* Fahren Sie durch. Sie holt Sie ab.« Das Tor ging langsam nach innen auf. Julian parkte neben einem beigefarbenen Renault Kangoo. Als er aus seinem Wagen stieg, sah er Adelheid neben dem Haus auftauchen und auf ihn zukommen. Sie trug eine schmutzige Latzhose, Gummistiefel und einen Schlapphut.

»Ich muss mit Ihnen reden«, bellte Julian und ging in großen Schritten auf sie zu.

»Ach, haben Sie Ihre Meinung geändert?«

»Nein, habe ich nicht. Aber Sie werden jetzt die Ihre ändern!«

»Ähm – was?« Ihr Ton war entwaffnend sanft, aber ihre kleinen blauen Augen verengten sich, und ihr scharlachroter Mund verzog sich zu einem nicht ganz freundlichen Lächeln.

»Sie, Madame Besser, werden nämlich zu dem Entschluss kommen, dass Sie Cypripedium incognitum doch nicht besitzen wollen. Sie werden Géraud Laval zurückpfeifen. Sie werden Ihren Ehrgeiz auf dem Gebiet der Pflanzenchemie austoben, sich mit Ihrer ohnehin schon beachtlichen Sammlung zufriedengeben und meine Orchidee in Ruhe lassen!«

»Aber es ist doch nicht Ihre Orchidee«, entgegnete sie zu Recht. »Und außerdem haben Sie doch gesagt, Sie wären sich noch nicht einmal sicher, ob sie überhaupt existiert.«

»Für Sie existiert sie ja auch nicht!«, schnauzte Julian sie an. Er hielt inne. Ein imposantes Gewächshaus in einem Anbau hinter dem Haus fesselte seine Aufmerksamkeit. Durch die Glaswände konnte er sehen, dass es voller Orchideen war. Einen Moment lang verschlug es ihm die Sprache.

»Eindrucksvoll, nicht wahr?«, fragte sie, als könne sie Gedanken lesen. »Würden Sie es gerne mal von innen sehen? Ich könnte Ihnen Paphiopedilum besseri zeigen, eine meiner berühmtesten Hybriden.«

»Deswegen bin ich nicht hier!«

»Nein? Leider sind Sie zu früh dran für meine Cypripedien.« Sie zeigte auf eine Reihe von Freilandbeeten in einem parkartigen Ambiente am Rande ihres Grundstücks. »Ich habe sie aus China, Nordamerika, Japan mitgebracht und ihre spezifischen Lebensräume nachgebildet. Meine Sammlung« – Adelheid machte eine ausholende Handbewegung – »ist wirklich sehr umfangreich. Aber«, fügte sie vielsagend hinzu, »nicht vollständig«.

Julian ging in die Luft. »Und um sie zu vervollständigen, wollen Sie Cypripedium incognitum haben, ja?«

»Genau! Es würde sich hier doch gut machen, finden Sie nicht?«

»Von wegen!«, erwiderte er scharf. »Es kann sein, dass von Cypripedium incognitum nur noch ein einziges Exemplar übrig ist. Sein Standort braucht besonderen Schutz. Was es aber gar nicht gebrauchen kann, ist, dass Sie oder jemand anders es ausgraben!«

»Wer sagt denn, dass ich es ausgraben will?«, fragte sie sanft. »Vielleicht will ich ja bloß ein paar Samen haben und sie keimen lassen. Das hört sich doch schon viel besser an, oder?«

»Das tut es. Aber dieser Schuft, den Sie angeheuert haben, wird sich nicht daran halten. Er wird die Samen und die Pflanze nehmen, um sich das Monopol zu sichern.« Und bestimmt würde Adelheid in Wahrheit genau dasselbe tun, dachte Julian. Wie Géraud würde sie die Alleinrechte beanspruchen.

»Ähm – hören Sie, Sie sollten sich mein Angebot auf alle

Fälle nochmal durch den Kopf gehen lassen. Es steht noch. Und, wie gesagt, wer auch immer mir Cypripedium incognitum bringt, wird gut bezahlt werden.«

»Ach, so läuft der Hase! Sie wollen Géraud und mich gegeneinander ausspielen. Ich schätze, das finden Sie lustig, stimmt's?«

»Aber ist die Idee nicht gut? Warum soll man bloß eine Person auf die Fährte setzen, wenn man zwei haben kann? Und da Sie doch sowieso nach ihr suchen, warum sich dann nicht dafür bezahlen lassen? Hören Sie, ich begebe mich morgen auf eine kleine Reise. Ich werde ein paar Tage fort sein. Sie können es sich in Ruhe überlegen.«

»Ach, auf zu neuen Orchideenplünderungen?«

Sie reagierte gelassen. »Weit gefehlt! Ich halte mich bei allem, was ich tue, an die Vorschriften. Nein, ich fahre zu einer Tagung in die Türkei. Dort wird es um die missliche Lage der anatolischen Orchideen gehen, die die Grundlage für die türkische Getränke- und Eisindustrie darstellen.«

Er starrte sie überrascht an. »Sprechen Sie von Salep?« Der Gedanke, dass sie ebenfalls eine Befürworterin des Salepverbots sein könnte, verblüffte ihn.

»Ach, Sie kennen Salep? Als Getränk ist er sehr beliebt, und Eis ohne Salep ist in der Türkei kein richtiges Eis. Ich persönlich finde, er macht die Konsistenz zu dick und klebrig, aber die Türken kennen es nicht anders und lieben das Eis in dieser Zubereitung. Ich werde mir also anhören dürfen, wie meine türkischen Kollegen über Stärkeersatz und schonendere Techniken bei der Ernte von Orchideenknollen diskutieren werden. Anschließend werde ich eine kleine Exkursion machen und mit einigen Dutzend Pflanzen zurückkommen ...«

»Graben Sie sie etwa aus?«, fragte Julian feindselig.

»Nein. Ich bekomme sie über einen Forscherkollegen. Machen Sie sich keine Gedanken! Alles geschieht im Namen der Wissenschaft, und mit den Pflanzen wird sehr sorgsam umgegangen. Mein Auto ist speziell für den Transport meiner Lieblinge ausgerüstet.«

Er starrte sie ungläubig an. »Sie legen die ganze Strecke in die Türkei mit dem Auto zurück?«

Sie bedachte ihn mit einem Blick, der besagte, für wie einfältig sie ihn hielt, und fuhr fort: »Dieser Kollege hat mich gebeten, durch Versuche herauszufinden, wie man den Schaden an den Wurzelknollen der Ophrys- und Orchisgattungen begrenzen und ihnen zu einer schnelleren Regeneration verhelfen kann. Vielleicht haben Sie ja schon davon gehört, dass in ländlichen Regionen der Türkei Orchideen zur Salepgewinnung ausgegraben werden? Dabei wird bloß die dickere der beiden Knollen verwendet. Wenn man es richtig anstellt, kann die Orchidee sich wieder erholen.«

Julian verschlug es für einen Moment die Sprache. Adelheid Besser eine Verfechterin der Nachhaltigkeit? Es war eine Seite, die er bei ihr nicht vermutet hatte und die er ihr auch nicht so recht abnahm.

»Am 6. Mai komme ich zurück. Sagen Sie mir dann einfach Bescheid, wie Sie sich entschieden haben. Es sei denn, Sie wollen das Angebot jetzt schon annehmen.« In neckischem Ton, in den sich auch eine Portion Häme mischte, fügte sie hinzu: »Vielleicht haben Sie ja auch Angst, mit Ihren eigenen Waffen geschlagen zu werden? Géraud ist sich nämlich sicher, dass er die Orchidee als Erster findet, wissen Sie?«

»Géraud?«, höhnte Julian. »Der Räuber ist ja noch nicht

einmal in der Lage, bei Tageslicht seine eigenen Füße zu finden! Wie ich bereits sagte, ich bin nicht interessiert. Und ich an Ihrer Stelle würde kein allzu großes Vertrauen in Géraud Laval setzen. Man kann sich nicht auf ihn verlassen. Der Mann hat nicht die geringsten Skrupel.«

»Und was ist mit Ihnen?« Sie sah ihn mit ausdrucksloser Miene an. »Géraud sagt, Sie wären ein Betrüger. Dann sagen Sie mir doch mal, Monsieur Wood, für wen ich mich Ihrer Meinung nach entscheiden sollte: für den Räuber oder den Scharlatan?«

Zum zweiten Mal an diesem Tag hätte Julian fast jemanden geschlagen. Er machte auf dem Absatz kehrt und stapfte davon. Als er bei seinem Lieferwagen ankam, bedachte er den Kangoo daneben mit einem finsteren Blick. Er konnte erkennen, dass die Ladefläche mit Regalen und etwas ausgestattet war, das wie Wachstumslampen aussah. Bestimmt verfügte der Wagen auch über eine hervorragende Klimaanlage. Adelheids verfluchtes Spezialfahrzeug!

Als er den Motor anließ und durch das Tor brauste, war seine Wut aber bereits verflogen, und Verzweiflung machte sich in ihm breit. Diese beiden Menschen stellten eine ernsthafte Gefahr für seine Orchidee dar. Julian sah sie sich schon mit Schaufel und Spaten auf die Blume stürzen. Er fluchte, als ihm aufging, dass die einzige Möglichkeit, dieses furchtbare Ereignis abzuwenden, nur darin bestand, beide umzubringen oder zumindest Géraud die Beine zu brechen.

Als Julian wieder auf die Hauptstraße bog, überlegte er immer noch, auf welche Weise er den Mann außer Gefecht setzen konnte. Vor ihm parkte ein schwarzer Mercedes auf dem Seitenstreifen. Julian drosselte das Tempo und warf einen Blick auf den Mann am Steuer. Der Schock fuhr ihm in die Glieder, als er erkannte, dass das auffallende, in seine Richtung gewendete Gesicht niemand anderem als Serge, dem Auftragskiller von Eineinhalb-Tonnen, gehörte.

Mit dem Wiedererkennen ging auch eine vage Erinnerung an ein dunkles Fahrzeug einher, das sich irgendwann auf der Fahrt zu Adelheid an ihn gehängt hatte. Er bekam es mit der Angst zu tun und drückte das Gaspedal durch. Der Lieferwagen machte einen Satz nach vorn. Ein paar Minuten später, als Julian Queyssac hinter sich gelassen hatte und im Rückspiegel nichts außer einer freien Straße zu sehen war, stellte er verwundert fest, dass Serge ihm wohl doch nicht gefolgt war. Aber ganz sicher fühlte er sich dennoch nicht.

35

»Ich?« Donny fasste sich an die Brust und sah erstaunt aus.

»Beantworten Sie einfach meine Frage«, erwiderte Mara.

Sie hatte Donny allein zu Hause angetroffen. Daisy war vor ein paar Tagen nach New York geflogen. Der hochgewachsene Mann bedeutete Mara, auf dem Sofa Platz zu nehmen, und setzte sich ebenfalls. Der Ledersitz ächzte unter seinem Gewicht.

»Hören Sie, worum geht es denn überhaupt? Kann ich Ihnen etwas zu trinken anbieten?«

»Nein, danke. Es geht um das hier« – sie fuchtelte mit einer Broschüre vor seinem Gesicht herum – »und darum, dass es genau vor meiner Haustür passieren soll. Sind Sie Montfort-Izawa? Stecken Sie hinter dem Golfplatzprojekt?«

Eben hatte er noch überrascht gewirkt, nun bekam sein

Gesichtsausdruck etwas Ausweichendes. Da wusste sie, dass sie richtig geraten hatte und er im Begriff war zu lügen.

»Ich?«, fragte er noch einmal. Er würdigte die Broschüre keines Blickes. »Montfort-Izawa? Sie machen wohl Witze! Ich bin bloß ein kleiner Fisch, Mara. Montfort-Izawa ist eine ganz große Vereinigung. Die haben französische und japanische Geldgeber im Rücken. Und ...« – er beugte sich vor und senkte die Stimme, obwohl ihn niemand außer Mara hören konnte – »vielleicht auch einen Haufen Geld aus Hongkong. Aber sagen Sie nicht, dass Sie es von mir haben!«

»Für jemanden, der nicht einbezogen ist, wissen Sie aber ganz schön viel!«, warf Mara ihm vor. Jetzt, wo Daisy nicht da war, hatte sein Auftreten nichts Bemühtes, Beschwichtigendes mehr an sich. Das war der eigentliche Donny, dachte Mara: entspannter und um einiges hinterhältiger.

»Nun ja ...« – er wand sich ein wenig und das Leder quietschte – »vielleicht war ich ja ein klein wenig daran beteiligt, sie für die Idee zu begeistern. Ich meine, immerhin war ich ja mal Profigolfer. Ich kenne den Sport, ich kenne die Plätze und ich kenne den Markt. Es ist möglich, dass ich ihnen schon mal den einen oder anderen Ratschlag gebe. Technischer Kram halt. Die meisten Leute haben von der Gestaltung der Greens keine Ahnung. Aber mehr habe ich damit nicht zu tun!«

»Mit anderen Worten, Sie entwerfen den Platz für sie.«

»Habe ich das gesagt? Nennen Sie mich einfach einen Berater. Eine Art Golfarchitekten. Das ist Ihr Metier, die Architektur, stimmt's? Schauen Sie, über kurz oder lang musste es so kommen. Diese Japaner sind verrückt nach Golf. Von dem Moment an, wo es hier losgeht, wird es ganze Flugzeugladungen von Führungskräften aus Tokio geben, die für eine Woche Golf hierhinfliegen möchten. Damit stehen sie sich günstiger, als wenn sie einem Golfclub in Japan beitreten würden. Selbst wenn man den Mitgliedsbeitrag aufbringen kann, ist es ganz schwer, überhaupt mal auf den Platz zu kommen. Und es sind nicht nur die Japaner. Es gibt auch noch die Deutschen, die Briten und ganz zu schweigen von den Amerikanern. Die Dordogne schreit förmlich nach einem erstklassigen Golfplatz, der auch Profiansprüchen gerecht wird.«

»Erstklassig? Julian sagt, dass man auf so kleinem Raum keinen 18-Loch-Platz errichten kann. Er meint, der Geländezuschnitt wäre falsch.«

Donny lachte und warf die Arme in die Luft. »Dazu kann ich nur sagen, dass keiner von Ihnen Golfer ist. Es ist wirklich unglaublich, was man mit einem gescheiten Design alles machen kann, Mara. Hier ein wenig abtragen, da ein wenig auffüllen, Doppel-Fairways wie in St. Andrews-«

»Sie planen also tatsächlich, den gesamten Golfplatz auf vierzig Hektar unterzubringen?«

»Ähm, na ja. Schauen Sie, nehmen wir doch mal den Fall Japan. Nirgendwo ist das Platzproblem größer als dort. Was machen die Japaner also? Sie bauen in die Höhe. Sie haben Rolltreppen, die einen zwischen den verschiedenen Ebenen hin und her transportieren. Das muss man ihnen lassen, schlau sind sie!« Er tippte sich an die Stirn.

»Hören Sie« – er legte die Hände auf die Knie –, »ich kann ja verstehen, dass Sie deswegen verärgert sind. Und, Mensch, das Letzte, was ich will, ist eine Freundin verlieren –«

Ha!, hätte Mara fast laut eingeworfen.

»Aber lassen Sie sich eins sagen, der Wert Ihres Grundstücks wird dadurch erheblich steigen. Wer kann schon von sich behaupten, das achtzehnte Loch einsehen zu können?«

»Ich will aber gar nicht das achtzehnte Loch einsehen können!«, schrie Mara wütend.

»Sie müssen im Großen denken. Ein Vorhaben wie dieses wird der Wirtschaft in der Region auf die Sprünge helfen. Dadurch entstehen Jobs, die Einnahmen steigen. Es besteht erhöhter Meetingbedarf, falls Sie wissen, was ich meine? Außerdem sollte ich Ihnen noch sagen, dass das Bauvorhaben auf breite Zustimmung in der Bevölkerung stößt. Eine ganze Reihe Leute sind von der Idee begeistert. Sie müssen mit der Zeit gehen, Mara. Sie können den Fortschritt nicht aufhalten.«

»Ich bezeichne es nicht gerade als Fortschritt, eine gewerbliche Baufläche vor der Nase zu haben!«

»Aber Mara, wir reden hier doch nicht von irgendeinem popeligen Einkaufszentrum. Hier geht es um einen Weltklasse-Golfplatz. Golfer sind keine Rüpel. Sie sind anständige, gut gekleidete Menschen, die Art von Leuten, die man gerne bei sich zum Abendessen hätte. Aber falls Sie um Ihre Ruhe fürchten, könnte ich auch noch mal mit ihnen reden. Ich könnte beispielsweise vorschlagen, dass zwischen Ihrem Grundstück und dem Ort des Geschehens eine Baumreihe zur Abschirmung stehen bleibt.«

Mara hätte ihn fast angeschrien. »Darüber soll ich mich freuen? Sie holzen den gesamten Wald ab, und ein paar Bäume sollen dann ausreichen?«

»Nein, keineswegs!« Er war beleidigt. »Der Wald bleibt. Er wird für die Wohnanlage bloß ein klein wenig ausgedünnt. Es ist ja schließlich die Waldkulisse, die die Lage so attraktiv macht.«

»Ausgedünnt? Wie beruhigend! Und da ist noch etwas. Golfplätze sind umweltschädigend.«

»Wer sagt das?«

»Julian.«

»Also, da lebt Ihr Julian aber hinter dem Mond, muss ich sagen. Umweltschutz wird heute auf Golfplätzen ganz groß geschrieben, und dieser hier wird besonders umweltgerecht sein: dürre- und schädlingsresistentes Gras, recycelte Materialien, so wenig Chemikalien und Wasser wie möglich. Und übrigens, wir haben unsere eigenen Wasservorräte. Beruhigt Sie das?«

»Ganz und gar nicht! Aber egal, es geht mir nicht nur um den Golfplatz, sondern auch um die Eigentumswohnungen. Wo sollen die denn hin?«

»Ähm, na ja« – wieder wand er sich ein wenig –, »ein Stück weiter die Straße runter. Wenn ich mich richtig erinnere, ist das die Phase II.«

»Aber sie sollen doch schon im neuen Jahr zum Verkauf stehen. Man bekommt eine Wohnung mit zwei Schlafzimmern zum Vorzugspreis von dreihundertfünfzigtausend Euro, inklusive Ferienwohnrecht.« Mara spielte ihre Trumpfkarte aus. »Es geht um das Grundstück der Gaillards, hab ich recht?«

Er blinzelte. »Ich kann Ihnen nicht folgen.«

»Ach kommen Sie schon, Donny, stellen Sie sich jetzt bloß nicht dumm! Ich glaube, Sie – Montfort-Izawa – wollen es sich unter den Nagel reißen. Gibt es irgendeine Abmachung über den Kauf von Josephs Land?«

Donny schüttelte den Kopf. »Hören Sie, Mara, ich bin bloß ihr Berater in Sachen Golf. Was ihren Geschäftsplan angeht, bin ich nicht eingeweiht, um es mal so zu sagen.« Er sah absolut aufrichtig aus und ging zu einem anderen Thema über. »Apropos, wie geht's unserem lieben Joseph denn? Daisy und ich haben neulich erst von ihm gesprochen. Alles okay bei ihm?«

»Absolut«, antwortete Mara steif. Mit Unbehagen dachte sie an das selbstzufriedene Gegacker des alten Mannes angesichts Julians Debakel. »Er hat eine sehr nette Pflegerin gefunden, die bei ihm wohnen wird. Sie fängt am Samstag bei ihm an.«

»Na, das ist ja großartig! Sie wissen ja, Daisy sorgt sich sehr um ihn. Zu sehr, finde ich, aber so ist Daze halt. Unter ihrer glatten Fassade verbirgt sich ein echter Schatz. Sagen Sie« – er stand auf –, »kann ich Ihnen nicht doch etwas zu trinken anbieten? Wie wär's zum Beispiel mit einem schönen Glas Muskateller?«

Dieses Mal nahm sie das Angebot an. Sie wollte noch einen weiteren Punkt ansprechen. Donny eilte in die Küche.

»Ich würde mit Ihnen gerne auch noch über Christine Gaillard reden«, sagte sie, als er mit einer gekühlten Flasche und zwei großen Kelchgläsern zurückkehrte.

»Über wen?«

»Sie wissen ganz genau, wen ich meine. Josephs Tochter.«

»Ach, natürlich«, erwiderte er. Er schenkte ein und setzte sich wieder. »Was ist mit ihr?«

»Hat Montfort-Izawa irgendeine Absprache mit ihr getroffen?«

»Was meinen Sie?« Er stellte die Flasche auf den Glastisch. Diesmal kam kein Weinkühler zum Einsatz.

»Ich würde gerne wissen, ob Montfort-Izawa eine Vereinbarung mit Christine ausgehandelt hat, das Grundstück ihres Vaters zu kaufen?«

»Mit Christine?« Donny sah verblüfft aus. Dann zuckte er mit den Achseln, die Handflächen zeigten nach oben. »Da kann ich Ihnen nicht weiterhelfen. Wenn ich etwas wüsste, würde ich es Ihnen sagen. Aber ich weiß wirklich nichts. Und das ist alles, was ich Ihnen in der Angelegenheit sagen kann.« Er trank einen Schluck Wein und lenkte das Gespräch in eine andere Richtung: »Übrigens, haben Sie schon gehört, dass der reimende Einbrecher wieder zugeschlagen hat?« Er grinste. »Der Kerl hat Humor, das muss man ihm lassen! Ich meine, wenn man mal so darüber nachdenkt, ist das Ganze doch wirklich lustig.«

Mara starrte ihn zornig an. »Das sieht Prudence Chang aber anders. Sie kennen Prudence, nicht wahr?«

»Wer kennt Prudence nicht?«

»Ihr Haus war ebenfalls betroffen.«

Donny hielt mitten im Schluck inne. »Mist, davon wusste ich nichts! Wie ärgerlich!« Sein Bedauern wirkte echt. »Verstehen Sie mich nicht falsch! Ich wollte damit nicht gesagt haben, dass ich Einbrüche stillschweigend dulde. Außerdem führt eins zum anderen. Wenn die Leute sich ihrer Sache zu sicher sind, neigen sie dazu, noch einen drauf zu setzen. Bisher hat der Kerl sich bloß leer stehende Häuser vorgenommen. Das Ganze lief ohne Gewalt ab. Aber was, wenn er übermütig wird und irgendwo einbricht, wo jemand zu Hause ist? Keiner kann sagen, was dann passiert.« Er trank sein Glas aus und stellte es klirrend auf dem Tisch ab.

»Was ich sagen will, ist, dass alle für ihre Sicherheit sorgen müssen.« Er sah sich um. »Ich überlege, in unserem Haus ein Alarmsystem zu installieren. Sie sollten auch mal darüber nachdenken. Zu Hause in Amerika haben wir die Armed-Response-Einrichtung. Sobald jemand auch nur ein Fenster berührt, wird der Alarm ausgelöst, der Sicherheitsdienst kommt mit Blaulicht und Sirenen angefahren, und die Wachleute stürmen das Haus. Wir nehmen dieses Problem sehr ernst, das können Sie mir glauben! Falls Sie Interesse haben, könnte ich Ihnen eine verdammt gute Alarmanlage mit dreißig Prozent Rabatt besorgen. Noch einen Schluck Wein?«

Die Frage war vollkommen überflüssig, da sie ihr Glas kaum angerührt hatte. Aber er dachte schon längst nicht mehr an Wein oder an Alarmanlagen. Mara sah, wie sein Blick zu ihren nackten Beinen schweifte. Ein nachdenklicher Ausdruck huschte über sein Gesicht.

»Wissen Sie«, sagte Donny und rutschte ein Stück näher. »Ich bin wirklich froh, dass wir diese kleine Aussprache hatten. Das gibt uns Gelegenheit, unsere kleinen Meinungsverschiedenheiten aus dem Weg zu räumen und uns besser kennenzulernen.«

Mara stellte ihr Glas ab und stand abrupt auf.

»Nein, danke, Donny. Ich muss jetzt los.«

Wenn die Katze aus dem Haus ist, tanzen die Mäuse.

Auf zum Nächsten, dachte Mara, als sie aus Grives in Richtung Les Faux hinausfuhr. Donny hatte ihr nicht viel erzählt, das sie nicht schon gewusst oder vermutet hätte. Nun war sie auf dem Weg zu Christine, um dort ihr Glück zu versuchen. Die Sache musste von hinten aufgerollt werden.

Auf ihrer Fahrt quer durch die Dordogne waren ihre Gedanken bei Julian. Sie verfasste eine weitere E-Mail im Kopf:

Ich mache mir Sorgen, Patsy. Er ist jetzt schon seit vier Tagen weg. Unsere Auszeiten dauern sonst nie so lange, höchstens ein, zwei Tage. Solange er eben braucht, um seinen Garten in Schuss zu halten und nach dem Rechten zu sehen. Ich meine, ich habe immer Verständnis für seinen Freiheitsdrang gehabt. Aber was mir zu schaffen macht, ist sein Schweigen. Er hätte doch wenigstens mal zurückrufen können!

Sie musste daran denken, wie sie das letzte Mal auseinandergegangen waren: sie hatte hysterisch gelacht, und er hatte wutentbrannt und mit einem Brummschädel Josephs Haus verlassen. War er lediglich nach Grissac zurück, um seine Prellungen zu verarzten? Oder um allein zu sein und sich weiter wegen etwas zu grämen, für das er nichts konnte? Oder um Madame Audebert zu entgehen? Es war wirklich eine Schande, dass er mit der Frau nicht zurechtkam.

Das kommt gar nicht in die Tüte, Schätzchen! Patsys Bild tauchte vor Maras innerem Auge auf. Sie hatte die Arme in die Hüften gestemmt, und ihr standen die Haare zu Berge.

Darüber kannst Du nicht so einfach hinweggehen. Hand aufs Herz! Seit Monaten schon benutzt Du die Beschwerden der alten Audebert als Vorwand für Dein eigenes Gemotze wegen Julians Unordnung. Zum Kuckuck noch mal! Anstatt der teuflischen Putzfrau die Stirn zu bieten, was Du hättest tun sollen, hast Du gekniffen! Du solltest Dich schämen!

Mara warf eine Hand in die Höhe.

Okay, okay. Du hast ja recht. Ich geb's ja zu. Aber eine Beziehung braucht auch Nähe, und wir wissen beide, dass das nicht gerade zu Julians Stärken gehört. Er hat viele gute Eigenschaften. Er ist lieb, ein treuer Freund und ein toller Liebhaber. Aber er hält mich auf Abstand. Er sagt zum Beispiel: »Ich möchte mir dir zusammensein!« Aber er hat noch nie die drei kleinen Worte »Ich liebe dich« ausgesprochen. Und natürlich ist auch nie vom Heiraten die Rede gewesen. Warum bloß dieses »Bis hierher, aber nicht weiter«?

Auf diese Frage wusste Patsy auch keine Antwort.

»Machen wir uns doch nichts vor!« Da Patsy nicht länger mit ihr sprach, wandte Mara sich an ihren Hund Jazz. »Julians einzige Leidenschaft sind die Orchideen. Er lebt dafür, sein Cypripedium zu finden. Seine Gefühle für mich sind anders gelagert. So ist das nun mal. Inzwischen sollte ich begriffen haben, einen Orchideenjäger nicht zu bedrängen oder mit einer Blume konkurrieren zu wollen.« Jazz, der auf dem Beifahrersitz döste, öffnete verschlafen ein Auge.

»Es scheint, als stünden wir am Scheideweg«, fuhr Mara fort und sah, dass sie tatsächlich an einem solchen angekommen war. Sie bremste, um einen Traktor vorbeizulassen. Jazz erhob sich halb und ließ ein schläfriges Wuff vernehmen.

»Ich habe keine Ahnung, wie es mit uns vorangehen soll. Und auf Umwege habe ich keine Lust. Was bleibt dann noch?« Ihr kam ein entmutigender Gedanke: Konnte diese Auszeit Julians Art sein, in sein ehemaliges Leben und zu alter, wohlbewährter Routine zurückzukehren: freitagabends Essen im *Chez Nous*, gemeinsame Wochenenden, die Wochentage aber jeder für sich?

»Tja, vielleicht sind wir ja wieder an dem Punkt angelangt«, richtete sie traurig das Wort an Jazz' breiten Hinterkopf. »Bloß noch du und ich, mein alter Knabe!«

Bei Maras Ankunft war Christine im Hof beschäftigt. Und Alice, nahm Mara an, war draußen bei den Schafen. Dieses Mal blieb die Einladung ins Haus aus. Sie befanden sich an der Ecke des Hofes, an der das Haus an den Stall grenzte, und Mara kam gleich zur Sache.

»Ich bin bloß gekommen, um Ihnen zu sagen, dass ich weiß, was Sie im Schilde führen, Christine! Ich werde nicht zur Polizei gehen, aber nur unter zwei Bedingungen: Erstens, es darf keine weiteren Mordanschläge auf Ihren Vater geben oder Versuche, seine geistige Gesundheit zu gefährden. Lassen Sie ihn in Ruhe! Sollte ich Sie jemals wieder in der Nähe seines Hauses sehen, zeige ich Sie an. Zweitens, Sie brechen sämtliche Verhandlungen mit Montfort-Izawa ab. Ihr Vater möchte seinen Lebensabend zu Hause verbringen, und Sie haben kein Recht, das Grundstück zu verkaufen. Jedenfalls jetzt noch nicht.«

Christine, die dabei gewesen war, ein Maiglöckchenbeet zu pikieren, stand auf. Sie rammte die Mistgabel, die sie benutzt hatte, in die Erde und starrte Mara an. »Wer bitte schön ist Montfort-Izawa? Und von welchem Grundstück sprechen Sie? Und warum sollte ich meinem Vater etwas zuleide tun?« Sie klang wütend und ehrlich erstaunt.

»Ach, kommen Sie schon!«, platzte es aus Mara heraus. »Ich weiß, dass Montfort-Izawa das Konsortium ist, das den Golfplatz neben meinem Grundstück und dem Ihres Vaters bauen wird. Ich weiß, dass Sie weiteres Land und dass Sie Geld brauchen. Ich vermute, Sie und Alice sind hoch verschuldet. Ihr Vater hockt auf fünfundvierzig Hektar Land, die bei seinem Tod an Sie übergehen. Wie viel hat Montfort-Izawa Ihnen geboten, wenn Sie den Verkauf rasch unter Dach und Fach bringen?«

Christine schwieg erneut, aber nur, um Luft zu holen und in herzhaftes Gelächter auszubrechen.

»*Vous êtes folle, non?* Sie wissen nicht, wovon Sie reden! Ich habe keinerlei Anspruch auf das Grundstück meiner Eltern. Wie gesagt, sie haben mit mir gebrochen, und nicht andersrum. Und wenn Sie es genau wissen wollen, sie haben mich nicht nur zurückgestoßen, sondern auch noch das letzte Band gekappt. Sie haben mich nämlich enterbt.«

Jetzt war es Mara, die lachte. »Erzählen Sie mir doch keinen Unsinn, Christine! Ich kenne mich mit dem französischen Erbrecht gut genug aus, um zu wissen, dass sie das gar nicht könnten. Was Grundstücke angeht, können Leute ihre Kinder gar nicht enterben.«

»Sie können es, indem sie es verkaufen. Meine Eltern haben ihr Land schon vor Jahren verkauft. Und zwar 1985. Das kommt einer Enterbung gleich. Der Tod meines Vaters würde mir überhaupt nichts bringen, bis auf ein paar Möbelstücke vielleicht, falls er sie mir vermacht. Aber das reicht sicher nicht, um unsere Schulden zu bezahlen. Wenn Sie mir nicht glauben, dann fragen Sie doch Maître Joffre, seinen Notar. Er kümmert sich um die finanziellen Angelegenheiten meines Vaters.«

Mara konnte erst Ende der Woche einen Termin bei Maître Joffre bekommen. Er empfing sie an seinem alten Mahagonischreibtisch in einem düsteren Büro mit hohen Decken. Der Mann sah so nüchtern und verstaubt aus wie die Akten und Utensilien um ihn herum. Seine Computerausstattung jedoch war eindeutig aus dem einundzwanzigsten Jahrhundert: eine ergonomische Tastatur und ein breiter Flachbildschirm, der moderner war als Maras eigener. Sie fragte sich, ob seine freundliche, tüchtige Tochter dahinterstecken mochte, die als Sekretärin und Empfangsdame des Notarbüros fungierte. Die auf dem neuesten Stand befindliche Technik konnte unmöglich seine Idee gewesen sein; er fühlte sich sichtlich unwohl damit und tippte nur mit zwei Fingern.

»Ich habe Christine Gaillard ausfindig gemacht«, teilte Mara ihm mit.

Maître Joffre zog fragend die Augenbrauen hoch, die Mara an blasse, behaarte Raupen erinnerten. Ein Blick in seine Augen sagte ihr aber, dass er die ganze Zeit gewusst hatte, wo Christine sich aufhielt.

»Und sie hat mir erzählt, dass das Grundstück ihrer Eltern 1985 verkauft worden ist. Sie hat gesagt, wenn ich eine Bestätigung wolle, solle ich mich an Sie wenden.«

Anfangs war er nicht gewillt, über die Belange eines anderen Mandanten zu sprechen. Dass er Mara nicht wegschickte, war wohl allein der Tatsache zu verdanken, dass sie ebenfalls seine Mandantin war.

»Sagen Sie mir einfach, ob es stimmt«, drängte Mara. Auf den Grund ihrer Frage ging sie nicht ein. »Ja oder nein?«

Schließlich rückte er mit einer überraschenden Information heraus. Haus und Grundstück der Gaillards waren nicht komplett verkauft worden, sondern *en viager*. Bei dieser besonderen Form des Eigentumserwerbs setzte sich der Kaufpreis aus einer Einmalzahlung und einer lebenslangen indexierten Monatsrente an den Verkäufer zusammen. Maître Joffre, der rasch vom Speziellen zum Allgemeinen überging, wurde gesprächiger. *Viagers* beträfen in der Regel ältere Grundstückseigentümer, erklärte er Mara. Häufig handele es sich um Paare, die Geld brauchten und deshalb ihr Grundstück verkauften, aber gleichzeitig das Wohn-

und Nutzungsrecht behielten. Beide wurden namentlich im Vertrag erwähnt, und beiden stand die Monatszahlung zu, auch wenn einer den anderen überlebte. In diesen Fällen gelte der Verkauf erst als abgeschlossen, wenn beide Eheleute tot seien. Der kritische Punkt bei einem Kauf *en viager* sei, bemerkte Maître Joffre mit einem frostigen Lächeln, dass er immer ein gewisses Risiko bedeute. Kurzum, es habe etwas von einem Lotteriespiel. Die Käufer spekulierten darauf, dass die Verkäufer lieber heute als morgen starben und damit die Monatszahlungen beendet waren. Die Verkäufer hingegen hofften, sehr alt zu werden und es sich dank der *rente viagère* auf Kosten des Käufers noch lange in den eigenen vier Wänden gemütlich machen zu können. Die einzige Möglichkeit für einen Käufer, sich von seinen Verpflichtungen zu befreien beziehungsweise aus dem *viager* auszusteigen, sei, ihn an jemand anderen weiterzuverkaufen oder in dem ursprünglichen Kaufvertrag eine Klausel aufzunehmen, die den *rachat de la rente,* den Freikauf von der Rente, vorsah. Diese ermöglichte dem Käufer, den Verkäufer gegen Zahlung einer bestimmten Summe zum Auszug zu zwingen. Ohne eine solche Klausel musste der Käufer sich gedulden, bis der Verkäufer starb.

Wer aber das Grundstück der Gaillards *en viager* gekauft hatte, wollte der Notar Mara nicht verraten.

»Ich finde, ich habe schon mehr als genug gesagt, Madame Dunn«, murmelte er und schürzte dabei leicht die Lippen. Er rutschte auf dem Stuhl hin und her und gab Mara zu verstehen, dass sie gehen möge.

Mara überlegte in Windeseile. Außer Christine gab es noch einen anderen Menschen, der ein Interesse am Land der Gaillards hatte; der eine Beteiligung an Montfort-Izawa zugegeben hatte; dem, wenn er tatsächlich der Käufer war, nun an einem schnellen Ableben Josephs gelegen sein musste; und der, fiel ihr ein, glaubte, Joseph habe ein schwaches Herz.

Mara holte tief Luft. »Beantworten Sie mir wenigstens noch diese Frage. War Donny O'Connor der Käufer?«

Maître Joffre setzte sich kerzengerade auf. Er sah Mara mit versteinerter Miene an.

»Nein«, sagte er scharf. »Er war es nicht.«

Als Mara ging, dachte sie betrübt, dass nichts so war, wie es schien. Christine hatte kein Motiv, ihren Vater umzubringen, da sie keinen Anspruch auf das Land hatte. Donnys Verbindung zu Montfort-Izawa hätte ihm unter Umständen ein Motiv gegeben, aber er war nicht der *viager*-Käufer des Gaillardschen Grundstücks. Niemand hatte Amélie die *Two Sisters*-Treppe hinuntergestoßen, und das Monster saß letztlich doch nur in Josephs Kopf. Wohin führte sie das?

Zum Bedürfnis nach einem heißen Bad, einem harten Drink und einer anständigen Mahlzeit.

An diesem Abend bereitete sie sich ein einfaches Omelett mit frischem Schnittlauch aus ihrem Küchengarten zu, den Julian unterhalb der Terrasse angelegt hatte. Zu ihrer Überraschung brannte es weder an, noch wurde es zu Gummi, wozu ihre Omeletts sonst immer neigten. Es wölbte sich dick und luftig in der Pfanne auf und wurde am Rand sogar knusprig. Mara aß es mit einer Scheibe Landbrot und einigen Gläsern Wein. Jazz bekam auch etwas ab. Das erste Gericht, das Julian für sie gekocht hatte, war ein Omelett gewesen. Es versetzte ihr einen Stich, dass er jetzt nicht da war und dieses hier mit ihr teilen konnte.

36

Mara parkte an diesem Freitagabend voller Erwartung vor dem *Chez Nous*. Sie hatte seit fast einer Woche nichts mehr von Julian gehört oder gesehen. Deshalb war sie tief enttäuscht, als sie durch den Perlenvorhang des Bistros trat und feststellen musste, dass er nicht da war und sie sogar die Erste war, die eintraf.

Hör auf, dir Sorgen zu machen, Schätzchen, ließ sich Patsys Stimme in Maras Innerem vernehmen. *Er kommt immer zu spät, das weißt du doch!*

Sie setzte sich an ihren Tisch, tauschte Küsschen mit Paul aus, bestellte einen Kir royal und machte es sich bequem. Jazz spazierte durch den Raum, begrüßte die anderen Gäste und ließ sich dann mit einem Plumps an seinem Stammplatz vor der Bar nieder.

Ein paar Minuten später tauchte Loulou auf. Sie begrüßten sich, und Mara sah auf Anhieb, dass er Neuigkeiten mitbrachte.

»Mir ist etwas zu Ohren gekommen«, sagte er mit vertraulichem Augenzwinkern. »Die Jungs sind anscheinend dem reimenden Einbrecher auf der Spur. Wahrscheinlich umzingeln sie ihn gerade in diesem Moment.«

Paul erschien ein zweites Mal. Die Männer gaben sich die Hand, und Loulou bestellte einen Pastis. Bis dieser kam, schwieg er. Mara wusste, dass sie ihn besser nicht drängte. Der füllige Expolizist liebte es, seine Zuhörer auf die Folter zu spannen.

»Weißt du, ich war von Anfang an der Überzeugung« – er leckte sich die Lippen, nachdem er den ersten Schluck genommen hatte –, »dass es ein verbindendes Element zwischen den Einbrüchen geben muss. Also, was könnte das deiner Meinung nach sein?«

Mara trank ihr Glas aus. »Ich würde meinen, dass die immer gleiche Vorgehensweise bereits eine deutliche Sprache spricht: verwaiste Häuser, Kunstgegenstände, die Gedichte.«

Loulou schüttelte den Kopf. »Es hat sich herausgestellt, dass alle betroffenen Häuser bei Assurimax versichert sind.«

»Ach?«

»Man glaubt, der Dieb ist ein Mitarbeiter, der Zugang zu den Kundendateien hat. Das würde erklären, wie er sich die lohnenswerten Objekte herauspicken konnte und warum die Einbruchsorte so verstreut liegen.«

»Ein Insider also?« Mara musste unwillkürlich an Sébastien Arnaud denken, an seine Hundeaugen und die Airdale-Haare, seine ungeheure Liebenswürdigkeit, seine sechs Kinder. Hatte er auch ein Faible für Knittelverse und Computer? Sie spielte mit ihrem leeren Glas herum. »Hat man schon jemanden in Verdacht?«

Loulou grinste und lehnte sich zurück. »Ach, es würde mich nicht wundern, wenn die Kollegen schon genau wüssten, wer es ist, und jetzt bloß auf Zeit spielten, um den Kerl auf frischer Tat zu ertappen. Und nun zu euch«, sagte er leutselig. »Welche neuen Kriminalfälle habt ihr diese Woche aufgetan?« In seinen neckischen Ton mischte sich auch eine Portion Ernst. Inzwischen rechnete er bei ihr und Julian regelrecht damit. Er machte Paul ein Zeichen, dass sie eine weitere Runde Getränke bestellen wollten.

»Wenn du es wirklich wissen willst«, erwiderte Mara und

erzählte ihm von Montfort-Izawa, dem Grundstück der Gaillards, dem *viager* und Josephs nächtlichen Besuchern.

Loulou rieb sich die Nase. »Knifflige Angelegenheit, diese *viagers.* Du hast doch bestimmt von Jeanne Calmonts Fall gehört, oder? Hat vor einigen Jahren im ganzen Land für Schlagzeilen gesorgt. Sie ist hundertsechsundzwanzig geworden und hat den Käufer überlebt. Die Erben des Käufers mussten die Zahlungen fortsetzen. Und es gab noch einen zweiten Fall hier in der Dordogne. Ein Mann hat von einer verwitweten Siebzigerin *en viager* gekauft. Nun, der Käufer ist mittlerweile über achtzig und ebenfalls Witwer. Und die rüstige alte Dame ist hundertunddrei und wird ihn wahrscheinlich überleben. Zum Glück verstehen die beiden sich blendend. Er besucht sie jeden Sonntag und bringt ihr Blumen mit.«

»Wie nett«, murmelte Mara abwesend.

»Apropos Blumen, wo bleibt Julian eigentlich? Er ist wirklich spät dran!«

Aus Maras Sicht sogar sechs Tage zu spät. In dieser Zeit hatte er sich nicht einmal bei ihr gemeldet. Und sie hatte auch nicht mehr bei ihm angerufen. Es war, als hätten sie eine Art Schweigeabkommen getroffen. Mara spürte, wie sich ihr vor Angst der Magen umdrehte.

»Ach, ich bin sicher, er ist bloß aufgehalten worden«, sagte sie.

Paul stellte einen weiteren Pastis vor Loulou und einen zweiten Kir royal vor Mara hin. Er fragte, ob Julian noch komme. Es ging schon auf neun zu.

»Vielleicht könntet ihr schon mal bestellen«, sagte er freiheraus. »Mado würde heute gerne früh Feierabend machen.«

Mara und Loulou entschieden sich beide für das Siebenunddreißig-Euro-Menü. Mara sah aus dem Fenster. Nebel zog auf. Kein Lieferwagen kam ruckelnd vor dem Restaurant zum Stehen, niemand kam eilig zur Tür gerannt. Julian hatte bisher keines ihrer Treffen im Bistro versäumt, bis auf das eine Mal natürlich, als das Unwetter getobt hatte, und an diesem Abend war sie bei ihm gewesen. Selbst nach einem Job am anderen Ende der Dordogne und manchmal mit ein wenig schmutzigem Aussehen, weil ihm keine Zeit geblieben war, nach Hause zu fahren und sich frisch zu machen, war er trotzdem immer mit von der Partie gewesen. War es möglich, dass er es vergessen hatte? Sie war sich fast sicher, dass er absichtlich fernblieb. Aber wie konnte er nur so dreist sein, vor allem ohne ein Wort der Erklärung an sie? Sie suchte in ihrer Tasche nach dem Handy, überlegte es sich dann aber anders. Julian sollte auf keinen Fall denken, dass sie ihm hinterherlief.

Loulou betrachtete sie aufmerksam.

»Alles in Ordnung zwischen euch beiden?«, fragte er. Seine Stimme klang so gütig und besorgt, dass Mara die Antwort im Halse stecken blieb. Loulou fasste nach ihrer Hand. Mara brach in Tränen aus.

Julian schreckte in seinem alten Ledersessel aus dem Schlaf hoch. *Merde,* es war bereits nach neun, und er hätte schon seit mehr als einer Stunde im *Chez Nous* sein sollen. Ihm blieb keine Zeit mehr, sich umzuziehen und sich zu rasieren. Er hatte eigentlich vorgehabt, pünktlich zu erscheinen – in Wahrheit sogar früher, um ein paar Minuten mit Mara allein zu sein und ihr seine unerklärte Abwesenheit zu erläutern. »Hör mal, es tut mir leid, dass ich mich nicht gemeldet habe. Ich hatte sehr viel um die Ohren.« Es hätte ein wenig lahm geklungen, das wusste er. Sie wäre bestimmt nicht überzeugt gewesen, aber er hatte trotzdem gehofft, dass es fürs Erste reichen würde. Jetzt war er sich noch nicht einmal mehr sicher, ob sie überhaupt noch da war, um sich seine lahme Entschuldigung anzuhören. Er pfiff laut nach Bismut und rannte zu seinem Wagen.

Maras Tränen trockneten bereits, aber von Zeit zu Zeit schnäuzte sie noch in das große Taschentuch, das Loulou ihr großmütig angeboten hatte.

»Vielleicht bilde ich es mir ja nur ein. Vielleicht ist es Kazims Tod, der ihn immer noch fertigmacht. Aber irgendwie habe ich das Gefühl, dass mehr dahintersteckt. Das Problem ist, er wird nicht darüber reden. Ich fürchte ...« Sie verstummte.

»Was befürchtest du?«, ermunterte Loulou sie in väterlichem Ton.

»Ich – ich weiß nicht, ob das mit dem Zusammenleben wirklich so gut funktioniert. Ich glaube« – erneut traten ihr die Tränen in die Augen – »ich fürchte, dass Julian Schluss machen möchte.«

»*Ah non!*«, beruhigte Loulou sie entschieden. »Julian liebt dich doch. So etwas würde er nie tun!«

»Doch, ich denke, das würde er. Im Grunde seines Herzens ist er ein Einzelgänger.«

»Er ist einsam«, entgegnete Loulou weise. »Genau wie du. Das ist ein Unterschied, weißt du.«

War das alles, was sie verband, fragte Mara sich: dass sie sich beide allein fühlten? Wie ging die Liedzeile noch mal? »Two lonely people together«? Obwohl Frankreich das Land der Liebe war, konnte es manchmal ein nervenaufreibender Ort für eine unverheiratete Ausländerin sein.

Genau in diesem Moment sprang Bismut zur Tür herein. Kurz darauf folgte sein Besitzer.

»Das wurde aber auch Zeit, Mann!« Paul und Julian fassten sich wie zwei Ringer an den Unterarmen.

»Tut mir leid, ich bin eingenickt.«

Eine Umarmung war Balsam für die Seele, hatte Mara irgendwo gelesen. Sie setzte Glückshormone frei und gab einem ein wohliges Gefühl. Hastig putzte Mara sich die Nase, stand auf und umarmte Julian fest. Dabei nahm sie den vertrauten Geruch nach feuchter Erde und Laub wahr, den er von draußen mit hereingebracht hatte. So einfach war das also! Es schien, als habe die vergangene ungewisse Woche gar nicht stattgefunden.

Julian, der auf bissige Bemerkungen über Unpünktlichkeit und Kommunikationsmangel gefasst war, war angesichts Maras herzlicher Umarmung angenehm überrascht. Er erwiderte sie stürmisch. Mara schien sich sehr zu freuen, ihn zu sehen. Aber warum weinte sie denn? Sie verharrten in der Umarmung und genossen die Nähe des anderen. Die Auszeit war vorbei, sagten ihre Körper, auch wenn ihr Verstand noch darüber rätselte, wie es überhaupt so weit hatte kommen können.

Loulou räusperte sich. Mara und Julian setzten sich hin. Maras Augen waren immer noch ein wenig feucht, und ihr Gesicht war gerötet. Julian wirkte freudig, war aber auch leicht verwirrt. Auf seiner rechten Wange sah man noch den Abdruck der Unterlage, auf der er geschlafen hatte. Einen Aperitif lehnte er dankend ab, sondern ging gleich zur Bestellung über. Er starb vor Hunger. Und er fühlte sich erschöpft. Während er ein Stück Brot hinunterschlang, erzählte er ihnen von seinem Zusammenstoß mit Géraud. Deshalb war er morgens sehr früh aufgestanden, um die Suche nach seiner Orchidee für einige Stunden fortzusetzen, bevor er sich der weniger interessanten, aber ebenso wichtigen Aufgabe widmete, seinen Lebensunterhalt zu verdienen. Abends nach der Arbeit hatte er dann weitere Gebiete durchkämmt, bis es dunkel wurde. Es war, als hätte er zwei Vollzeitjobs gleichzeitig. Darüber hinaus erforderte die Orchideensuche kilometerlanges Marschieren, wie Mara nur zu gut wusste.

»Könntest du mir nicht vielleicht helfen?«, wandte er sich an Mara. »Ich hasse es zu fragen, aber jetzt, wo Géraud weiß, dass ich mich auf Aurillac umsehe, wird die Orchidee ihm auf Gedeih und Verderb ausgeliefert sein, falls er sie vor mir findet. Zu zweit würde es sehr viel schneller gehen.«

Mara schob das Kinn vor. Eine leise Stimme in ihrem Kopf meldete sich gekränkt zu Wort. Während sie Qualen erlitten hatte, hatte er sich nicht bei ihr gemeldet, weil er zu beschäftigt mit seiner Orchideensuche gewesen war? Sie holte tief Luft, um das »Nein« auszusprechen, das ihr bereits auf der Zunge lag. Aber dann sah sie sein Gesicht, auf dem ein Ausdruck kindlicher Hoffnung gepaart mit Unsicherheit lag. Sie hatten beide nicht vergessen, dass Mara von einem wilden Keiler angegriffen worden war, als sie sich das letzte Mal mit ihm auf Orchideenjagd begeben hatte. Dennoch schob sie die Erinnerung an vergangene Suchaktionen beiseite und entschied sich, großmütig zu sein. Sie sagte: »Es würde mir nicht im Traum einfallen, dich da alleine hinauszuschicken.«

Sein überraschter, freudiger Blick machte sie euphorisch. Vielleicht lag es aber auch an den Champagnercocktails. Sie vereinbarten, am nächsten Tag gemeinsam auf die Suche zu gehen.

Dann berichtete Julian ihnen von seiner Begegnung mit Adelheid und Serge.

Loulou hob abrupt den Kopf. »Bist du sicher, dass es Serge war, der dir gefolgt ist?«

»Absolut!«, sagte Julian mit vollem Mund. »Ich war unterwegs zu Adelheid, und dieses Fahrzeug war hinter mir. In diesem Augenblick habe ich nicht weiter darauf geachtet, aber dann hat es am Straßenrand auf mich gewartet, als ich wieder zurückkam. Ein schwarzer Mercedes. Ich konnte einen Blick auf den Fahrer werfen. So ein Gesicht ist unverwechselbar. Trotzdem kein Grund zur Sorge!« Er schluckte. »Dann ist es mir aber gelungen, ihn abzuschütteln.«

»Aber woher kennt er dein Auto?«, fragte Mara. »Ich mache mir sehr wohl Sorgen, Julian!«

Er ließ sich die Frage durch den Kopf gehen. »Das ist allerdings merkwürdig! Es sei denn … Ich weiß nicht, aber an dem Tag, an dem ich mich in Périgueux wegen Kazim umgehört habe, ist mir so ein hinterhältiger kleiner Typ bis zu meinem Wagen gefolgt. Unter Umständen war das ja einer von Lucas Jungs.«

»Das gefällt mir ganz und gar nicht«, murmelte Loulou. »Wenn Serge dein Auto kennt, dann weiß er wahrscheinlich noch viel mehr über dich. Wo du wohnst, zum Beispiel. Wenn du mich fragst, dann beschattet Serge dich, seit du gestern Morgen das Haus verlassen hast.«

Julian riss die Augenbrauen hoch. Waren ihm etwa beide – Géraud und Serge – gefolgt? Das wäre schon komisch, außer dass Serge nicht so aussah, als hätte er besonders viel Humor. Oder – der Gedanke traf ihn wie ein Keulenschlag – hatte

Gérauds unliebsame Gegenwart ihn in Wahrheit vor etwas viel Schlimmeren als einer Verfolgungsjagd kreuz und quer durch die Region bewahrt?

»Na ja, ist ja nichts passiert«, meinte Julian unbehaglich. Er nahm sich noch ein Stück Brot und schaute zu, wie Paul mit Tellern vorbeieilte, auf denen die *steak-frites* noch brutzelten und so appetitlich aussahen, dass einem das Wasser im Mund zusammenlief. Mado war die Einzige, die sie so hinbekam. »Himmel, habe ich einen Kohldampf!« Julian hatte das Gleiche bestellt, und dieser verlockende Duft nach gegrilltem Fleisch und frittierten Kartoffeln war für ihn kaum auszuhalten.

Mara teilte Julian mit, was es Neues gab. Während sie ihm von dem *viager* und den Informationen berichtete, die sie Maître Joffre entlockt hatte, schweifte Julians Blick zum Nachbartisch, an dem eine Frau eine dampfende Teigtasche in Angriff nahm.

»Hm.« Er strich sich nachdenklich über den Bart. »Ich würde sagen, damit können wir sowohl Christine als auch Donny ausschließen. Herauszufinden, wer den Kauf *en viager* getätigt hat, könnte aber trotzdem interessant sein …« Er verstummte voller Vorfreude. Endlich kam Paul aus der Küche und bewegte sich auf ihren Tisch zu. »Derjenige könnte doch auch ein Interesse an Josephs Tod haben, um sein Grundstück an Montfort-Izawa verkaufen zu können.«

Loulou nickte. »*C'est logique.* Das ist ein wichtiger Hinweis!«

Jemand anders? Vor Maras innerem Auge tauchte das Gesicht des Notars auf, als er ihr mitgeteilt hatte, dass Donny nicht der Käufer war. Es war versteinert gewesen. Oder ausweichend? Die verschlossene Miene eines Mannes, für den

Wahrheit eine Sache des Abwägens war und dessen einstudierte Antworten mehr verbargen, als sie preisgaben. Mara erstarrte. Das Glas, das sie zum Mund hatte führen wollen, hing in der Luft. Plötzlich wusste sie, wer der Käufer war. Nicht Donny. Daisy. Sie hatte das Geld und konnte den Kauf auf ihren Namen getätigt haben. Das hieß aber, dass die O'Connors doch ein wirtschaftliches Interesse an Josephs Ableben hatten. All ihre geheuchelte Anteilnahme und ihr Gerede, Joseph in Pflege zu geben, war demnach nichts als Gewäsch gewesen. Dann kam ihr ein schrecklicher Gedanke. Sie sprang auf und zog Julian genau in dem Augenblick vom Stuhl hoch, als Paul den ersten Gang servierte.

»He, Moment mal!«, protestierte Julian, empört darüber, dass man ihm sein Essen entrissen hatte, oder genauer gesagt, er seinem Essen entrissen worden war.

»Nu komm schon!«, schrie Mara, ohne sich um die anderen Gäste im Restaurant zu kümmern, die bereits zu ihnen herübersahen. »Loulou, Paul, es tut mir leid, aber das hier duldet keinen Aufschub.« Sie rief die Hunde herbei und zerrte Julian nach draußen.

»Könntest du mir bitte mal verraten, was das hier soll?«, verlangte Julian, als Mara den Motor anließ.

»Es geht um Folgendes«, sagte Mara außer Atem. »Ich gehe jede Wette ein, dass Daisy die *viager*-Käuferin ist. Und ich dumme Kuh habe Donny auch noch erzählt, dass Josephs neue Pflegekraft morgen bei ihm anfängt. Das ist, als hätte ich ihnen gesagt, ihnen bliebe nur noch heute Nacht, um den alten Herrn aus dem Weg zu räumen.«

Es war halb elf, als sie bei Joseph ankamen. Der alte Mann saß in der Küche, sah fern und aß dabei ein Stück Obstkuchen, den Suzanne Portier für ihn gebacken hatte. Sie hatte ihm Gemüsesuppe und selbst gemachtes Brot, eine Scheibe Schweinebraten, gedünsteten Kohl und Kartoffeln sowie besagten Obstkuchen vorbeigebracht. Der Kuchen war mit Rosinen gefüllt. Joseph hatte die eine Hälfte direkt nach dem Essen verspeist und sich die andere Hälfte für den Spätfilm aufgehoben, den er sich anschauen wollte. Da spielten Mädchen von der eher leicht bekleideten Sorte mit. Als Amélie noch am Leben war, hatte er nie sehen dürfen, was er wollte. Bei ihr hieß es immer, früh ins Bett und früh aus den Federn, und sie hatte das Fernsehprogramm strengstens überwacht.

»Na klar geht's mir gut«, antwortete er auf Maras und Julians Frage, als die beiden ins Zimmer platzten. Sein Blick klebte am Fernseher. Gerade kam eine Frau aus der Dusche und ließ das Handtuch zu Boden gleiten. Seine Monster schien er völlig vergessen zu haben. »Warum sollte es mir nicht gut gehen?«

37

Die Nacht ist neblig und windstill. Weder der Mond noch die Sterne sind zu sehen. Alles ist in eine vollkommene Finsternis gehüllt, wie es sie nur auf dem Lande geben kann. Hier erhellen keine Laternen die leeren Straßen, keine Verkehrsampeln zeigen stumpfsinnig ihre Rot-Grün-Phasen an, kein Neonschild durchbricht die Dunkelheit.

Auch im Haus ist es dunkel. Außer dem lauten Ticken der Standuhr, die in der Wohnzimmerecke die Zeit anzeigt, ist kein Laut zu vernehmen.

Draußen vor dem Haus bewegt sich etwas. Ein dünner Lichtstrahl flackert durch den Haselnusshain und verharrt dann für einen Moment auf den schwarzen Schaltern des Sicherungskastens im Holzschuppen. Dann gleitet er weiter über die Terrasse und fällt schließlich auf das Schloss der Hintertür. Als die Tür aufschwingt, bewegt sich der Strahl ins Innere, streicht wie ein langer Finger über die Küchenfliesen und erhellt ein Tischbein sowie die abgenutzten Dielen im Flur. Er streift den abgewetzten Teppich im Wohnzimmer, in dem auch die alte Standuhr steht, und hält vor den dunklen Umrissen des Sofas inne. Dann macht er kehrt, den Flur entlang, bis er auf die Türklinke des Schlafzimmers fällt. Die Klinke geht wie von selbst nach unten. Und dann erlischt der dünne Lichtstrahl.

Irgendetwas ist ins Schlafzimmer gekommen. Seine Anwesenheit macht sich durch eine leichte Luftschwingung, durch eine Schwärze bemerkbar, die tiefer als die Schwärze ist, die es umgibt. Der Raum scheint zu vibrieren, als habe er bloß auf diesen Moment gewartet.

Die Person im Bett liegt reglos da. Das schwarze Wesen hat den Raum durchquert und steht nun so nah, dass sich sein Atem mit dem des Schlafenden mischt. Eine weitere Luftverdrängung verrät Bewegung. Vorsichtig sucht eine Hand das Gesicht des Schläfers, berührt Haut.

Jemand schreit erstickt auf. Ein Fausthieb versetzt dem Wesen einen gewaltigen Schlag. Es taumelt rückwärts. Man hört Kampfgeräusche, umstürzende Möbel, Gegenstände, die zu Boden krachen.

»Um Himmels willen, Mara«, ruft Julian. »Nun mach endlich das verdammte Licht an!«

Im hellen Schein der Taschenlampe sieht Mara, dass Olivier Rafaillac der Länge nach hingefallen ist. Über seinem Schlafanzug trägt er eine gefütterte Nylonjacke und ringt mit einem Beinpaar, das unter ihm kräftig austeilt. Julian liegt auf einem breiten, schwarzen Regenumhang, der einen großen, sich windenden Körper verdeckt. Er schiebt sich auf die Knie, bekommt den Regenumhang zu fassen und zerrt die Person in die Höhe.

»Alles klar, du Mistkerl!«, schreit er und versetzt Donny O'Connor einen Kinnhaken, der es in sich hat. »Was zum Teufel hast du hier verloren?«

»Er wollte Joseph umbringen«, verkündete Mara und zeigte anklagend auf Donny.

Die beiden Polizisten, die auf ihren Anruf hin erschienen waren, schauten skeptisch. Mara erzählte ihnen von den Überfällen auf Joseph und von der Bedeutung des Gaillardschen Grundstücks für das Montfort-Izawa-Bauprojekt, an dem Donny ihrer Meinung nach mehr Interesse hatte, als er zugab. Julian erklärte, er und Mara hätten vorhergesehen, dass Donny in dieser Nacht einen weiteren Mordversuch unternehmen würde. Deshalb hätten sie Joseph eilig zu Olivier Rafaillac gebracht. Dann hätten sie Olivier um Hilfe gebeten und seien mit ihm zurückgekehrt, um Donny aufzulauern.

Donnys Version lautete, er habe nach Joseph sehen wollen, weil er von den nächtlichen Besuchern des alten Mannes gehört habe. Selbstverständlich habe er einen Schlüssel. Warum auch nicht? Seine Frau habe schließlich vor einigen Jahren das Grundstück der Gaillards *en viager* gekauft. »Hab ich's doch gewusst!«, war Maras fauchender Kommentar in Julians Richtung. Die Gaillards gehörten quasi zur Familie.

Mara habe ja auch einen Schlüssel zum Haus, betonte er. Wie so ziemlich jeder hier in der Nachbarschaft.

»Wenn ich wirklich das Monster wäre, das Joseph Angst eingejagt hat, müsste ich dann nicht irgendeine Verkleidung tragen?«, argumentierte Donny. »Eine Maske? Falsche Reißzähne? Ein Gorillakostüm? Also, wo ist denn nun mein Halloweenoutfit?«

»Aber Sie haben es doch an«, entgegnete Mara und wies auf seinen Regenumhang. Ihr fiel ein, wie Joseph den ersten Eindringling beschrieben hatte. Groß und schwarz, hatte er gesagt, mit schlaffer, gummiartiger Haut. »Sie mussten ihn bloß über den Kopf ziehen und schon sahen Sie im Dunkeln wie der Blob höchstpersönlich aus!«

»Nun machen Sie aber mal halblang«, schnaubte Donny und fasste sich an die rote Beule am Kinn. »Ich werde Sie wegen Körperverletzung anzeigen!«

Olivier konnte Maras und Julians Bericht im Großen und Ganzen bestätigen, musste aber einräumen, dass er weder von Grundstücksgeschäften wusste, noch genau gesehen hatte, wie Donny Joseph – Mara – im Bett attackiert hatte. Dazu sei es zu dunkel gewesen. Er habe sich bloß an Julians Anweisung gehalten, sich auf jeden zu stürzen, der ins Zimmer komme. Monsieur O'Connor, wie sich herausgestellt habe. Ja, er könne bestätigen, dass Joseph sich verfolgt gefühlt habe. Niemand habe ihn jedoch so richtig ernst genommen.

Einer der Polizisten begleitete Olivier nach Hause, um seine Aussage aufzunehmen und Joseph zu den Ereignissen zu befragen. Der andere Gendarm durchsuchte derweil Donny. Er fand bei ihm eine Brieftasche, ein zusammengeknülltes Taschentuch, Kleingeld, Schlüssel und eine superflache Taschenlampe amerikanischer Machart. Nichts, das als Waffe herhalten konnte.

»Da haben Sie Ihre Waffe.« Mara zeigte auf ein Kissen, das auf dem Boden lag. »Das stammt von dem Sofa im Wohnzimmer. Er hatte vor, Joseph – mich – damit zu ersticken.«

»Sie spinnen doch!«, ereiferte sich Donny.

»Was haben wir denn da?«, fragte der Gendarm und faltete einen Zettel auseinander, den er aus Donnys Jackentasche gezogen hatte. Im nächsten Moment wurde er ganz aufgeregt. Er las laut vor:

Hee Hee Hee
Hah Hah Hah
Cherchez partout
Vous ne me trouverez pas.

Was frei übersetzt lautete:

Ha Ha Ha
Hi Hi Hi
Suchen Sie überall
Sie finden mich nie.

Der Gendarm erstarrte wie ein Jagdhund, der Witterung aufgenommen hat. »Monsieur«, wandte er sich an Donny, »ich muss Sie leider mitnehmen. Wir würden Ihnen gerne ein paar Fragen stellen.«

Als ihre Aussagen in der hiesigen Gendarmerie zu Protokoll genommen wurden, wandte Mara sich lautstark protestierend an den Brigadier.

»Warum hören Sie nicht auf mich? Donny O'Connor ist nicht der reimende Einbrecher. Er wollte im Haus nichts stehlen, sondern Joseph Gaillard umbringen. Ich schätze mal, es sollte nach einem Einbruch aussehen, bei dem etwas schiefgegangen ist. Und um Sie auf die falsche Fährte zu locken, plante er, ein fingiertes Gedicht am Tatort zu hinterlassen.«

»Die spinnt doch! Ich habe dieses gottverdammte Gedicht nicht geschrieben.« Donny stritt alles ab. »Und dass es in meiner Tasche gefunden wurde, heißt bloß, dass sie es mir untergejubelt hat, um mich in Schwierigkeiten zu bringen.«

Mara warf die Hände in die Luft. »Sehen Sie denn nicht, dass die Vorgehensweise ganz anders ist? Der dichtende Einbrecher geht gezielt vor. Er sucht sich verwaiste Häuser aus, in denen es etwas Wertvolles zu holen gibt. Josephs Haus ist aber eindeutig bewohnt, und es gibt dort nichts, was zu stehlen sich lohnen würde.« Sie unternahm einen letzten verzweifelten Überzeugungsversuch. »Und schon das Gedicht selbst. Wenn Donny O'Connor wirklich der reimende Dieb wäre, dann sollte man doch meinen, dass er mit etwas viel Besserem aufgewartet hätte, oder? Es hat keinen Rhythmus. Es passt nicht zu den anderen Gedichten: vorher hat der Einbrecher als Anrede »Du« benutzt, hier geht er aber zum »Sie« über. *Hah Hah* und *Hee Hee* sind die englischen Schreibweisen. Auf Französisch würde es *Ha Ha* und *Hi Hi* lauten müssen. Man kann hier noch nicht einmal von Mittelmaß sprechen, das Gedicht ist einfach nur miserabel.«

»Das ist ein abgekartetes Spiel!«, beharrte Donny.

Dennoch behielten sie ihn in Gewahrsam. Polizisten eilten an dem Raum vorbei, in dem das Verhör andauerte. Aufgeregtes Stimmengewirr erfüllte die Gänge. Die Kunde verbreitete sich wie ein Lauffeuer: Die Gendarmen hatten ihren Mann endlich geschnappt.

Es war bereits heller Vormittag, als Maras und Julians Aussagen vollständig zu Protokoll genommen waren und ihnen gesagt wurde, sie könnten gehen. Mit Julian im Schlepptau eilte Mara mit großen Schritten wütend aus der Gendarmerie und stürzte auf der Suche nach einem dringend benötigten Koffeinstoß ins nächste Café.

»Er wird ungestraft davonkommen«, fauchte sie, als sie auf eine freie Nische zuwankten. Mara und Julian hatten seit vierundzwanzig Stunden kein Bett mehr gesehen, und beide sahen erschöpft aus. »Die Gendarmen sind viel zu sehr auf ihren Einbrecher fixiert, und der Mistkerl wird damit durchkommen.«

»Das liegt daran, dass mehr dafür spricht, dass Donny eher ein Einbrecher ist als ein Mörder.« Julian lehnte den Kopf müde an die gepolsterte Wand der Nische. Die Atmosphäre im Café war warm und gemütlich. Es duftete herrlich nach Kaffee. Einige frühe Gäste verweilten bei einer Schale Café au lait und schauten zu ihnen herüber.

»Nehmen wir doch mal an, die O'Connors arbeiten Hand in Hand«, fuhr Julian fort. »Sie sorgen dafür, dass sie Zugang zu den Häusern bekommen. Daisy kennt sich doch mit Antiquitäten aus. Sie trifft die Vorauswahl – du hast ja gesehen, wie gründlich sie dein Wohnzimmer in Augenschein genommen hat, als sie bei dir war –, und Donny kümmert sich um die Routinearbeit. Außerdem wäre es ein Leichtes für sie, die gestohlenen Gegenstände zu veräußern.« Er gähnte ausgiebig. Ihm fiel ein, dass er und Mara an diesem Tag eigentlich geplant hatten, auf Orchideensuche zu gehen. Im

Moment stand ihm der Sinn aber bloß danach, sich für gute zehn Stunden in die Horizontale zu begeben.

Niedergeschlagen musste Mara sich eingestehen, dass Julians Überlegungen durchaus etwas für sich hatten. Voller Wut dachte sie an die Bronzetierfiguren von Prudence, ihre Lalique-Lampen, die kleine Statue von Degas, die wahrscheinlich inzwischen bei Käufern in New York, Philadelphia, London und Paris gelandet waren.

»Also gut«, räumte sie ein. »Vielleicht stecken die O'Connors ja auch hinter den Einbrüchen. Aber das ändert nichts an der Tatsache, dass Donny letzte Nacht ins Haus gekommen ist, um Joseph umzubringen. Das begreift die Polizei einfach nicht!«

Seit vier Stunden nun schon wiederholte sie diese Klage in immer neuen Varianten. Da Julian es nicht mehr hören konnte, ging er zur Theke, um sich eine Zeitung zu holen. Er musste sich mit einer lokalen Wochenzeitung begnügen, die bereits ein paar Tage alt war. Doch da er in der letzten Zeit ohnehin selten Gelegenheit hatte, sich auf dem Laufenden zu halten, machte es ihm nichts aus.

»Das Problem ist, dass wir ihn vielleicht gekriegt hätten, wenn du nicht so voreilig gehandelt hättest«, bemerkte Julian, als er sich wieder setzte und das Blatt aufschlug.

Mara starrte ihn an. »Wenn ich was nicht getan hätte?«

»Du hast ihm viel zu schnell eine geknallt.« Dann sagte er: »Ich fasse es nicht!« Er hielt Mara die Zeitung hin und zeigte auf das Foto einer großen Frau, die an Deck eines Schiffes stand. »Das ist Adelheid Besser. An Bord der RoPax *Bosporus I* auf ihrer Jungfernfahrt nach Istanbul. Hier heißt es, es sei das erste von einer neuen Serie von RoRo-Schiffen, die sowohl Fracht als auch Passagiere mit ihren Fahrzeugen transportieren können und zwischen Marseille und Istanbul verkehren sollen. Anscheinend schafft es bis zu dreißig Knoten in der Stunde. So ist sie also dorthin gefahren.«

Mara interessierte sich weder für Adelheid Besser noch für die RoPax *Bosporus I.*

»Was willst du damit sagen? Hätte ich mich etwa von ihm ersticken lassen sollen?«

»Zumindest hättest du ihm Gelegenheit geben sollen, dich richtig anzugreifen.«

»Ach, vielen Dank auch! Vielleicht hättest du den Lockvogel spielen sollen. Du hättest deine Sache zweifellos besser gemacht!«

»Was?« Julian hatte sich wieder in die Lektüre vertieft. »Das hätte nicht funktioniert. Mein Bart hätte mich verraten!«

38

Ein paar Tage später kam Daisy zu Mara. Mara empfing sie allein. Julian war nicht zu Hause, da er immer noch mit der Hecke eines Kunden beschäftigt war.

»Ach«, sagte Mara ein wenig nervös, als sie die Tür öffnete. Würde die Frau sie anschreien? Würde sie mit ihren perfekt manikürten Fingernägeln auf sie losgehen? Schließlich hatte Mara ihren Ehemann des versuchten Mordes bezichtigt. Nein, entschied sie sich, als Daisy schnurstracks an ihr vorbei ins Wohnzimmer marschierte und auf dem Art-Déco-Sofa Platz nahm, ohne dass Mara sie dazu aufgefordert hätte. Wie üblich zog Daisy eine Parfümwolke hinter sich her. Ihre Aufmachung passte perfekt zum Anlass: halbhohe Absätze, ein maßgeschneidertes pflaumenfarbenes Leinenkostüm, eine Bluse mit Rüschenkragen – kühl und sachlich und gleichzeitig konziliant. Sie wollte etwas. Argwöhnisch ließ Mara sich auf einem Lehnsessel nieder, einem von zweien, die sie erst kürzlich erstanden hatte.

»Ich wollte Ihnen mitteilen, dass die Polizei Donny freigelassen hat.« Die Barbiepuppe fixierte Mara eindringlich. Ihre Augen wirkten heute kobaltblau. »Bei drei der sieben Einbrüche war Donny außer Landes. Wie ich übrigens auch, das heißt, er – und ich, falls Sie in diese Richtung denken sollten – können es nicht gewesen sein. Und, um Ihrer Frage zuvorzukommen, die Polizei hat all das überprüft. Und was die anderen vier Diebstähle angeht, kann ich bezeugen, dass er bei mir zu Hause war.«

»Ehrlich gesagt, die Nacht letzten Freitag und die anderen Male, wo er versucht hat, Joseph zu Tode zu erschrecken, beschäftigen mich mehr«, erwiderte Mara ebenso direkt.

»Diese Vorfälle haben überhaupt nicht stattgefunden«, brauste Daisy auf. »Diese Monster, von denen Sie die ganze Zeit faseln, existieren doch gar nicht. Sie sind bloß in Josephs Kopf. Jeder weiß doch, dass er Halluzinationen hat. Hören Sie, lassen Sie es sich gesagt sein, Donny wollte bei Joseph bloß nach dem Rechten sehen.«

»Um drei Uhr morgens?«

»Er konnte nicht schlafen. Ich war in New York, und es kommt öfter vor, dass er nicht schlafen kann, wenn ich weg bin. Deshalb hat er beschlossen, zu Joseph zu gehen und zu schauen, ob alles in Ordnung ist. Die Polizei hat Donny von jedem Verdacht freigesprochen, die Einbrüche begangen zu haben.«

»Und was ist mit dem Gedicht, das die Polizisten in seiner Tasche gefunden haben?«

»Das hat er nicht geschrieben. Die einzige Erklärung dafür ist, dass Sie es ihm untergejubelt haben. Hören Sie, ich bin bereit, mich auf einen Deal mit Ihnen einzulassen. Wenn Sie die lächerlichen Anschuldigungen fallenlassen, werden wir Sie auch nicht wegen Verleumdung belangen. Sagen Sie der Polizei, dass Sie sich geirrt haben. Sie wissen so gut wie ich, dass Donny Joseph niemals etwas zuleide tun könnte.«

Bei Daisy kam das schon fast einem Flehen gleich. Ihr Make-up, das hielt Maras unbarmherziger Blick fest, konnte die Altersflecken nicht verdecken, die sich mehr und mehr auf ihrem blassen Gesicht ausbreiteten. Die Haut über ihren hervorstehenden Wangenknochen und dem schmalen Kinn war durchscheinend und spannte. Die Knie wirkten in der Strumpfhose spitz und bleich, und ihre Handgelenke waren unglaublich dünn. Sie sah mitgenommen aus, als würde sie nur noch von Drähten zusammengehalten. Trotzdem hatte Mara kein Mitleid mit ihr.

»Da irren Sie sich, Daisy! Als die Einschüchterungsversuche bei Joseph nicht die gewünschte Wirkung gezeigt haben und Ihrem Mann aufgegangen ist, dass ihm die Zeit davonläuft, hat er es auf direktem Weg versucht. Sein Plan sah vor, es nach einem Einbruch aussehen und alle Wertgegenstände der Gaillards mitgehen zu lassen. Das Gedicht sollte am Tatort zurückbleiben, um der Polizei zu suggerieren, es habe sich um einen Einbruch gehandelt, der ein tödliches Ende genommen hat. Wenn wir nicht eingegriffen hätten, wäre Joseph jetzt tot. Bei Josephs Ableben winkt eine Menge Land und Geld, was Ihnen ja wohl klar sein dürfte, denke ich!«

»Sprechen Sie von dem Golfplatz? Darüber bin ich nicht

im Bilde. In Donnys Geschäftsangelegenheiten mische ich mich nicht ein. Aber eins weiß ich: Wenn Donny Land bräuchte, würde er es auch bekommen, und dafür müsste er nicht Joseph umbringen. Er würde schon einen Weg finden. Und zwar einen legalen!«

»Nein. Dass er das nicht schon längst getan hat, zeigt mir, dass ihm die Hände gebunden sind. Sie haben nicht zufällig eine *rachat-de-la-rente*-Klausel in Ihrem Kaufvertrag, oder?«

»Bitte was?«

»Eine Klausel, die es Ihnen ermöglicht, einen Aufkauf zu tätigen. Damit könnten Sie Joseph auf einen Schlag ausbezahlen. Ohne diesen Passus müssen Sie warten, bis Joseph stirbt, um an das Grundstück zu kommen. Joseph hat das Recht, dort wohnen zu bleiben, und Sie beide können nichts dagegen tun. Er hat übrigens vor, wieder mit der Schafzucht anzufangen, wussten Sie das?«

»Das ist doch lächerlich«, schnauzte Daisy.

»Vielleicht, aber es ist allein seine Entscheidung. Sie haben einfach Pech! Die Gaillards haben 1985 an Sie verkauft. Das heißt, Sie zahlen seit mehr als zwanzig Jahren eine Rente an sie. Wahrscheinlich haben Sie sich die Frage gestellt, wie lange das noch so weitergehen soll? Joseph ist wackelig auf den Beinen und langsam, aber ansonsten in guter Verfassung. Und, anders als Sie glauben, ist sein Herz völlig in Ordnung. Er könnte demnach sehr alt werden. Viel leichter und günstiger also, ihn um die Ecke zu bringen, meinen Sie nicht auch?«

Die blauen Augen strahlten jetzt eine arktische Kälte aus. Mara, die als Kanadierin an den Winter gewöhnt war, entdeckte in diesem Augenblick eine neue Bedeutung des Ausdrucks *cold burn*.

»Das ist wirklich widerlich!«, sagte Daisy so vehement, dass ihre Halssehnen wie Schnüre hervortraten. »Joseph bedeutet mir fast so viel wie mein eigener Vater. Niemals würde ich es zulassen, dass man ihm etwas zuleide tut. Niemals, verstehen Sie?« Ihre Aufrichtigkeit war offenkundig. Doch dann erstickte Daisy jede Sympathie, die sich bei Mara regen mochte, im Keim, indem sie auf das Sofa klopfte.

»Wie viel?«

»Was?«

»Das Sofa. Wie viel wollen Sie dafür? Nennen Sie einen Preis. Fünfzig? Einhunderttausend?«

Mara brach in ungläubiges Gelächter aus. »Meinen Sie etwa, Sie könnten sich freikaufen?«

»Ich bin bereit, alles dafür zu tun, um meinen Mann zu entlasten. Und da ich nicht an Ihren gesunden Menschenverstand appellieren kann, was bleibt mir dann noch groß?«

»Verschwinden Sie!«, sagte Mara und stand abrupt auf. »Ich werde meine Meinung über Donny nicht ändern, und damit ist das Gespräch beendet!«

Mara war immer noch ein wenig aufgewühlt von der Begegnung mit Daisy, als sie sich am Nachmittag mit Sébastien Arnaud vor dem Haus von Prudence traf. Sie waren für zwei Uhr verabredet. Sie kam pünktlich. Er verspätete sich wie üblich.

»*Bonjour*«, begrüßte er Mara freudig, als er aus dem Auto stieg. »Warten Sie schon lange?«

Einer seiner Jungen war von einem Hund gebissen worden. Es sei bloß ein kleiner Biss, aber er habe den Hund einfangen und den Besitzer ausfindig machen müssen. Und anschließend habe das Kind eine Tetanusspritze bekommen. Er sah ziemlich ramponiert aus: Das Haar schien noch weniger zu wissen, in welche Richtung es strebte, die Jacke saß schief, und sein Hemd hing halb aus der Hose. Als er ihre Hand in seine große Pranke nahm, fragte Mara sich, wie er es schaffte, sich seine gute Laune zu bewahren.

Zuerst begutachteten sie die Reparaturarbeiten draußen und dann drinnen. Die kaputte Scheibe war ersetzt und die aus den Angeln gerissenen Fensterläden gerichtet worden.

»Das sieht doch gut aus«, äußerte Sébastien zufrieden.

Mara wählte ihre nächsten Worte mit Bedacht: »Ich habe gehört, dass alle Häuser, in die eingebrochen wurde, bei Assurimax versichert sind. Sie müssen ganz schön beschäftigt sein.«

»Ich bin immer beschäftigt.« Sébastien grinste. »Ich bin aber bloß für dieses und noch zwei weitere betroffene Anwesen zuständig. Alle anderen liegen außerhalb meines Gebietes.«

Mara fiel das Atmen wieder leichter. Dennoch behielt sie Loulous Behauptung im Hinterkopf: Um lohnenswerte Objekte herauszufiltern, bräuchte der Dieb doch bloß Zugang zu den Datenbanken der Versicherung.

Sébastien berichtete Mara, dass die Festlegung der Schadenssumme ein echtes Problem sei, da der Wert der gestohlenen Gegenstände nur schwer geschätzt werden könnte. Die meisten, so vermutete er, seien unterversichert, weil sie mit der Zeit an Wert gewonnen hätten. Das aber sei das Problem des Versicherungsnehmers, auch wenn dieser das meistens anders sehe. Außerdem seien die meisten Eigentümer außer Landes, was die Sache noch erschweren würde. Er sei sehr froh, dass Mara für Prudence einspringe. Das erleichtere ihm die Arbeit.

»Der Dieb lässt niemals Gemälde mitgehen«, stellte Mara fest. »Ich frage mich, warum?«

Sébastien zuckte mit den Schultern. »Er rührt nichts an, was an der Wand hängt. Gemälde, Drucke, Gobelins, Tafeln, Leuchter. Einige, darunter ein paar Bleistiftzeichnungen von Picasso, sind sehr wertvoll. Vielleicht sind sie ja nicht nach seinem Geschmack, oder er glaubt, dass er sie nur schwer loswerden würde.«

»Und außerdem ist mir nicht klar, was die Gedichte sollen? Außer dass sie die Polizei ärgern.«

Der Versicherungsagent lachte leise in sich hinein. »Der Kerl hat Sinn für Humor.«

Etwas an der Art, wie er es sagte, ließ Mara aufmerken. Am liebsten hätte sie gefragt: »Sie sind nicht zufällig Lyrikfan, oder?«

Aber sie verkniff sich die Frage.

Bevor sie gingen, überprüfte Mara noch, ob im Rest des Hauses alles fest verschlossen war. Die frisch verputzte »scheußliche« Wand stand schief und nackt da. Mara fragte sich, welche Art von Wandbedeckung Prudence im Auge hatte. Ein Gemälde oder irgendetwas Starres kam wegen der Unebenheiten nicht infrage. Mit einem textilen Wandbehang ginge es vielleicht. Auf jeden Fall musste es etwas sein, das man oben festklammern konnte, sodass es gerade hing. Bei ihr zu Hause in Kanada kamen gerade handgearbeitete Quilts groß in Mode. Sie kosteten ein Vermögen. Niemand, Gott bewahre!, möge sie jemals als Tagesdecke benutzen. Ein Quilt, überlegte Mara, würde sich in einem Landhaus wie diesem gut machen. Ein Motiv aus Gold- und Brauntönen würde hervorragend passen. Die Farben erinnerten sie an etwas. Mara war in Gedanken versunken, als sie hinter sich das Haus abschlossen.

Am Abend rief Mara die Gendarmerie in Brames an. Adjutant Compagnon bekundete Interesse an ihrer Frage, hatte aber auch keine Antwort parat. Nachdem Mara ihm erklärt hatte, warum sie dies wissen wollte, versprach er, die Angelegenheit zu überprüfen. Es sei allerdings nicht üblich, dass seine Leute so etwas notierten. Wie die Eigentümer seien sie mehr daran interessiert, was entwendet worden war, als daran, was der Täter dagelassen hatte. Drei Tage später bekam Mara Antwort.

Anschließend rief sie Prudence an.

»Die Reparaturarbeiten sind abgeschlossen. Sébastien und ich haben alles überprüft. Es gab nichts zu beanstanden.«

»*Merci*«, bedankte sich Prudence. »Gibt's was Neues, was die gestohlenen Sachen angeht?«

»Ähm, nein.« Ihre Freundin hatte offensichtlich nichts davon mitbekommen, dass Donny von der Polizei erst verdächtigt, dann aber entlastet worden war. »Sag mal, Prudence, was genau hast du eigentlich mit der angeblich scheußlichen Wand vor?«

»Welche Wand? Ach die«, sagte Prudence. »Ich habe einen Wandteppich in Auftrag gegeben. Letzten Herbst war jemand da, um Maß zu nehmen und mit mir die Farbauswahl zu besprechen. Er soll im Juni fertig sein, wenn ich zurück bin. Wieso fragst du?«

39

Als Mara ankam, machte der Bauernhof einen verlassenen Eindruck. Sie parkte im Hof, befahl Jazz im Auto zu bleiben, stieg aus und klopfte an die Tür. Sie wartete. Dann hämmerte sie mit der Faust dagegen. Alles blieb still. Die Schafe waren nirgends zu sehen. Waren Christine und Alice mit ihnen auf den Markt gefahren? Ein verstaubter grüner Lieferwagen stand allerdings noch neben dem Stall. Aber vielleicht waren die beiden ja auch draußen auf der Weide, um die Schafe zu scheren oder was man mit ihnen in dieser Jahreszeit sonst anstellte.

Es überraschte Mara nicht, die Tür unverschlossen vorzufinden. Die Leute auf dem Lande sperrten ihre Türen selten zu.

»*Allo?* Jemand zu Hause?«, rief sie, als sie eintrat. Nun stand sie zum zweiten Mal in der sonnendurchfluteten Küche. Die rost- und ockerfarbene Webarbeit hatte enorme Fortschritte gemacht. Es war ein heißer Tag. Mara war durstig nach der Fahrt, deshalb schenkte sie sich ein Glas Leitungswasser ein. Neben der Spüle stand das abgewaschene Geschirr zum Trocknen. Dann, nachdem sie einen kurzen Blick in den Hof geworfen hatte, sah Mara sich ein wenig um.

Als Erstes nahm sie sich die Küche vor und anschließend den Raum nebenan, eine Mischung aus Büro und Wohnzimmer. Auf den Regalen stapelten sich Bücher und Zeitschriften. Die Schreibtischschubladen waren vollgestopft mit Rechnungsbüchern, die Mara kurz überflog. Eine Katze lag auf einem Sofa und sah sie mit großen Augen an. Dahinter schmückte ein gelbgrüner Teppich mit abstraktem Motiv die

Wand. Die eingewebte Signatur am unteren Rand lautete *A. Lescuras*. Mara hatte sich schon gedacht, dass Alice die Weberin sein musste. Die Farben passten zu ihr.

Dann schaute sie sich in den Räumen um, die von einem Flur abgingen. Im ersten Zimmer standen ein Fernseher und ein schäbiges Sofa, auf dem ein gestrickter Überwurf lag. Eine Variante des *cache-misère*. Der zweite Raum war ein Badezimmer mit angrenzender Toilette, der dritte ein Schlafzimmer. Mara gefiel, dass es so schlicht war: noch mehr weiß getünchte Wände und spärliche Möblierung. Darin standen bloß eine Kommode, ein Stuhl, ein Schrank und – der einzige Hauch von Luxus – ein riesiges Messingbett, auf dem sich Kissen stapelten und ein buntes Batiktuch ausgebreitet war. Ein gewebter Teppich, auf dem ein Sonnenrad abgebildet war, hing am Kopfende des Bettes.

Als Mara die Schuhe sah, die auf zwei durchhängenden Regalbrettern standen, wurde ihr mit einem Mal klar, dass sie eingedrungen war. Sie waren paarweise angeordnet und bezeugten die unterschiedlichen Fußformen der beiden Trägerinnen: große, breite, praktische Schuhe (Christines, schätzte Mara); schmalere, verspieltere (die von Alice). Mara hatte schon oft gedacht, dass Schuhe eine ehrliche Sprache sprachen. Es kam ihr vor, als ob abgestoßene Spitzen von Traurigkeit zeugten und schiefe Absätze auf einen unausgeglichenen Charakter schließen ließen.

Mara zog die Schubladen der Kommode auf. Sie verströmten einen angenehmen Lavendelduft. Der Schrank verriet Mara, dass Christine, deren größere, schwerere Kleider links hingen, eine Vorliebe für Blau- und Grüntöne hatte, wogegen Alice auf der rechten Seite fröhlichere Farben bevorzugte: Gelb, Rot, Orange. Unten im Schrank lag eine Leinentasche. Mara machte den Reißverschluss auf. Was sie dann sah, verschlug ihr den Atem.

In der Tasche befanden sich ein Hirsch, ein Hase, ein Wildschwein, ein tänzelndes Pferd und ein Windhund. Sie waren allesamt aus Bronze, nicht größer als Maras Hand und einzeln in Seidenpapier eingeschlagen. Die Figuren waren Mara bestens vertraut. Es handelte sich um die *animalier*-Sammlung von Prudence aus dem achtzehnten Jahrhundert.

Mara ging in die Knie und bedauerte sehr, was sie hier gerade tat. Das Blöken von Schafen in der Ferne schreckte sie auf. Sie zog den Reißverschluss zu, klemmte sich die Tasche unter den Arm und rannte los. Kurz darauf schoss sie die Straße hinunter.

Maras Dilemma war, dass sie die beiden mochte. Sie war eine halbe Stunde lang in ihre Privatsphäre eingetaucht, und was sie gesehen hatte, hatte ihr gefallen. Bis auf die gestohlenen Bronzefiguren natürlich.

Julian war nicht zu Hause, deshalb gab es niemanden, mit dem sie über ihren Fund hätte reden können. Und jetzt war mehr nötig als der Fantasie entsprungene E-Mails von Patsy. Mara schenkte sich ein großes Glas Rotwein ein und setzte sich hin, um zu überlegen, wie sie weiter vorgehen sollte.

Eine Stunde später raffte sie sich zu einem Anruf auf.

»Christine?«, fragte sie, als die Tochter der Gaillards abnahm. »Hier ist Mara Dunn. Bitte hören Sie mir gut zu. Ich habe Ihnen etwas Wichtiges zu sagen. Ich war bei Ihnen im Haus. Dabei habe ich entdeckt, was Sie in der Tasche im Schrank versteckt haben, und – ich habe sie an mich genommen. Wenn Sie mir nicht glauben, schauen Sie nach.«

Sie hielt inne und wagte dann den Sprung: »Ich weiß, dass Sie und Alice der reimende Einbrecher sind.«

Nach einem kurzen Schweigen vernahm man Bruchstücke einer gedämpften Unterhaltung, Stühlerücken. Einige Augenblicke später war Christine wieder am Apparat. »In Ordnung«, sagte sie. Ihr Ton war fragend. Und was jetzt?, schien darin mitzuschwingen.

»Warum haben Sie sie behalten?« Mara war beleidigt und betrübt zugleich. Beleidigt, dass ausgerechnet sie die Bronzefiguren finden musste, und betrübt, dass sie nun etwas unternehmen musste.

»Zeichnen Sie das Gespräch auf oder was?«

»Natürlich nicht! Wir sind unter uns.«

Christine holte tief Luft. »Wir wollten sie nicht auseinanderreißen. Im Satz sind sie wertvoller, aber wir konnten uns mit der Person, mit der wir zusammenarbeiten, auf keinen Preis einigen.«

»Wer ist die Dichterin, Sie oder Alice?«

Christine lachte laut. »Alice natürlich. Das Spiel wurde langsam langweilig. Sie wollte, dass wieder mehr Schwung in die Sache kommt. In diesen Dingen ist Alice wirklich fantastisch!«

»Spiel? War das etwa ein Spiel für Sie?«

»Nein«, antwortete Christine mit Nachdruck. »Eine Notwendigkeit. Wir hatten Schulden. Wir hätten alles verlieren können: unseren Hof, die Schafe, einfach alles.«

»Und wie sieht die Lage jetzt aus?«

»Wir sind noch nicht schuldenfrei, aber ich will mal so sagen, unser Finanzprofil verbessert sich. Hören Sie«, brach sie dann ungeduldig ab, »was ist der Grund Ihres Anrufs? Was genau haben Sie vor?«

Mara war sich nicht sicher. »Ich weiß es nicht. Eigentlich sollte ich damit zur Polizei gehen. Aber ich habe mich noch nicht entschieden.«

»Wenn Sie Schweigegeld von uns wollen, wir können es nicht zahlen. Es sei denn, wir machen noch ein paar Einbrüche.« Ihre Stimme triefte vor Hohn.

»*Bon Dieu,* Herrgott nochmal, ich will Sie doch nicht erpressen!« Mara war entsetzt, dass Christine so etwas überhaupt denken konnte. »Ich – ich wollte Sie bloß wissen lassen, wie der Stand der Dinge ist.«

Schweigen am anderen Ende der Leitung. »Ich verstehe«, sagte Christine schließlich. Dann hörte man wieder leises Gemurmel im Hintergrund.

»*Allo?*« Plötzlich war Alice am Apparat. Ihr Ton hatte etwas Herausforderndes. »Sie haben also die Tierfiguren gefunden? Schön für Sie! Aber eines sage ich Ihnen, *ma petite beezee-boddee,* Sie kleine Wichtigtuerin« – sie sprach das englische Wort betont falsch aus –, »die Tasche mit den Bronzefiguren ist jetzt bei Ihnen. Falls Sie der Polizei sagen, wo Sie sie gefunden haben, steht Aussage gegen Aussage. Selbstverständlich werden wir alles abstreiten. Sie können uns nichts nachweisen. Fingerabdrücke Fehlanzeige! Ich trage immer Handschuhe. Falls Sie sie angefasst haben sollten, sind bloß Ihre Abdrücke drauf!«

»Hier geht es nicht nur um die Bronzefiguren, Alice«, sagte Mara müde. »Wenn die Polizei erst einmal weiß, wer Sie sind, werden sie jeden Winkel in Ihrem Leben unter die Lupe nehmen. Sie werden einen Zeugen auftun, der Ihren Wagen in der Nähe der betroffenen Häuser gesehen hat, sie werden herausfinden, wer Ihr Hehler ist, und sie werden dem entscheidenden Bindeglied nachgehen, das Sie übersehen haben.«

»Was für ein Bindeglied?« Die Stimme von Alice hatte mit einem Mal alles Spöttische, Selbstsichere verloren.

»Ihre Wandteppiche! Sie waren in allen Häusern, in die Sie und Christine eingebrochen sind, weil die Eigentümer entweder einen Wandbehang bei Ihnen in Auftrag gegeben haben oder zumindest mit Ihnen über die Angelegenheit sprechen wollten. Sie arbeiten auf Bestellung, deshalb fahren Sie immer zu Ihren Kunden, um Maß zu nehmen, Farb- und Motivvorschläge zu machen, und so etwas in der Art. Bei der Gelegenheit haben Sie auch die Bronzefiguren, die Lalique-Lampen und die kleine Degas-Statue bei Prudence Chang entdeckt. Und erzählen Sie mir jetzt bloß nicht, dass Sie Prudence nicht kennen. Sie waren vergangenen September bei ihr. Ich schätze mal, Sie haben nur deshalb keine der zum Teil sehr wertvollen Gemälde mitgehen lassen, weil Sie die Aufmerksamkeit nicht auf die Wände lenken wollten. In fünf der sieben betroffenen Häuser hängt nämlich ein Alice-Lescuras-Teppich an der Wand. Die Besitzerin des sechsten Hauses hatte ebenfalls etwas bei Ihnen in Auftrag gegeben, hat es sich am Ende aber anders überlegt. Und an dem Wandbehang für Prudence arbeiten Sie gerade. Ich habe ihn auf Ihrem Webstuhl gesehen.«

Loulous sonst so fröhliches Gesicht verdüsterte sich, als er den Reißverschluss der Leinentasche aufmachte und ihres Inhalts ansichtig wurde.

»Ist es das, was ich denke? Woher hast du die?«

Mara erzählte es ihm. Sie saßen in der Küche seines kleinen Hauses in Duras. Mara trank hastig den Kaffee, den Loulou für sie zubereitet hatte. Dieser war ganz nach ihrem Geschmack: schwarz und stark.

»Die gestohlenen Bronzefiguren sind alle noch da. Wo die restlichen Sachen von Prudence sind, weiß ich nicht. Ich nehme an, Christine und Alice haben sie verkauft.« Mara starrte auf den Kaffeesatz. »Ich sitze ganz schön in der Klemme, Loulou. Wenn ich zur Polizei gehe, wandern Christine und Alice in den Knast.«

»*Mais oui,* das ist normalerweise der Sinn des Ganzen!«

»Ich bringe es nicht über mich.«

»Das wirst du aber müssen. Du machst dich sonst mitschuldig.«

Mara schüttelte den Kopf. »Christine hat es nicht leicht gehabt im Leben. Ich bin sicher, sie und Alice haben aus purer Verzweiflung gehandelt. Sie hatten Schulden, die Schafzucht rentierte sich nicht, und das einzige Zubrot kam über die Webarbeiten von Alice herein. Auf wie viele Teppiche bringt sie es wohl im Jahr?«

Loulou rieb sich die Nase. Er verschränkte die Arme und schaute zur Decke. Dann wiegte er den Kopf hin und her.

»Na gut«, sagte er schließlich. »Überlass mir die Sache. *On se débrouille.*«

Se débrouiller, sich zu helfen wissen, etwas regeln, war ein ungemein nützliches Wort im Französischen. Mara hatte es schon oft verwendet, wenn sie sich bei der Arbeit mit einem schwierigen Problem konfrontiert sah und sich und die Kunden davon überzeugen wollte, dass sie das Kind schon schaukeln würde. In diesem Fall war es Loulou, der ihr anbot, sich der Sache anzunehmen. Dankbar reichte sie ihm die Leinentasche.

»Und bitte kein Wort zu Julian!«

»Ach, er soll dich wohl nicht für einen – wie sagt ihr noch gleich? – Obstkuchen halten, was?«

Loulou spielte auf das englische Wort »fruitcake« an, das umgangssprachlich auch »Spinner« bedeuten konnte. Leider funktionierte das Wortspiel im Französischen nicht.

40

Die RoPax *Bosporus I* legte am Freitag um 13 Uhr 10 im Hafen von Marseille an, nachdem sie von Istanbul aus gestartet war. Sie war beladen mit Fahrzeugen und Gütern, die als *marchandises diverses* deklariert waren: Textilien, Kleidung, Lebensmittel, Teppichrollen, in Stroh verpackte Töpferware und gehämmerte Metallarbeiten. Neben Frachträumen verfügte die *Bosporus I* über eine Handvoll Kabinen für Passagiere, zu denen diesmal auch Adelheid Besser gehörte.

Zwölf Tage vorher hatte Adelheid die Überfahrt in umgekehrter Richtung von Marseille nach Istanbul gemacht und dabei ihren speziell ausgerüsteten Wagen mit an Bord genommen. Sie verbrachte drei Tage in Istanbul, um über Salep, seine Verwendung in türkischem Speiseeis, Getränken und Arzneimitteln, sowie über die Bedrohung der Orchideenbestände in der Türkei zu sprechen. Dann machte sie die eine oder andere Expedition und besuchte einige Forschungsstationen, um mit Kollegen zu konferieren. Und anschließend trat sie die Heimreise mit zahlreichen Paletten voller Jungpflanzen an, die alle einzeln eingetopft waren. Während der Überfahrt waren sie bei Adelheid in der Kabine gewesen und hatten einen Großteil des Platzes beansprucht. Als die *Bosporus I* sich jetzt ihrem Ziel näherte, hatte Madame Besser die

Pflanzen in den Laderaum ihres Kangoos verfrachtet, wo sie auf die Ausschiffung und die Zollkontrolle warteten.

»Das sind Ophrys- und Orchissämlinge«, sagte Adelheid großspurig zu dem Zollbeamten, der den Laderaum ihres Kangoos in Augenschein nahm. »Ich importiere sie zu wissenschaftlichen Zwecken.«

Der Mann hielt ihren Reisepass in der Hand. Adelheid überreichte ihm noch weitere Dokumente. »Hier habe ich ihr Pflanzengesundheitszeugnis und die CITES-Bescheinigung, ordnungsgemäß ausgestellt von der zuständigen türkischen Behörde. Wie Sie sehen, ist alles in bester Ordnung!«

»Ich muss das hier einem Kollegen übergeben«, entgegnete der Zollbeamte. Die Angelegenheit fiel nicht in sein Ressort. »Fahren Sie Ihren Wagen bitte zur Seite und warten Sie kurz.«

»Natürlich«, murmelte Adelheid zähneknirschend.

Ungefähr zur selben Zeit wurde eine fünf Jahre alte Rottweilerhündin namens Zaza ganz aufgeregt. Sie umkreiste eine der vielen Holzkisten, die von der *Bosporus I* entladen worden waren, und scharrte daran. Zaza winselte, sah ihren Hundeführer aufmerksam an und ließ sich dann hechelnd neben der Kiste nieder. Der Hundeführer rief einen Kollegen herbei. Gemeinsam überprüften die Männer den Herkunfts- und den Bestimmungsort der Ware. Vorsichtig stemmten sie die Kiste auf und vergewisserten sich, dass sie tatsächlich sechs Dutzend Olivendosen enthielt. Dann nagelten sie die Kiste ebenso vorsichtig wieder zu.

»In Ordnung. *Ça va*«, sagte der erste Zollbeamte und verpasste der Kiste einen Klaps. »Das hier kann durch.«

Adelheid saß in ihrem Wagen. Dann stieg sie aus und stellte sich daneben. Sie klopfte ungeduldig mit dem Fuß auf den Boden. Nach einer ganzen Weile tauchte ein anderer Zollbeamter auf. Es handelte sich um einen intelligenten jungen Mann, der für das *Bureau à Compétence W* des Marseiller Hafens arbeitete. Er kontrollierte die Ein- und Ausfuhr von wilden und bedrohten Tier- und Pflanzenarten.

»Diese Orchideen gehören alle zur Gattung Ophrys und Orchis«, wiederholte Adelheid etwas weniger souverän, als es noch beim ersten Mal der Fall gewesen war. »Hier sind die notwendigen Papiere. Alles ist in bester Ordnung. Ich importiere die Pflanzen zu wissenschaftlichen Zwecken. Zusammen mit meinen türkischen Kollegen erforsche ich die Wurzelregeneration bei Orchideen in Verbindung mit nachhaltigen Erntetechniken zur Salepgewinnung.«

»Ah oui?«, fragte der Mann vom *Compétence W*-Büro. Er begutachtete die Orchideenpaletten, studierte die Begleitpapiere und drehte sich skeptisch zu Adelheid Besser um. Also, irgendetwas stimmte mit dieser hochgewachsenen Frau nicht. Bei den Orchideen handelte es sich um Jungpflanzen. Keine von ihnen blühte bereits, was ihre Bestimmung erschwerte. Und genau das war das Problem. Es gab so viele verschiedene Orchideenarten, und in einem frühen Entwicklungsstadium konnte man sie kaum auseinanderhalten. Es wäre demnach ein Leichtes, eine andere Art als die angeführten unterzumischen – nehmen wir einmal an, etwas extrem Seltenes, das nicht zum Export freigegeben war, auch wenn der Zollbeamte keine exakte Vorstellung hatte, was das sein konnte. Es bedurfte eines beträchtlichen Sachverstandes, um Orchideen korrekt zu bestimmen. Genau genommen waren Molekularanalysen der einzig sichere Weg, Ver-

wechslungen zu vermeiden. Er konnte die Pflanzen aber lediglich einer Sichtprüfung unterziehen, und alles schien in Ordnung zu sein. Trotzdem wurde er das Gefühl nicht los, dass etwas nicht stimmte.

Während der Zollbeamte die Pflanzen in Augenschein nahm und ab und an in einem Handbuch blätterte, ließ Madame Besser den Blick in die Ferne schweifen und schaute gelangweilt. Sie fing an, mit der Spitze ihres Schuhs auf den Boden zu klopfen. Das Geräusch ging dem Mann auf die Nerven, und er hob abrupt den Kopf. Das war der Moment, in dem er den dünnen Schweißfilm auf ihrer Oberlippe bemerkte. Es war ein heißer Tag, und vielleicht schwitzte sie einfach, dennoch begannen bei ihm noch mehr Alarmglocken zu schrillen.

Der Zollbeamte lächelte. »Es tut mir leid, Madame«, sagte er freundlich und klappte das Handbuch zu, »aber ich muss Sie bitten, die Orchideen aus dem Wagen zu holen, damit wir sie einer genaueren Prüfung unterziehen können. Und es wäre hilfreich, wenn wir noch einmal die Herkunft der Pflanzen sowie den Grund, warum Sie sie hierherbringen, durchgehen könnten.«

Ein wenig später an diesem Tag, in einem anderen Landesteil Frankreichs, fuhren Julian und Mara von einer anstrengenden Wanderung nach Hause zurück. Sie hatten Aurillacs bewaldete Anhöhen durchkämmt und nach Cypripedium incognitum Ausschau gehalten. Da es Madame Audeberts Putztag war, hatten weder Julian noch Mara lange überlegen müssen, ihr das Haus zu überlassen. Dieses Mal lief ihnen Géraud nicht über den Weg, und Serge ebenfalls nicht. Stattdessen sahen sie sehr viele Blumen. Auf den Wiesen, in den Wäldern und am Wegesrand tummelten sich die Orchideen. Die glockenförmigen Blüten des Waldvögeleins und die eng anliegenden Spitzen der Limodorum begannen, sich im Schutz der Bäume zu entfalten. Das Kleine Knabenkraut und der Zungenstendel zeigten sich erst allmählich. Die sonnenhungrigen rosa Pyramidenorchis, das Purpur- und das Helmknabenkraut, jene strammen Bewohner offener Wiesen, sorgten für Farbtupfer im Gras. Darüber hinaus entdeckten Mara und Julian an den Flussufern zahlreiche Eisenhutgewächse. Sie fanden jedoch nichts, das Julians geheimnisvollem Frauenschuh ähnlich sah.

Auf der Heimfahrt machte Mara ihrem Ärger Luft, der nichts mit Blumen zu tun hatte. Die Polizei ignorierte weiterhin die Tatsache, dass Donny versucht hatte, Joseph im Bett zu ersticken. Jetzt, da sich herausgestellt hatte, dass Donny nicht ihr Einbrecher war, war er aus dem Schneider. Mara sah den hämischen Blick der Barbiepuppe vor sich.

»Er kommt damit durch«, murrte sie. »Wenn wir doch bloß beweisen könnten, dass wir recht haben.«

»Es scheint, als könnten wir nicht mehr viel tun«, erwiderte Julian. »Ich habe gestern Jacqueline Godet im Supermarkt getroffen, und sie hat mir erzählt, dass Donny und Daisy nächste Woche nach Florida zurückfliegen.«

»Verdammt! Uns läuft die Zeit davon! Wenn die erstmal weg sind, wird die Polizei die Angelegenheit nicht weiter verfolgen.«

»Sieh es doch mal positiv. Wenn Donny außer Landes ist, wird das Montfort-Izawa-Projekt ja vielleicht nicht zu Ende geführt. Zumindest so lange nicht, bis sie auf legalem Wege an Josephs Grundstück kommen können. Und Joseph ist seinen nächtlichen Besucher los. Jacqueline hat übrigens gesagt, mit Madame Tisseuil, seiner neuen Pflegerin, laufe es gut. Ihre einzige Schwäche ist wohl nur, dass sie eine Plaudertasche ist und nichts von Schafen versteht.«

Julian war mit seinen Gedanken eigentlich ganz woanders. Osman war zusammengeschlagen worden – Julian konnte sich immer noch nicht entscheiden, ob der Türke wirklich so unschuldig war, wie er tat –, Betul hatte panische Angst, und Eineinhalb-Tonnen ließ ihn, Julian, weiter beschatten. Dass Adjutant Compagnon ihn angewiesen hatte, sich vom Lokum fernzuhalten, stachelte seinen Verdacht noch weiter an. Aber er sehnte sich nach Betuls gebackenen Köstlichkeiten.

Deshalb machte er auf dem Nachhauseweg einen kleinen Abstecher nach Brames, parkte in der Straße unterhalb des Ladens und schickte Mara vor, um die Lage auszukundschaften. Wenn sie schon mal da war, sagte er, könne sie ja auch gleich Folgendes mitbringen: ein paar *borek,* am liebsten die mit der Auberginen- oder Spinatfüllung; dann das mit Kardamom gewürzte und mit Süßkartoffeln gefüllte Fladenbrot, das er so mochte; und, ach ja, auch noch einige Baklavas.

Kurze Zeit später kehrte Mara zum Auto zurück – ohne *borek,* ohne Fladenbrot und ohne Baklavas. Sie erzählte ihm, Betul habe den ganzen Tag versucht, ihn zu erreichen. Sie sei völlig aufgelöst. Mara schaltete ihr Handy ein und reichte es Julian.

»Sie ruft dich gleich an.«

»Was, jetzt?«

Beunruhigt sah er dann, wie Betul aus dem Geschäft kam und sich in Maras und Julians Richtung begab. Sie hielt auf eine öffentliche Telefonzelle zu, die schräg gegenüber von Julians Wagen stand.

»Vom Laden oder von zu Hause aus kann ich nicht sprechen«, sagte Betul, als Julian abnahm. »Osman ist sich sicher, dass unser Telefon abgehört wird. Er benutzt unsere Apparate nur noch für geschäftliche Angelegenheiten. Für alles andere telefoniert er von Münzfernsprechern aus. Er fährt sogar zu verschiedenen Telefonzellen, um sicher zu sein, dass niemand mithört.«

»Was ist passiert?«, fragte Julian. Ihre gebeugte, defensive Haltung, die deutlich zu sehen war, zeigte Julian, dass es sich um etwas Ernstes handeln musste.

»Ich glaube, Osman hat herausgefunden, wo sich Kazims Freundin Nadia versteckt. Wussten Sie, dass sie seit Kazims Tod vermisst wird? Gestern Abend ist Osman nochmal weg. Ich bin ihm gefolgt. Er hat jemanden angerufen, und zwar von der Telefonzelle aus, in der ich auch gerade stehe. Ich habe gehört, dass er mehrmals »Nadia« gesagt hat, und dann hat er von einem Ort namens Le Clos de Jacques oder Jacquot, oder so ähnlich, gesprochen. Mehr habe ich leider nicht mitbekommen, denn Osman hat das Gespräch sofort abgebrochen, als er mich entdeckt hat. Er war sehr wütend.«

»Und Sie glauben, in diesem Le Clos de Irgendwas hält Nadia sich auf?«, fragte Julian.

»Ja.« Betul nahm den Hörer in die andere Hand und schaute zu Julian herüber. »Heute in der Frühe ist er mit dem Transporter weg. Er wollte mir nicht sagen, wohin er fährt. Und er ist immer noch nicht zurück. Sie wissen ja, er macht Nadia dafür verantwortlich, dass Kazim mit Drogen in Berührung gekommen ist. Ich habe solche Angst« – ihre Stimme versagte – »er wird eine Dummheit begehen. Ach, Monsieur Wood« – sie hob flehentlich die freie Hand – »wie kann ich ihn bloß aufhalten?«

Julian wusste, wie die eigentliche Frage lautete.

»Rufen Sie die Polizei!«, schlug er ohne große Hoffnung vor.

»Aber die stecken ihn doch ins Gefängnis.«

Wenn Osman wirklich die befürchtete Dummheit begangen hatte, würden sie das. Julian seufzte.

»Ich schaue mal, was ich tun kann«, sagte er.

Die Bramser Gendarmen hatten im Moment alle Hände voll zu tun. Früher am Tag hatte Loulou La Pouge Laurent etwas äußerst Wichtiges mitgeteilt. Außerdem hatte er seinem Großneffen eine Leinentasche dagelassen. Laurent warf einen Blick in die Tasche und informierte umgehend seinen Vorgesetzten.

Zum ersten Mal seit Monaten verzog sich Jacques Compagnons mürrisches Gesicht zu einem Lächeln. Er ließ eine ganze Reihe Schimpfwörter los, die sinngemäß und milde ausgedrückt besagten: »Ich glaub, mich laust der Affe!«

Und dann stellte ihm der diensthabende Polizist einen Anruf durch.

»Osman Ismet hat was gemacht?«, brüllte Compagnon.

»Hast du schon mal von dem Ort gehört?«, fragte Julian Mara, als sie aus Brames hinausfuhren.

Mara schüttelte den Kopf.

»Jetzt erwartet sie von mir, dass ich ihn irgendwie abfange!«

»Dazu ist es ja wohl ein bisschen spät«, erwiderte Mara. »Wenn das wirklich sein Plan war, dann hatte er den ganzen Tag Zeit, Nadia zu finden.«

»Ich weiß.«

»Das hört sich nach einem *gîte* oder einer *chambre d'hôte*, einer Herberge oder einer kleinen Pension, an«, ließ Mara kurz darauf vernehmen, als sie durch eine sanft geschwungene Hügellandschaft fuhren, die in der Nachmittagssonne lag. »Sie heißen oft Le Clos de Irgendwas. Möglicherweise auch ein Campingplatz.«

»Aber wo ist es? Wir wissen ja noch nicht einmal, wo wir mit der Suche beginnen sollen. Wir können unmöglich das ganze Telefonbuch durchgehen und nach allen Le Clos de Irgendwas suchen. Das würde ewig dauern.«

Mara warf ihm einen Blick zu. »Natürlich nicht, du Dummerjan! Ich weiß einen viel schnelleren Weg, wie wir das herausfinden können.«

Als sie zu Hause waren, begaben sie sich gleich in Maras Arbeitszimmer. Mara setzte sich vor den Computer und loggte sich ins Internet ein.

»Wenn es sich tatsächlich um eine Urlaubsadresse handelt, dann haben sie ja vielleicht eine Website.« Sie starrte angestrengt auf den Bildschirm und hielt sich gar nicht erst mit ihrer Brille auf.

»Verstehe«, sagte Julian, der sich mit dem Internet nicht auskannte und daran auch nichts ändern wollte.

Während sie recherchierte, wanderte er im Arbeitszimmer herum, die Hände in den Taschen. Ihm fiel das Durcheinander auf. In einer Ecke waren Stuckleisten gestapelt, in einer anderen stand ein altes, steinernes Waschbecken. Stoffballen lehnten an den Wänden. Auf ihrem Zeichentisch türmten sich die Kundenkarteien, die sie lose in Pappkartons aufbewahrte. Erst nachdem Mara einen Wust von Blättern von ihrem Schreibtisch entfernt hatte, war sie überhaupt an die

Tastatur gekommen. Julian fragte sich, wie sie in so einer Umgebung arbeiten konnte. Bezeichnend war, dass sie Madame Audebert nicht in ihr Arbeitszimmer ließ. Hämisch stellte er sich vor, wie die Putzfrau in diesem Raum einen Ohnmachtsanfall mit tödlichem Ausgang erlitt.

Nach etwa einer Viertelstunde wartete Mara mit drei Möglichkeiten auf: Es gab ein Le Clos du Jacquot in der Nähe von Montferrand; ein Le Clos de la Jaconde außerhalb von Les Eyzies; und einen Ort namens Le Clos de Jeannot südwestlich von Issigeac. Alle drei Websites zeigten Fotos und gaben nähere Details sowie die genaue Adresse. Bei der ersten Möglichkeit handelte es sich um eine Gruppe von *gîtes,* kleinen Ferienhäusern mit Selbstverpflegung. Es gab dort auch einen Swimmingpool, einen Spielplatz und eine Grillgelegenheit. Hinter der zweiten Adresse steckte eine kleine Frühstückspension. Und mit dem dritten Namen waren zwei recht schäbig aussehende Ferienchalets an einem Fluss verbunden. Mara wählte die angegebenen Telefonnummern. Der Eigentümer von Le Clos du Jacquot teilte ihr mit, dass im Moment keiner der *gîtes* vermietet war. Ab Ende Mai sei dann aber alles belegt. Bei Le Clos de la Jaconde schaltete sich ein Anrufbeantworter mit einer zweisprachigen Ansage ein, die Mara aufforderte, ihren Namen und ihre Telefonnummer zu hinterlassen; Beth und Didi, die Besitzer, würden so bald wie möglich zurückrufen. Bei den Chalets meldete sich eine schwerhörige alte Dame. Die brüllte in den Hörer und ließ Mara dann wissen, die Chalets seien verfügbar. Sie müsse aber erst noch mit ihrem Sohn sprechen, der im Moment nicht da sei. Ob sie eventuell zurückrufen könne?

Mara und Julian setzten Beth und Didis Unterkunft ans Ende der Liste. Julian meinte, er könne sich Nadia unmöglich in einer Pension vorstellen. Sie beschlossen, zu den beiden anderen Adressen zu fahren. Le Clos du Jacquot lag am nächsten. Zuerst also dorthin. Die *gîtes,* drei an der Zahl, standen auf einer bewaldeten Anhöhe mit Blick auf die Landschaft. Die Zufahrtsstraße war mit einer Kette abgesperrt. Julian parkte davor, und sie gingen den Rest zu Fuß. Jazz und Bismut liefen voraus und hinterließen hingebungsvoll Duftmarken an allen stehenden Objekten.

Die Fensterläden der *gîtes* waren geschlossen. Der Eigentümer selbst schien nicht auf dem Grundstück zu wohnen. Vielleicht war es ja einer der hiesigen Bauern. In der Ferne sah man einen Mann auf einem Traktor ein Feld eggen. Das Tuckern des Traktors klang schwach und verloren in der Abendstille.

Sie gingen das Gelände ab, rüttelten an Türgriffen und spähten durch die Ritzen der Fensterläden. Schemenhaft sahen sie aufeinander gestapelte Gartenmöbel in den vorderen Räumen und Eisenbettgestelle mit abgezogenen Matratzen. Der Swimmingpool war nur zur Hälfte mit Wasser gefüllt und mit einer Plane abgedeckt; der gemauerte Barbecuegrill war in einem schlechten Zustand und der sandige Spielplatz von Unkraut überwuchert. Wenn Nadia sich tatsächlich hier irgendwo versteckt hielte, wäre das aber ein ziemlich freudloses Dasein, bemerkte Mara. Julian zuckte mit den Schultern und meinte, das hier könne leicht mit dem mithalten, was sie aus Périgueux gewöhnt sei.

Als sie zurück beim Wagen waren, ging Julian noch ein Stück weiter die Straße hinunter. Bis auf die Spuren, die sie hinterlassen hatten, stand das Gras aufrecht und unversehrt. Hier war in letzter Zeit kein anderes Fahrzeug vorbeigekommen.

Es wurde bereits dunkel, als sie in Le Clos de Jeannot ankamen, einem Anwesen am nördlichen Ufer des Dropt, genau auf der Grenze zwischen den Départements Dordogne und Lot-et-Garonne. Die beiden Chalets entpuppten sich als verwitterte Blockhütten mit identischen Fassaden, die eher zu einer alpinen Kulisse gepasst hätten. Obwohl die sandige Straße, die dahinter verlief, kürzlich noch befahren worden war, waren auch hier Türen und Fensterläden verriegelt. Der Ort war ohne besonderen Reiz. Vielleicht sollten die Gäste ja im Fluss schwimmen, denn es gab eine Art Minikieselstrand. Auf ihm stand ein Campingtisch, der sich bedrohlich zur Seite neigte, wie eine über Bord geworfene Bootsladung, die der träge dahinfließende, grünlich schimmernde Fluss an Land gespült hatte.

Die Hunde rannten aufgeregt hin und her, mit heraushängenden Zungen und erhobenen Schwänzen. Bismut entdeckte einen Plastiksack mit Müll neben der ersten Hütte. Julian verscheuchte ihn, bevor er den Sack aufreißen konnte. Anschließend ging Julian stirnrunzelnd in die Hocke und öffnete den Sack. Dieser war voller schmieriger Lebensmittelverpackungen, Plastikmilchflaschen und Hühnerknochen. Julian erhob sich und bedeutete Mara zu bleiben, wo sie war. Dann schlich er sich auf die Rückseite der Hütte. Es herrschte vollkommene Stille. Ein loser Fensterladen gab einen Blick ins Innere frei. Julian machte bloß die dunklen Umrisse von Möbeln aus, die hochkant an der Wand lehnten. Er bewegte sich gerade auf die zweite Hütte zu, als Mara plötzlich an seiner Seite war.

»Ich glaube, da drin ist jemand«, sagte sie leise. »Bismut kratzt an der Tür.«

Sie gingen hinter einigen Büschen in Deckung. Die andere Hütte lag stromabwärts und ein wenig weiter vom Fluss entfernt in einem Wäldchen. Bismut stand auf der Veranda und schaute gespannt nach oben. Er jaulte leise und kratzte an der Tür. Jazz befand sich unten auf dem Pfad, der zur Veranda führte, und ließ ein lautes Bellen vernehmen. Bismut winselte weiter.

Die Tür öffnete sich vorsichtig. Bismut wedelte freudig mit dem Schwanz. Ein Stiefel schoss heraus und verscheuchte den Hund. Laut aufjaulend und mit eingeklemmtem Schwanz wich Bismut zurück. Da er aber ein zutraulicher Hund war, war er der festen Überzeugung, dass dieser Mensch ihn nicht absichtlich getreten hatte. Daher wagte er sich bald wieder vor, um einen zweiten Annäherungsversuch zu starten. Unten auf dem Weg bellte Jazz erneut. Dieses Mal ging die Tür ein Stück weiter auf, und ein Kopf schaute heraus. Die Person trug ein bedrucktes Kopftuch, das im Nacken zusammengebunden war. Im Dämmerlicht machte Julian dunkle Locken, die unter dem Tuch herausschauten, und dicke Augenbrauen über großen Augen und einer langen Nase aus. Die Pausbacken zeigten an, dass die Person den Kinderschuhen noch nicht gänzlich entwachsen war. Julian kam dieses Gesicht irgendwie bekannt vor. Aber was er sah, reichte jedenfalls, um zu erkennen, dass der Mensch im Türrahmen nicht Nadia war.

»*Va-t-en! File!* Verschwinde!«, brüllte eine Stimme. Die Tür fiel laut ins Schloss.

»Warte«, sagte Julian und hielt Mara zurück, die sich in Bewegung setzen wollte. »Lass uns warten, bis es dunkel wird!«

»Das ist es nicht«, wisperte Mara. »Mir ist bloß gerade eingefallen, dass heute Freitag ist. Wir haben schon wieder Loulou vergessen. Er sitzt jetzt wahrscheinlich im *Chez Nous* und wartet auf uns. Ich habe mein Handy im Wagen gelassen.«

Julian fluchte. »Vergiss das Handy. Er wird es schon verstehen.«

Eine halbe Stunde später – die Nacht senkte sich herab – sah man plötzlich Licht durch die Schlitze der Fensterläden des zweiten Blockhauses. Julian und Mara gingen darauf zu und betraten leise die Veranda. Julian langte nach unten und kratzte an der Tür. Jazz und Bismut, von der Hundeimitation angelockt, trotteten heran, um der Sache auf den Grund zu gehen. Julian kratzte weiter. Jazz, der alles mit großem Interesse verfolgte, bellte laut. Julian hörte Schritte. Kaum dass die Tür aufgegangen war, war Julian auch schon drinnen, gefolgt von Mara und den Hunden.

»Du solltest doch eigentlich tot sein, du alter Mistkerl!«, brüllte Julian und stürzte sich auf die Gestalt, die sich herauszuwinden versuchte. »Kannst du mir bitte mal erklären, was zum Teufel hier eigentlich los ist?«

41

»Wer sind Sie?«, fragte der junge Mann. Er lag auf dem Rücken und sah sehr verängstigt aus.

»Julian Wood«, antwortete Julian und beugte sich über ihn. »Du hast mich angerufen, weißt du noch?«

»Das ist Kazim?« Mara war so verblüfft, dass sie beinahe den Stock fallen gelassen hätte, den sie wie einen Knüppel hielt.

»Lassen Sie mich in Ruhe!«, schrie Kazim schrill, aber ohne sich kämpferisch anzuhören. »Und schaffen Sie die Hunde raus. Ich kann Hunde nich' ausstehen!« Jazz und Bismut umkreisten ihn die ganze Zeit. Ihre Zehennägel klapperten auf dem Bretterboden.

Julian packte Kazim an der Schulter, drehte ihn auf den Bauch und kniete sich auf ihn. »Du bist in keiner Position, um irgendwelche Forderungen zu stellen!« Er zerrte dem Jungen das Tuch vom Kopf und fesselte ihm damit die Hände auf dem Rücken. Dann beugte er sich zu Kazims Ohr hinunter.

»Du bist ein echter Scheißkerl, Mann! Weißt du eigentlich, dass deine Mutter sich die Augen aus dem Kopf heult, weil sie denkt, du wärst tot?«

»Tja, ich bin's nich'«, erwiderte Kazim mürrisch. »Alles klar?«

»Gar nichts ist klar, du Rotzlöffel! Wenn du noch am Leben bist, wer ist dann der Tote, den sie im Container gefunden haben?«

»Ihnen sag ich kein Wort!«

Julian riss den Lockenkopf nach hinten und ließ ihn wieder zu Boden plumpsen. Mara zuckte zusammen.

»Damit eins klar ist: Ich stelle hier die Fragen! Und du beantwortest sie mir. Wenn nicht, prügle ich dir die Antworten aus dem Leibe. Ist das deutlich genug?«

»Okay, okay«, lenkte Kazim ein.

»Also, raus mit der Sprache!«

Kazim fing an. Seine Sätze waren mit sinnlosen *quoi* durchsetzt, die heutzutage das unvermeidliche Füllwort in der Umgangssprache zu sein schienen.

»Das war Peter, *quoi.* Der Engländer, der bei Nadia gewohnt hat. Er hat die Kapseln gestohlen, die ich ihr gegeben hatte. Er hat 'ne Überdosis genommen, der Volltrottel! Und bevor Sie weiter über meine Mutter labern, mein Vater weiß, dass ich noch lebe. Wer hat mich sonst wohl mit Essen versorgt, *quoi?*«

»Dein Vater war die ganze Zeit im Bilde? Und er hat Peter ganz bewusst falsch identifiziert? Warum denn das?«

»Ach, *merde!* Muss ich Ihnen denn alles erklär'n? Die Tonne war hinter mir her, *quoi.* Nur so konnt' ich ihn loswerden.«

»Hast du gedealt?«, fragte Mara.

»Nadia war die Dealerin, nich' ich.«

»Apropos Nadia« – Mara sah sich um – »wo ist sie denn?«

»Die alte Schlampe? Woher soll ich das wissen?«

»Sie ist nicht hier? Die Polizei sucht nach ihr, weißt du?«

»Mein Alter auch!«

»Moment mal!« Mara und Julian tauschten vielsagende Blicke aus. »Du hast nicht zufällig gestern Abend mit deinem Vater am Telefon über sie gesprochen, oder?«

»Schon möglich. Aber was geht Sie das an? Er macht sie dafür verantwortlich, kapiert?«, brach es aus Kazim heraus. »Er glaubt, sie wär' an allem schuld. Er will, dass sie bestraft wird. Was« – Kazim verstummte, als Julian aufstand und ihn auf die Füße zog – »was haben Sie jetzt mit mir vor?«

»Ich für meinen Teil würde dir am liebsten den Hintern versohlen.« Julian schob ihn zur Tür. »Aber jetzt bringe ich dich erst mal nach Hause.«

»Und dann?«

»Und dann kriegst du richtig Ärger!«

Julian ließ Kazim sich auf den Boden des Lieferwagens legen, und band ihm die Fußgelenke mit einer Nylonschnur zusammen. Mara fuhr, während Julian hinten neben dem abtrünnigen Sohn der Ismets saß, als sein Bewacher sozusagen. Kazim war alles andere als schweigsam und redete auf der Fahrt nach Brames ohne Unterbrechung. Er wirkte erleichtert, dass man ihn gefunden hatte.

»Mein Cousin in Istanbul hat die Sache ins Rollen gebracht, *quoi*«, sagte er, als wolle er sich von aller Schuld freisprechen. »Er hat etwa fünfzig Gramm Heroin in den Lieferungen für unseren Laden versteckt. Ich hab' es dann gestreckt und durch Nadia pushen lassen. Sie nimmt das Zeug selbst und kennt die Szene echt gut. Dann hab' ich meinem Cousin seinen Anteil gegeben, und er hat mir Nachschub geschickt. Aber damit eins klar ist: Meine Eltern wussten nix davon, verstanden?«

»Und was hat Eineinhalb-Tonnen mit der Sache zu tun?«, fragte Mara über die Schulter. »Hast du auch für ihn gedealt?«

»Nie im Leben!«, protestierte Kazim heftig. »Klar, ich wusst', wer er war, *quoi.* Er und sein Vollstrecker. Aber mich mit denen einzulassen, war wirklich das Letzte, was ich wollt'. Und genau das war mein Problem. Die Tonne hat Wind bekommen, dass jemand in seinem Gebiet unterwegs is', und das fand er gar nich' toll, *quoi.*«

»Du hast ihm also Konkurrenz gemacht?«

»*Merde,* haben Sie's denn immer noch nich' gerafft? Er hat seine eigene Pipeline, echt großes Kaliber, Mann! Und er wollt' absolut nich', dass meine beschissenen Aktionen ihm die Bullen auf den Hals hetzen. Also hat er die Parole ausgegeben, *quoi.* Er wollt' mir an den Kragen!«

»Und ich wette, das hat er auch geschafft«, sagte Julian grimmig.

»Ja. Nadia hat dann gemeint, ich sollt' die Sache was ruhen lassen, *quoi.* Aber dann is' mein Vater auf die dumme Idee mit dem Elan gekommen und dass ich mich als *salepar* verkleiden soll. Ich wollt' nich', aber mein Vater hat mich gezwungen. Also steh' ich da auf dem Markt in diesem türkischen Märchenoutfit, diesen verdammten Latschen an den Füßen und 'nem großen, stinkenden Kessel auf'm Rücken« – Kazims Stimme versagte beinahe – »und wen seh' ich da eines Tages in der Menge auf mich zukommen? Ausgerechnet die Tonne und Serge! Ich hätt' mir fast in die Hose gemacht, *quoi!*«

»Deshalb hast du also den Streit angefangen. Du wolltest, dass du verhaftet wirst«, warf Julian ein. »Und dann bist du untergetaucht. Auf den Kopf gefallen bist du jedenfalls nicht, das muss man dir lassen!«

»Ja.« Kazim ließ ein raues Lachen vernehmen. »Aber das Lustige daran is', dass die Tonne da noch gar nich' wusste, wer ich bin, *quoi.* Das hat er erst erfahr'n, als *Sie* überall nach mir gefragt haben, *quoi!*«

»Herrgott noch mal! Sag doch nicht immer *quoi!*«, schnauzte Julian ihn genervt an.

»Und was ist dann passiert?«, fragte Mara, die Mühe hatte, sich aufs Fahren zu konzentrieren.

»Ich hab' bei Nadia 'rumgehangen. Aber mir is' langsam das Geld ausgegangen, und sie hat mich wegen der Miete bearbeitet, *quoi.* Ich wusste, dass 'ne neue Lieferung von meinem Cousin ankommen sollte, deshalb bin ich eines Nachts zum Laden. Ich bin rein und hab die Kisten mit den Lebensmitteln durchsucht. Erst in 'nem Beutel mit Gewürzen hab' ich das Zeug dann gefunden. Aber ich hab' gleich geseh'n, dass ich es so nich' lassen kann: Die Kisten waren ja aufgebrochen und die Säcke aufgerissen. Also hab' ich's so aussehen lassen, als hätt' jemand den Laden demoliert, *quoi*. Und ich musste dabei verdammt leise sein, denn meine Eltern schliefen ja oben. Haben Sie schon mal probiert, einen Raum zu verwüsten, ohne Lärm zu machen? Bis auf die Scheibe in der Tür hab' ich aber nix kaputt gemacht, ich hab bloß 'ne Schweinerei angerichtet, *quoi*.«

»Du bist ein richtiges Arschloch!«, fuhr Julian ihn an.

»Immerhin hab' ich das Geld nich' angerührt!« Kazim klang beleidigt. »Und ich hab's nich' über mich gebracht, rassistische Sprüche an die Wand zu schmier'n, wie es manche ja wohl gemacht hätten.«

»Ach, wie freundlich von dir!«

»Was hätt' ich denn tun sollen? Ich konnt's ihnen ja schlecht sagen. Sie wär'n gleich zur Polizei gegangen, *quoi*.«

Hier versiegte Kazims Redefluss. Vielleicht dachte er an seine Eltern. Oder, was noch wahrscheinlicher war, schoss Julian durch den Kopf, an den Ärger, den er sich eingehandelt hatte. Wenn seine Vorstellungskraft so weit reichte, würde er sich vielleicht die Frage stellen, was seinem Vater wohl dafür blühte, dass er wissentlich eine Falschaussage gemacht und den toten Peter als Kazim ausgegeben hatte. Was für eine Strafe zog das nach sich?

Julian stieß Kazim mit dem Fuß an. »Weiter! Was kam als Nächstes?«

»*Sie* sind aufgetaucht«, sagte Kazim verdrossen. »Sie haben allen erzählt, wie ich heiß' und dass ich 'ne rote Honda Bol d'Or fahr'. Danach war's für Tonnes Männer ein Kinderspiel, mich ausfindig zu machen, *quoi*. Ein Junkie namens

Problem-Freddy hat Serge gesteckt, dass Sie hinter mir her sind. Und die Tonne hat dann Serge losgeschickt, damit er mich vor Ihnen findet. Er hat nämlich gedacht, Sie wär'n ein Drogenfahnder.«

»Du hättest zur Polizei gehen sollen.« Mara warf im Rückspiegel einen Blick auf Kazim und musste dann heftig das Steuer herumreißen, um nicht im Graben zu landen.

»Sind Sie verrückt? Hätt' ich mich etwa selber ans Messer liefern soll'n? Alles wär' in Ordnung gewesen, wenn Nadia, diese dumme Kuh, mich nich' verraten hätt'. Serge hat mir vor ihrem Haus aufgelauert. Er hält mir seine verdammte Knarre ans Ohr und sagt: Die Tonne will mit dir reden! Dann fesselt er mich, verbindet mir die Augen, wirft mich in den Kofferraum seines Wagens, und wir fahr'n los. Als wir am Ziel sind, zerrt er mich aus dem Auto. Ich mach' mir vor Angst fast in die Hose, weil ich sicher bin, jetzt legt er dich um, *quoi.* Aber er schiebt mich bloß vor sich her und zieht mir dann die Augenbinde ab. Ich bin in 'nem Raum mit Farnen und so Zeugs, *quoi,* und ich seh' die Tonne und 'ne Frau, und die Tonne sagt: Willkommen auf der Party, mein Sohn! Bist du hungrig? Willst du was essen? Und ich fühl' mich gleich besser, denn warum sollt' er mich abfüttern, wenn er vorhat, mich abzumurksen, *quoi.* Er sagt: Mach den Mund auf, Kleiner! Ich tu, was er sagt, und Serge rammt mir den Gewehrlauf in den Mund. Mir wär'n fast die Vorderzähne rausgebrochen. Das Teil hat sich mir hinten in den Rachen gebohrt. Ich erstick' fast an meinem Blut, aber der Mistkerl schiebt das Ding trotzdem immer weiter rein. Das ist der *amuse-gueule,* der Appetithappen, meint Serge zu mir, und man merkt dem *salaud* an, dass es ihm großen Spaß macht. Dann sagt die Tonne, er wär' Geschäftsmann und an meiner kleinen Pipeline interessiert. Wer hätte gedacht, dass eine Rotznase wie du sich so was Cleveres ausdenken könnte? meint er. Ich schätz' mal, das sollte 'n Kompliment sein, aber gut hab' ich mich dabei nich' gefühlt, *quoi.* Die Tonne sagt, er will mir 'n Angebot machen. Ich geh' wieder nach Haus, mach' weiter wie vorher, nur dass am anderen Ende in Istanbul jetzt seine Leute sind und die Lieferungen in Kilos kommen, und nich' mehr in Gramm. Solang' ich meinen Job mach', passiert mir und meinen Eltern nix, und am Jahresende ist 'ne Prämie für mich drin, *quoi.* Ich sag' zu ihm, ich weiß nich', wovon er spricht, ich hätt' nix mit Drogen am Hut, aber er lacht bloß und meint: Los, tauch ihn unter!

Serge packt mich und kippt mich in so 'ne Art Whirlpool, *quoi.* Dann geh'n die Düsen an, und Serge drückt meinen Kopf unter Wasser, bis ich glaub', ich krepier' gleich. Dann zieht er mich kurz raus, und die Tonne fragt, ob ich meine Meinung geändert hätt'. Als ich nein sag', geht das Spiel von vorn los, bis ich fast den ganzen verdammten Whirlpool leergesoffen hab', *quoi.* Als mein Kopf gerade mal über Wasser is', hör' ich die Frau sagen, sie sollten aufpassen, dass ich nich' ertrink'. Aber Serge macht weiter, bis ich nich' mehr kann, *quoi.* Okay, okay, sag ich. Ich mach's. Darauf die Tonne: Hol ihn raus. Also zieht Serge mich raus, lässt mich auf den Boden fallen, und ich kotz' dieses beschissene Blumenbeet voll. Okay, der Deal gilt!, meint die Tonne zu mir. Und dann sagt er zu Serge: Schaff ihn hier raus und sieh zu, dass du ihn loswirst!«

»Das war's?«, unterbrach Mara ihn ungläubig. »Luca hat dich einfach so gehen lassen?«

»Na ja, er hat ja gekriegt, was er wollte.« Kazim klang beleidigt. »Ihm war klar, dass ich mich an die Abmachung halten würd', denn wenn nich', wär' ich dran, und meine Eltern ebenfalls, *quoi.* Aber ich hab' der Tonne gesagt, das kommt nich' in die Tüte. Sie mussten mich nach Périgueux zurückfahr'n, denn ich hatt' ja keine Ahnung, wo zum Teufel ich eigentlich war. Und mein Motorrad braucht' ich ja auch, *quoi.*«

»*Zut!* – Verdammt!« Julian konnte den Mut des Jungen nur bewundern.

»Also hat Serge mich zu Nadia gefahr'n, aber mein Motorrad war nich' mehr da, wo ich es abgestellt hatt'. Ich dachte, *merde,* irgend'n Scheißkerl hat's mir gestohlen. Ich bin hoch. Nadia hat geguckt, als hätt' sie 'n Gespenst geseh'n. Da wusst' ich, mein Motorrad is' nich' gestohlen worden, sondern das Biest hat's verkauft. Ich war bloß 'n paar Stunden weg, und schon hatte sie meine Maschine verkloppt, *quoi!* Sie hat gesagt, sie hätt' gedacht, ich wär' bereits Vergangenheit. Warum hätt' ich's dann noch brauchen soll'n?

Aber sie hatte noch 'n viel größeres Problem als mich am Hals. Peter hatte in ihre Gürteltasche gelangt und sich das Heroin geschnappt, das sie von mir hatte. Er hatte 'ne Überdosis genommen und war bewusstlos. Ich hab' ihn mir angeseh'n. Der is' nich' bewusstlos, hab' ich zu Nadia gesagt. Der is' hinüber! Sie wusst's auch, wollt's aber einfach nich' glauben, *quoi.* Brigitte war schon abgehau'n, und Nadia war total panisch. Sie wollt' keinen toten Junkie an der Backe haben. Also hab' ich gesagt, ich würd' mich drum kümmern, aber dafür müsst' sie mir die Kohle geben, die sie für mein Motorrad bekommen hätt'. Sie hat behauptet, sie hätt' bloß tausend Euro dafür gekriegt, aber ich hab' gesagt: Verkauf mich nich' für dumm, du Miststück! Neu hat's zehntausend gekostet. Da hat sie noch mal zweitausend draufgelegt. Ich denk', das meiste hat sie selber eingesackt. Wie Junkies halt so sind, *quoi.*«

»Und dann kam dir die Idee, Peters Leiche in den Container zu schaffen? Und du hast ihm deinen Ausweis zugesteckt, damit man ihn für dich halten würde?«

»Ja. Aber nix mit 'nem Foto drauf, und mit genug Kohle, damit's nich' komisch aussah. Nadia hat mir geholfen, Peter nach unten zu tragen. Ich wollt' ihn auf der Straße liegen lassen, wo man ihn gleich gefunden hätt'. Aber Nadia wollt' unbedingt, dass wir ihn in den Container schmeißen und ihn unter dem ganzen Dreck verstecken.«

»Du bist ein echter Mistkerl!«, fuhr Julian ihn an. »Ist dir schon mal in den Sinn gekommen, dass Peter Familie haben könnte, die ein Recht darauf hat, von seinem Tod zu erfahren?«

»'Ne Möglichkeit, mein Problem loszuwerden, kapiert?«, sagte Kazim mit jugendlicher Unbekümmertheit. »Jedenfalls hab' ich zu Nadia gesagt, sie müsse verschwinden. Und wenn die Bullen sie schnappen würden, müsst' sie schwör'n, die Leiche wär' ich, *quoi.* Sie hat's versprochen. Mir war klar, sie würd' sich dran halten, denn wenn dic Tonne mich für tot halten würd', wär' sie auch aus dem Schneider. So tickt sie halt. Aber ich hatte jetzt 'n neues Problem, denn meine Eltern würden glauben, dass ich tot wär'.«

»Wie nett von dir, dass du daran gedacht hast!«

»Hör'n Sie«, verteidigte Kazim sich. »Ich hab' meinen Vater angerufen, in Ordnung? Ich hab' ihm gesagt, dass ich noch leb', aber dass man am nächsten Tag 'ne Leiche mit meinem Ausweis finden würd', *quoi.* Ich hab' gemeint, wenn er mich weiter am Leben halten möcht', müsst' er den Toten als mich identifizieren. Keine Fragen stellen und auch meiner Mutter nix davon erzählen. Das war das Schlimmste« – Julian stellte erstaunt fest, dass Kazims Stimme leicht stockte – »meine Mutter in dem Glauben zu lassen, dass ich tot wär'. Aber mir war klar, wenn sie die Wahrheit wüsst', würd' sie zur Polizei geh'n. Ich hab' geglaubt, wenn die Tonne erst mal hört, dass ich Vergangenheit bin, dann würd' er meine Eltern in Ruhe lassen. Aber so lief's nich'. Als Tarnung für seine Geschäfte brauchte er nich' mich, sondern nur den Laden. Also konnt' er genauso gut mit meinem Vater verhandeln, *quoi*. Bloß dass mein Vater da nicht mitziehen würd'.«

»Und deshalb hat Luca ihn zusammenschlagen lassen«, schloss Julian.

»Ja«, antwortete der junge Ismet. Danach verfiel er in Schweigen. Sie fuhren gerade nach Brames hinein. Wahrscheinlich überlegte Kazim sich – Julian wollte zumindest daran glauben –, was er seiner Mutter sagen könnte, wenn sie herausfand, dass er seinen eigenen Tod inszeniert hatte. Außerdem fragte Julian sich, was Osman wohl zu Betul sagen würde.

Kazim bestand darauf, das Haus durch die Hintertür zu betreten. Er hatte große Angst, von Lucas Schlägertrupp gesichtet zu werden, der eventuell den Laden überwachte. Julian konnte das gut nachvollziehen. Schließlich galt der Junge ja als tot. Aber es war bereits halb zehn abends, und kein Mensch war auf der Straße. Trotzdem erfüllte er Kazims Wunsch. Als sie langsam in die Gasse einbogen, war diese leer. Julian hielt an der Hintertür des Ladens. Die untere Etage des Ismetschen Hauses war dunkel. Nur in einem der oberen Fenster war Licht zu sehen.

»Los, raus mit dir!«, sagte Julian. Er öffnete die hintere

Tür des Lieferwagens und zog Kazim an den Füßen nach draußen.

»He, bind mich los, Mann! Wie soll ich sonst geh'n, *quoi?*«

»Hüpf einfach.« Julian ging kein Risiko ein. Dazu war der Sohn der Ismets viel zu gerissen. »Hast du einen Schlüssel, oder klopfst du?«

»Ich hab 'nen Schlüssel«, erwiderte Kazim unwirsch. Er deutete auf seine Hosentasche. Mara holte den Schlüssel raus. Er hing an einer kleinen Metallscheibe, auf der ein Totenkopf abgebildet war. Doch dann stellte Mara fest, dass die Tür gar nicht abgeschlossen war.

»Merkwürdig«, sagte Kazim. »Meine Eltern sperren abends immer zu.«

Mara wandte sich um. »Das gefällt mir nicht.«

»Mir auch nicht«, murmelte Julian. Nervös stieß er die Tür auf und lauschte. Stille. »Wehe, wenn du uns angelogen hast, Kazim!«, zischte er und schob den Jungen als Ersten über die Schwelle. Er hatte ihn am Gürtel gepackt. Sie betraten das Haus.

In dem Augenblick passierten mehrere Dinge gleichzeitig. Die Tür fiel hinter ihnen ins Schloss, und um sie herum bewegte sich etwas. Plötzlich waren Mara, Julian und Kazim im Dunkeln von mehreren Gestalten umzingelt. Dann rief eine barsche Stimme, die Mara und Julian sofort bekannt vorkam: »Keine Bewegung! Sie sind umstellt!« Kazim fiel vornüber und riss Julian mit zu Boden. Dann ging das Licht an.

42

Jacques Compagnon war außer sich vor Wut.

»*Imbéciles,* Idioten!«, brüllte er. »Sie haben unsere einzige Chance zunichte gemacht, Rocco Luca auf frischer Tat zu ertappen. Sie behindern die Polizei bei der Arbeit-«

Julian setzte sich auf und zeigte auf die Gestalt, die neben ihm lag.

»Das ist Kazim Ismet«, sagte er, um den Beschimpfungen des Adjutanten ein Ende zu machen.

Compagnons Glupschaugen traten noch stärker hervor. »Was?«

»Ich glaube, er hat Ihnen eine Menge zu erzählen.« Julian tastete vorsichtig den linken Ellbogen ab, mit dem er auf dem Boden aufgeschlagen war.

»*Bordel!*«, fauchte der Adjutant. »Darauf möchte ich wetten!«

»Ohne einen Anwalt sag' ich gar nix«, äußerte Kazim. »Das steht mir zu. Was haben Sie mit meinen Eltern gemacht?«

Compagnon lächelte schief. »Deine Mutter ist oben. Sie leistet Gendarm Sauret Gesellschaft. Dein Vater« – seine Halsadern schwollen an – »unterhält sich gerade mit der Drogenfahndung in Marseille. Er hat heute Nachmittag eine Lieferung mit sechs Dutzend Olivendosen entgegengenommen, denen Heroin beigemischt war, mein Junge. Zwei Kilo von dem Zeug waren da drin. Ein Spürhund hat es im Hafen entdeckt.«

»Ein Hund kann durch Dosen schnuppern?«, staunte Mara.

»Sicher.«

Kazim gab einen erstickten Laut von sich. »Sie spinnen doch! Bei so was würd' mein Vater nie mitmachen!«

»Oh, da habe ich aber Neuigkeiten für dich, *mon gars*. Er macht durchaus mit! Unsere Telefonüberwachung hat gestern Abend um 23.03 einen Anruf aufgezeichnet. Deinem Vater wurde mitgeteilt, er solle eine Lieferung entgegennehmen, die heute Nachmittag um 13 Uhr im Hafen von Marseille eintreffen würde. Normalerweise fährt er doch wohl für eine Kiste mit Oliven nicht den ganzen weiten Weg bis Marseille, oder? Wir konnten den Anruf zwar leider nicht bis Luca zurückverfolgen – der Mistkerl benutzt Wegwerfhandys –, aber wir sind uns trotzdem sicher, dass die Nachricht von ihm stammt. Dein Vater ist beteiligt, Kazim. Dass er sich gestellt hat, ist das Einzige, was man ihm zugutehalten kann.«

»Was?«, fragte Julian entgeistert.

»Doch, so war's«, erwiderte Compagnon. Er hörte sich eher erbost als erfreut an. »Der Zoll hat die Kiste durchgehen lassen in der Hoffnung, dass uns der Abholer – wer immer das sein mochte – zu Luca führen würde. Leider war es Osman Ismet, und er hat sich sofort freiwillig gestellt.« Der Brigadechef verzog angewidert das Gesicht. »Er hat zu einem Zollbeamten gesagt, er glaube, mit den Oliven stimme etwas nicht. Himmel nochmal! Wir hätten Luca kriegen können, aber stattdessen singt Ismet wie ein Chorknabe und macht die ganze Aktion kaputt. Danach war unsere einzige Hoffnung, dass Ismet mit der Lieferung zum Laden zurückfahren sollte. Er war angewiesen worden, die Kiste an der Hintertür abzustellen und die Tür unverschlossen zu lassen. Er hat es aber erst für nötig befunden, das auch den Drogenfahndern mitzuteilen, als ihm aufgegangen war, dass seine Frau sich auf etwas gefasst machen konnte, wenn Lucas Schlägertrupp kam und keine Oliven vorfand. Daraufhin hat die Drogenfahndung uns informiert. Wir haben hier darauf gewartet, dass Luca die Lieferung abholt« – Compagnons Gesicht lief rot an –, »als Sie aufgetaucht sind.«

»Hör'n Sie«, sagte Kazim flehentlich. Julian hatte den Eindruck, dass sich der Junge zum ersten Mal um jemand anderen Sorgen machte. »Das Ganze is' ein Riesenmissverständnis! Das mit dem Heroin war ich, kapiert? Die Male davor, mein' ich. Ich hab' mir 'n bisschen was dazuverdient, *quoi*, aber meine Eltern wussten nix davon. Erstens würden sie nie mit Drogen handeln. Und zweitens würden sie niemals so viele Oliven auf einmal bestellen. Außerdem, zwei Kilo H? Was is' das schon! Das is' zwar mehr, als ich jemals in den Händen hatt'. Aber Eineinhalb-Tonnen würd' sich mit so was doch gar nich' abgeben. Der wartet auf 'ne große Lieferung, *une grosse affaire, quoi*, will ich sagen, aber mit uns hat das nix zu tun!«

»Eine große Lieferung?«, fragte Compagnon mit heiserer Stimme. »Wie groß?«

»Das hat er nich' gesagt.«

»Woher weißt du das alles?«

Kazim erzählte ihm von seinem Erlebnis im Whirlpool. »Nachdem sie mich rausgeholt hatten, hab' ich ihn drüber reden hör'n.«

»Luca?« Compagnon wollte Gewissheit. »Bist du dir ganz sicher, dass es Luca war?«

Kazim zuckte mit den Schultern. »Na klar! Ich hab' ihn doch geseh'n, *quoi*. Er hat gemeint, so 'n Tante-Emma-Laden wie das Lokum hätt' seine Vorzüge, aber er würd' uns niemals in was wirklich Heftiges reinziehen. Und außerdem, warum sollte die Tonne überhaupt hierherkommen? Er hat sich doch bestimmt gedacht, dass Sie wegen mir eh schon im Laden sind. Ich glaub', das war bloß 'n Ablenkungsmanöver.« Kazim sah wütend aus. »Er hat was von 'nem *passe-passe* gesagt.«

»Ein *passe-passe?*«, fragte Compagnon scharf. Ein Taschenspielertrick. Compagnon wurde abwechselnd blass und rot vor Wut und Schreck.

»*Now you see it, now you don't*«, murmelte Julian in sich hinein.

»*Putain!*«, brüllte Compagnon und stieß noch eine Reihe weiterer, derberer Flüche aus. Er platzte fast. »Willst du mir etwa sagen, während die Spürhunde mit der verdammten Olivenkiste beschäftigt waren, ist etwas anderes von Bord der RoPax gegangen?«

»RoPax?« Julian erstarrte. »Sprechen Sie von der *Bosporus I?*«

»Ganz genau!«

»Welches Datum haben wir heute?«, stieß Julian hervor.

»Den sechsten«, antwortete Mara. »Wieso?«

»Hör mal, du«, wandte Julian sich an Kazim. »Die Frau, die bei Luca war, wie sah die aus?«

»Keine Ahnung. Hab' sie ja nur flüchtig geseh'n, *quoi.* Die wollten mich ertränken, schon vergessen?«, erwiderte Kazim in gereiztem Ton.

»Denk nach, du Depp!«, sagte Julian, der nur mühsam an sich halten konnte.

»Okay, okay!«, entgegnete Kazim hastig. »Sie hatte grellrote Haare, *quoi,* und große Möpse.«

Julian drehte sich ruckartig zum Brigadier um. »Wann hat die *Bosporus I* angelegt?«

»Kurz nach eins.«

Julian sah auf die Uhr. Zehn nach zehn.

Er sagte: »Sie bringt Orchideen aus der Türkei mit. Ich denke, Adjutant Compagnon, ich weiß jetzt, wie die Drogen eingeschmuggelt wurden. Das Problem ist bloß, inzwischen könnte es zu spät sein, um sie noch zu schnappen.«

43

»Sie heißt Adelheid Besser«, teilte Julian den Gendarmen mit. »Sie sammelt und züchtet Orchideen und war auf einer Tagung in der Türkei. Sie ist mit der *Bosporus I* hingefahren. Heute sollte sie wieder hier sein, und wahrscheinlich hat sie zurück ebenfalls die Fähre genommen.«

»Und Sie glauben, die Drogen werden mit den Pflanzen eingeschleust?«

»Wenn sie es war, die Kazim gesehen hat, dann ist sie eindeutig in die Sache mit Luca verwickelt. Und ich möchte wetten, dass das ihre Masche ist. Die Orchideen geben eine gute Tarnung ab. Die Zollbeamten konzentrieren sich auf die Pflanzen. Sie lenken ihr Hauptaugenmerk darauf, eine seltene Art auszumachen, die unter Umständen eingeschmuggelt werden soll, und nicht auf Drogen. Aber natürlich hat sie alle nötigen Einfuhrpapiere dabei, denn die Orchideen sind für wissenschaftliche Zwecke bestimmt. Sie hat da mit Leuten aus der Türkei irgend so ein Forschungsprojekt am Laufen. Die Zweifel wegen der Pflanzen wären sicher schnell ausgeräumt.«

Compagnon ordnete an, dass zwei seiner Leute im Lokum blieben, und rief die Gendarmen an, die Lucas Haus observierten.

»Er ist nicht da«, erklärte der Polizist, der den Anruf entgegennahm. »Sollen wir trotzdem bleiben?«

»Und ob!«, bellte der Adjutant. Dann forderte er in Brames Verstärkung an, die das Team vor Lucas Haus unterstützen sollte.

Compagnon, Laurent und Julian sprangen in den Streifenwagen, den Albert mit quietschenden Reifen vor dem Lokum zum Stehen brachte. Vier weitere Polizisten drängten in ein zweites Fahrzeug. Mara wollte ebenfalls einsteigen. Aber Compagnon sagte gereizt, sie solle in den Laden zurückkehren und bei Lucie Sauret, die mit ihrem Kollegen auf Betul und Kazim aufpasste, ihre Aussage machen. Noch bevor Mara protestieren konnte, hatte er ihr bereits die Tür vor der Nase zugeschlagen. Julian kurbelte das Fenster herunter.

»Sei vernünftig, Mara. Tu, was der Adjutant sagt. Wir sehen uns zu Hause.« Er warf ihr seine Autoschlüssel zu.

Julian dirigierte sie aus der Stadt auf die D 660 und dann in Richtung Norden nach Queyssac. Sie rasten durch den Ort, der still und dunkel dalag. Nach einigen Kilometern ging Julian auf, dass er die Abzweigung verpasst haben musste. Er wies Albert an kehrtzumachen. Albert bremste scharf und wendete abrupt. Dabei hätte er fast den Wagen der Kollegen gestreift, die ihnen hinterherfuhren.

»*Bordel!*«, brüllte Compagnon, als Albert heftig ausscherte. Sie hüpften über den unebenen Seitenstreifen und wären fast im Graben gelandet. Doch dann waren sie wieder auf der Straße, hätten fast noch ein anderes entgegenkommendes Fahrzeug gerammt und schossen in die Richtung zurück, aus der sie gekommen waren. Der zweite Streifenwagen vollzog eine ebenso waghalsige Kehrtwendung und kam hinter ihnen hergebraust.

»Um Himmels willen!«, schrie Julian. »Fahren Sie langsamer! Hier irgendwo muss es sein.«

»Na hoffentlich!«, knurrte Compagnon.

Dann erfassten die Scheinwerfer einen Wegweiser zu ihrer Linken.

»Da ist es.« Julian zeigte auf die Abzweigung. »Hier müssen Sie abbiegen. Ihr Haus liegt oben auf dem Hügel.«

»Fahren Sie rechts ran«, befahl Compagnon Albert. »Den Rest gehen wir zu Fuß. Wir wollen uns ja nicht gleich verraten.«

Falls überhaupt jemand da war, dachte Julian. Es gab wenig Anlass zu der Hoffnung, dass sie jemanden antreffen würden. Grimmig schätzte er die Chancen, dass sie Erfolg haben würden, auf zehn zu neunzig. Sehr viel wahrscheinlicher war, dass sie unverrichteter Dinge wieder abziehen würden. Zu viel Zeit war verstrichen. Compagnons Knurren war ein schwacher Vorgeschmack auf das, was kommen würde, wenn sich der ganze Einsatz als Panne erweisen sollte.

Sie ließen die Fahrzeuge am Straßenrand stehen und trabten die lange, steile Allee hinauf, die zum Haus führte. Da der Mond hell schien, fanden sie den Weg, ohne Taschenlampen benutzen zu müssen. An dem Tor, das in die hohe, das Grundstück umgebende Mauer eingelassen war, ließ Compagnon sie Halt machen.

»Der Eingang wird ferngesteuert«, teilte Julian ihm mit. »Sie müssen klingeln. Die Frau ist Sicherheitsfanatikerin.«

Compagnon fragte: »Sicherheit in welcher Form? Wissen Sie, ob die Mauer mit Stacheldraht bewehrt ist? Und ob das Gelände mit Bewegungssensoren ausgestattet ist?«

»Ähm – nein. Das heißt, ich weiß es nicht«, erwiderte Julian lahm.

Laurent ließ den Strahl seiner Taschenlampe über den oberen Teil der Mauer gleiten. »Sieht frei aus.«

Compagnon und seine Männer waren fit und gut ausgebildet. Schnell und leise kletterten sie über die Mauer. Die war, wie sich zeigte, unverdrahtet. Doch als sie auf der anderen Seite zum Haus liefen, wurden die Außenanlagen plötzlich in helles Flutlicht getaucht. Julian, den sie draußen vor der Mauer zurückgelassen hatten, hörte Compagnon fluchen.

Julian versuchte, es den Gendarmen nachzutun und die Mauer zu erklimmen. Er mühte sich ab, Griffe und Tritte zu finden. Leider sah sein Repertoire keine senkrechten Hindernisse vor. Auch sein zweiter Versuch war nicht von Erfolg gekrönt. Beim dritten Anlauf gelang es ihm, einen Halt für die Füße zu finden, der jedoch just in dem Augenblick unter seinem Gewicht wegbröckelte, als Julian die obere Kante zu fassen bekam. Einen Moment lang hing er in der Luft, dann schlitterte er nach unten, was äußerst schmerzhaft war. Er schürfte sich dabei die Hände und die Nase auf.

»Du kannst Verstärkung gebrauchen«, ertönte eine Stimme hinter ihm.

Julian wirbelte herum und starrte ins Dunkel. »Mensch, Mara, was zum Teufel machst du denn hier? Compagnon wird explodieren, wenn er dich hier findet.«

»Nur zu. Von mir aus kann es ihn in tausend Stücke reißen. Ihr hättet mich da eben auf der Straße beinahe gerammt, weißt du. Wo hat Albert denn fahren gelernt? In Montreal?«

»Ach, du warst das«, sagte Julian.

»Na klar war ich das. Das war echt mies von dir, mich einfach so stehen zu lassen.«

»Tut mir leid, aber du solltest wirklich nicht hier sein.«

»Aber du, oder wie? Ach, vergiss es! Komm! Ich helfe dir hoch.«

Sie machte eine Räuberleiter, und Julian benutzte sie. Mit Maras tatkräftiger Hilfe schaffte er es dieses Mal nach oben. Er thronte auf der Mauer, die Beine zur Seite gegrätscht, und sah, wie im Haus in einem Raum nach dem anderen die Lichter angingen.

Er erhaschte einen Blick auf schemenhafte Gestalten, die vor den Fenstern vorbeieilten. Compagnon musste sich auf seine direkte Art Zugang verschafft haben, indem er einfach an die Eingangstür geklopft hatte. Demnach war jemand zu Hause, und den Polizisten war gestattet worden, das Anwesen zu durchsuchen.

»He, was ist mit mir?«, rief Mara zu ihm hoch.

»Hör mal«, erwiderte Julian, »du bleibst besser da, wo du bist. Man weiß ja nicht, was sie da drinnen finden werden. Aua! Lass mich los, verdammt!«

»Den Teufel werde ich tun!« Sie zog sich an seinem rechten Bein hoch. Wenn von ihm keine Hilfe kam, dann würde sie sich eben selbst helfen. Julian hatte keine Wahl: wenn er wollte, dass sein Knie intakt blieb, musste er sie zu sich hochhieven.

»Würdest du mir bitte mal verraten, worum es hier eigentlich geht?«, fragte Mara, sobald sie ein wenig außer Atem neben ihm saß.

»Um Drogen. Und Orchideen.« Er klärte sie kurz auf.

Dann sprangen sie gemeinsam und kamen auf der anderen Seite auf weichem Untergrund auf. Plötzlich gingen die

Lichter im Haus aus. Dann erloschen auch die Außenleuchten.

»Das Gewächshaus liegt auf der Rückseite«, sagte Julian. »Dort wird sich alles abspielen. Falls sich etwas abspielen wird«, fügte er hinzu. Ihn beschlich erneut ein ungutes Gefühl.

Julian ging voraus. An der Hausecke wären sie fast mit Compagnon zusammengestoßen. Hinter ihm folgten Albert und zwei andere Gendarmen.

»Wir haben das gesamte Anwesen abgesucht«, teilte der Brigadier Julian mit unheilvoller Stimme mit. »Außer einer Frau, die sagt, sie sei die Assistentin von Frau Besser und wohne mit im Haus, ist niemand da. Sie hat gemeint, sie hätte ihre Chefin irgendwann am Abend zurückerwartet, aber bisher wäre sie nicht aufgetaucht und hätte auch nichts von sich hören lassen. Wo steckt Adelheid Besser also?«

»Ach«, war das Einzige, was Julian hervorbrachte.

»Und was, bitte schön, macht sie hier?«, brauste Compagnon auf, als er sah, wer bei Julian stand. Doch dann sagte er müde: »Ach, schon gut! Ich will's gar nicht wissen. Die eigentliche Frage ist doch, was wir hier machen, zum Teufel!«

Julian vernahm Schritte hinter sich. Laurents schlaksige Gestalt tauchte auf.

»Die Lichtsensoren im Außenbereich sind deaktiviert, *mon adjudant*«, sagte Laurent. »Jean-Louis ist bei der Assistentin geblieben, damit sie nicht abhaut oder irgendwelche Anrufe tätigt.«

»Was wir hier tun, ist absolut sinnlos!«, zischte Compagnon Julian zu. »Meine Leute vergeuden hier bloß wertvolle Zeit. Ganz zu schweigen von den Schwierigkeiten, in die Sie mich bringen, falls Madame Besser sich entschließen sollte, Anzeige zu erstatten. Ich bewege mich hier auf hauchdünnem Eis! Einen Nachteinsatz zu veranlassen, bloß weil jemand einen leisen Verdacht hat – noch dazu ein Ausländer!«

Der Zorn des Adjutanten traf Julian wie der Hitzeschwall eines Hochofens. Die Neunzig-zu-Zehn-Chance, die er sich gegeben hatte, fiel komplett in sich zusammen. Sein Bauchgefühl, das Einfühlungsvermögen, das ein Orchideenliebhaber für einen anderen besaß, hatte sie in diese Lage gebracht. Er war davon ausgegangen, Adelheid würde ihre Pflanzen nach der anstrengenden Reise so bald wie möglich einpflanzen wollen. Aber er hatte nicht gründlich genug nachgedacht. Es gab überhaupt keinen Grund, warum sie sie hierher bringen sollte. Was sprach denn dagegen, dass sie sie gleich in Marseille oder auch in Montpellier oder Nizza oder Cannes oder Zürich einpflanzte? Bloß der Umstand, nun verschaffte sich die leise intuitive Stimme in seinem Kopf wieder Geltung, dass Adelheid mit ihren Orchideen äußerst pingelig war. Sie würden Vorrang vor allem anderen haben, egal was sie sonst noch an Bord haben mochte. Und Adelheid würde besonders pingelig sein, wenn sie versuchte, ein seltenes Exemplar einzuschmuggeln. Oberste Priorität für sie wäre dann, es in eine optimale Umgebung zu bekommen. Und wo war es besser als hier?

Aber dann stellte sich die Frage, die auch von Adjutant Compagnon gekommen war, wo sie denn jetzt nur blieb. Es war mittlerweile zwanzig vor zwölf. Die *Bosporus I* hatte vor fast elf Stunden im Hafen angelegt. Die Fahrt von Marseille hierher dauerte sieben, vielleicht acht Stunden. Es konnte viele plausible Gründe für ihre Verspätung geben. Verkehrsstau, Ärger mit dem Auto, ein Unfall. Und falls es ein Problem mit den Papieren gegeben hatte, wenn sie auf einen besonders gründlichen Zollinspektor gestoßen war, der jede Pflanze einzeln untersuchen wollte, konnte sie beliebig lange aufgehalten worden sein.

»Ich glaube, Sie sollten noch warten, Adjutant Compagnon«, sagte Julian.

»Wozu?«, schnauzte der Brigadier ihn wütend an.

»Ich denke, Adelheid Besser ist noch nicht hier, weil sie noch unterwegs ist.«

»Pah! Die Frau hatte alle Zeit der Welt, hier einzutreffen. Sie könnte inzwischen überall sein, zum Beispiel in Paris.«

»Nein, sie kommt hierher«, beharrte Julian. Seine Überzeugung wuchs von Sekunde zu Sekunde. »Das muss sie, wegen der Orchideen. Außerdem wird sie das für kein großes Risiko halten. Sie und Luca gehen ja davon aus, dass Sie auf den *passe-passe* hereingefallen sind.«

Aus dem Halbdunkel traf ihn Compagnons finsterer Blick. »In Ordnung«, antwortete er widerwillig. »Aber wehe, wenn Sie falschliegen!«

Mara meldete sich zu Wort: »Falls Sie irgendwen überrumpeln möchten, sollten Sie dann nicht etwas mit Ihren Autos tun, *adjudant?* Die stehen nämlich wie Leuchtfeuer am Straßenrand.«

»*Merde!*«, rief Compagnon. »Albert, Roussel, fahren Sie die Autos auf der Stelle weg. Und nehmen Sie diese – nehmen Sie sie hier mit!«

44

Kurz nach Mitternacht flackerten Scheinwerfer zwischen den Bäumen auf, die die lange Allee zum Haus säumten. Ein paar Minuten später schwang das ferngesteuerte Tor nach innen auf, und ein Wagen fuhr hindurch. Die Reifen knirschten leise auf der Kieszufahrt zum Gewächshaus. Das Tor blieb offen.

Adelheid parkte den Kangoo. Sie saß noch eine ganze Weile im Auto und starrte auf das Mondlicht, das sich in den Glasscheiben des Gewächshauses spiegelte. Sie fragte sich kurz, warum die Bewegungssensoren nicht die Außenleuchten eingeschaltet hatten, dachte sich dann aber, dass das System wohl wieder mal einen Kurzschluss gehabt hatte. Das passierte ständig. Sie war zu erschöpft von dem langen Tag, der langen Fahrt, um der Angelegenheit noch große Aufmerksamkeit zu schenken. Sie hatte anstrengende Stunden mit dem *Compétence-W*-Mann hinter sich, der ihre Orchideen sogar beschlagnahmen wollte. Sie hatte ihm aber standgehalten und sogar gedroht, eine Dienstaufsichtsbeschwerde gegen ihn einzulegen. Sie hatte Namen von Leuten angeführt, die sie eigentlich nicht um eine Gefälligkeit ersuchen konnte. Am Ende hatte Adelheid den längeren Atem gehabt und den Mann mit ihren Argumenten in die Tasche gesteckt.

Sie stieg steif aus dem Wagen. Die Schlüssel klimperten, als sie die Seitentür aufschloss, die in den Vorraum des Gewächshauses führte. Sie kehrte zum Fahrzeug zurück und öffnete den Laderaum. Ihr Oberkörper verschwand kurzzeitig im Inneren. Als sie wieder herauskam, hielt sie eine Palette mit Pflanzen in Händen, die mit einer durchsichtigen

Plastikhaube abgedeckt war. In diesem Moment hielt ein anderes Auto, das ohne Licht fuhr, neben ihr an. Serge kurbelte das Fahrerfenster herunter.

»Ach«, sagte Adelheid, *»c'est vous,* Ihr seid's. Das ging aber schnell. Ich habe noch gar nicht entladen.«

Die Türen des Mercedes gingen auf. Serges dünne Gestalt tauchte auf der einen Seite auf, auf der anderen die massige von Eineinhalb-Tonnen.

»Vergiss es! Von jetzt an übernehmen wir«, meinte die Tonne.

»Nein«, erwiderte Adelheid bestimmt. »Ihr müsst warten, bis ich ausgeladen habe.«

»Ich sagte, ab jetzt übernehmen wir!«

»Falsch«, ließ Adjutant Compagnon ihn wissen. Er war in dem Augenblick neben dem Gewächshaus aufgetaucht, als das Flutlicht sich einschaltete. »Ab jetzt übernehmen wir.« Aus allen Himmelsrichtungen rückten Polizisten an. »Wären Sie wohl so freundlich, Monsieur Luca?«

»Was zum Teufel …?«, murrte die Tonne, als Roussel und Albert ihn und Serge gegen den Kangoo drückten, um sie zu durchsuchen. Laurent hielt Adelheid fest.

Ein anderer Gendarm, ein Mann namens Hubert Chauvin, überprüfte das Innere des Mercedes. »Da ist nichts, *mon adjudant.*«

Adelheid bekam vor Schreck den Mund nicht mehr zu und starrte um sich.

»Sie!«, rief sie aus, als sie Julian bemerkte.

»Ich fürchte, ja«, entgegnete Julian mit einer gewissen Genugtuung.

»Merkwürdige Uhrzeit für einen Besuch«, sagte Compagnon zu Rocco Luca.

Die Tonne antwortete kühl: »Was soll daran merkwürdig sein? Ich hatte ein paar Pflanzen bestellt, und jetzt hole ich sie ab. Wann ich das tue, ist ganz allein meine Sache.«

»Sie, ein Pflanzenliebhaber?«, schnaubte Compagnon verächtlich.

Luca zuckte mit den Schultern. »Nun ja, Sergent, Sie wissen ja, wie das ist …«

»*Ad-ju-dant*«, korrigierte Compagnon ihn und betonte dabei jede einzelne Silbe.

»Meinetwegen. Wenn sie einen Wintergarten haben, dann füllen sie ihn auch.«

»Was ist da drin?«, fragte Compagnon Adelheid und wies mit dem Kinn in Richtung Kastenwagen.

»Pflanzen«, entgegnete Adelheid.

Laurent ließ den Strahl seiner Taschenlampe über die Ladefläche gleiten. Julian spähte ebenfalls hinein. Die Borde des Kangoo waren dick beladen. Etwa zwanzig Töpfe pro Palette, zehn Paletten insgesamt, zählte er schnell, einschließlich derjenigen, die Adelheid in Händen hielt.

»Orchideen«, präzisierte er. Ungläubig drehte er sich zu Adelheid um. »Sie beliefern ihn mit Orchideen?«

»Was dagegen?«, beschwerte sich die Tonne. »Darf ich etwa keine Blumen mögen?«

»Orchideen und was sonst noch?«, fragte Compagnon. »Stehen Sie hier nicht blöd in der Gegend herum«, herrschte er dann Julian an, »sondern machen Sie weiter.«

Julian ging zu Adelheid. »Wir fangen am besten mit denen hier an«, sagte er grinsend. Er musste ihr die Palette regelrecht entwinden.

Die Pflanzen waren jung und noch nicht in Blüte. Sie hatten nichts von der Einförmigkeit der in Gärtnereien gezüchteten Exemplare an sich. In diesem Stadium bestanden sie aus Blattrosetten, von denen einige fleckig und lanzettförmig (irgendeine Orchis-Art, schätzte Julian), und andere runder und ohne Maserung (die wahrscheinlich der Gattung Ophrys angehörten) waren. Der Umstand, dass die meisten in einem fürchterlichen Zustand waren – welk und mit Druckstellen vom Transport –, bestätigte seinen Verdacht: Die Orchideen selbst waren nicht das Ziel der Übung. Außerdem, wenn es wirklich darum ging – was hatte sie noch mal gesagt? –, Versuche an Wurzelknollen durchzuführen, warum dann ausgerechnet in Frankreich? Warum nicht in der Türkei? Und, falls die Versuche nur in Adelheids Labor möglich waren, warum die Pflanzen dann den Strapazen einer langen Reise zu Wasser und zu Land aussetzen, wenn es doch viel besser für sie gewesen wäre, sie als Luftfracht aufzugeben? Und was das Wichtigste war, warum gerade jetzt? Warum hatte Adelheid nicht gewartet, bis die Pflanzen ihre Winterruhe einhielten und man bloß die Wurzelknollen verschicken musste? Aus botanischer Sicht ergab das alles keinen Sinn.

Julian stellte die Palette auf den Boden und nahm das erstbeste Töpfchen heraus. Er drückte die Seiten des Plastikbehälters zusammen und zog das Pflänzchen vorsichtig heraus. Behutsam untersuchte er es mit dem Finger. Er sah nichts weiter als Erde und Moos, die die noch unterentwickelten Wurzeln umgaben. Julian setzte die Orchidee in ihr Gefäß zurück und drückte dabei sorgfältig die Blumenerde an.

Luca, der das Geschehen mit einem Gesichtsausdruck verfolgt hatte, der irgendwo zwischen Verachtung und Verwirrung lag, sagte: »Ich gehe jetzt. Sie haben kein Recht, mich hier festzuhalten. Dafür kriege ich Sie dran! Ich habe Freunde, die Sie zum *gendarme auxiliaire* degradieren können, *adju-dant!*« Verächtlich betonte er jede einzelne Silbe des Titels. Dann brachte er seine Kleidung in Ordnung und schickte sich zum Gehen an.

Compagnon sagte in scharfem Ton: »Ich schlage vor, Sie bleiben, wo Sie sind, Monsieur!« Und Julian fuhr er wütend an: »Legen Sie einen Zahn zu, Mann!«

Julian zog den nächsten Topf heraus. Auch hier kam nichts Verdächtigeres als Blumenerde zum Vorschein. Compagnon schnaubte ungeduldig. Als Luca spöttisch fragte, ob das etwa die ganze Nacht dauern solle, unterdrückte Julian das dringende Bedürfnis, hysterisch zu kichern. Dann ging ihm auf, dass er wahrscheinlich vor lauter Bäumen den Wald nicht sah. Halt dich an die Pflanzen in der Mitte. Seine Hand schwebte über einem Töpfchen im Zentrum der Palette.

»Warten Sie«, schaltete Adelheid sich ein. Zum ersten Mal klang ihre Stimme ein wenig schrill. »Wenn es denn schon sein muss, würde ich es gerne machen.«

Hört, hört! Julians Nackenhaare stellten sich auf wie feine Antennen. Er war im Begriff, aus Compagnon einen glücklichen Mann zu machen. Es sei denn … Der Orchideenfreak kam in ihm durch und ließ seine Gedanken vom eigentlichen Fall in eine ganz andere Richtung abschweifen. Adelheids plötzliche Hilfsbereitschaft konnte auch bedeuten, dass in der Palette noch etwas anderes außer Drogen versteckt war, und zwar etwas, das mit äußerster Vorsicht behandelt werden sollte. Eine Orchidee, aber nicht bloß irgendeine Orchidee. Sie hatte sie am Zollinspektor vorbeigeschmuggelt. Vielleicht waren es auch mehrere, versteckt inmitten der gewöhnlichen Exemplare, die Julian vor sich sah. Er nahm Laurents Taschenlampe und richtete den Strahl auf die Pflanze, die er vorhin herausnehmen wollte. An ihr war nichts Ungewöhnliches, außer dass – ja – die Blätter etwas breiter und stärker geädert waren als die der Nachbarpflanzen. Sie war auch in einem deutlich besseren Zustand, als hätte sie eine sorgfältigere Behandlung erhalten. Und wenn er sich nicht irrte, gab es noch eine zweite von der Sorte. Und eine dritte. Um was handelte es sich also bei diesen drei kleinen Prachtexemplaren, die Adelheid eingeschleust hatte? Die Türkei, das wusste Julian, hatte Orchideen, die nirgends sonst wuchsen. Julian spürte, wie die Frau erstarrte, als er den Topf heraushob. Ihre Anspannung blieb auch den Polizisten nicht verborgen. Alle Augen waren gespannt auf Julian und seine Beute gerichtet. Doch dann hielt Julian plötzlich inne.

Aber das alles ergab ja überhaupt keinen Sinn! Seine Gedanken kehrten zu dem zurück, nach dem er eigentlich Ausschau hielt. Die Orchidee konnte er den zuständigen Behörden auch noch später übergeben. Jetzt wartete erst einmal Compagnon. Kazim hatte von einer *grosse affaire*, einer großen Lieferung, gesprochen. Nach Julians Schätzungen hatte Adelheid etwa zweihundert Pflanzen mitgebracht. Falls die Drogen wie vermutet in den Töpfen versteckt waren, bedeutete dies, dass jede Pflanze, jeder Topf eine bestimmte Menge Heroin enthalten musste. Aber die Behälter waren klein, fassten kaum zwei Becher Erde, und bisher hatte Julian noch nichts gefunden, was dort nicht hingehörte. Vielleicht war die Lieferung doch um einiges kleiner, als Kazim gedacht hatte. Sagen wir mal, fünf bis zehn Kilo, fünfundzwanzig bis fünfzig Gramm pro Topf, das wäre machbar. Aber würde sich ein Mann wie Rocco Luca mit solchen Peanuts überhaupt abgeben? Oder – bedächtig drehte er den Behälter in seiner Hand – waren die Orchideen vielleicht gar nicht das Versteck, und sie hatten es mit einem doppelten Taschenspielertrick zu tun.

Julian setzte die Pflanze ab und erhob sich. »Es ist nicht in den Töpfen«, sagte er entschieden. Das hätte ihm von Anfang an klar sein müssen. »Es ist im Wagen.«

Für einen Mann seiner Größe war Luca erstaunlich flink und behände. Noch ehe die Polizisten überhaupt reagieren konnten, war er schon um die Motorhaube des Kangoos herum und im Mercedes. Serge wollte ebenfalls wegrennen, aber Albert war mit einem Satz bei ihm und brachte ihn zu Fall.

»Anhalten!«, befahl Compagnon, als die Tonne rasant wendete, und Kieselsteine hochspritzten. Compagnon zückte seine Beretta und schoss. Laurent feuerte ebenfalls. Compagnons Schuss traf den rechten Heckkotflügel des Wagens und verfehlte den Reifen nur um wenige Zentimeter. Laurents Kugel schlug eine Kerbe in die Hauswand, als der Mercedes um die Ecke preschte und zum offenen Tor hinausjagte.

»*Merde! Putain! Bordel!*«, brüllte Compagnon und ließ sein ganzes Arsenal von Kraftausdrücken los. »Laurent, Roussel, hinterher, verdammt nochmal!« Dann hing er am Handy.

»Keine Spur von Luca, *mon adjudant*«, antwortete eine Stimme knapp.

»Klar, eben weil er hier ist«, schrie Compagnon. »Er ist auf der Flucht. Bleiben Sie da, für den Fall, dass er nach Hause fährt. Ich werde alle Zufahrtsstraßen zum Besserschen Anwesen sperren lassen. Wir müssen diesen Mistkerl unbedingt stoppen.«

Es hatte Roussel einige Mühe bereitet, Adelheid die Autoschlüssel zu entwinden, aber jetzt saßen er und Laurent im

Kangoo und brausten mit Vollgas durch das Tor und die Allee hinunter, den schnell entschwindenden Rücklichtern des Mercedes hinterher. Wenn die Tonne erst einmal die Hauptstraße erreicht hatte, würde der Kangoo mit dem PS-starken Mercedes auf keinen Fall mithalten können. Dann wäre Luca bald über alle Berge. Was Compagnons Straßensperren betraf, wussten sie beide, dass es hier in der Gegend so viele Nebenwege gab wie der Körper Blutgefäße hatte.

Der Kangoo hüpfte über den von tiefen Spurrillen durchzogenen Weg. Die Pflanzen im Laderaum rutschten wie wild hin und her, und die Hintertür schaukelte bedrohlich. In einer Kurve krachte sie gegen einen Baum und knallte zu. Dabei ging die Scheibe zu Bruch, und der Wagen kam vom Kurs ab. Roussel gab Gas und fuhr auf die Straße zurück. Aber sie hatten bereits wertvolle Sekunden verloren, und der Abstand zum Mercedes war größer geworden. Der beschleunigte am Fuße des Hügels, und ihm fehlten nur noch fünfzig, jetzt fünfundzwanzig Meter bis zur Hauptstraße.

»*Merde!*«, schrie Laurent. »Der Mistkerl entwischt uns!«

Plötzlich, als hätte Laurent es so gewollt, kam etwas Breites, Weißes angeschossen und stellte sich dem Mercedes in den Weg. Die Tonne konnte nicht mehr bremsen. Mit einem dumpfen Knall krachte er frontal dagegen, gefolgt von einem nicht enden wollenden Gehupe.

Das Aufheulen der Hupe, das eigenartig klang, schallte durch den Wald. Adjutant Compagnon machte sich im Laufschritt auf den Weg, mit Julian im Schlepptau. Albert und Chauvin blieben zurück, um Adelheid und Serge mit Handschellen an das schmiedeeiserne Tor zu ketten und sicherzustellen, dass sie dort auch blieben.

»*Mon Dieu!*«, rief Julian, als er das Autowrack sah.

Die Schnauze des Mercedes hatte sich in die rechte Seite eines Lieferwagens – Julians Lieferwagen – gebohrt, der eine riesige Delle aufwies. Rocco Luca war über dem Steuer zusammengebrochen. Der aufgeblasene Airbag dämpfte sein Stöhnen. Als sein Kopf zur Seite rollte, hörte das Hupen auf und hinterließ gespenstische Stille.

Laurent stieg aus dem Mercedes.

»Und?«, fragte Compagnon außer Atem.

»Er lebt«, rief Laurent über die Schulter. »Ich hab schon beim SAMU angerufen. Die schicken einen Krankenwagen.«

Julian brauchte einen Moment, bis er begriff, was passiert war. Ihn erfasste Schwindel.

»Mara!«, schrie er auf, als Roussel neben dem Lieferwagen auftauchte. Im Scheinwerferlicht sah der Gendarm bleich und mitgenommen aus.

»Da – da ist sie nicht«, stammelte er. »Die Fahrertür ist aufgesprungen. Sie muss herausgeschleudert worden sein. Aber ich finde sie nicht.« Wie zum Beweis leuchtete er mit der Taschenlampe in alle Richtungen.

Julian riss sie ihm aus Hand. »Mara!« Er rannte los, den Strahl der Taschenlampe auf den Boden gerichtet. Aber er sah nichts als Asphalt und Glasscherben.

Roussel, Laurent und Compagnon schlossen zu ihm auf.

»Mara!«, schrien sie im Chor.

Ihrem Schreien folgte bloß Stille.

Auf der anderen Seite der Straße ragte dichtes Gestrüpp auf. Julian stolperte darauf zu. War es möglich, dass sie so weit geschleudert worden war? Wenn dem so war, musste sie schwer verletzt sein. Und dann sah er etwas im hohen Gras unter einem Baum liegen, das ihm fast das Herz brach.

»Mara«, rief er voller Angst aus, als er neben der reglosen Gestalt auf die Knie fiel, die mit dem Gesicht nach unten lag und schrecklich still war.

»Sie lebt«, sagte Compagnon.

»Nicht bewegen«, befahl Julian mit rauer Stimme, als Mara versuchte, den Kopf zu heben. Sie wurde von drei Taschenlampen angestrahlt, und Julian war sehr erleichtert, als er keine ernsten Blutungen feststellen konnte. Sie musste im Moment des Aufpralls abgesprungen und auf die andere Straßenseite gerollt sein. Nur dem üppigen Graswuchs war zu verdanken, dass sie nicht schwerer verletzt war. Sie war benommen, voller Schrammen und Kratzer, und sehr erschöpft, ansonsten aber unversehrt.

»Der Krankenwagen wird jeden Moment hier sein«, sagte Laurent.

Als Mara nach einigen Minuten wieder sprechen konnte, teilte sie Compagnon mit brüchiger Stimme mit: »Er hat gesagt, ich soll nach Hause fahren« – sie zeigte auf Roussel –, »aber ich habe beschlossen zu bleiben. Ich bin mit dem Lieferwagen bloß ein kurzes Stück gefahren und habe ihn dann wieder abgestellt. Anschließend bin ich zu Fuß zurück. Dann habe ich einen Kangoo die Allee hochfahren sehen. Und danach einen Mercedes. Also bin ich wieder zum Wagen. Ich habe mir gedacht, wenn einer von denen versuchen sollte abzuhauen, dann sind Sie alle da oben und haben kein Auto.«

»Kein …?« Compagnon, der eben noch ganz besorgt geschaut hatte, trieb es die Schamröte ins Gesicht.

»Tja, ich habe ja wohl richtig gelegen, nicht wahr? Ich war gerade losgefahren, als ich plötzlich Schüsse gehört habe. Dann habe ich Scheinwerfer den Hügel herunterkommen sehen. Sehr schnell. Mir war klar, da will jemand flüchten. In dem Moment ist mir die Idee gekommen, mit dem Lieferwagen den Weg zu versperren. Das – das mit deinem Wagen tut mir so leid, Julian!«

»Der Wagen? Der Wagen? Vergiss den verdammten Wagen!«, rief Julian inbrünstig, der nicht wusste, wo er sie anfassen durfte und wie er sie halten sollte.

45

Wie üblich war das *Two Sisters* auch an diesem Mittag gut gefüllt. Sie waren zwar die ganze Nacht auf gewesen, aber Mara war zu aufgedreht von den Ereignissen der letzten Stunden, um an Schlaf zu denken. Sie schluckte zwei Schmerztabletten und bestand darauf zu feiern. Am liebsten hätte sie einen Tisch auf der Terrasse gehabt, wo die Gäste fröhlich in der Sonne saßen. Es war aber Markttag, und der einzige freie Tisch war der, an dem sie auch schon letztes Mal gegessen hatten. Dieser Platz, entschied Julian, wurde immer zuletzt vergeben. Wie zuvor sorgten die vorbeieilenden Kellner für einen permanenten Luftstrom, und das Klappern der Aufzugtür störte Maras und Julians Unterhaltung.

Sie hatten sich eine Menge zu erzählen. Vor elf Stunden hatten Jacques Compagnon und seine Leute einen doppelten Boden im Laderaum des Kangoos entdeckt, unter dem zweihundert Kilogramm des hochwertigen weißen Heroins versteckt waren. Es war in wiederverschließbare Plastikbeutel verpackt und hatte einen geschätzten Verkaufswert von vierzig Millionen Euro. Der Adjutant krähte wie ein Hahn am Morgen. Bei Rocco Luca hatte er den richtigen Riecher gehabt und nun einen der größten Drogenringe in der Kriminalgeschichte Frankreichs auffliegen lassen. Compagnon war sich sicher, dass das die große Lieferung war, von der der ermordete Drogenfahnder Yvan Bordas Wind bekommen hatte. Und er glaubte, dass Kazims Aussage Luca und Serge mit dem Mord an dem verdeckten Ermittler in Verbindung brachte. Das chlorhaltige Wasser, das man in Yvans Lunge gefunden hatte, deutete darauf hin, dass er in Lucas Whirlpool ertränkt worden war. Und die Erde in seinen Nasenlöchern konnte dorthin gelangt sein, indem man ihn in einem von Lucas Blumenbeeten abgeworfen oder mit dem Gesicht nach unten hineingedrückt hatte. Dem Toten waren Proben entnommen worden, die mit der Erde in Tonnes Wintergarten verglichen werden sollten.

Für Compagnon und die ganze Gendarmerie in Brames war es ein großer Tag. Alle beteiligten Polizisten bekamen etwas vom Ruhm ihres Brigadiers ab. Dass dieser zu erwähnen vergaß, inwiefern Mara und Julian zu seinem Erfolg beigetragen hatten, lag gewiss daran, dass er so beschäftigt war. Er wurde mit Glückwünschen von Kollegen und Vorgesetzten überhäuft. Der zuständige Untersuchungsrichter Bouchillou war voll des Lobes. Selbst der Procureur de la République, der Oberstaatsanwalt, hatte ihn gewürdigt. Compagnon stand mit Sicherheit eine Beförderung ins Haus.

Rocco Luca lag im Krankenhaus und wurde streng bewacht. Er erholte sich von einer Kieferfraktur, einer gebrochenen Nase und schweren Verbrennungen im Gesicht, die vom Airbag herrührten. Serge Taussat befand sich in Untersuchungshaft und wurde zum Mord an Yvan Bordas sowie zu einer Reihe anderer unaufgeklärter Gewalttaten vernommen, die im Zusammenhang mit dem organisierten Verbrechen standen.

Adelheid wurde wegen illegalen Drogenbesitzes und -handels angeklagt. Sie leugnete vehement jede Beteiligung. Sie beteuerte, nichts von der Heroinladung gewusst zu haben, und gestand bloß ein, den Kangoo während ihres Aufenthaltes in Istanbul für drei Tage einem Mann namens Mustafa überlassen zu haben. Sie habe das auf ausdrücklichen Wunsch Rocco Lucas getan, den sie gelegentlich mit Orchideen beliefere. Ihre Assistentin bestätigte, dass ihre Chefin häufig Fahrten mit dem Kangoo unternahm, die im Zusammenhang mit Orchideengeschäften standen. Der Wagen sei speziell für den Transport von Pflanzen ausgerüstet, und die Orchideen, die Madame Besser aus der Türkei mitgebracht habe, seien zu Forschungszwecken bestimmt. Sie sei sich sicher, ihre Arbeitgeberin habe nichts mit Drogen zu tun. Dennoch hatte Kazim Adelheid ganz zweifelsfrei als die Frau identifiziert, die er in Lucas Wintergarten gesehen hatte. Das machte sie zumindest zur Komplizin.

Jetzt war klar, wie Lucas Plan ausgesehen hatte: Als er seine Toulouser Pipeline gefährdet sah, war ihm seine Orchideenlieferantin als Alternative in den Sinn gekommen. Es war eine glückliche Fügung, dass sie gerade jetzt an einer Tagung in Istanbul teilnehmen wollte. Kazims kleines Nebengeschäft brachte Eineinhalb-Tonnen dann auf die Idee, die Aufmerksamkeit der Polizei auf das Lokum zu lenken. Er wusste, dass das Telefon der Ismets angezapft werden würde. Die Gendarmen würden so zu hören bekommen, was sie hören sollten. Außerdem hatte Luca angeordnet, Osman zusammenzuschlagen, damit es noch überzeugender aussah. Es war ein ausgeklügelter Plan, für den man der Tonne Respekt zollen musste – aber nicht clever genug für Jacques Compagnon, waren sich alle einig. Der Adjutant glaubte fast schon selbst daran.

An diesem Vormittag hatte Julian das besondere Vergnügen, Géraud mitzuteilen, dass er sich sämtliche Hoffnungen in Bezug auf Adelheid, sei es botanischer oder finanzieller Natur, abschminken könne.

»Pah!«, hatte Géraud gehöhnt. »Auf die war ich eh nie angewiesen!«

»Ach, übrigens, ich habe der Polizei gegenüber zufällig erwähnt, dass du ein Geschäftspartner von ihr bist«, sagte Julian mit diebischer Freude. »Die kommen zu gegebener Zeit mal vorbei, um mit dir zu sprechen.«

»Was?«, fragte Géraud erschrocken.

Das, dachte Julian mit Genugtuung, dürfte dem alten Esel den Wind aus den Segeln nehmen. Nur so lange, betete er, bis ich Cypripedium incognitum gefunden habe.

Mara hatte von dem Unfall bloß ein paar Blutergüsse und Hautabschürfungen davongetragen. Ihre Ellbogen und Unterarme waren bandagiert. Auf der Stirn zeigten sich violette Striemen, und ihre rechte Hand war dick verbunden. Aber da sie Linkshänderin war, hinderte sie das nicht daran, das Glas zu heben und Julian zuzuprosten.

»Meinen Glückwunsch!«, sagte sie.

»Und auf dich!«, erwiderte er den Toast. »Wir haben es uns verdient.«

Kazim hatte einen Anwalt gesprochen und saß nun an einem Tisch in einem der Verhörräume der Bramser Gendarmerie. Er war bereits seit zehn Uhr morgens dort. Sein zunächst großspuriges Gehabe war im Laufe der Vernehmung in sich zusammengesunken. Er hing jetzt nur noch auf dem Stuhl und strahlte Feindseligkeit aus. Ihm gegenüber saßen Laurent und Adjutant Compagnon.

»Ich muss mal pinkeln«, sagte Kazim.

»Das warst du doch gerade erst«, erwiderte Compagnon. Seine Glupschaugen waren blutunterlaufen. Die kupferroten Haare standen ihm zu Berge. Seine Uniform war zerknittert, und nur noch Kaffee hielt ihn aufrecht. Aber die Begeisterung über seinen Erfolg ließ ihn alles andere vergessen.

Kazim streckte seine Beine zur anderen Seite aus. Er beobachtete eine Hornisse, die blindlings gegen eine Fensterscheibe flog.

»Lass uns das Ganze noch einmal durchgehen«, sagte Compagnon.

»Hör'n Sie, ich hab's Ihnen doch schon gesagt. Meine Eltern haben mit der Sache nix zu tun. Sie wissen *rien, nada, niente.* Capito? Und vielleicht erinnern Sie sich, das hier is' meine erste Straftat, *quoi.*«

»Du sagst es mir ja die ganze Zeit.«

»Außerdem war ich kooperativ. Schließlich hab' ich ja geplaudert, oder? Sie sollten nich' so streng mit mir sein.«

Compagnon lachte bellend. Dann beugte er sich vor. »Komm schon, Kazim!« Sein Ton war so scharf wie ein Fallbeil. »Mach dir doch nichts vor! Das Wasser steht dir bis zum Hals, und deinen Eltern ebenfalls. Du hast über Monate Drogen geschmuggelt, und deine Eltern wussten davon und haben es geduldet. Daran gibt es nichts zu rütteln, selbst wenn du und dein Vater am Ende kooperiert haben. Und glaub ja nicht, dass Luca dir aus der Klemme hilft. Wenn er erst mal wieder sprechen kann, wird er alles tun, um seinen Arsch zu retten.«

Kazim wandte seinen Blick wieder der Hornisse zu.

»Na schön«, sagte er schließlich. »Vielleicht können wir uns ja auf'nen Deal einigen.«

Compagnons Mund verzog sich zu einem verächtlichen Grinsen. »Was solltest du mir denn bieten können? Wie du selbst gesagt hast, du hast ja bereits geplaudert.«

»Ja, aber da is' noch was. Wenn Sie die Anklage gegen mich fallenlassen und meine Eltern da raushalten, dann steck' ich Ihnen was, was Sie noch nich' wissen.«

In die Augen des Adjutanten trat ein wachsamer Zug. »Ich höre.«

»Also, abgemacht?«

»Was hast du uns zu sagen?«

»Ich weiß, was mit der alten Frau passiert is'!«

»Welche alte Frau?«, fragte Compagnon stirnrunzelnd.

»*Merde.*« Kazim riss die Arme hoch. »Na die, die von der Treppe gefallen is', *quoi!*«

Ihr Mittagessen ließ lange auf sich warten. Als es endlich kam, starben beide vor Hunger.

»Und, schmeckt's?«, fragte Julian. Mara hatte geschmortes Lamm bestellt. Er hatte es sich nicht nehmen lassen, es Mara in mundgerechte Stücke zu schneiden. Er selbst verdrückte eine große Portion *Steak frites* – das Gericht, das er im *Chez Nous* stehen lassen musste, als Mara ihn mitgeschleift hatte, um Joseph zu retten.

»Hm«, sagte sie mit vollem Mund.

Der Kellner Émile, der vorbeieilte, bedeutete ihnen mit einem Nicken, dass er sie erkannt hatte.

Und der mit Heroin beladene Kangoo war nicht ihr einziges Gesprächsthema. Am Morgen war im *Sud Ouest* nicht etwa zu lesen gewesen, dass der Drogenring zerschlagen war – diese Meldung war noch nicht veröffentlicht –, sondern dass der reimende Einbrecher verhaftet worden war. Loulou hatte sich also zu helfen gewusst. Die Polizei hatte Christine und Alice einen Besuch abgestattet; die Bronze-Tierfiguren wurden als Beweisstück sichergestellt, bevor sie irgendwann an Prudence zurückgegeben würden; und Adjutant Compagnon platzte vor Stolz über diesen weiteren Triumph. Interessanterweise hatte Alice die volle Verantwortung für die Planung und Ausführung der Einbrüche, einschließlich der Knittelverse, übernommen. Christine hingegen, behauptete Alice entschieden, sei unschuldig und weder an den Taten beteiligt gewesen, noch habe sie davon gewusst.

»Das ist das Einzige, das ich nicht verstehe«, sagte Mara. »Warum tut sie das? Warum nimmt sie die ganze Schuld auf sich? Sie waren beide beteiligt. Anders kann es gar nicht gewesen sein.« Eigentlich, schoss Mara es durch den Kopf, hätte es viel eher zu der großen, phlegmatischen Christine gepasst, alles auf sich zu nehmen, sich zu opfern. Sie schien diejenige zu sein, deren Liebe stärker war.

»Reiner Pragmatismus«, entgegnete Julian zwischen zwei Bissen Steak. »Wahrscheinlich haben sie es unter sich ausgemacht. Alice' Webarbeiten bringen sie zwangsläufig mit den betroffenen Häusern in Verbindung. Deshalb hält sie den Kopf hin.« Er schluckte und nippte dann am Wein. »Irgendjemand muss sich ja auch um die Schafe kümmern. Außerdem wird Alice wahrscheinlich bloß eine kurze Haftstrafe absitzen müssen und wegen guter Führung vorzeitig entlassen werden. Und vermutlich darf sie im Gefängnis weiter weben. Wenn sie wieder raus ist, wird sie mit viel Tamtam eine Ausstellung veranstalten, und alles ist bestens.«

Reiner Pragmatismus? Auf jeden Fall war auch eine gehörige Portion Spaß dabei, denn die forsche Alice genoss ihre neue Berühmtheit sichtlich. Sie wetteiferte sogar mit Adjutant Compagnon, dem Mann, den sie so übel verhöhnt hatte, um die Gunst der Medien. Der *Sud Ouest* widmete ihr sogar den Hauptnachrichtenteil. Warum sie die Gedichte geschrieben habe? Einfach so aus Jux und Tollerei, *mon cher.* Warum sie Jacques Compagnon als Zielscheibe benutzt habe? »Ach«, hatte sie ohne ein Zeichen von Reue geantwortet, »die Welt ist voll von Leuten, die sich zu wichtig nehmen. Ein bisschen Spaß im Leben muss sein, *n'est-ce pas?*«

Ein paar Minuten später sagte Mara: »Der Einzige, den wir nicht zu fassen kriegen, ist Donny O'Connor. Er wird ungeschoren davonkommen. Er und Daisy fliegen übermorgen nach Florida zurück.«

»Wir können nichts dagegen tun.«

»Mistkerl. Ich konnte ihn noch nie leiden.«

»Du konntest sie nie leiden.«

»Oder sie«, gestand Mara ein. »Aber aus unterschiedlichen Gründen.«

»Vielleicht liegt es ja daran, dass ihr euch in mancher Hinsicht ähnlich seid«, wagte Julian sich vor.

»Ähnlich?« Mara hob abrupt den Kopf. »Ähnlich? So siehst du mich also?« Sie war schockiert.

»Ich meine, tief drinnen.« Er wünschte, er hätte es nicht gesagt. »Ihr habt beide diese kernige, zupackende Art.«

Émile, der auf dem Weg zurück in die Küche war, unterbrach sie und sagte hastig: »Sie hatten mich doch nach dem dritten Mann gefragt, nicht wahr?«

»Nach wem?«, fragte Mara mit finsterem Blick. Sie fühlte sich immer noch beleidigt.

»Na, die Person, die hier letzten Monat mit Monsieur Luca zum Mittagessen verabredet war.«

Beide sahen ihn erwartungsvoll an.

»Also, das ist der da drüben. Er kam mir gleich bekannt vor, als er hereinkam, aber richtig sicher war ich mir erst, als er sich am selben Tisch hingesetzt hat. Monsieur Luca hat nämlich für heute reserviert, müssen Sie wissen. Das hat meinem Gedächtnis auf die Sprünge geholfen, denn der Mann ist auch beim letzten Mal als Erster erschienen. Ich erinnere mich, dass er eine Weile hier herumhing und dann gegangen ist.«

Mara und Julian standen auf, um über die Köpfe hinwegzusehen.

»Warte hier, Julian«, sagte Mara.

»Nein.« Er warf die Serviette hin. »Wir gehen beide.«

Sie schlenderten lässig auf den Fenstertisch zu.

»Na, zum Geschäftsessen hier?«, erkundigte sich Mara.

»Was geht Sie das an?«

Mara schüttelte den Kopf. Sie setzte sich neben den Amerikaner. »Er wird nicht kommen, Donny.«

»Sie haben ihn letzte Nacht verhaftet«, teilte Julian ihm mit und nahm auf dem Stuhl auf der anderen Seite Platz. »Ihn und Serge Taussat. Das wird heute Abend die Topmeldung in den Acht-Uhr-Nachrichten sein.«

Donny sah von einem zum anderen.

»Wovon reden Sie?«

»Großer Schlag gegen Drogenring. Rocco Luca. Die Polizei wird all seine Geschäfte unter die Lupe nehmen. Einschließlich der Geschäftspartner.«

»Ich habe nichts damit zu tun«, sagte Donny mit einem Schulterzucken. »Ich habe noch nie von dem Typen gehört.«

»Ach, kommen Sie schon, Donny!«, entgegnete Julian. »Warum sind Sie hier? Und an diesem Tisch? Ich bin sicher, die Polizei wird sich sehr für Montfort-Izawa interessieren. Ich nehme an, Luca ist der Montfort-Teil?«

»Ich sagte es bereits. Nie von ihm gehört.«

Mara lächelte, aber es war kein freundliches Lächeln. »Sie sollten Ihre Geschäftspartner sorgfältiger auswählen. Wussten Sie, dass Sie Drogengeld waschen? Oder war es Ihnen womöglich egal?«

Donny lief vor Wut rot an. »Hören Sie! Ich will ja nicht unhöflich sein, aber mit Ihnen beiden langt's mir, verdammt noch mal! Sie haben nichts gegen mich in der Hand, und daran wird sich auch nichts ändern. Verschwinden Sie, und kommen Sie mir nicht mehr unter die Augen, verstanden?«

Er sprang in dem Moment vom Tisch auf, als Adjutant Compagnon in Begleitung von Laurent und Albert das Restaurant betrat. Sie sprachen mit einem Kellner, der etwas zu ihnen sagte und sich unsicher umschaute. Köpfe wandten sich neugierig den Polizisten zu. Donny hatte bereits die Hälfte des Raumes durchquert. Er schritt schnell, mit angespannten Pobacken. Er war schon an den Gendarmen vorbei und fast zur Doppelglastür hinaus, als Julian aufging, was er da sah: das schuldbewusste Wackeln. Julian stand so abrupt auf, dass der Stuhl umkippte.

»He!«, schrie er und wich einer Bedienung aus. »He!«

46

»Ich weiß, Sie konnten mich noch nie leiden.«

Mara unternahm gar nicht erst den Versuch, das in Abrede zu stellen.

Daisy schaute sich um. Dann ging sie wieder zu dem Art-Déco-Sofa und setzte sich. Wie üblich war sie wie aus dem Ei gepellt, aber ihr Gesicht war blass, und sie sah müde aus.

»Um ehrlich zu sein, ich konnte Sie auch nie besonders leiden. Ich fand Sie immer so – ach, keine Ahnung –, so durch und durch kanadisch.«

Maras Augen funkelten gefährlich. »Was wollen Sie damit sagen?«

Daisy seufzte. »Vergessen Sie's. Ich bin nicht hier, um Streit anzufangen.«

»Weshalb sind Sie dann hier?«

»Ich bin gekommen«, sagte Daisy ohne eine Spur von Verlegenheit, »weil ich Sie um etwas bitten wollte.«

Völlig aus dem Konzept gebracht, starrte Mara ihren Gast an. Dann tat sie etwas, das sie selbst überraschte: sie lachte. Zuerst nur leise, dann aber immer lauter, bis ihr Lachen hysterischem Kreischen nahekam. Es war, als entlade sich die ganze Anspannung der letzten Monate. Daisy lächelte – aber nicht ihr breites, rotes Strahlelächeln, sondern ein bitteres, schmallippiges. Sie wartete darauf, dass Mara sich fing.

»Wie bitte?« Mara lehnte sich, wieder zur Ruhe gekommen, auf ihrem Stuhl zurück und betrachtete die Barbiepuppe nun mit einem gewissen Wohlgefallen.

»An der Sache mit Amélie und Joseph war ich nicht beteiligt. Und ich hatte keine Ahnung, was Donny im Schilde führte. Das müssen Sie mir glauben!«

»Das tue ich«, räumte Mara widerwillig ein. »Wenn Sie vorgehabt hätten, Joseph umzubringen, dann wäre es Ihnen auch gelungen. Und Sie hätten nicht auf eine zufällige Gelegenheit gewartet, um Amélie die Treppe hinunterzustoßen.«

»Vielen Dank!«, erwiderte Daisy ironisch. »In Wahrheit war es aber so: Donny war nach Frankreich gekommen –«

»Ja. Sie haben ihn gut gedeckt. Sie haben alle glauben lassen, dass Sie beide erst kurz vor der Beerdigung angekommen seien.«

»*Ich* bin erst kurz vor der Beerdigung eingetroffen. Was kann ich dafür, wenn Sie etwas anderes annehmen! Also, ich wollte eben sagen, dass Donny vorausgefahren war, um das Golfplatzprojekt voranzutreiben.«

»Sein Geschäftspartner war Rocco Luca, einer der größten Drogenbarone Frankreichs.«

Daisys schmale Schultern deuteten ein Schulterzucken an. »Donnys Menschenkenntnis hat immer schon zu wünschen übrig gelassen. Luca hat ihn gedrängt, endlich das Montfort-Izawa-Geschäft abzuschließen. Es war seit Jahren in der Schwebe, weil es von dem Gaillardschen Land abhing. Ich schwöre bei Gott, dass ich nichts davon wusste. Ich habe den *viager*-Kauf bloß getätigt, um Amélie und Joseph finanziell unter die Arme zu greifen. Sie hatten ganz schön zu kämpfen. Donny aber, wie er halt so ist, hat dort gleich Entwicklungspotenzial gesehen. Er hat die Nachbargrundstücke aufgekauft. Da hatte er bereits die Idee zu einer Golfanlage im Kopf. Leider hat er den Fehler gemacht, sich für dieses Vorhaben von Rocco Luca Geld zu leihen. Als Donny den Kredit nicht zurückzahlen konnte, weil er sich permanent finanziell übernimmt und ich nicht länger bereit war, ihm aus der Patsche zu helfen, hat er Luca stattdessen Anteile am Objekt überschrieben. Er hätte nie gedacht, dass die Gaillards so alt werden würden.« Daisy schob eine lose Strähne hinters Ohr.

»Deshalb hat er Amélie umgebracht und es bei Joseph ebenfalls probiert.«

Daisys Gesicht versteinerte. »Nein, so war es nicht! An besagtem Samstag sollte Donny Luca im *Two Sisters* treffen. Er war früh dran. Er war gerade auf dem Weg zur Herrentoilette, als er Amélie am Fuße der Treppe bemerkt hat. Sie hatte Joseph auf dem Markt aus den Augen verloren und dachte, von der Terrasse einen besseren Überblick über die Menschenmenge zu haben. Deshalb ist Donny nach unten und hat ihr hochgeholfen.«

»Und ihr auch gleich wieder hinuntergeholfen«, sagte Mara barsch. »Er hat ihr im wahrsten Sinne des Wortes einen Mordsstoß verabreicht und ist dann seelenruhig wieder ins Restaurant zurückgegangen, um den Aufzug und den hinteren Ausgang zu benutzen.«

Daisy schüttelte den Kopf. »Er schwört, dass es nicht geplant war, und ich glaube ihm. Sie waren ganz allein auf der Terrasse, und keiner konnte sie sehen. Da ist Donny plötzlich eine Idee gekommen: Wenn es ihm gelänge, Amélie aus dem Weg zu räumen, könnte er den kranken Joseph wahrscheinlich dazu überreden, sich auszahlen zu lassen und wegzuziehen. Luca hat ihm wirklich heftig zugesetzt, und Donny war in einer verzweifelten Lage. Deshalb« – sie holte tief Luft – »hat er sie von der Terrasse gestoßen. Wie ein kleines Kind, das ein anderes beiseiteschubst, um an das heiß ersehnte Spielzeug zu kommen.«

»Und dann hat er sich Joseph zugewendet. Zuerst hat er versucht, ihn in ein Heim abzuschieben. Sie haben ihn ja auf die Idee gebracht. Aber Joseph hat darauf bestanden, in seinem eigenen Bett zu sterben. Deshalb hat Ihr Mann beschlossen, die Dinge ein wenig zu beschleunigen und Joseph im wahrsten Sinne des Wortes zu Tode zu erschrecken. Und als auch das nicht funktionierte, hat er versucht, ihn zu ersticken. Donny ist kein kleines Kind mehr, Daisy! Er ist ein brutaler Mörder!«

Daisys blaue Augen trübten sich. »Donny ist schwach. Er hat gute Absichten, aber er ist schwach. Wissen Sie, was mein Vater gesagt hat, als ich ihm erzählt habe, ich würde Donny heiraten? Er hat gesagt: Der Mann ist ein schlechter Planer. Er ist eine Spielernatur. Er wird sein ganzes Leben von großen Geschäften träumen, die er nicht zustande bringt, weil ihm dazu die nötige Weitsicht fehlt, und dabei dein Geld in den Sand setzen. Er wird immer alles im Schnellverfahren lösen wollen, ohne zu sehen, wohin ihn das führt.«

Schweigen machte sich breit. Daisy musterte den Aubusson-Teppich, aber sie schien seinen Wert nicht zu erfassen. Mara stellte mit leichtem Erstaunen fest, dass Daisy kein Parfüm aufgetragen hatte. Ihre Kleidung war außergewöhnlich leger: Jeans und eine Baumwollbluse. Geschah dieser Auftritt bewusst, um in Mara Mitgefühl zu erwecken? Oder war das die eigentliche Daisy, die Mara sympathischer fand, als sie es für möglich gehalten hätte?

»Was werden Sie jetzt machen?«, fragte sie.

Daisy schreckte aus ihren Gedanken hoch. »Ich habe zwei Möglichkeiten. Das ist der andere Grund, warum ich zu Ihnen gekommen bin. Ich überlege, zu verkaufen und aus Frankreich wegzugehen. Das schließt auch den *viager* ein.

Aber ich möchte sicher sein, dass die Person, die ihn kauft, sich nicht Josephs Lage zunutze macht. Deshalb habe ich an Sie gedacht. Bei Ihnen weiß ich, Sie würden ihm nie etwas zuleide tun. Und, hätten Sie Interesse?«

»Ich?« Zum zweiten Mal an diesem Tag hatte die Barbiepuppe sie völlig überrumpelt. Noch mehr Eigentum zu erwerben, war Mara bisher nicht in den Sinn gekommen. Mit ihrem Grundstück hatte sie bereits mehr als genug zu tun. Andererseits war das aber vielleicht der einzige Weg, um nicht doch eines Tages eine Umgebung zu bekommen, die sie nicht ertragen konnte. Sie überlegte. Warum eigentlich nicht? Und dann fragte sie sich, was es wohl kosten würde.

»Ich – ich weiß nicht so recht«, antwortete sie matt. »Es ist ein großes Grundstück.«

»Ich schätze, Sie werden sich mit Julian besprechen wollen?« Dieses Mal hatte Daisy keine Schwierigkeiten mit Julians Namen.

»Hm, ja. Das würde ich gerne.« Sie beide zusammen? Vielleicht ließ es sich ja so stemmen.

»Wenn Sie es nicht kaufen«, sagte Daisy berechnend, »muss ich jemand anders finden. Keine Ahnung, was dann mit dem Land passiert.«

Mara durchschaute ihre Taktik und schob trotzig das Kinn vor.

Daisy war die Kinnbewegung nicht entgangen. »Es gäbe noch eine Alternative.« Sie fixierte Mara. »Sie wissen, dass jetzt jemand bei ihm wohnt?«

»Ja. Madame Tisseuil.«

»Nun ja, ich habe von Jacqueline erfahren, dass es mit ihr nicht so gut läuft wie erhofft. Die Frau arbeitet zunehmend schlampig. Ich weiß, was Sie von mir halten, Mara. Sie denken, ich wäre streitlustig und raffgierig und penetrant.« Als Mara ihr widersprechen wollte, tat Daisy dies mit einem Achselzucken ab. »Sie müssen nicht höflich sein. Und vielleicht bin ich das alles ja auch. Aber davon abgesehen liegt mir wirklich viel an Joseph. Und genau wie Sie möchte ich, dass es ihm gut geht und er in guten Händen ist.«

»Das weiß ich«, sagte Mara und meinte es auch so. »Obwohl wir unterschiedlicher Meinung sind, wie das vonstatten gehen soll.«

»Nein, ich habe eingesehen, dass er in den eigenen vier Wänden wohnen bleiben möchte. Deshalb habe ich mit ihm und Jacqueline gesprochen. Wenn ich für den *viager* keinen passenden Käufer finde, wird Joseph Madame Tisseuil kündigen, und ich ziehe bei ihm ein, um mich um ihn zu kümmern. Im Haus muss zwar einiges renoviert werden, aber nach Josephs Tod gehört es ja ohnehin mir. Ich werde« – Daisys breites, rotes Lächeln war wieder da – »Ihre Nachbarin sein.«

Mara verschluckte sich und war dem Ersticken nahe.

»Und Joseph hat dem zugestimmt?«, stieß sie hervor.

»Warum auch nicht? Er mag mich. Und aus der Zeit mit meinem Vater bringe ich ja recht viel Erfahrung mit.«

»Aber« – Mara suchte krampfhaft nach Einwänden – »Ihr Job. Ihre Reisen. Und Sie sind nicht das ganze Jahr über hier.«

»Das ließe sich ja ändern. Und wenn ich unterwegs bin, würde ich vorübergehend eine Pflegekraft ins Haus holen.«

»Aber« – zum ersten Mal empfand Mara echtes Mitgefühl mit der Frau vor ihr – »wie kommen Sie mit den Nachbarn klar? Ich meine, selbst wenn die Sie für unschuldig halten, werden sie Sie immer noch als die Frau eines Mörders ansehen. Es ist eine eingeschworene Gemeinschaft. Die werden Sie niemals akzeptieren, Daisy.« Sie sah Suzanne Portier, Francine Boyer und Huguette Roche vor sich – ganz zu schweigen von ihren Männern und den anderen Einwohnern der Gemeinde –, wie sie mit versteinerter Miene dastanden, wie eine menschliche Mauer. Wenn man einmal das Dorf gegen sich hatte, konnte man lange im Abseits stehen. Christine Gaillard wusste ein Lied davon zu singen.

Daisy schaute entschlossen. »Ich bin niemand, der vor etwas davonläuft, Mara! Das ist es auch, was mir an der Vorstellung, aus Frankreich wegzugehen, nicht behagt. Ein Teil von mir würde lieber bleiben und sich den Dingen stellen. Wenn schon nicht wegen Donny, dann wenigstens mir zuliebe.«

»Wollen Sie also sagen, dass die Entscheidung quasi bei mir liegt? Wenn ich den *viager* kaufe, gehen Sie von hier weg? Und wenn nicht, dann kauft ihn jemand anders oder Sie bleiben und – wohnen nebenan?«

Daisy grinste. »Interessante Aussicht, nicht wahr?«

Dieses Mal fand das gemeinsame Abendessen nicht am Freitag im *Chez Nous* statt, sondern am Montag bei Mara und Julian. An dem Tag war das Bistro geschlossen, und Paul und Mado konnten sich ihnen anschließen. Es war eine fröhliche Feier, an der nicht nur Loulou teilnahm – der Mara und Julian verziehen hatte, dass sie ihn in der Vorwoche versetzt hatten –, sondern auch Joseph und Jacqueline Godet. Paul war bester Laune, und Mado, die umwerfend aussah, brachte wunderbare Neuigkeiten mit. Sie war wieder schwanger. Das Paar hatte Champagner besorgt, und alle tranken auf das Wohl der Mutter – und des Babys. Mado erwiderte den

Toast ganz ungewohnt mit einem Glas Milch. Julian steuerte eine Platte mit Betuls köstlichen Snacks bei.

»Was ist das?«, murmelte Joseph und starrte auf die Minidolmades vor ihm.

»Mit Reis und Gewürzen gefüllte Weinblätter«, sagte Paul.

In diesem Moment gesellten sich Laurent und seine Freundin Stéphanie, eine hochgewachsene junge Frau mit Sommersprossen und maisblondem Haar, zu ihnen. Deshalb stießen sie alle noch einmal an. In Gegenwart anderer wirkten die beiden schüchtern, zumal Loulou es sich nicht verkneifen konnte, seinen Großneffen mit Hochzeitsanspielungen aufzuziehen. Vielleicht war das auch der Grund, warum das junge Paar die meiste Zeit des Abends damit zubrachte, sich verschämte Blicke zuzuwerfen. Mara, die erste Anzeichen von Verliebtheit ausmachte, wurde es ganz warm ums Herz. Sie war sogar ein wenig neidisch.

»*Tout est bien qui finit bien!*«, verkündete Loulou freudestrahlend. Ende gut, alles gut. »Gegen diesen O'Connor und Madame Besser ist Anklage erhoben worden, und Luca und Serge werden uns für lange, lange Zeit keinen Ärger mehr machen.«

»Na, da bin ich aber froh!«, entgegnete Julian. »Serge hat mich nämlich beschattet, müsst ihr wissen.«

Laurent schüttelte den Kopf. »Nein, hat er nicht. Er war auf dem Weg zu Madame Besser, um ihr ein paar Orchideen zurückzubringen. Lucas Freundin hatte sich beschwert, dass sie nicht blühen würden. Serge war nur zufällig hinter Ihnen. Und als er Sie in die Allee hat einbiegen sehen, hat er am Straßenrand gewartet, bis Sie wieder weggefahren sind. Er wusste nicht, wer Sie sind.«

»Ach, wirklich?«, fragte Julian fast ein wenig enttäuscht.

Aber die beste Kunde, die Laurent ihnen überbringen konnte, war, dass Betul und Osman Ismet von der Anklage des Drogenhandels und Drogenbesitzes freigesprochen worden waren. Osman würde sich allerdings dafür verantworten müssen, Peters Tod verschwiegen und zugelassen zu haben, dass ein britischer Staatsbürger unter falschem Namen begraben worden war. Kazim stand eine Anklage ins Haus, aber angesichts seines Alters und der Tatsache, dass er nicht vorbestraft war und mit der Polizei zusammengearbeitet hatte, würde die Strafe höchstwahrscheinlich milde ausfallen.

Das Essen war vorzüglich. Julians Vorspeise aus gedünstetem Spargel (frische grüne Stangen, nicht die weißen) und Wachteleiern in einer schmackhaften *sauce béarnaise* fand allseits Anklang. Mara überraschte sie mit einem saftigen Kalbsbraten, den sie bereits gerollt, gewürzt und fertig zum Kochen beim Fleischer gekauft hatte.

»Besser als das Hundefutter, das du für mich gemacht hast«, sagte Joseph grinsend.

»Was für'n Hundefutter?«, fragte Jacqueline entsetzt.

Dazu tischte Mara Kartoffelgratin nach dem Rezept ihrer Mutter auf, das ihr diesmal bestens gelungen war. *Gratin dauphinois* ohne Tränen, vertraute sie Julian an. Loulou steuerte eine Käseplatte bei. Und zum Dessert gab es Betuls *mulhallebi*.

»Und, wie findest du ihn, Paul?«, fragte Julian den Bistrobesitzer, als dieser sich über den süßen, mit Pistazien bestreuten Pudding hermachte.

Paul schluckte. »Nicht schlecht«, sagte er dann. »Mit einer *Crème brûlée* kann er zwar nicht mithalten, aber ich denke, die Gäste werden sich schon daran gewöhnen.«

»Die Gäste –?« Julian schaute verwundert.

»Paul war im Lokum«, erwiderte Mado lachend. »Er hat mit Monsieur und Madame Ismet ein Geschäft abgeschlossen. Sie beliefern uns mit ihrem gesamten Sortiment an türkischen Lebensmitteln.«

»Paul?«, wandte Julian sich überrascht an seinen Freund. »Ich dachte, du hättest gesagt …«

Der Wirt fiel ihm ins Wort. »Das Zeug ist nicht schlecht. Mein Ding ist es zwar nicht so ganz, aber wir lassen es auf einen Versuch ankommen. Mado soll es einfacher haben.« Er zog eine gefaltete Speisekarte aus seiner Jackentasche, strich sie glatt, legte sie vor Julian und zeigte auf den neuen Text.

»Internationale Küche?«, las Julian und staunte nicht schlecht. »Du preist dich als Anbieter von internationaler Küche an?«

»Wieso nicht?«, fragte Paul beleidigt zurück. »Oder hast du etwa was gegen Ausländer?«

Epilog

»Bist du dir wirklich sicher, Julian?«, fragte Mara, als sie die von Furchen durchzogene Straße hinunterschritten, die zum Waldgebiet neben Maras Grundstück führte. Die Hunde rannten voraus. Es war fast Mitte Mai, und die Luft war erfüllt vom Duft der Robinien, die den Flieder abgelöst hatten. »Wir hätten dann zwar das Land der Gaillards, aber mit dem Wald hier und den Wiesen weiter unten kann Montfort-Izawa immer noch machen, was es will.«

»Wir können nicht die ganze Welt aussperren, Mara.« Er stand da und schaute zu den Bäumen auf, zum wolkenlosen blauen Himmel über ihnen. »Aber da Donny und Luca zu den treibenden Kräften bei Montfort-Izawa gehören, und da keiner von beiden im Moment wohl groß an Golf denken dürfte, würde ich sagen, wir sind in Sicherheit. Zumindest für eine Weile.«

»Aber was ist mit deinem Häuschen? Du würdest es verkaufen müssen.« In ihrer Stimme schwang Hoffnung und Trauer zugleich mit. Hoffnung auf ein gemeinsames Leben, auf etwas Großes, das seine Entscheidung anzukündigen schien. Und Trauer über das, was er verlieren würde.

Mein Haus, dachte er. Meine kleine Oase, mein Refugium, wo ich meine Socken und Bücher herumliegen lassen kann und das Geschirr nicht abwaschen muss. Sein Wildblumengarten, den er im Laufe der Jahre liebevoll angelegt hatte. Der Kamin, der schlecht zog, und das Dach, das undicht war. Die winzigen hinteren Zimmer, in denen es eher klamm als wohnlich war. Aber trotz allem war es das Seine, sein Auffangnetz, sein privates Reich.

Es gab Momente im Leben, da war es an der Zeit, eine Entscheidung zu treffen. Das hier war einer dieser Momente. Julian drehte sich zu Mara um.

»Weißt du, als Luca mit meinem Wagen zusammengestoßen ist, da dachte ich, ich hätte dich verloren.« Seine Stimme versagte fast. »Ich glaube, das hätte ich nicht ertragen.«

»Oh, Julian«, hauchte Mara.

Er holte tief Luft. »Kurz und gut: Ich bin dabei, wenn du den *viager* kaufen willst! Aber unter zwei Bedingungen!«

»Und die wären?«

»Punkt eins: Von morgen an hilfst du mir ausgiebig bei der Suche nach meiner Orchidee. Ich spreche hier nicht von gelegentlichen Streifzügen durch Wald und Feld. Ich meine eine gründliche, systematische Suche an allen Stellen, die dafür infrage kommen, und zwar bis wir Cypripedium incognitum gefunden haben. Das heißt, in den nächsten drei Wochen stehen uns lange, stramme Märsche bevor, bei Wind und Wetter. Und dasselbe wieder im kommenden Frühjahr. Und im Jahr darauf ebenfalls, und zwar so lange, bis wir sie gefunden haben. Du wirst viele Kratzer abbekommen und dich ziemlich schmutzig machen. Am Ende wirst du mich hassen. Überleg es dir gut, bevor du ja sagst.«

»Abgemacht!«, sagte sie, ohne zu zögern. »Und Bedingung Nummer zwei?«

Er warf ihr einen langen, forschenden Blick zu.

»Was?«, fragte sie und spürte, wie ihr Herz wild zu klopfen anfing.

Julian grinste, zog sie an sich, küsste sie und flüsterte ihr sechs Wörter ins Ohr: »Schick Madame Audebert in die Wüste!«

»Ich soll sie was-?«

Patsy, feuerte Mara eine Nachricht in den Äther, *du wirst es nicht glauben!*

Dank

Ich bin vielen Menschen zu Hause und im Ausland zu tiefstem Dank verpflichtet. Sie haben dazu beigetragen, dass dieses Buch entstehen konnte. In Frankreich geht ein herzliches Dankeschön an Marie-Pierre Kachintzeff, Patrick Lemesle, und insbesondere an Garry Watt und Michel Renard. Ich kann euch nicht genug danken für eure unermüdliche, prompte Hilfe. Ihr habt nicht nur mein Französisch verbessert, sondern auch dafür gesorgt, dass ich polizeiliche Abläufe und Baumaßnahmen richtig darstellen und Details klären konnte. Außerdem möchte ich mich bei Maryvonne Chaumel, der Bürgermeisterin von Carves, für ihre Erläuterungen bezüglich französischer Bau- und Planungsvorschriften bedanken. In Kanada gilt mein Dank Rana und Murat Fahrioglu für ihre Hinweise zur türkischen Sprache; Larry Hawkins für seine Einblicke in den Alltag der Undercover-Drogenfahnder; Wayne Hawkins für seine bereitwilligen Auskünfte in Sachen Motorräder und Luftverkehr; meinen Agenten Frances und Bill Hanna für ihre Unterstützung; meiner Lektorin Lara Hinchberger für konstruktive Verbesserungsvorschläge; und James Lewis, meinem Computerguru, dafür dass er alles am Laufen gehalten hat. Ich bedanke mich bei meiner Schwester Grace für ihren ermutigenden Beistand und nicht zuletzt bei Tim für seine Erläuterungen zur Botanik, die kritische Durchsicht des Manuskripts und vor allem für seine liebevolle und verlässliche Präsenz in meinem Leben.

Und schließlich bin ich Holger Perner tiefen Dank schuldig für seine Freundschaft und dafür, dass er sein enormes Fachwissen und seine Liebe zu Orchideen mit mir geteilt hat. Dass in diesem Buch die Wahl auf Paphiopedilum sanderianum gefallen ist, geht ebenfalls auf ihn zurück.